# MAZE RUNNER
## PRUEBA DE FUEGO

Título original: *The Scorch Trials*
Dirección de proyecto: Cristina Alemany
Traducción y edición: Silvina Poch
Supervisión y corrección: María Inés Linares
Dirección de arte: Trini Vergara – Paula Fernández
Armado y adaptación de diseño: Tomás Caramella
Ilustración de cubierta: Marcelo Orsi Blanco (Depeapá Contenidos)

© 2010 James Dashner
© 2011 V&R Editoras
www.vreditoras.com

Argentina: San Martín 969 10° (C1004AAS), Buenos Aires
Tel./Fax: (54-11) 5352-9444 y rotativas
e-mail: editorial@vreditoras.com

México: Av. Tamaulipas 145, Colonia Hipódromo Condesa
CP 06170 - Del. Cuauhtémoc, México D. F.
Tel./Fax: (5255) 5220-6620/6621 • Tel: (5255) 5211-5415/5714 • 01800-543-4995
e-mail: editoras@vergarariba.com.mx

ISBN: 978-987-612-354-9

Impreso en Argentina por Triñanes • Printed in Argentina

Septiembre de 2014

Dashner, James
    Maze Runner : prueba de fuego . - 1a ed. 4a reimp. -
Ciudad Autónoma de Buenos Aires :V&R, 2014.
    392 p. ; 20x14 cm.

    ISBN 978-987-612-354-9

    1. Narrativa Estadounidense. I. Título
    CDD 813

# MAZE RUNNER

## PRUEBA DE FUEGO

### JAMES DASHNER

V&R
EDITORAS

# 1

Antes de que el mundo se derrumbara, ella le habló una vez más.

—*Hey, ¿estás despierto?*

Thomas se movió en la cama. Sintió que la oscuridad que lo rodeaba era como una masa de aire sólido que lo oprimía. Al principio, el pánico se apoderó de él. Abrió los ojos sobresaltado, pensando que se encontraba otra vez en la Caja, ese horrible cubículo de metal que lo había enviado al Área y al Laberinto. Pero había una luz débil y, de manera gradual, fueron surgiendo bultos y sombras borrosas en la enorme habitación. Literas. Cómodas. La respiración suave y los ronquidos de chicos en medio de un sueño profundo.

El alivio lo invadió: ahora estaba seguro. Había sido rescatado y llevado a esa residencia. No más preocupaciones. No más Penitentes. No más muerte.

*¿Tom?*

Una voz dentro de su cabeza. De una chica. Aunque no era audible ni visible, él igual la escuchaba, pero no podría haber explicado cómo lo hacía.

Exhaló con fuerza, se relajó en la almohada y, después de ese fugaz momento de terror, sus nervios se calmaron. Formó las palabras con sus pensamientos y le envió la respuesta.

*¿Teresa? ¿Qué hora es?*

*Ni idea*, contestó ella. *Pero no puedo conciliar el sueño. Es probable que haya dormido más o menos una hora. Quizás un poco más. Esperaba que estuvieras despierto para hacerme compañía.*

Thomas hizo un esfuerzo para no sonreír. Aun cuando ella no pudiera notarlo, de todas formas a él le daba vergüenza.

*Creo que no me dejaste muchas opciones. Es bastante difícil dormir con alguien hablándote dentro de la mente.*

*Bueno, entonces deja de quejarte y cierra los ojos.*

*No, está bien.* Observó la parte inferior de la litera que se encontraba encima de él —una mancha oscura e indefinida en la penumbra— donde dormía Minho, que respiraba como si tuviera una cantidad insoportable de flema alojada en la garganta.

*¿En qué estabas pensando?*

*¿Tú qué crees?* Sus palabras brotaron cargadas de cinismo. *Sigo viendo Penitentes por todos lados: la piel desagradable, los cuerpos gelatinosos, esas armas y púas de metal. Estuvimos demasiado cerca, Tom. ¿Cómo haremos para quitarnos todo eso de la cabeza?*

Thomas lo sabía muy bien. Esas imágenes no se borrarían nunca. Las cosas horribles que habían sucedido en el Laberinto atormentarían a los Habitantes durante toda su vida. Pensaba que la mayoría de ellos —si no todos— tendrían grandes problemas psicológicos. E incluso podrían volverse completamente locos.

Y por encima del horror, una imagen había quedado grabada a fuego en su memoria: su amigo Chuck, con una daga clavada en el pecho, sangrando y muriendo en sus brazos.

Aunque sabía muy bien que nunca olvidaría lo ocurrido, su respuesta fue: *Todo va a pasar. Solo llevará un poco de tiempo.*

*Veo que estás muy seguro,* repuso ella.

*Ya lo sé.* Era ridículo que a él le encantara que Teresa le dijera algo así. Que su sarcasmo significara que las cosas estarían bien. *Eres un idiota,* se dijo a sí mismo, y luego esperó que ella no lo hubiera oído.

*Odio que me hayan separado de ustedes,* comentó ella.

Thomas entendía por qué lo habían hecho. Era la única mujer del grupo y el resto de los Habitantes eran adolescentes: una pandilla de garlopos no muy confiables aún. *Supongo que fue para protegerte.*

*Sí, puede ser.* Las palabras de Teresa lo impregnaron de melancolía. *Pero después de todo lo que pasamos, es horrible estar sola.*

*¿Y adónde te llevaron?* Ella sonaba tan triste que sintió ganas de levantarse e ir a buscarla. Pero sabía que no sería una buena idea.

*Al otro lado de esa gran sala común, donde comimos anoche. Es una habitación pequeña con unas pocas literas. Estoy segura de que cerraron la puerta con llave al salir. Ves, te dije que querían protegerte.* Y agregó inmediatamente: *No es que no puedas cuidarte sola. Apostaría todo mi dinero a que puedes vencer por lo menos a la mitad de estos shanks.*

*¿Solo a la mitad?*

*Está bien, a las tres cuartas partes. Incluyéndome a mí.*

Sobrevino un largo silencio, pero, de alguna manera, Thomas seguía percibiendo la presencia de Teresa. La *sentía*. Era casi lo mismo que le pasaba con Minho: aunque no podía verlo, sabía que su amigo se encontraba un metro por encima de él. Y no era solo por los ronquidos. *Cuando alguien está cerca, uno lo sabe*, pensó.

A pesar de los recuerdos de las últimas semanas, estaba sorprendentemente tranquilo y enseguida el sueño lo dominó una vez más. Las tinieblas se extendieron sobre su mundo; sin embargo, ella seguía ahí, a su lado, de tantas maneras. Casi… como si se tocaran.

Mientras se encontraba en ese estado, no tenía una noción clara del paso del tiempo. Estaba medio dormido y, a la vez, disfrutando de la presencia de ella y de la idea de que habían sido rescatados de ese terrible lugar. Que estaban sanos y salvos, que empezarían a conocerse otra vez. Que la vida podría ser buena.

La bruma de la oscuridad. El sueño feliz. La calidez. Un resplandor. La sensación de estar como flotando.

El mundo pareció esfumarse. Todo se paralizó y se volvió dulce. La penumbra resultaba reconfortante. Se fue deslizando poco a poco en el sueño.

Era un niño. Tendría cuatro años. Cinco, quizás. Estaba acostado en una cama con las cobijas hasta la barbilla.

Había una mujer sentada a su lado con las manos apoyadas en la falda. Tenía pelo largo de color castaño y su rostro comenzaba a mostrar signos del paso del tiempo. Sus ojos estaban llenos de tristeza. Por más que ella se esforzaba por disimularla detrás de una sonrisa, él lo sabía.

Quería decirle algo, hacerle una pregunta, pero no podía. Él no estaba realmente ahí. Lo contemplaba todo desde un lugar que no entendía bien qué era. Ella comenzó a hablar. El sonido de su voz, tan dulce y alterado a la vez, le resultó inquietante.

—No sé por qué te eligieron, pero sí estoy segura de una cosa: eres especial. Jamás lo olvides. Y tampoco olvides nunca cuánto… —su voz se quebró y las lágrimas comenzaron a rodar por sus mejillas— nunca olvides cuánto te quiero.

El chico contestó, pero no era realmente Thomas el que hablaba. Aunque *sí* era él. Nada de eso tenía sentido.

—Mami, ¿vas a volverte loca como toda esa gente en la televisión? ¿Como… papi?

La mujer estiró la mano y pasó los dedos por el pelo del niño. ¿Mujer? No, no podía llamarla de esa manera. Era su madre. Su… mamá.

—No te preocupes por eso, mi amor —le respondió—. No estarás aquí para verlo.

Su sonrisa se había esfumado.

Rápidamente, el sueño se fundió a negro y Thomas quedó en un vacío sin más compañía que sus pensamientos. ¿Acaso había sido testigo de otro recuerdo surgido de las profundidades de su amnesia? ¿Había visto realmente a su mamá? Había mencionado algo acerca de que su padre estaba loco. El dolor en su interior era insoportable y lo consumía. Trató de hundirse más en el estado de inconsciencia.

Más tarde —no sabía cuánto— Teresa volvió a hablarle.

*Tom, algo anda mal.*

# 2

Así fue cómo empezó todo. Escuchó a Teresa decir esas cuatro palabras, que parecían venir de muy lejos, como pronunciadas dentro de un túnel largo y atestado de gente. Su sueño se había transformado en un líquido denso y pegajoso que lo rodeaba como si fuera una trampa. Estaba consciente de sí mismo pero se dio cuenta de que había sido extirpado del mundo, sepultado por el agotamiento. No lograba despertarse.

*¡Thomas!*

Fue un grito. Un repiqueteo insistente en su cabeza. Sintió la primera huella de miedo, pero parecía formar parte del sueño. Lo único que podía hacer era seguir durmiendo. Ahora estaban seguros, ya no había nada de qué preocuparse.

Sí, tenía que ser un sueño. Teresa estaba bien, todos estaban bien. Volvió a relajarse y se dejó envolver por el sopor.

Más ruidos se filtraron en su conciencia. Golpes. Metal contra metal. Algo que se hacía pedazos. Chicos que gritaban. Más bien era el eco de esos gritos, muy distantes, apagados. De pronto, se convirtieron en aullidos angustiantes e inhumanos. Siempre lejanos. Como si él estuviera envuelto en un grueso capullo de terciopelo oscuro.

Repentinamente, algo logró atravesar la comodidad del sueño. Las cosas no estaban bien. ¡Teresa lo había llamado y le había dicho que algo andaba mal! Luchó contra el letargo que lo absorbía, arañó esa carga pesada que lo arrastraba hacia abajo.

*¡Despiértate!*, se gritó a sí mismo. *¡Hazlo de una vez!*

Después algo desapareció de su interior. De un momento a otro, ya no estaba más.

Sintió como si le hubieran arrancado del cuerpo un órgano fundamental. Ella se había ido.

*¡Teresa!*, exclamó en su mente. *¡Teresa! ¿Estás ahí?*

Pero no había nada y ya no tenía esa sensación reconfortante de su cercanía. La llamó una y otra vez, mientras seguía batallando contra la oscura atracción del sueño.

Finalmente, la realidad hizo su entrada triunfal y despejó la oscuridad. Inundado por el terror, Thomas abrió los ojos, se incorporó de golpe en la cama, deslizándose hasta apoyar los pies, y dio un salto. Miró a su alrededor.

Era el caos.

Los otros Habitantes daban vueltas por la habitación dando gritos frenéticos. Unos sonidos espantosos llenaban el aire, como si fueran los aullidos desesperados de animales que estaban siendo torturados. Vio a Sartén con la cara pálida, señalando hacia el exterior por una ventana. Newt y Minho corrían hacia la puerta. Winston, asustado, se cubría con las manos el rostro cubierto de acné, como si acabara de ver a un zombi devorar carne humana. Los demás se tropezaban unos con otros para mirar por las diferentes ventanas, manteniéndose a cierta distancia de los vidrios. Con pena, Thomas descubrió que ni siquiera sabía los nombres de la mayoría de los chicos que habían sobrevivido al Laberinto: extraño pensamiento en medio de ese infierno.

Por el rabillo del ojo distinguió algo que lo hizo girar y observar la pared. Lo que vio borró por completo toda la seguridad y la paz que había sentido por la noche mientras conversaba con Teresa. Y llegó a dudar de que esas emociones pudieran existir en el mismo mundo en donde ahora se encontraba.

A un metro de su cama y parcialmente cubierta por cortinas coloridas, había una ventana por la que entraba una luz brillante y enceguecedora. El vidrio estaba roto y los fragmentos dentados se apoyaban en barrotes de acero entrecruzados. Del otro lado, había un hombre aferrado a las rejas con las manos ensangrentadas. Tenía los ojos muy abiertos e inyectados de sangre. Estaba poseído por la locura. Su rostro delgado y quemado por el sol estaba cubierto de llagas y cicatrices. No tenía pelo, solo unas manchas verdosas que parecían moho. Un corte salvaje le atravesaba la mejilla derecha. A través de la herida, que estaba en carne viva y supuraba, Thomas pudo ver algunos dientes. De la barbilla del hombre goteaban chorros de saliva rosada que se mecían con sus movimientos.

—¡Soy un Crank! —aulló el horroroso monstruo—. ¡Soy un maldito Crank!

Y luego comenzó a repetir lo mismo una y otra vez, mientras la saliva salía volando con cada alarido.

—¡Mátenme! ¡Mátenme! ¡Mátenme!

# 3

Desde atrás, una mano le golpeó el hombro. Dio un grito y, al darse vuelta, se encontró con Minho, que miraba atentamente al lunático que lanzaba bramidos a través de la ventana.

–Están por todos lados –exclamó. Su voz tenía un dejo de tristeza que concordaba perfectamente con lo que Thomas sentía. Parecía que todo aquello que se habían atrevido a soñar el día anterior se hubiera evaporado–. Y no hay rastros de los larchos que nos rescataron –agregó.

Durante las últimas semanas, Thomas había vivido rodeado por el miedo y el terror. Pero eso era demasiado. Otra vez les habían arrebatado esa fugaz sensación de seguridad que habían gozado. Sin embargo, ante su asombro, puso a un lado inmediatamente esa pequeña parte de sí que quería volver a la cama y echarse a llorar como un niño. Apartó el dolor tenaz de recordar a su mamá y el tema de su papá y de la gente que se volvía loca. Sabía que alguien tenía que tomar el mando: para sobrevivir a todo eso, necesitaban un plan.

–¿Alguno de ellos ya logró entrar? –preguntó, al tiempo que lo inundaba una extraña calma–. ¿Todas las ventanas tienen los mismos barrotes?

Minho asintió mientras examinaba las hileras de ventanas en las paredes de la gran sala rectangular.

–Sí. Estaba muy oscuro anoche como para notarlo, especialmente con esas estúpidas cortinas con volados. Pero en realidad las agradezco.

Thomas miró a los Habitantes que se encontraban a su alrededor: algunos corrían de una ventana a otra para echar un vistazo hacia el exterior; otros estaban apiñados en pequeños grupos. Todos tenían una mezcla de incredulidad y de terror en sus rostros.

—¿Dónde está Newt?

—Aquí mismo.

Giró y se encontró frente al muchacho mayor, sin entender cómo lo había perdido de vista.

—¿Qué está ocurriendo?

—¿Acaso crees que tengo alguna maldita idea? Aparentemente, un grupo de chiflados quiere desayunarnos. Tenemos que encontrar otra habitación y hacer una Asamblea. Este ruido me está matando.

Thomas asintió distraídamente. El plan le parecía perfecto, pero esperaba que Newt y Minho lo llevaran a cabo. Estaba ansioso por hacer contacto con Teresa: tenía la esperanza de que su advertencia solo hubiera sido parte de un sueño, de una alucinación producida por el efecto narcotizante de la profunda somnolencia y del cansancio. Y esa visión de su mamá...

Los dos amigos se alejaron, gritando y agitando los brazos para reunir a los Habitantes. Volvió a echar una mirada temblorosa al hombre desquiciado de la ventana y enseguida apartó la vista. Deseó no haber alojado en su mente el recuerdo de la sangre y la piel destrozada, los ojos enajenados, los aullidos histéricos.

*¡Mátenme! ¡Mátenme! ¡Mátenme!*

Caminó tambaleándose hasta la pared más alejada y apoyó todo su peso contra ella.

*Teresa*, la llamó dentro de su cabeza. *Teresa. ¿Puedes oírme?*

Mientras esperaba, cerró los ojos para concentrarse. Era como si unas manos invisibles se estiraran tratando de asir alguna señal de ella. Nada. Ni siquiera una sombra pasajera o el roce de un sentimiento, mucho menos una respuesta.

*Teresa*, dijo en forma más urgente, apretando los dientes por el esfuerzo. *¿Dónde estás? ¿Qué ha pasado?*

Nada. El corazón pareció latirle más lentamente hasta casi detenerse. Sintió que se había tragado una gran bola peluda de algodón. Algo le había sucedido a ella.

Abrió los ojos y vio a los Habitantes reunidos alrededor de la puerta verde que llevaba a la zona común, donde habían comido pizza la noche anterior. Minho jalaba la manija redonda de bronce sin éxito. Estaba cerrada con llave.

La única puerta que quedaba comunicaba con una habitación con duchas y armarios, que no tenía otra salida. Era solo eso y las ventanas con barrotes de metal. Gracias a Dios. Detrás de cada una de ellas había lunáticos furiosos dando alaridos.

Aun cuando la preocupación lo consumía como un ácido corriendo por sus venas, Thomas abandonó momentáneamente el intento de comunicarse con Teresa y se unió al resto de los Habitantes. Esta vez era Newt quien trataba de abrir la puerta con el mismo resultado negativo.

—Está cerrada —masculló, cuando finalmente renunció y dejó caer las manos a los costados del cuerpo.

—No me digas, genio —dijo Minho. Tenía los brazos cruzados y tensos, con las venas que parecían a punto de explotar. Por un segundo, Thomas creyó ver la sangre bombeando dentro de ellas—. Con razón te pusieron el nombre por Isaac Newton: posees una habilidad sorprendente para razonar.

Newt no estaba de humor para bromas. O quizás ya había aprendido hacía tiempo a ignorar los comentarios sarcásticos de Minho.

—Rompamos esta maldita cerradura de una vez por todas —exclamó y miró a su alrededor, como esperando que alguien le proporcionara una maza.

—¡Shuck! ¡Ojalá esos mierteros… esos Cranks se callaran la boca! —gritó Minho, lanzándole una mirada fulminante al más cercano, una mujer que era más espantosa que el primer hombre que había visto Thomas. Una herida sangrante le cortaba el rostro y se extendía hasta un costado de la cabeza.

—¿Cranks? —repitió Sartén. El cocinero peludo se había mantenido en silencio hasta ese momento, sin hacerse notar. Thomas pensó que parecía aún más atemorizado que aquella vez en que estaban a punto de luchar contra los Penitentes para escapar del Laberinto. Quizás esto era peor. La noche anterior, cuando se habían acomodado en las camas, parecía que estaban a salvo y que todo estaba bien. Sí, tal vez eso era realmente peor, el hecho de que les arrancaran súbitamente esa sensación.

Minho señaló a la mujer que sangraba y gritaba.

—Así es como se llaman a sí mismos. ¿Acaso no los escuchaste?

—Me tiene sin cuidado si los llamas suricatas o como se te ocurra —exclamó Newt con brusquedad—. ¡Consíganme algo para abrir esta estúpida puerta!

—Aquí tienes —dijo un chico bajito, alcanzándole un delgado extinguidor de fuego que había descolgado de la pared. Thomas recordaba haber visto esa cara antes. Una vez más se sintió culpable por no conocer el nombre de ese niño.

Newt tomó el cilindro rojo, listo para martillar la perilla de bronce. Deseoso de averiguar qué había del otro lado de la puerta, Thomas se ubicó lo más cerca que pudo. De todos modos, tenía un mal presentimiento. Estaba seguro de que no les gustaría lo que iban a encontrar.

Newt levantó el extinguidor y luego lo descargó sobre la manija redonda. El golpe fue acompañado por un fuerte crujido; después de golpearla tres veces más, cayó entera al suelo, haciendo sonar las piezas metálicas rotas. La puerta avanzó lentamente hacia afuera lo suficiente como para que pudieran ver la oscuridad que se escondía detrás.

Newt se quedó callado observando el hueco negro, largo y estrecho, como si esperara que unas criaturas infernales atravesaran volando la abertura. Con expresión distraída, le devolvió el extinguidor al chico que lo había encontrado.

—Vamos —dijo. Thomas creyó escuchar un ligero temblor en su voz.

—Espera —intervino Sartén—. ¿Estamos seguros de que queremos entrar ahí? Quizá la puerta permanecía cerrada por algún motivo.

Thomas estaba de acuerdo: había algo raro en todo eso.

Minho se adelantó y se detuvo al lado de Newt. Miró a Sartén y luego hizo contacto visual con Thomas.

—¿Qué otra cosa podemos hacer? ¿Quedarnos sentados esperando que esos lunáticos logren entrar? Por favor.

–Por el momento, esos monstruos no van a atravesar los barrotes de las ventanas –acotó Sartén–. Tomémonos un minuto para pensar.

–El tiempo de reflexionar se acabó –dijo Minho. Le dio una patada a la puerta, que se abrió por completo, dejando ver todavía más oscuridad del otro lado–. Además, deberías haber hablado *antes* de que destrozáramos la cerradura, pichón. Ahora es demasiado tarde.

–Detesto cuando tienes razón –se quejó Sartén entre dientes.

Thomas no podía dejar de observar ese estanque de tinta negra que amenazaba más allá de la puerta abierta. Lo invadió una aprensión que le resultó muy familiar: algo tenía que estar mal, o la gente que los había rescatado ya hubiera venido hacía tiempo a buscarlos. Pero Minho y Newt estaban en lo cierto. Tenían que salir a buscar respuestas.

–¡Shuck! –dijo Minho–. Yo voy primero.

En un instante atravesó la abertura y su cuerpo desapareció en la penumbra casi instantáneamente. Newt le echó a Thomas una mirada vacilante y luego siguió a Minho. Por alguna razón, Thomas pensó que él era el siguiente y fue detrás de su amigo. Abandonó el dormitorio y, con las manos estiradas hacia adelante, penetró en la negrura del área común.

El resplandor de luz que venía de atrás no ayudaba mucho; hubiera sido lo mismo caminar con los ojos cerrados. Y, además, el olor era muy desagradable.

Minho lanzó un aullido y después se dirigió a los que lo seguían.

–¡Alto! Tengan cuidado. Hay algo… raro colgando del techo.

Thomas escuchó un leve chirrido y una cosa que crujía. Como si Minho hubiera tropezado con una lámpara colgante que estuviera muy baja, haciéndola balancearse de un lado a otro. Un gruñido de Newt que provenía de la derecha fue seguido por el rechinar de un objeto metálico que era arrastrado por el suelo.

–Una mesa –anunció Newt–. Cuidado con las mesas.

Detrás de Thomas, se escuchó la voz de Sartén.

–¿Alguien recuerda dónde estaban los interruptores de luz?

—Hacia ahí me dirijo —respondió Newt—. Juro que vi varios por aquí en algún lugar.

Thomas continuó caminando a ciegas hacia adelante. Sus ojos se habían adaptado un poco a la oscuridad: antes, no distinguía nada más que un muro negro; ahora podía ver rastros de sombras. De todos modos, había algo raro. Seguía un poco desorientado, pero las cosas no parecían estar donde debían. Era como si…

—Puaaaajjjjj —exclamó Minho con repulsión, como si acabara de pisar un montón de *plopus*. Otro crujido se escuchó por toda la habitación.

Antes de que Thomas llegara a preguntar qué había pasado, él mismo chocó contra algo. Duro. De forma extraña. Como si fuera tela.

—¡Los encontré! —gritó Newt.

Se escucharon algunos clics y, de repente, la sala se iluminó con tubos fluorescentes, que cegaron a Thomas por un momento. Frotándose los ojos, se alejó del bulto con que había tropezado y se topó con otra forma rígida. Le dio un empujón para alejarla de sí.

—¡Alto! —advirtió Minho.

Thomas entornó los ojos. Ya podía ver con claridad. Se obligó a mirar la escena de horror que lo rodeaba.

A lo largo de la amplia habitación, había por lo menos doce personas suspendidas del techo; habían sido colgadas del cuello. Las cuerdas se enroscaban y retorcían sobre la piel hinchada y violeta. Los cuerpos tiesos se mecían ligeramente de un lado a otro con las lenguas rosadas colgando de los labios blancos. Todos tenían los ojos abiertos, vidriosos y sin vida. Al parecer, llevaban horas así. Tanto la ropa como algunas caras le resultaron familiares.

Thomas cayó de rodillas.

Él sabía quiénes eran esas personas.

Eran quienes los habían rescatado apenas el día anterior.

# 4

Al ponerse de pie, Thomas trató de no mirar a ninguno de los cadáveres. Se dirigió trastabillando hacia Newt, que permanecía junto a los interruptores observando aterrorizado los cuerpos que colgaban del techo.

Minho se unió a ellos insultando en voz baja. Los demás Habitantes iban apareciendo desde el dormitorio y se ponían a gritar apenas comprendían lo que estaban viendo. Thomas escuchó que algunos vomitaban y escupían. Él mismo sintió el impulso repentino, pero lo reprimió. ¿Qué había pasado? ¿Cómo había sido posible que les arrebataran tan rápidamente lo que tenían? Sintió que la desesperación amenazaba con derrotarlo y se le hizo un nudo en el estómago.

Fue entonces que se acordó de Teresa.

*¡Teresa!*, la llamó con su mente. *¡Teresa!* Con los ojos cerrados y la mandíbula apretada, gritó mentalmente su nombre una y otra vez. *¿Dónde estás?*

−Tommy −dijo Newt, estirando la mano para palmearle el hombro−. ¿Qué rayos te ocurre?

Thomas abrió los ojos y vio que tenía el cuerpo doblado hacia adelante y los brazos cruzados sobre el estómago. Se enderezó despacio mientras intentaba alejar el pánico que lo carcomía por dentro.

−¿Tú qué crees? Echa una mirada a tu alrededor.

−Ya sé, pero parecía que tenías algún dolor o algo así.

−Estoy bien, solo trataba de conectarme con ella en mi cabeza. Pero no puedo −respondió. No estaba bien, pero odiaba recordarles a los demás que Teresa y él podían hablar telepáticamente. Y si toda esa gente estuviera muerta…−. Tenemos que averiguar dónde la pusieron −dijo de golpe. Necesitaba aferrarse a una tarea que le despejara la mente.

Haciendo un gran esfuerzo para no mirar a los cadáveres, recorrió la sala en busca de una puerta que pudiera conducirlos a su habitación. Ella había dicho que estaba al otro lado de la sala común, donde comieron la noche anterior.

Ahí estaba. Amarilla, con una manija de bronce.

–Tiene razón –dijo Minho al grupo–. ¡Muévanse y búsquen a Teresa!

Thomas ya se había puesto en movimiento, sorprendido ante su rápida recuperación. Esquivando mesas y cuerpos, corrió hacia la puerta. Ella tenía que estar ahí adentro, sana y salva igual que ellos.

Estaba cerrada: esa era una buena señal. Probablemente con llave. Quizás había caído en un sueño profundo, como le sucedió a él. Y por ese motivo estaba callada y no le respondía.

Cuando se encontraba muy cerca, recordó que tal vez necesitaran algo para entrar en la habitación.

–¡Que alguien traiga el extinguidor! –gritó por sobre su hombro. El olor del área común era horroroso. Sintió náuseas y respiró hondo.

–Winston, ve a buscarlo –ordenó Minho desde atrás.

Thomas fue el primero en llegar y probó mover la manija: estaba completamente trabada. Después reparó en un pequeño exhibidor transparente de unos doce centímetros cuadrados, que colgaba a la derecha de la pared. Dentro de la angosta ranura había una hoja de papel con varias palabras impresas.

**Teresa Agnes. Grupo A, Recluta A1**
**La Traidora**

Curiosamente, lo que más le llamó la atención fue el apellido de Teresa. O, por lo menos, lo que aparentaba serlo. Agnes. No sabía por qué, pero le resultaba sorprendente. Teresa Agnes. Entre sus conocimientos fragmentarios de historia, que flotaban en sus recuerdos todavía escasos, no se le ocurrió nadie que correspondiera con ese nombre. A él lo habían llamado así por Thomas Edison, el gran inventor. Pero ¿Teresa Agnes? Jamás la había oído nombrar.

Era obvio también que todos los nombres eran más que nada una broma. Tal vez una forma despiadada que encontraron los Creadores –CRUEL o quienes fueran los responsables de todo eso– de distanciarse de las personas *reales*, que ellos habían robado a madres y padres *reales*. Thomas no veía la hora de enterarse de qué nombre le habían puesto al nacer, el nombre que estaba escrito en la mente de sus padres, quienesquiera que fueran. Dondequiera que se encontraran.

Los recuerdos parciales y poco precisos que inicialmente había recuperado al pasar por la Transformación le hicieron pensar que sus padres no lo querían. Que él había sido arrancado de circunstancias terribles. Pero ahora se negaba a creer eso, especialmente después de haber soñado con su mamá durante la noche.

Minho sacudió la mano delante de sus ojos.

–¿Hola? Llamando a Thomas. No es buen momento para soñar despierto. Hay muchos cadáveres y huelen peor que la comida de Sartén. Despierta.

Thomas giró hacia él.

–Lo siento. Solo me pareció extraño que el apellido de Teresa fuera Agnes.

Minho chasqueó la lengua.

–¿A quién le importa eso? ¿Qué es esta maldita cuestión de que ella es la Traidora?

–¿Y qué significa "Grupo A, Recluta A1"? –preguntó Newt mientras le alcanzaba el extinguidor a Thomas–. De cualquier manera, ahora es tu turno de romper esta condenada cerradura.

Enojado consigo mismo por haber perdido aunque solo fuera unos segundos pensando en esa estúpida etiqueta, Thomas sostuvo el extinguidor. Teresa estaba allí dentro y necesitaba su ayuda. Trató de ignorar la palabra *traidora* y estrelló el cilindro en la perilla de bronce. Sus brazos se sacudieron y el sonido de los metales se extendió por el aire. Sintió que cedía un poco. Después de dos golpes más, la manija cayó y la puerta se abrió unos centímetros.

Tiró el extinguidor a un lado y empujó la puerta para abrirla por completo. Sentía una mezcla de nerviosismo y temor ante lo que podía encontrar. Fue el primero en entrar en la habitación iluminada.

Era una versión más pequeña del dormitorio de los varones: solo cuatro literas, dos cómodas y una puerta cerrada que, supuestamente, conducía a otro baño. Todas las camas estaban bien hechas excepto una, que tenía las mantas enrolladas hacia un lado, una almohada colgando del borde y las sábanas arrugadas. Pero no había rastros de ella.

—¡Teresa! —la llamó. Sintió que el pánico le rasgaba la garganta.

A través de la puerta cerrada, llegó el sonido del agua fluyendo al oprimirse la palanca del retrete y Thomas sintió que un alivio inesperado lo embargaba. Fue una emoción tan fuerte que casi lo derriba. Ella estaba ahí, a salvo. Cuando se dirigía velozmente hacia el baño, Newt lo tomó del brazo.

—Estás acostumbrado a vivir con una banda de chicos —comentó Newt—. No creo que sea muy educado entrar sin golpear al baño de damas. Espera que ella salga.

—Luego tenemos que reunir a todos y realizar una Asamblea —acotó Minho—. En este lugar no hay mal olor ni tampoco ventanas con Cranks vociferando contra nosotros.

Hasta ese momento, Thomas no había notado la falta de ventanas, a pesar de que, considerando el caos reinante en su propio dormitorio, debería haber sido algo muy evidente. Cranks. Casi los había olvidado.

—Ojalá se diera prisa —murmuró.

—Iré a buscar a todos —dijo Minho, y regresó a la sala común.

Thomas se quedó con la mirada fija en la puerta del baño. Newt, Sartén y algunos Habitantes se apresuraron a entrar en la habitación y tomaron asiento en las camas. Se inclinaron hacia adelante con los codos sobre las rodillas, mientras se frotaban distraídamente las manos. El lenguaje corporal dejaba ver claramente la ansiedad y la preocupación.

*¿Teresa?*, dijo Thomas en su mente. *¿Puedes oírme? Estamos esperándote aquí afuera.*

Ninguna respuesta. Seguía experimentando ese gran vacío, como si la presencia de ella le hubiera sido arrancada para siempre.

Se escuchó un ruido seco. La manija giró y la puerta del baño se abrió hacia donde se encontraba él. Se acercó, listo para envolver a Teresa en un abrazo sin importarle quién estuviera allí para verlo. Pero la persona que entró en el dormitorio no era ella. Thomas se detuvo a mitad de camino y casi tropieza. En su interior, todo pareció desmoronarse.

Era un chico.

Llevaba el mismo tipo de ropa que les habían dado a ellos la noche anterior: pijamas limpios con una camisa abotonada y pantalones de franela color celeste. Tenía piel aceitunada y pelo oscuro sorprendentemente corto. Lo único que impidió que Thomas aferrara del cuello al larcho y lo sacudiera hasta que soltara alguna respuesta fue la expresión inocente y sorprendida de su rostro.

—¿Quién eres? —le preguntó, sin preocuparse por lo duras que sonaban sus palabras.

—¿Quién soy? —respondió el chico, con un dejo de sarcasmo—. ¿Quién eres *tú*?

Newt se había puesto de pie nuevamente, quedando todavía más cerca que Thomas del muchacho nuevo.

—No te pongas pesado porque somos muchos y tú estás solo. Dinos quién eres.

El chico se cruzó de brazos en actitud desafiante.

—Muy bien. Me llamo Aris. ¿Qué más quieren saber?

Thomas quería darle un golpe. Actuaba de manera arrogante mientras Teresa se hallaba desaparecida.

—¿Cómo llegaste a este lugar? ¿Dónde está la chica que durmió aquí anoche?

—¿Chica? ¿Qué chica? No hay nadie más. Estoy solo desde anoche, cuando ellos me trajeron acá.

Thomas se dio vuelta y apuntó en dirección a la puerta que daba a la sala común.

—Hay un cartel allá afuera que *dice* que este es el dormitorio de ella. Teresa... Agnes. No se menciona ningún garlopo llamado *Aris*.

Algo en su tono de voz hizo que el chico comprendiera que Thomas no estaba jugando. Extendió las manos en un gesto conciliador.

—Hombre, no sé de qué estás hablando. Anoche me pusieron en este lugar, dormí en *esa* cama —señaló la que tenía la manta y las sábanas arrugadas— y me desperté hace unos cinco minutos y fui a hacer pis. Nunca escuché el nombre Teresa Agnes en mi vida. Lo siento.

Ese momento fugaz de alivio que Thomas había experimentado al escuchar el ruido del baño, había quedado oficialmente aniquilado. Intercambió miradas con Newt, sin saber qué más preguntar.

Su amigo se encogió ligeramente de hombros y se volvió hacia Aris.

—¿*Quiénes* te pusieron aquí anoche?

Aris levantó los brazos y luego los dejó caer a ambos lados del cuerpo de golpe.

—Ni siquiera lo sé, hermano. Un grupo de personas con pistolas, que nos rescataron y nos dijeron que ahora todo iba a estar bien.

—¿De qué los rescataron? —preguntó Thomas. Todo se estaba volviendo muy raro. Cada vez más.

Aris desvió la mirada hacia abajo y dejó caer los hombros. Parecía que el recuerdo de algo terrible lo hubiera asaltado. Dio un suspiro y, después de unos segundos, levantó los ojos hacia Thomas y respondió:

—Del Laberinto, viejo. Del Laberinto.

# 5

Algo se aplacó dentro de Thomas. Supo que Aris no estaba mintiendo. La expresión de horror que había visto en sus ojos le resultaba muy familiar. Él mismo se había sentido así y lo había percibido en muchos otros rostros. Conocía perfectamente cuáles eran los terribles recuerdos que provocaban semejante gesto. También supo que Aris no tenía la más mínima idea de lo que le había ocurrido a Teresa.

—Quizás sería mejor que te sentaras —dijo—. Creo que tenemos mucho que hablar.

—¿Qué quieres decir? —preguntó Aris—. ¿Quiénes son ustedes? ¿De dónde vinieron?

Thomas esbozó una leve sonrisa.

—El Laberinto. Los Penitentes. CRUEL. Tienes para elegir —bromeó. Habían pasado tantas cosas que era difícil saber por dónde comenzar. Además, su cabeza no dejaba de dar vueltas por la preocupación que le causaba la desaparición de Teresa. Hubiera querido salir corriendo de la habitación y buscarla de inmediato, pero no lo hizo.

—Están mintiendo —dijo Aris, con una voz apenas perceptible y la cara cada vez más pálida.

—Lamentablemente no —repuso Newt—. Tommy tiene razón. Es necesario que hablemos. Tengo la impresión de que hemos estado en lugares similares.

—¿Quién es ese tipo?

Thomas se dio vuelta y se encontró con Minho. Un grupo de Habitantes se encontraba de pie detrás de él, al otro lado de la entrada. Tenían las caras fruncidas por la repugnancia que les causaba el olor que había ahí afuera, y los ojos llenos de terror ante la visión de lo que llenaba la sala común.

–Minho, te presento a Aris –dijo Thomas, dando un paso al costado y señalando al otro chico–. Aris, te presento a Minho.

Minho balbuceó algo ininteligible, como si no pudiera decidir qué debía hacer.

–Veamos –intervino Newt–. Bajemos las camas superiores y coloquémoslas alrededor de la habitación. Luego podremos sentarnos y dilucidar qué demonios está sucediendo.

Thomas sacudió la cabeza.

–No. Primero debemos ir a buscar a Teresa. Tiene que estar en otro cuarto.

–No hay otro –dijo Minho.

–¿Qué quieres decir?

–Ya revisé todo el lugar. Está el gran espacio común, este cuarto, nuestro dormitorio y unas miserables puertas que conducen al exterior, por donde entramos ayer al bajar del autobús. Cerradas y trabadas desde *adentro* con cadenas. No tiene sentido, pero no veo otras salidas.

Los ojos de Thomas vagaron por el recinto con una expresión de gran desconcierto. Sentía como si millones de telarañas cubrieran su mente.

–Pero… ¿qué fue lo de anoche? ¿De dónde vino la comida? ¿Acaso nadie vio otras habitaciones, una cocina, algo? –preguntó, mientras echaba una mirada a su alrededor esperando alguna respuesta, pero nadie pronunció una sola palabra.

–Quizás haya una puerta escondida –dijo Newt finalmente–. Oigan, solo podemos hacer una cosa a la vez. Hay que…

–¡No! –gritó Thomas–. Tenemos todo el día para hablar con este tipo Aris. Según decía el cartel de la puerta, Teresa debería estar aquí en alguna parte. ¡Hay que encontrarla!

Sin esperar respuesta, se encaminó hacia el área común, abriéndose paso entre los chicos. El olor lo golpeó como si le hubieran arrojado en la cabeza una cubeta de aguas residuales. Los cuerpos morados e hinchados colgaban del techo como presas de caza puestas a secar. Los ojos sin vida lo observaban fijamente.

Un conocido hormigueo nauseabundo le llenó el estómago y provocó sus ganas de vomitar. Cerró los ojos durante un segundo y logró calmar sus entrañas. Una vez recuperado, empezó a buscar algún rastro de Teresa haciendo un gran esfuerzo de concentración para no mirar a los muertos.

De pronto, un pensamiento horrible lo atacó. *¿Y si ella…?*

Corrió por la sala estudiando las facciones de los cadáveres. Ninguno era el de Teresa. Una vez que la tranquilidad disolvió el fugaz ataque de pánico, recorrió con atención el recinto.

Las paredes que rodeaban el área común eran sencillas: yeso liso pintado de blanco, sin adornos de ningún tipo. Y, por alguna extraña razón, no había ventanas. Deslizando la mano izquierda por la pared, fue haciendo un recorrido rápido por toda la circunferencia. Llegó a la puerta del dormitorio de los varones, siguió de largo y después se dirigió a la principal, por donde habían entrado el día anterior. En aquel momento llovía torrencialmente, lo cual resultaba impensable, teniendo en cuenta el sol que antes había visto brillar detrás del lunático.

La entrada (o salida) estaba compuesta por dos amplias puertas de acero, cuyas superficies eran de un plateado brillante. Y, como Minho había dicho, tenían una cadena gigantesca, con eslabones de casi tres centímetros de grosor, pasada a través de las manijas y tensada con dos grandes candados. Thomas estiró la mano y dio un tirón a la cadena para evaluar su fuerza. Sintió entre los dedos el frío del metal, que no cedió ni un milímetro.

Esperaba oír ruidos y golpes del otro lado: Cranks intentando entrar, tal como los había visto detrás de las ventanas de la habitación de los chicos. Pero la sala permanecía en silencio. Solo se escuchaban algunos sonidos amortiguados que provenían de los dos dormitorios: gritos y aullidos distantes de los Cranks y murmullos de conversación de los Habitantes.

En medio del desaliento, continuó su caminata hasta que decidió regresar a la habitación que había pertenecido *supuestamente* a Teresa. Nada, ni siquiera una rajadura o una grieta que indicara la presencia de otra salida. Se trataba de un gran óvalo, sin ángulos rectos.

Thomas estaba completamente desorientado. Recordó la noche anterior, cuando se habían sentado allí, muertos de hambre, a comer pizza. Tenían que haber visto otras puertas, una cocina, algo. Pero cuanto más pensaba en eso y trataba de imaginarse la situación, más borroso se volvía todo. Una alarma sonó en su cabeza: ya antes habían manipulado sus mentes. ¿Lo habrían hecho otra vez? ¿Acaso sus recuerdos habían sido alterados o borrados?

¿Y qué le había ocurrido a Teresa?

Sumido en la desesperación, pensó en gatear por el suelo en busca de una puerta-trampa o de algún indicio de lo sucedido. Pero no podía pasar un segundo más entre esos cuerpos en estado de putrefacción. Lo único que quedaba era el chico nuevo. Con un suspiro, se dirigió al pequeño dormitorio en donde lo habían encontrado. Aris tenía que saber algo que les resultara útil.

Tal como Newt había ordenado, las literas de arriba habían sido desatornilladas de las de abajo y dispuestas contra las paredes, creando el espacio suficiente para que los diecinueve Habitantes más Aris se sentaran y quedaran todos frente a frente.

Cuando Minho vio a Thomas, le señaló el espacio vacío que se encontraba junto a él.

—Te lo dije, viejo. Toma asiento y hablemos. Te estábamos esperando. Pero cierra primero esa puerta miertera. El olor de allí afuera es peor que el de los pies podridos de Gally.

Sin decir una palabra, Thomas cerró la puerta y fue a sentarse. Quería hundir la cabeza entre las manos, pero no lo hizo. No había ningún indicio seguro de que Teresa estuviera en peligro. Estaba ocurriendo algo extraño, pero existían millones de explicaciones y muchas de ellas incluían la posibilidad de que a ella no le hubiera pasado nada.

Newt estaba sentado a la derecha de Thomas. Se había ubicado tan hacia adelante que solo el borde de su trasero encontraba apoyo en el colchón.

—Muy bien. Comencemos de una vez con el maldito relato de la historia, así después podemos pasar al verdadero problema: encontrar algo para comer.

Justo en ese momento, Thomas sintió retortijones de hambre y escuchó que su estómago rugía. Todavía no había pensado en ese tema. El agua no sería un problema porque tenían los baños, pero no había rastros de comida por ningún lado.

—Buena esa —dijo Minho—. Habla, Aris. Cuéntanos todo.

El chico nuevo estaba del otro lado de la habitación, justo enfrente de Thomas. Los Habitantes que se hallaban sentados a ambos lados del desconocido se habían deslizado hacia atrás en la cama. Aris sacudió la cabeza.

—Ni lo sueñen. Ustedes primero.

—No me digas —respondió Minho—. ¿Y qué tal si nosotros, por turnos, te damos una buena paliza en esa cara de garlopo que tienes? Al terminar, te volveremos a pedir que hables.

—Minho —dijo Newt con expresión seria—. No hay razón para…

Minho señaló bruscamente a Aris.

—Por favor, viejo. Por lo que sabemos, este larcho podría ser uno de los Creadores. Alguien de CRUEL que está aquí para espiarnos. Podría haber matado a la gente que está del otro lado de la puerta. ¡Es el único chico al que no conocemos y las puertas y ventanas están cerradas! Estoy harto de que se comporte como si fuera el rey del mundo cuando somos veinte contra uno. Él debería ser el primero en hablar.

Thomas emitió un gruñido para sus adentros. Si algo tenía claro era que el chico nunca hablaría si Minho lo aterrorizaba.

Newt posó la vista en Aris mientras suspiraba.

—Él tiene razón. Solo explícanos qué quisiste decir con eso de que venías del maldito Laberinto. *Nosotros* escapamos de allí y es obvio que no nos conocemos.

Aris se frotó los ojos y enfrentó la mirada de Newt.

–Perfecto. Escuchen. Me arrojaron en un laberinto gigantesco, hecho de enormes muros de piedra, pero antes de eso me borraron la memoria. No podía recordar nada de mi vida anterior. Solo sabía mi nombre. Viví allí con un grupo de chicas. Deben de haber sido unas cincuenta y yo era el único varón. Escapamos hace unos días. Las personas que nos ayudaron nos alojaron en un gran gimnasio y luego, anoche, me mudaron a mí a este lugar, sin ninguna explicación. ¿Qué es eso de que ustedes también estuvieron en un laberinto?

A causa de las expresiones de sorpresa emitidas por los otros Habitantes, Thomas apenas pudo escuchar las últimas palabras de Aris. La confusión era como un remolino dentro de su mente. Aris había descripto todo lo que le había sucedido tan sencilla y rápidamente como si se tratara de un viaje de vacaciones. Pero parecía algo demencial. De ser cierto, también era impresionante. Por suerte, alguien expresó exactamente lo que Thomas estaba tratando de descifrar en su cabeza.

–Espera un momento –dijo Newt–. ¿Viviste en un enorme laberinto, en una granja, donde los muros se cerraban todas las noches? ¿Tú solo con cincuenta chicas? ¿Había unas criaturas llamadas Penitentes? ¿Fuiste el último en llegar? ¿Y todo se descontroló cuando apareciste? ¿Estabas en estado de coma? ¿Y tenías una nota que decía que eras el último?

–Espera un poco –comentó Aris, aun antes de que Newt hubiera terminado–. ¿Cómo sabes todo eso? ¿Cómo…?

–Es el mismo experimento miertero –dijo Minho. El tono de hostilidad había desparecido de su voz–. O el mismo… como sea. Pero ellos eran todas chicas y un solo chico, y nosotros éramos todos chicos y una sola chica. ¡CRUEL tiene que haber construido dos laberintos iguales para llevar a cabo dos pruebas diferentes!

El pensamiento de Thomas ya había llegado a esa conclusión. Como ya estaba lo suficientemente tranquilo como para hablar, se dirigió a Aris.

–¿Por casualidad no te llamaban el Detonante?

Aris asintió, tan sorprendido como cualquiera de los presentes.

—¿Y podías… —comenzó Thomas, pero vaciló. Sentía que cada vez que sacaba ese tema, estaba admitiendo frente al mundo que estaba loco— ¿podías hablar con una de esas chicas dentro de tu cabeza? Ya sabes, ¿por telepatía?

Aris abrió los ojos y se quedó mirando fijamente a Thomas como si hubiera comprendido un oscuro secreto que solo otra persona que lo compartiera podría llegar a entender.

*¿Puedes oírme?*

La frase apareció tan clara en la mente de Thomas que al principio pensó que Aris había hablado en voz alta. Pero no, sus labios no se habían movido.

*¿Puedes oírme?*, repitió el chico.

Thomas titubeó y luego tragó saliva. *Sí.*

*Ellos la mataron*, le dijo Aris. *Ellos mataron a mi mejor amiga.*

# 6

—¿Qué está pasando? —quiso saber Newt, mientras sus ojos iban y venían entre Thomas y Aris—. ¿Por qué se miran como si estuvieran enamorados?

—Él también puede hacerlo —respondió Thomas, sin despegar los ojos del chico nuevo. La última afirmación de Aris lo había horrorizado: si ellos habían matado a su compañera de telepatía...

—¿Hacer qué? —preguntó Sartén.

—¿Qué crees? —dijo Minho—. Es un *freak* como Thomas. Pueden hablarse por medio de la mente.

Newt le echó una mirada fulminante.

—¿En serio?

Thomas hizo un gesto afirmativo y ya estaba por continuar la conversación con Aris dentro de su cabeza, pero, a último momento, le habló en voz alta.

—¿*Quién* la mató? ¿Qué pasó?

—¿Quién mató a quién? —intervino Minho—. Corten ya con esa práctica vudú cuando estén con nosotros.

Con los ojos vidriosos, Thomas finalmente desvió la mirada de Aris y se detuvo en Minho.

—Él tenía alguien con quien se comunicaba de esta manera, al igual que yo lo hacía. Digo... lo hago. Pero dijo que ellos la mataron. Quiero saber quiénes son *ellos*.

Aris había dejado caer la cabeza. A Thomas le pareció que tenía los ojos cerrados.

—Realmente no sé quiénes son *ellos*. Todo es muy confuso. No puedo distinguir quiénes son los buenos y quiénes son los malos. Pero creo que de alguna manera ellos hicieron que una chica llamada Beth… apuñalara… a mi amiga. Su nombre era Raquel. Está muerta, amigo. Muerta –repitió, y se cubrió el rostro con las manos.

Thomas sintió que la confusión era como un aguijón que le pinchaba el cuerpo. Todo indicaba que Aris venía de otra versión del Laberinto, diseñado con el mismo formato, excepto que la proporción de chicas y chicos había sido alterada. Y eso convertiría a Aris en la versión de Teresa. Y esa Beth parecía ocupar el lugar de Gally, quien había matado a Chuck. Con un cuchillo. ¿Acaso eso significaba que Gally debería haber matado a Thomas y no a Chuck?

Pero ¿por qué Aris estaba allí en ese momento? ¿Y dónde se encontraba Teresa? Las piezas que habían comenzado a acomodarse en su mente volvieron a desordenarse.

–¿Y cómo fue que terminaste con nosotros? –preguntó Newt–. ¿Dónde están todas esas chicas de las que hablas? ¿Cuántas escaparon contigo? ¿Ellos los trajeron a todos aquí o solamente a ti?

Thomas no pudo evitar sentir pena por Aris. Que lo interrogaran de esa manera después de todo lo ocurrido… Si los roles hubieran estado cambiados, si él hubiera visto morir a Teresa… Ser testigo de la muerte de Chuck ya había sido suficientemente malo.

*¿Suficientemente malo?*, pensó. *¿O ver morir a Chuck había sido lo peor?* Quería gritar. En ese momento, el mundo le pareció una porquería.

Aris levantó por fin la cabeza y se secó un par de lágrimas de sus mejillas. Lo hizo sin la menor sombra de vergüenza y, de repente, Thomas descubrió que ese chico le caía bien.

–Oigan –dijo Aris–. Yo estoy tan desconcertado como cualquiera de ustedes. Sobrevivimos unos treinta; ellos nos llevaron a ese gimnasio, nos dieron de comer y nos limpiaron. Anoche me trajeron a este lugar, diciendo que debían ponerme aparte porque era varón. Eso es todo. Después aparecieron ustedes, astillas.

–¿*Astillas*? –repitió Minho.

Aris sacudió la cabeza.

—Olvídalo. Yo ni siquiera sé qué quiere decir. Es solo una palabra que ellas usaban cuando llegué al Laberinto.

Minho intercambió una mirada con Thomas y emitió una sonrisa. Daba la impresión de que ambos grupos habían inventado su propio lenguaje.

—Hey —exclamó uno de los Habitantes a quien Thomas no conocía. Estaba apoyado contra la pared, detrás de Aris, y lo señalaba—. ¿Qué es eso que tienes al costado del cuello? Algo negro, justo debajo del cuello de la camisa.

Aris trató de mirar, pero no podía doblar el cuello para contemplar esa parte de su cuerpo.

—¿Qué tengo?

Cuando el chico se dio vuelta, Thomas alcanzó a ver una mancha negra de forma irregular, justo arriba de la parte trasera de la camisa del piyama. Parecía ser una línea gruesa que se extendía desde el hueco de la clavícula hasta la espalda. Y estaba cortada, como si tuviera una leyenda.

—Espera, déjame ver —se ofreció Newt. Se levantó de la cama y caminó hasta él: su renguera, causada por algo que le había ocurrido en el pasado y que nunca había compartido con Thomas, era más evidente que nunca. Estiró la mano y jaló la camisa de Aris hacia abajo para poder ver mejor esa marca tan rara.

—Es un tatuaje —dijo Newt, entornando los ojos como si no creyera lo que estaba viendo.

—¿Qué dice? —preguntó Minho, aunque ya se encontraba de pie para poder mirar directamente.

Como Newt no contestó de inmediato, Thomas, llevado por la curiosidad, saltó de la cama y se acercó para observar el tatuaje por sí mismo. Impresa en letras de imprenta, había una leyenda que hizo saltar su corazón.

**Propiedad de CRUEL. Grupo B, Recluta B1. El Compañero.**

—¿Y eso qué significa? —preguntó Minho.

–¿Qué dice? –gritó Aris, y estiró la mano para tocarse la piel del cuello y de los hombros, empujando hacia abajo el cuello de la camisa–. ¡Juro que eso no estaba ahí anoche!

Newt repitió las palabras para sí y luego hizo un comentario en voz alta.

–¿Propiedad de CRUEL? Yo pensé que habíamos escapado de ellos. O que tú habías escapado de ellos, también. Qué sé yo –masculló, frustrado, y fue a sentarse en la cama.

–¿Y por qué te llamarían el Compañero? –dijo Minho, sin dejar de contemplar el tatuaje.

Aris hizo un gesto de ignorancia.

–No tengo idea. Lo juro. Y no hay forma de que eso estuviera allí antes de anoche. Me di una ducha y me miré al espejo. Tendría que haberlo visto. Y seguramente alguien lo hubiera notado cuando estaba en el Laberinto.

–¿Me estás diciendo que alguien te tatuó durante la noche? –repuso Minho–. ¿Sin que te dieras cuenta? Vamos, viejo.

–¡Te lo juro! –insistió Aris. Después se puso de pie y se dirigió al baño, probablemente para ver el tatuaje por sí mismo.

–No creo ni una de sus palabras mierteras –le susurró Minho a Thomas al volver a su asiento. En ese momento, justo cuando se inclinaba hacia adelante para dejarse caer sobre el colchón, se le movió la camisa de tal manera que dejó ver una gruesa línea negra en el cuello.

–¡Guau! –exclamó Thomas, petrificado por el asombro.

–¿Qué pasa? –preguntó Minho, mirándolo como si le hubiera brotado una tercera oreja en la frente.

–Tu… tu cuello –logró articular finalmente–. ¡Tú también lo tienes!

–¿Qué garlopa estás diciendo? –exclamó Minho con la cara arrugada, al tiempo que jalaba de su camisa, luchando inútilmente por distinguir algo.

Thomas se acercó hasta Minho, le apartó las manos y luego corrió hacia atrás el cuello de la prenda–. Dios mío. ¡Está ahí! Es igual, salvo por…

Thomas leyó las palabras en voz baja.

**Propiedad de CRUEL. Grupo A, Recluta A7. El Líder.**

—¡¿Qué dice, hermano?! —le gritó Minho.

La mayoría de los Habitantes se habían agrupado detrás de él, apretujándose para poder verlo. De inmediato, Thomas leyó en voz alta las palabras tatuadas y quedó sorprendido de haber podido hacerlo sin titubear.

—Viejo, me estás tomando el pelo —dijo Minho y se puso de pie para dirigirse al baño.

Y entonces se desató el pánico. Thomas sintió que jalaban su camisa mientras él hacía lo mismo con los demás. Todos comenzaron a hablar al mismo tiempo.

—Todos dicen Grupo A.

—Propiedad de CRUEL, igual que el de él.

—Tú eres el Recluta A-trece.

—Recluta A-diecinueve.

—A-tres.

—A-diez.

Thomas comenzó a girar lentamente, aturdido, observando a los Habitantes que iban descubriendo los tatuajes en cada uno de ellos. La mayoría no tenía la designación adicional como Aris y Minho, solo la parte de la propiedad. Con cara de piedra, Newt recorrió el grupo de chicos, uno por uno, como si estuviera concentrándose en memorizar nombres y números. De pronto, en forma accidental, los dos quedaron frente a frente.

—¿Qué dice el mío? —preguntó Newt.

Thomas le desplazó la camisa a un costado y se inclinó para leer las palabras grabadas en su piel.

—Eres el Recluta A-cinco y te denominaron el *Nexo*.

Newt lo miró con sorpresa.

—¿El *Nexo*?

Thomas se quitó su camisa y dio un paso atrás.

—Sí. Debe de ser porque eres como el eslabón que nos mantiene unidos. No sé. Lee el mío.

—Ya lo hice…

Thomas se dio cuenta de que Newt tenía una expresión rara en el rostro. De duda. O miedo. Como si no quisiera revelarle qué decía su tatuaje.

—¿Y?

—Eres el Recluta A-dos —contestó Newt, bajando la mirada.

—¿Y? —lo apuró Thomas.

Newt vaciló y luego respondió sin mirarlo.

—No te designa de ninguna forma en especial. Solo dice… *"para que lo mate el Grupo B"*.

# 7

Thomas no tenía tiempo para procesar lo que Newt le había dicho. En realidad, estaba tratando de decidir si se sentía más confundido que asustado cuando comenzó a sonar una sirena atronadora en toda la habitación. Instintivamente, se llevó las manos a los oídos y echó un vistazo a los demás.

Notó las miradas desconcertadas de reconocimiento y entonces comprendió: era el mismo sonido que había escuchado en el Laberinto justo antes de que Teresa apareciera en la Caja. Esa había sido la primera vez que lo había oído pero, encerrado entre cuatro paredes, era muy diferente. Más fuerte, mezclado con ecos. De todas maneras, estaba seguro de que era igual. Se trataba de la alarma que utilizaban en el Área para anunciar la llegada de un Novicio.

Mientras la sirena seguía retumbando por el recinto, Thomas sintió que un insoportable dolor de cabeza lo invadía detrás de sus ojos.

Los Habitantes daban vueltas alrededor de la habitación y miraban embobados las paredes y el techo como intentando adivinar de dónde provenía el ruido. Algunos se sentaron en las camas con las manos apretadas a los costados de la cabeza. Thomas también intentó averiguar el origen de la alarma, pero no alcanzó a ver nada. Ni altavoces ni conductos de calefacción o aire acondicionado en las paredes, nada. Solo un sonido que venía de todas partes al mismo tiempo.

Newt lo tomó del brazo y le gritó al oído.

—¡Es la maldita alarma de los Novicios!

—¡Ya lo sé!

—¿Por qué estará sonando?

Thomas se encogió de hombros, esperando que su cara no delatara su enojo. ¿Cómo podía saber qué estaba ocurriendo?

Minho y Aris habían salido del baño frotándose distraídamente la parte de atrás del cuello y recorrían el dormitorio en busca de alguna respuesta. No les llevó mucho tiempo darse cuenta de que los demás tenían tatuajes similares a los suyos. Sartén se había dirigido hacia la puerta que conducía al área común y estaba a punto de apoyar la palma de la mano en el lugar donde antes estaba la manija rota.

—¡Espera! —gritó Thomas impulsivamente y corrió hasta donde se encontraba Sartén, con Newt detrás.

—¿Por qué? —preguntó el cocinero.

—No lo sé —replicó Thomas, sin saber si podían oírlo en medio del estruendo—. Es una *alarma*. Quizás algo muy malo esté sucediendo.

—Claro —exclamó Sartén—. ¡Y quizá tengamos que largarnos de aquí!

Sin detenerse a pensar, empujó la puerta. Al ver que no se movía, presionó más fuerte. Como seguía sin ceder, se apoyó con todo el peso de su cuerpo, con el hombro hacia adelante.

Nada. Parecía como si estuviera tapiada con ladrillos.

—¡Tú rompiste la maldita cerradura! —aulló Sartén, y luego le dio un manotazo a la puerta.

Thomas no quería gritar más. Estaba cansado y le dolía la garganta. Se apoyó en la pared y cruzó los brazos. La mayoría de los Habitantes lucían tan agotados como él, hartos de buscar respuestas o alguna salida. Con rostros inexpresivos, se hallaban de pie en la habitación o sentados en las camas.

Movido más que nada por la desesperación, Thomas llamó a Teresa una vez más. Luego, varias veces más. Pero ella no respondió. De todos modos, con ese ruido ensordecedor, no sabía si se había concentrado lo suficiente como para poder escucharla. Todavía sentía su ausencia. Era como despertarse un día sin dientes en la boca. Uno no necesitaba correr al espejo para darse cuenta de que ya no los tenía más.

De pronto, la alarma se apagó.

Nunca antes había notado que el silencio tuviera su propio sonido. Como un enjambre de abejas zumbando, se instaló en la habitación con ferocidad. Thomas se llevó los dedos a los oídos y los sacudió. Comparado con esa extraña bruma de quietud, cada respiración y cada suspiro eran como una explosión.

Newt fue el primero en hablar.

—No me digan que van a seguir enviándonos esos malditos Novicios.

—¿Dónde está la Caja en este miserable lugar? —masculló Minho con sarcasmo.

Un leve crujido hizo que Thomas desviara la vista hacia la puerta que conducía a la zona común. Se había abierto varios centímetros y, por el resquicio, se apreciaba la oscuridad. Alguien había apagado las luces del otro lado. Sartén retrocedió un paso.

—Creo que quieren que vayamos allí —dijo Minho.

—Entonces, ¿por qué no vas tú primero? —le propuso Sartén.

Minho ya había comenzado a moverse.

—No hay problema. Tal vez tengamos un pequeño shank nuevo a quien molestar y golpear cuando estemos aburridos —bromeó. Se encaminó hacia la puerta, luego se detuvo y miró a Thomas de reojo—. No nos vendría nada mal otro Chuck.

Thomas sabía que no debía enojarse. En realidad, Minho solo trataba, con su manera peculiar, de mostrar que extrañaba tanto a Chuck como cualquiera de ellos. Pero el hecho de que le recordase a su amigo en un momento como ese lo irritó. El instinto le dijo que lo ignorara: ya la estaba pasando bastante mal con todo lo que ocurría a su alrededor. Tenía que mantener alejados sus sentimientos por un rato y seguir adelante. Paso a paso. Debía esclarecer la situación.

—Claro —dijo por fin—. ¿Vas a atravesar la puerta o prefieres que vaya yo primero?

—¿Qué decía tu tatuaje? —repuso Minho de inmediato, ignorando la pregunta.

—No importa. Salgamos de una vez.

Minho asintió. Seguía sin mirarlo directo a los ojos. Luego sonrió; lo que fuese que lo preocupaba tan profundamente pareció esfumarse, y fue reemplazado por su acostumbrada actitud relajada.

–Buena esa. Si un zombi comienza a devorarme la pierna, vengan a socorrerme.

–De acuerdo –contestó Thomas. Quería que su amigo se apresurase y saliera de una vez. Sabía que estaban a punto de experimentar otro cambio importante en ese ridículo viaje y no quería posponerlo un segundo más.

Minho empujó la puerta. La negrura se fue extendiendo. El área común estaba tan oscura como cuando abandonaron el dormitorio de los varones por primera vez. Atravesó la entrada y Thomas lo siguió pegado a los talones.

–Quédate aquí –murmuró Minho–. No es necesario que juguemos otra vez con los tipos muertos a los autitos que chocan. Déjame encontrar primero los interruptores de luz.

–¿Por qué los habrán apagado? –preguntó Thomas–. Quiero decir, *¿quién* habrá sido?

Minho lo miró. La luz del dormitorio de Aris le daba de lleno en el rostro y dejaba ver claramente la sonrisita de suficiencia.

–Hermano, ¿por qué te molestas en hacer preguntas? Nada ha sido razonable hasta ahora y es probable que nada lo sea nunca. Así que cálmate y quédate quieto.

En un instante, atravesó la puerta y fue tragado por la oscuridad. Thomas escuchó los pasos suaves sobre la alfombra y el sonido de la mano que se deslizaba por la pared mientras caminaba.

–¡Aquí están! –gritó, desde el lugar que a Thomas le pareció el correcto.

Se escucharon unos clics y luego las luces iluminaron toda la sala. Por una milésima fracción de segundo, Thomas no comprendió qué había de asombrosamente diferente en esa habitación. Pero luego se dio cuenta y, como si eso hubiera despertado al mismo tiempo sus otros sentidos, advirtió que también se había ido el horrible olor de los cuerpos en descomposición.

Y ahora sabía por qué.

Los cadáveres habían desaparecido sin dejar ningún rastro de que alguna vez hubieran estado allí.

# 8

Pasaron varios segundos antes de que Thomas descubriera que había dejado de respirar. Inhaló profundamente y contempló boquiabierto la habitación ahora vacía. No había cuerpos hinchados con la piel morada. No había mal olor.

Al pasar rengueando a su lado, Newt le dio un leve codazo y después se detuvo en el centro de la sala alfombrada.

–Esto es imposible –dijo, mientras giraba lentamente observando el techo de donde habían colgado los cadáveres apenas unos minutos antes.

–No hubo tiempo suficiente para que alguien se los llevara. Y nadie entró en este maldito lugar. ¡Lo hubiésemos escuchado!

Thomas dio unos pasos al costado y se apoyó en la pared mientras los otros Habitantes y Aris emergían del pequeño dormitorio. Una muda sensación de asombro recorría al grupo a medida que iban notando, uno por uno, que los muertos habían desaparecido. En cuanto a Thomas, otra vez quedó paralizado, insensible, como si ya hubiera perdido la capacidad de sorprenderse.

–Tienes razón –le dijo Minho a Newt–. Estuvimos allí dentro con la puerta cerrada durante… ¿cuánto? ¿Veinte minutos? No hay forma de que alguien haya podido mover todos esos cuerpos tan rápidamente. Además, este lugar está cerrado por *dentro*.

–Sin mencionar que quitaron el olor –agregó Thomas.

Minho asintió con un movimiento de cabeza.

–Shanks, ustedes serán muy inteligentes –dijo Sartén con un resoplido–, pero miren a su alrededor. No están. No importa lo que puedan pensar, de alguna manera ellos se las ingeniaron para deshacerse de los cadáveres.

Thomas no tenía ganas de discutir el tema, ni siquiera de hablar sobre eso. Si los cuerpos se habían ido, ¿qué tenía de raro? Ellos habían visto cosas mucho más extrañas.

–Hey –dijo Winston–. La gente loca dejó de gritar.

Thomas se incorporó y prestó atención. Silencio.

–Yo pensé que no se escuchaban desde el dormitorio de Aris. Pero es cierto, se callaron.

Al instante, todos salieron disparados hacia el dormitorio grande, que se encontraba en el lado más alejado del área común. Con gran curiosidad por contemplar a través de las ventanas y observar el mundo exterior, Thomas echó a correr detrás de los demás. Antes, con los Cranks aullando con las caras apoyadas contra los barrotes de hierro, él se había sentido demasiado aterrorizado como para mirar hacia afuera.

–¡Es imposible! –exclamó Minho desde adelante del grupo. Luego, sin más explicación, desapareció dentro del dormitorio.

Mientras Thomas se movía en esa dirección, notó que los chicos se detenían un segundo en el umbral de la puerta con expresión asombrada antes de entrar en la habitación. Esperó que cada uno de los Habitantes y Aris ingresaran lentamente y luego le tocó su turno.

Tuvo la misma impresión que había percibido en los otros compañeros. En líneas generales, la habitación no había cambiado mucho desde que la habían dejado. Pero existía una diferencia colosal: cada ventana, sin excepción, estaba tapada por un muro de ladrillos por fuera de los barrotes de hierro, que obstruía por completo el espacio abierto. La única luz del dormitorio provenía de los paneles del techo.

–Aun cuando hubieran sido rápidos con esos cuerpos –dijo Newt–, estoy seguro de que no tuvieron tiempo de construir unas condenadas paredes de ladrillos. ¿Qué está pasando aquí?

Thomas observó a Minho caminar hacia una de las ventanas, pasar la mano por los barrotes y apoyarla en los ladrillos rojos.

–Sólido –dijo y luego le dio un golpe.

–Ni siquiera parece estar fresco –murmuró Thomas, acercándose a otra ventana para examinarla. Dura y fría–. El material está seco. De alguna manera, nos engañaron. Eso es todo.

–¿Nos engañaron? –preguntó Sartén–. ¿Cómo?

Thomas se alzó de hombros. Otra vez la indiferencia. Seguía deseando desesperadamente poder hablar con Teresa.

–No lo sé. ¿Se acuerdan del Acantilado? Saltamos en el aire y atravesamos un agujero invisible. ¿Quién sabe lo que esta gente es capaz de hacer?

La siguiente media hora transcurrió en una nebulosa. Thomas deambulaba por ahí, igual que los demás, inspeccionando los muros de ladrillos, buscando señales de lo que podría haber cambiado. Varias cosas lucían diferentes. Una más extraña que la otra. Todas las camas del dormitorio de los Habitantes estaban hechas y no había rastros de la ropa sucia que llevaban al llegar, antes de ponerse los pijamas que les habían dado la noche anterior. Las cómodas habían sido cambiadas de lugar, aunque la diferencia era muy sutil y algunos pensaban que seguían en el mismo sitio. De cualquier manera, todas contenían ropa y zapatos limpios, y relojes digitales nuevos para cada uno de los chicos.

Pero el cambio más grande de todos, descubierto por Minho, era el cartel que estaba fuera de la habitación donde habían encontrado a Aris. En vez de decir *Teresa Agnes, Grupo A, Recluta A1, la Traidora*, ahora decía:

Aris Jones, Grupo B, Recluta B1
El Compañero

Todos observaron la nueva placa y luego se alejaron, pero Thomas se encontró de pie frente a ella, incapaz de despegar la mirada. Sentía que la nueva etiqueta era la confirmación oficial de que le habían quitado a Teresa y la habían reemplazado por Aris. Nada tenía sentido y ya nada le importaba. Regresó al dormitorio de los varones, encontró el catre donde había dormido durante la noche —o al menos, donde *creía* haber dormido– y se echó, con la almohada encima de la cabeza, como si de esa manera pudiera hacer que todos los demás se desvanecieran.

¿Qué le había pasado a ella? ¿Qué les había pasado a *ellos*? ¿Dónde se encontraban? ¿Qué se suponía que debían hacer? Y esos tatuajes...

Colocó la cabeza de costado, luego todo el cuerpo, apretó los ojos, cruzó los brazos con fuerza y levantó las piernas hasta quedar en posición fetal. Después, decidido a seguir intentando hasta recibir una contestación, la llamó con el pensamiento.

*¿Teresa?* Una pausa. *¿Teresa?* Una pausa más larga. *¡Teresa!* Lanzó el grito con la mente y todo su cuerpo se puso tenso por el esfuerzo. *¡Teresa! ¿Dónde estás? Por favor, ¡contéstame! ¿Por qué no tratas de conectarte conmigo? Ter...*

*¡Sal de mi cabeza!*

Las palabras explotaron dentro de su cerebro. Sonaron de forma tan intensa y extrañamente audible que sintió punzadas de dolor detrás de los ojos y en los oídos. Se incorporó en la cama y al instante se puso de pie. Era ella. Sin ninguna duda.

*¿Teresa?* Apoyó con fuerza los dos primeros dedos de ambas manos en las sienes. *¿Teresa?*

*Quienquiera que seas, ¡vete de mi cabeza miertera!*

Thomas retrocedió trastabillando hasta que se sentó nuevamente en la cama. Cerró los ojos mientras se concentraba.

*Teresa, ¿qué estás diciendo? Soy yo. Thomas. ¿Dónde estás?*

*¡Cállate!* Era ella, estaba seguro, pero su voz mental estaba llena de miedo y de ira. *¡Cállate de una vez! ¡No sé quién eres! ¡Déjame en paz!*

*Pero...* comenzó él, sin saber qué decir; *Teresa, ¿qué te pasa?*

Ella hizo una pausa antes de responder, como si estuviera pensando qué responder, y cuando finalmente volvió a hablar, Thomas percibió en ella una tranquilidad casi perturbadora.

*Déjame tranquila o iré a buscarte y te cortaré el cuello. Lo juro.*

Y luego se fue. A pesar de la advertencia, trató de llamarla, pero volvió a sentir el mismo vacío que se había instalado en él desde aquella mañana.

La presencia de Teresa se había esfumado.

Con la sensación de que algo horrible lo quemaba por dentro, se echó hacia atrás en la cama. Sepultó la cabeza bajo la almohada y lloró por primera vez desde la muerte de Chuck. Las palabras escritas en la etiqueta junto a la puerta —La Traidora— asomaban una y otra vez en su mente. Pero él las apartó de sus pensamientos.

Sorprendentemente, nadie lo molestó ni le preguntó qué le sucedía. Sus sollozos ahogados se fueron apaciguando poco a poco y finalmente se durmió. Una vez más, tuvo un sueño.

Esta vez era un poquito más grande, debía tener siete u ocho años. Una luz muy brillante, como mágica, flotaba sobre su cabeza.

Unas personas con trajes verdes muy raros y unos anteojos ridículos lo examinaban, y sus cabezas tapaban momentáneamente el resplandor. Solo podía verles los ojos. Tenían la boca y la nariz cubiertas con máscaras. Thomas era él mismo a esa edad, al igual que la vez anterior, pero a la vez estaba observando todo desde afuera, como si fuera un extraño. Sin embargo, podía sentir el miedo del niño.

Las personas estaban hablando, las voces eran opacas y aburridas. Había hombres y mujeres, pero él no podía distinguirlos ni sabía quiénes eran.

No comprendía demasiado lo que estaba pasando.

Solo le llegaban imágenes fugaces. Fragmentos de conversación. Todo era aterrador.

—Tendremos que realizar un corte más profundo tanto en él como en la chica.

—¿Crees que sus mentes podrán soportarlo?

—¿Saben algo? Esto es tan asombroso: la Llamarada está arraigada en su interior.

—Es probable que muera.

—O peor. Es probable que viva.

Escuchó una sola cosa más. Por fin algo que no lo hizo estremecerse de repugnancia o de miedo.

—O es probable que él y los otros nos salven. A todos.

# 9

Cuando despertó, tenía la cabeza como si le hubiesen introducido trozos de hielo a martillazos a través de los oídos. Con una mueca de dolor, levantó las manos para frotarse los ojos y sintió náuseas. El dormitorio comenzó a inclinarse. Entonces recordó las cosas terribles que había dicho Teresa, ese sueño breve, y el sufrimiento se apoderó de él. ¿Quiénes serían esas personas? ¿Habría sido real? ¿Qué habrían querido decir cuando hicieron esos comentarios espantosos acerca de su mente?

—Me alegra ver que todavía recuerdas cómo echarte una siesta.

Thomas espió con los ojos entornados y alcanzó a ver a Newt de pie junto a la cama.

—¿Cuánto tiempo dormí? —preguntó, y se obligó a esconder los pensamientos de Teresa y el sueño (¿recuerdo?) en un oscuro rincón de su memoria para reflexionar acerca de ellos más tarde.

Newt le echó un vistazo al reloj.

—Un par de horas. Cuando notamos que te habías acostado, en realidad todos nos sentimos más tranquilos. No hay mucho que podamos hacer salvo sentarnos y esperar que ocurra algo nuevo. Este lugar no tiene salida.

Thomas trató de no gemir mientras se incorporaba hasta quedar sentado, con la espalda contra la pared.

—¿Al menos tenemos algo de comida?

—No. Pero estoy totalmente seguro de que esta gente no se tomaría el trabajo de traernos hasta aquí, engañarnos o lo que sea que hayan hecho, para dejarnos morir de hambre. Algo va a suceder. Me recuerda cuando nos mandaron al Área. Yo estaba en el primer grupo junto con Alby, Minho y varios más. Los Habitantes originales —pronunció las últimas palabras con una fuerte carga de sarcasmo.

Thomas estaba intrigado y sorprendido de que nunca antes se le hubiera ocurrido indagar cómo había sido aquello.

—¿Y qué tenía de parecido con esto?

Newt había clavado la mirada en la pared de ladrillos de la ventana más cercana.

—Nos despertamos al mediodía. Nos hallábamos acostados en el suelo alrededor de las puertas de la Caja, que estaba cerrada. Nos habían borrado la memoria, igual que a ti cuando llegaste. Te habría sorprendido ver lo rápido que nos recuperamos y dejamos el pánico de lado. Éramos unos treinta. Obviamente, no teníamos ni la más remota idea de lo que había pasado, cómo habíamos terminado allí ni qué se suponía que debíamos hacer. Estábamos aterrados, desorientados. Sin embargo, como todos nos encontrábamos en la misma situación espantosa, nos organizamos y analizamos el lugar. En pocos días, la granja estaba funcionando a pleno y cada uno tenía su propio trabajo.

Thomas se sintió aliviado al comprobar que el dolor de cabeza había disminuido. Tenía curiosidad por conocer cómo había sido el Área en sus comienzos: las piezas dispersas del rompecabezas que había recuperado en la Transformación no bastaban para formar recuerdos firmes.

—¿Los Creadores les habían dejado todo preparado? ¿Los cultivos, los animales, todo eso?

Newt asintió. Sus ojos continuaban pegados a la ventana de ladrillos.

—Sí, pero nos llevó muchísimo trabajo que todo funcionara en forma eficiente. Utilizamos el método de ensayo y error.

—Entonces... ¿en qué te recuerda esto a aquello? —volvió a preguntar Thomas.

Finalmente, Newt desvió la vista de la pared y lo miró.

—Supongo que en ese momento todos pensamos que era obvio que nos habían mandado allí por una *razón*. Si hubieran querido matarnos, ya lo habrían hecho. ¿Para qué iban a enviarnos a un lugar inmenso con una casa, un granero y animales? Y como no teníamos otra opción, lo aceptamos y comenzamos a trabajar y a explorar.

–Pero acá ya terminamos de explorar –lo refutó Thomas–. Y no hay animales ni comida ni Laberinto.

–Ya lo sé. Pero, vamos, es la misma idea. Es obvio que estamos aquí por una maldita razón. A la larga, descubriremos cuál es.

–Si antes no nos morimos de hambre.

Newt apuntó hacia el baño.

–Tenemos agua de sobra, así que pasarán por lo menos unos días antes de eso. Algo va a suceder.

En el fondo, Thomas estaba de acuerdo y solo discutía para fortalecer la idea en su mente.

–¿Y qué piensas de todos esos muertos que vimos? Quizás nos rescataron de verdad, los mataron y ahora estamos perdidos. Tal vez se suponía que debíamos hacer algo, pero ahora todo se arruinó y nos dejaron aquí para morir.

Newt soltó una carcajada.

–Pescado, eres un larcho deprimido. No, con todos esos cadáveres desapareciendo mágicamente y las paredes de ladrillos, yo diría que esto es parecido al Laberinto. Raro y sin explicación. El misterio más grande de todos. Quién sabe, tal vez sea nuestra próxima prueba. Pase lo que pase, tendremos una oportunidad, igual que en el maldito Laberinto. Te lo garantizo.

–Sí –murmuró Thomas. Se preguntó si debía compartir sus sueños, pero decidió dejarlo para más adelante–. Espero que tengas razón. Mientras no aparezcan de improviso los Penitentes, estaremos bien.

Antes de que Thomas terminara de hablar, Newt ya estaba sacudiendo la cabeza.

–Por favor, viejo. Ten cuidado con lo que pides. Quizás nos manden algo peor.

Justo en ese momento, la imagen de Teresa surgió en su mente y le hizo perder las ganas de hablar.

–¿Quién es ahora el alegre? –se forzó a comentar.

—Es cierto —replicó Newt y luego se puso de pie—. Creo que me iré a molestar a otro antes de que comience la maldita diversión. Espero que sea pronto, porque tengo hambre.

—Ten cuidado con lo que pides.

—Buena esa.

Newt se alejó. Thomas se deslizó hacia abajo para acostarse de espaldas y se quedó mirando la parte de abajo de la litera que estaba encima de él. Después de un rato, cerró los ojos. Pero cuando vio el rostro de Teresa en la oscuridad de sus pensamientos, los abrió de inmediato. Si quería seguir adelante, tendría que tratar de olvidarse de ella por el momento.

Hambre.

*Es como un animal atrapado dentro de uno*, pensó Thomas. Después de tres días completos sin comer, podía sentir las garras de una bestia feroz tratando de abrirse paso en su estómago. Lo sentía cada segundo de cada minuto de cada hora. Bebía agua de los lavabos del baño lo más frecuentemente posible, pero eso no lograba espantar a la fiera. Más bien, parecía que la fortalecía, y el dolor aumentaba en su interior.

Los demás sentían lo mismo, aun cuando la mayoría no expresara sus quejas. Thomas los veía vagar con las cabezas gachas, las mandíbulas flojas, como si con cada paso quemasen mil calorías. Se pasaban la lengua por los labios constantemente. Se agarraban el estómago y lo presionaban como tratando de calmar a esa bestia que los consumía. A menos que tuvieran que usar el baño o tomar agua, los Habitantes permanecían quietos, sin moverse. Al igual que él, estaban echados en las camas, sin vida. La piel pálida, los ojos hundidos.

Thomas sentía que se iba deteriorando progresivamente y ver a los demás solo empeoraba las cosas. Era un cruel recordatorio de que no podía ignorar la situación, que era real y que la muerte los esperaba a la vuelta de la esquina.

Sueño débil. Baño. Agua. Regreso penoso a la cama. Y ahora sin aquellos sueños que había tenido con recuerdos de su pasado. Se transformó en un círculo horrendo, quebrado solamente por los pensamientos acerca de Teresa. Las duras palabras que ella le había dicho eran lo único que iluminaba, aunque fuera un poquito, la perspectiva de morir. Después del Laberinto y la muerte de Chuck, ella había sido lo único a lo que se aferró en busca de un poco de esperanza. Y ahora ya habían pasado tres largos días: ella ya no estaba y no había comida.

Hambre. Sufrimiento.

Ya había dejado de mirar el reloj —solo hacía que el tiempo pasara más lento y le recordaba a su cuerpo que había estado siglos sin comer— pero pensó que sería la media mañana del tercer día cuando, abruptamente, comenzó a escucharse un zumbido que provenía del área común.

Miró con fijeza la puerta que conducía hacia la sala. Sabía que debería levantarse e ir a ver qué pasaba. Pero su mente ya se había deslizado en otra de esas lánguidas siestas y el mundo a su alrededor estaba envuelto en una espesa niebla.

Quizás lo había imaginado. Pero luego lo oyó otra vez.

Se ordenó a sí mismo levantarse.

En lugar de hacerlo, volvió a dormirse.


—Thomas.

Era la voz de Minho. Débil, pero más fuerte que la última vez que la había escuchado.

—Thomas. Viejo, levántate.

Abrió los ojos, asombrado de haber sobrevivido una siesta más. Durante unos segundos, todo resultó borroso, y al principio no creyó que lo que tenía a pocos centímetros de su cara fuese real. Pero cuando la imagen se volvió nítida, esa roja redondez con manchas verdes dispersas sobre la superficie brillante le hizo sentir que estaba en el paraíso.

Una manzana.

—¿De dónde…?

No pudo terminar la frase; esas dos palabras habían agotado sus fuerzas.

–Come y calla –dijo Minho, y luego se escuchó un crujido húmedo. Thomas levantó la vista y vio a su amigo masticando su propia manzana. Con los últimos restos de energía que pudo extraer de lo profundo de su ser, se apoyó en el codo y tomó la fruta que descansaba en la cama. Se la llevó a la boca y le dio un pequeño mordisco. La explosión de jugo y sabor fue gloriosa.

Atacó el resto de la manzana y ya la había devorado hasta el corazón antes de que Minho terminase la suya, a pesar de haber comenzado primero.

–Hey, tranquilo –exclamó Minho–. Si comes así, vas a vomitar todo en un instante. Aquí tienes otra, pero esta vez trata de ir más despacio.

Le alcanzó otra manzana a Thomas, que se apoderó de ella sin decir gracias y le dio un enorme mordisco. Mientras masticaba, descubrió que podía sentir claramente los primeros vestigios de energía corriendo por su cuerpo.

–Shuck –masculló–. Esto es absolutamente delicioso.

–Todavía suenas como un idiota cuando usas la jerga del Área –dijo Minho, antes de darle otro mordisco a su fruta.

Thomas lo ignoró.

–¿De dónde vino todo esto?

Minho vaciló en medio del bocado y luego continuó masticando.

–Estaban en la sala común. Junto con… algo más. Los larchos que encontraron todo aseguran que ellos habían mirado unos minutos antes y no había nada, pero… qué sé yo. No me importa.

Thomas bajó las piernas de la cama y se sentó.

–¿Qué más encontraron?

Minho mordió otra vez la manzana y señaló hacia la puerta.

–Velo por ti mismo.

Thomas puso los ojos en blanco y se incorporó lentamente. Esa maldita debilidad seguía allí, como si le hubieran vaciado el cuerpo y solo le quedaran unos pocos huesos y tendones para mantenerlo erguido. Pero logró afirmarse y, unos segundos después, le pareció que ya se sentía mejor que la última vez que había hecho la caminata larga y fantasmal hasta el baño.

Una vez que consideró recobrado el equilibrio, se dirigió a la puerta y entró en la zona común. Apenas tres días antes, la habitación había estado llena de cuerpos sin vida. En ese momento, estaba colmada de Habitantes eligiendo alimentos de una pila, que aparentemente había sido arrojada allí en forma desordenada. Frutas, verduras, paquetes pequeños.

Aún no había registrado bien lo que ocurría cuando una visión todavía más extraña en el extremo más alejado de la sala llamó su atención. Buscando dónde afirmarse, estiró los brazos hacia la pared que estaba detrás de él.

Habían colocado un gran escritorio de madera frente a la puerta que comunicaba con el otro dormitorio.

Tras él, un hombre delgado con un traje blanco estaba sentado en una silla, con los pies levantados y cruzados a la altura de los tobillos.

Estaba leyendo un libro.

# 10

Thomas observó durante un minuto al hombre sentado tranquilamente tras el escritorio. Era como si hubiera estado leyendo de esa manera y en ese mismo lugar durante toda su vida. Tenía pelo negro y fino peinado a lo largo de una cabeza pálida y pelada; una nariz larga, torcida ligeramente hacia la derecha, y ojos furtivos color café, que se movían de un lado a otro con rapidez mientras leía. Parecía a la vez relajado y nervioso.

Y ese traje blanco. Pantalones, camisa, corbata, saco. Calcetines. Zapatos. Todo blanco.

*¿Qué rayos es eso?*, pensó

Echó una mirada a los Habitantes; comían fruta y picaban algo de una bolsa, que daba la impresión de ser una mezcla de nueces y semillas. Estaban totalmente ajenos al hombre del escritorio.

—¿Quién es ese tipo? —preguntó en general.

Uno de los chicos levantó la vista y dejó de masticar por un segundo. Después terminó de comer todo lo que tenía en la boca y tragó.

—No quiere hablar. Nos dijo que teníamos que esperar hasta que estuviera listo —afirmó. Luego se encogió de hombros como si creyera que no era importante y le dio otro mordisco a una naranja pelada.

Thomas volvió a concentrarse en el desconocido. Seguía sentado en el mismo lugar, leyendo. Dio vuelta una página agitando el papel y continuó recorriendo el texto.

Desconcertado y con el estómago todavía pidiendo más comida, Thomas no pudo evitar acercarse al hombre para investigar. Entre todas las cosas insólitas que podría haber encontrado al despertar...

—Cuidado —le advirtió uno de los Habitantes, pero ya era demasiado tarde.

A solo tres metros del escritorio, Thomas chocó con una pared invisible. Golpeó primero con la nariz, que se incrustó en lo que parecía ser una fría lámina de vidrio. Después siguió el resto del cuerpo, que se llevó por delante la pared oculta y lo hizo retroceder a tropezones. Instintivamente se frotó la nariz con la mano mientras entornaba los ojos para averiguar cómo no había podido ver esa barrera de vidrio.

Por más que forzara la vista no alcanzaba a distinguir nada. Ni el más mínimo brillo o reflejo, ni siquiera una mancha. Solo había aire. Mientras tanto, el hombre seguía inmóvil y no daba ninguna señal de que hubiera notado algo.

Más lentamente esta vez, se acercó al lugar con las manos extendidas. De inmediato tocó la pared invisible de… ¿qué material era? Daba la sensación de ser vidrio: suave, duro y frío al tacto. Pero no percibió con la vista absolutamente nada que le indicara que allí se levantaba algo sólido.

Frustrado, se movió hacia la izquierda y luego hacia la derecha, mientras palpaba la pared oculta pero maciza. Se extendía por toda la habitación. No había forma de aproximarse al extraño del escritorio. Finalmente, golpeó el panel, pero nada sucedió. Algunos de los Habitantes que se encontraban detrás de él, incluido Aris, le comentaron que ellos ya habían intentado hacer lo mismo.

El hombre de la vestimenta rara, que se hallaba apenas a unos cuatro metros frente a él, lanzó un suspiro exagerado al tiempo que retiraba los pies del escritorio y los dejaba caer al piso. Colocó un dedo en el libro para marcar la página y clavó los ojos en Thomas, con una expresión deliberada de irritación.

—¿Cuántas veces tengo que repetirlo? —exclamó y, cosa rara, la barrera no amortiguó sus palabras. La voz nasal hacía juego con la piel pálida, el pelo fino y el cuerpo flacucho. Y con ese estúpido traje blanco—. Todavía faltan cuarenta y siete minutos para que se haga efectiva la autorización para implementar la Fase Dos de las Pruebas. Por favor, sean pacientes y déjenme tranquilo. Se les ha dado este momento para que coman y se repongan, y yo le recomiendo seriamente, jovencito, que lo aproveche. Ahora, si no le molesta…

Sin esperar contestación, se inclinó hacia atrás en la silla y volvió a colocar los pies sobre el escritorio. Luego abrió el libro en el lugar que había señalado y continuó la lectura.

Thomas se quedó sin habla. Se alejó del hombre y del escritorio y apoyó la espalda en la dura pared invisible. ¿Qué había pasado? Seguramente estaba dormido y eso era un mal sueño. Por alguna razón, ese pensamiento pareció aumentar el hambre que padecía y clavó los ojos con añoranza en la montaña de comida. Entonces se dio cuenta de que Minho se encontraba apoyado y de brazos cruzados contra el marco de la puerta que comunicaba con el dormitorio.

Thomas apuntó con el pulgar hacia atrás por sobre el hombro y arqueó las cejas.

—¿Ya conociste a nuestro nuevo amigo? —comentó Minho con una sonrisa en el rostro—. Este tipo es un personaje. Tengo que conseguirme uno de esos trajes garlopos. Qué elegancia.

—¿Estoy despierto? —preguntó Thomas.

—Sí, lo estás. Ahora come, porque tienes un aspecto horrible. Casi tan malo como la Rata que está allá leyendo su libro.

Thomas estaba sorprendido de lo rápido que podía dejar a un lado la rareza del tipo del traje blanco y de la pared invisible que habían aparecido de la nada. Otra vez volvía esa anestesia tan familiar. Después del shock inicial, ya nada resultaba extraño. Cualquier cosa podía convertirse en algo normal. Apartando todo de su mente, se arrastró hacia los alimentos y comenzó a comer. Otra manzana. Una naranja. Una bolsa de frutos secos y después una barra de cereales y pasas de uva. El cuerpo le pedía agua, pero él no podía despegarse de la comida.

—Tienes que calmarte —le advirtió Minho desde atrás—. Hay larchos vomitando por todos lados porque tragaron demasiado. Me parece que ya es suficiente, viejo.

Thomas se detuvo y disfrutó de la sensación de tener el estómago lleno. No extrañaba en absoluto a esa bestia feroz que había vivido tanto tiempo en su interior. Sabía que Minho estaba en lo cierto: tenía que calmarse. Le hizo un gesto afirmativo a su amigo y fue a buscar una bebida mientras se preguntaba qué les depararía el futuro inmediato cuando el hombre del traje blanco estuviera listo para implementar la "Fase Dos de las Pruebas". Aunque no tuviera la menor idea de lo que eso pudiera significar.

Media hora después, estaba sentado en el suelo con el resto de los Habitantes, con Minho a la derecha y Newt a la izquierda. Todos se hallaban de frente a la pared invisible y a esa especie de comadreja, que seguía sentada detrás del escritorio con los pies levantados y los ojos parpadeando detrás de las páginas del libro. Thomas podía percibir en su interior el lento pero maravilloso regreso de la energía y la fuerza perdidas.

Aris, el chico nuevo, lo había mirado de forma extraña en el baño, como si quisiera hablarle por telepatía pero tuviera miedo de hacerlo. Ignorando la actitud del novato, Thomas se había dirigido rápidamente al lavabo para beber deprisa toda el agua posible. Cuando terminó y se secó la boca con la manga, Aris ya se había marchado. En ese instante, el chico estaba sentado junto a la pared mirando el piso. Thomas sintió pena por él: a pesar de que las cosas no anduvieran bien para los Habitantes, Aris la estaba pasando peor. Especialmente, si había tenido una relación tan cercana con la chica asesinada que había mencionado, igual que él con Teresa.

Minho fue el primero en romper el silencio.

—Creo que estamos todos tan chiflados como esos... ¿cómo era que se llamaron a sí mismos? Cranks. Los Cranks detrás de las ventanas. Estamos sentados aquí esperando una disertación de la Rata, como si fuera la cosa más normal del mundo. Como si esto fuera una especie de escuela. Yo solo puedo decirles algo: si él tuviera algo bueno que contar, no necesitaría una maldita pared mágica para protegerse de nosotros. ¿No creen?

—Mejor tranquilízate y presta atención —dijo Newt—. Quizás este sea el final.

–Sí, seguramente –repuso Minho–. Y Sartén va a tener bebitos, a Winston se le va a ir el acné y Thomas, aquí presente, va a sonreír por una vez en su vida.

Thomas giró hacia Minho y esbozó una sonrisa falsa y exagerada.

–Ahí tienes. ¿Contento?

–Shank –contestó–. Qué feo eres.

–Si tú lo dices.

–Cierren el hocico –murmuró Newt–. Creo que ha llegado la hora.

Thomas miró hacia adelante y vio que el desconocido –la Rata, como Minho tan amablemente lo había llamado– había apoyado los pies en el piso y el libro en el escritorio. Movió la silla hacia atrás para ver mejor uno de los cajones y luego lo abrió y comenzó a hurgar cosas que Thomas no alcanzaba a ver. Por fin, extrajo una abultada carpeta de color café llena de papeles desordenados y doblados.

–Aquí está –dijo la Rata con su voz nasal. Después colocó la carpeta en el escritorio, la abrió y miró a los chicos que estaban frente a él–. Gracias por reunirse aquí en forma tan organizada para que pueda transmitirles lo que me… han ordenado comunicarles. Por favor, escuchen con atención.

–¿¡Por qué necesitas esa pared!? –gritó Minho.

Newt estiró el brazo por detrás de Thomas y golpeó a Minho en el hombro.

–¡Cállate!

La Rata continuó como si no hubiera escuchado el arrebato de Minho.

–Ustedes siguen aquí gracias a una extraordinaria voluntad de sobrevivir a pesar de todas las dificultades, además de otras razones. Unas sesenta personas fueron enviadas a vivir al Área. Bueno, al Área *de ustedes*, en realidad. Otras sesenta en el Grupo B, pero por ahora no nos referiremos a ellas.

Los ojos del hombre se posaron nerviosamente en Aris y luego continuaron recorriendo lentamente al resto de los chicos. Thomas no sabía si alguien más lo había notado, pero estaba seguro de haber visto un destello de reconocimiento en ese parpadeo fugaz. *¿Qué significado tendría…?*

–De todas esas personas, solo una fracción sobrevivió y está hoy aquí. Supongo que ya se habrán dado cuenta de que el único objetivo de muchas de las cosas que les ocurren es evaluar y analizar sus *reacciones*. Sin embargo, esto no es en realidad un experimento, sino más bien... el trazado de un plano. Se envían estímulos a la zona letal y luego se recolectan los paradigmas o esquemas resultantes. Se colocan todos juntos para lograr el avance más importante en la historia de la ciencia y de la medicina.

"Estas situaciones a las cuales los sometemos se llaman Variables y cada una ha sido elaborada hasta el último detalle. Pronto les explicaré más. Y, aunque ahora no les puedo contar todo, es fundamental que sepan algo: estas pruebas que están atravesando sirven a una causa muy importante. Sigan respondiendo bien a las Variables y sobrevivan. Así tendrán como recompensa saber que han desempeñado un papel importante en la salvación de la raza humana. Y en la de ustedes mismos, por supuesto.

La Rata hizo una pausa, aparentemente para lograr efecto. Thomas le echó una mirada a Minho y levantó las cejas.

–A este tipo no le funciona la cabeza –murmuró Minho–. ¿Qué tiene que ver escapar de un maldito Laberinto con salvar a la humanidad?

–Yo represento a un grupo llamado CRUEL –continuó la Rata–. Sé que suena amenazador, pero son las siglas de Catástrofe y Ruina Universal: Experimento Letal. A pesar de que puede parecerles peligroso, no lo es. Tenemos una sola razón para existir: salvar al mundo de la catástrofe. Ustedes, que están en esta habitación, son una parte vital de nuestro plan. Poseemos recursos nunca vistos en ningún tipo de grupo en toda la historia de la civilización. Dinero prácticamente ilimitado, capital humano ilimitado y adelantos tecnológicos más allá de lo que el hombre más inteligente pudiera llegar a desear.

"Al pasar por las Pruebas, han podido ver –y continuarán haciéndolo– muestras de esta tecnología de avanzada y los recursos que se encuentran detrás. Si hay algo que les puedo advertir hoy es que nunca confíen en lo que vean sus ojos. O su mente. Por ese motivo realizamos la demostración con los cuerpos colgantes y las ventanas tapiadas. El único dato que les voy a dar es que a veces lo que ven no es real y, otras veces, lo que *no* ven *sí* lo es. Podemos manipular su mente y su sistema nervioso cuando sea necesario. Sé que todo esto puede sonar confuso y quizás un poco aterrador.

Thomas pensó que el hombre no podría haberse quedado más corto con esa última frase. Y las palabras *zona letal* seguían dando vueltas en su cabeza. Los escasos recuerdos que había recuperado no le bastaban para comprender su significado completo, pero lo había visto por primera vez en la placa de metal en el Laberinto, que aclaraba las palabras que formaban el acrónimo de CRUEL.

El hombre fue deslizando la vista con tranquilidad por cada uno de los Habitantes de la sala. Se destacaba el brillo del sudor en su labio superior.

—El Laberinto era una parte de las Pruebas. Todas las Variables que se les enviaron tenían un objetivo específico en nuestra colección de paradigmas de la zona letal, también conocida como zona de muerte. La fuga de ustedes fue una parte de las Pruebas. La batalla contra los Penitentes. El asesinato del chico llamado Chuck. El supuesto rescate y posterior viaje en autobús. Todo eso formaba parte de las Pruebas.

Al escuchar el nombre de Chuck, Thomas sintió que la ira inundaba su pecho. Antes de darse cuenta de lo que le pasaba, ya había comenzado a incorporarse. Newt lo sujetó y lo hizo sentarse otra vez.

Como estimulado por la reacción de Thomas, la Rata se puso rápidamente de pie, mandando la silla contra la pared. Luego colocó las manos sobre el escritorio y se inclinó hacia los Habitantes.

—*Todo* esto ha formado parte de las Pruebas, ¿está claro? De la Fase Uno, para ser más exacto. Y todavía estamos peligrosamente lejos de donde deberíamos estar. Por lo tanto, tuvimos que subir las apuestas y ahora ha llegado el momento de comenzar la Fase Dos. Ya es hora de que las cosas empiecen a complicarse.

# 11

La habitación quedó en silencio. Thomas sabía que debería estar enojado ante la absurda idea de que, hasta ese momento, las cosas habían sido fáciles. Esa noción debería haberlo aterrorizado. Sin mencionar el tema de la manipulación de sus mentes. Pero en cambio, la profunda curiosidad que sentía ante lo que el hombre les dijo hizo que las palabras se deslizaran por su cabeza sin causar mucho impacto.

La Rata esperó una eternidad y luego volvió a sentarse lentamente en la silla y se adelantó para quedar otra vez detrás del escritorio.

—Puede parecer, o ustedes podrán creer, que nosotros estamos simplemente analizando su capacidad de sobrevivir. Bajo una mirada superficial, la Prueba del Laberinto podría ser considerada así de modo erróneo. Pero les aseguro que esto no está relacionado unicamente con la supervivencia y la voluntad de vivir. Eso es solo una parte del experimento. Al final podrán tener el panorama completo de lo que estamos haciendo.

"Las llamaradas solares devastaron amplias áreas de la Tierra, y una enfermedad jamás vista antes causó estragos entre sus habitantes. Este mal se conoce como la Llamarada. Por primera vez los gobernantes de todas las naciones, las que sobrevivieron, están trabajando juntos. Han unido sus fuerzas para formar CRUEL: un grupo cuyo objetivo es luchar contra los nuevos problemas de este mundo. Ustedes son una parte muy importante de esa lucha. Y tendrán un gran incentivo para trabajar con nosotros porque, lamentablemente, todos ustedes ya se han contagiado el virus.

De inmediato levantó las manos para frenar el alboroto que había desatado.

—¡Bueno, bueno! No tienen que preocuparse. A la Llamarada le toma un tiempo declararse y provocar síntomas. Pero al final de estas Pruebas, la recompensa que recibirán será la *cura* y nunca llegarán a sufrir los... efectos debilitantes. Sepan que no muchos pueden darse el lujo de pagar ese tratamiento.

Thomas se llevó instintivamente la mano a la garganta, como si la irritación que sentía fuera el primer indicio de que había contraído la enfermedad. Recordaba de manera muy vívida lo que le había dicho la mujer en el autobús que los rescató, después del Laberinto. Acerca de cómo la Llamarada te destrozaba la mente y poco a poco te iba volviendo loco, arrancándote la capacidad de sentir las emociones humanas básicas como compasión y empatía hasta terminar siendo menos que un animal.

Pensó en los Cranks que había visto a través de las ventanas del dormitorio y, de repente, sintió ganas de correr hacia el baño y frotarse las manos y la boca hasta que quedaran bien limpias. El tipo no se había equivocado: tenían toda la motivación que necesitaban para encarar la siguiente fase.

—Terminemos de una vez con esta lección de historia y esta pérdida de tiempo —prosiguió la Rata—. Ahora ya los conocemos. A cada uno de ustedes. No tiene importancia lo que yo diga o lo que haya detrás de la misión de CRUEL. No nos cabe la menor duda de que harán lo imposible para cumplir con las Pruebas. Y al hacer lo que les pedimos, se salvarán, pues conseguirán la cura que tanta gente anhela con desesperación.

Thomas escuchó un gruñido de Minho y temió que lanzara otro de sus comentarios irónicos. Antes de que abriera la boca, le hizo un gesto para que se callara.

La Rata bajó la vista hasta la pila desordenada de papeles de la carpeta, tomó una hoja suelta, la dio vuelta y echó un vistazo rápido al contenido. Después se aclaró la garganta.

—Fase Dos. Las Pruebas del Desierto. Comienza en forma oficial mañana por la mañana, a las seis. Entrarán en esta habitación y, en la pared que está detrás de mí, encontrarán una Transportación Plana. A los ojos de ustedes, la Trans-Plana tendrá la apariencia de una pared gris con luz titilante. Tienen que atravesarla antes de las seis y cinco. Les repito: se abre a las seis en punto y se cierra cinco minutos después. ¿Entendido?

Thomas se quedó paralizado observando a la Rata. Tenía la sensación de que estaba escuchando una grabación, como si el desconocido no estuviera realmente ahí. Los demás Habitantes debían haber sentido lo mismo, porque nadie contestó a esa sencilla pregunta. Además, ¿qué era una Transportación Plana?

—Estoy seguro de que todos han escuchado —dijo la Rata—. ¿Han en-ten-di-do?

Thomas hizo un movimiento afirmativo con la cabeza. Algunos chicos que estaban a su alrededor susurraron *síes* y *ajás*.

—Bien —continuó la Rata, levantando distraídamente otra hoja y dándola vuelta—. Ahí habrán comenzado las Pruebas del Desierto. Las reglas son muy simples. Tienen que buscar el camino al exterior, luego dirigirse hacia el norte durante ciento sesenta kilómetros y llegar al refugio en dos semanas. Entonces la Fase Dos habrá finalizado. En ese momento, y no antes, se habrán curado de la Llamarada. Tienen exactamente dos semanas, que empiezan en el preciso instante en que atraviesan la Transportación. Si no lo logran, morirán.

Aunque la sala debería haber estallado en pánico, discusiones y cuestionamientos, nadie dijo una palabra. Thomas sintió que se le había secado la lengua.

La Rata cerró la carpeta de un golpe, doblando aún más las hojas, y volvió a guardarla en el cajón de donde la había sacado. Se puso de pie, caminó hacia un costado y empujó la silla debajo del escritorio. Finalmente, cruzó las manos y volvió a concentrar su atención en los Habitantes.

—Es muy simple en verdad —comentó con un tono tan natural que uno hubiera creído que acababa de darles instrucciones para usar las duchas del baño—. No hay reglas ni pautas. Tienen pocas provisiones y no encontrarán ayuda a lo largo del viaje. Pasen por la Trans-Plana a la hora indicada. Salgan al exterior. Recorran ciento sesenta kilómetros en dirección norte hasta el refugio. Si no llegan, morirán.

La última palabra logró por fin despertarlos del asombro y comenzaron a hablar todos a la vez.

—¿Qué es la Transportación Plana?

—¿Cómo nos contagiamos la Llamarada?

—¿En cuánto tiempo tendremos síntomas?

—¿Qué hay al final de los ciento sesenta kilómetros?

—¿Qué pasó con los cadáveres?

Las preguntas fueron formando un coro que sonó como un rugido de confusión. En cuanto a Thomas, no estaba preocupado. El desconocido no les iba a decir nada. ¿Acaso no se daban cuenta?

La Rata los ignoró pacientemente, moviendo los ojos como flechas de un Habitante a otro, mientras ellos hablaban. Su mirada se posó en Thomas, que estaba sentado ahí, en silencio, observándolo, odiándolo. Odiando a CRUEL. Odiando al mundo entero.

—¡Shanks, cállense la boca! —gritó Minho después de unos minutos. Las preguntas se interrumpieron al instante—. Este garlopo no va a responder, así que no pierdan el tiempo.

La Rata le hizo un gesto con la cabeza a Minho como dándole las gracias. Quizás, reconociendo su sabiduría.

—Ciento sesenta kilómetros. Hacia el norte. Espero que lo logren. Recuerden: ahora todos tienen la Llamarada. Les inoculamos la enfermedad para proporcionarles el estímulo que quizás les faltaba. Y arribar al refugio implica recibir la cura —concluyó. Dio media vuelta y se encaminó hacia la pared que estaba detrás de él como si pensara pasar a través de ella. Pero luego se detuvo y los enfrentó nuevamente.

—Ah, una cosa más —les advirtió—. No piensen que si deciden no entrar a la Transportación Plana entre las seis y las seis y cinco de mañana podrán evitar las Pruebas del Desierto. Los que no pasen serán ejecutados de inmediato de una manera… poco agradable. Les conviene arriesgarse y salir al mundo exterior. Buena suerte a todos.

Después de eso se alejó e, inexplicablemente, comenzó a caminar una vez más hacia la pared.

Pero antes de que Thomas pudiera ver lo que ocurría, la pared invisible que los separaba comenzó a evaporarse y, en cuestión de segundos, se transformó en una niebla blanca y opaca. En un instante, el artefacto desapareció, dejando ver el otro lado del área común.

Excepto que ahora no había rastros de la silla ni del escritorio ni de la Rata.

—Shuck —murmuró Minho, al lado de Thomas.

# 12

Una vez más, las preguntas y discusiones de los Habitantes llenaron el aire, pero Thomas se alejó en busca de un poco de soledad. Como sabía que el baño era su única posibilidad de escape, en lugar de dirigirse al dormitorio de los varones, se encaminó al que habían usado primero Teresa y luego Aris. Se apoyó de espaldas contra el lavabo, cruzó los brazos y se quedó mirando al suelo. Por suerte, nadie lo había seguido hasta ahí.

No sabía cómo empezar a procesar toda la información. Cuerpos que colgaban del techo apestando a muerte y descomposición se habían esfumado por completo en un abrir y cerrar de ojos. Un desconocido —¡y su escritorio!— habían brotado de la nada, detrás de un insólito escudo protector y, al rato, desaparecieron.

Y eso no era nada comparado con sus otras preocupaciones. Ahora quedaba claro que el rescate del Laberinto había sido una farsa. Pero ¿quiénes habían sido los títeres que había utilizado CRUEL para sacar a los Habitantes de la cámara de los Creadores, colocarlos en un autobús y traerlos a ese lugar? ¿Sabrían aquellas personas que iban a morir? ¿Acaso habrían muerto de verdad? La Rata les había dicho que no confiaran en sus ojos ni en sus mentes. ¿Cómo podrían volver a creer en algo?

Y lo peor de todo era que ahora ellos tenían la Llamarada, y que gracias a las Pruebas recibirían la cura de esa enfermedad.

Thomas apretó los ojos y se frotó la frente. Le habían arrebatado a Teresa. Ninguno de ellos tenía familia. A la mañana siguiente, se suponía que debían emprender una aventura ridícula llamada Fase Dos que, por cómo sonaba, prometía ser mucho peor que el Laberinto. Y todas esas personas allá afuera… los Cranks. ¿Cómo los enfrentarían? De repente recordó a Chuck y lo que él habría dicho de encontrarse allí.

Probablemente, algo sencillo como: "Esto es un asco".

Y *tendrías razón, Chuck*, pensó Thomas. *El mundo es un asco.*

Habían transcurrido apenas unos pocos días desde que había visto cómo le clavaban a su amigo un puñal en el corazón. El pobre había muerto en sus brazos. Y en ese momento Thomas no podía evitar pensar que, por horrible que pareciera, quizás eso había sido lo mejor para él. Quizás morir era mejor que lo que les aguardaba. De pronto, su mente se desvió hacia el tatuaje que tenía en el cuello.

—Viejo, ¿cuánto tiempo necesitas para descargarte?

Levantó los ojos y vio a Minho de pie en la entrada del baño.

—No soporto estar en la sala. Todos hablan al mismo tiempo como si fueran bebés. Que digan lo que quieran, todos sabemos lo que vamos a hacer.

Minho se acercó a él y apoyó el hombro contra la pared.

—Hombre, irradias alegría. Mira, esos larchos son tan valientes como tú. Hasta el último de nosotros pasará a través de eso… como se llame… mañana por la mañana. ¿A quién le importa si ellos quieren partirse la garganta cacareando sobre el tema?

Thomas puso los ojos en blanco.

—Yo nunca dije que fuera más valiente que nadie. Solo estoy harto de escuchar las voces de la gente. Incluida la tuya.

Minho lanzó una risita por lo bajo.

—Pichón, cuando tratas de hacerte el malo, eres comiquísimo.

—Gracias —replicó Thomas, y luego hizo una pausa—. Trans-Plana.

—¿Qué?

—Así es como el garlopo del traje blanco le llamó a la cosa que tenemos que atravesar. Trans-Plana.

—Ah, sí. Debe ser una especie de entrada.

—Eso es lo que estaba pensando. Parecido al Acantilado. Es plana y te *trans*porta a algún lugar. Trans-Plana.

—Eres un maldito genio.

En ese momento, entró Newt.

—¿Por qué se andan escondiendo ustedes dos?

Minho le dio una palmada a Thomas en el hombro.

—No nos estamos escondiendo. Nuestro amigo se está quejando de la vida y quiere volver con su mamita.

—Tommy —dijo Newt, que no parecía divertido—, tú pasaste por la Transformación y recuperaste parte de la memoria. ¿Te acuerdas de algo de lo que está sucediendo?

Había estado reflexionando mucho sobre esa cuestión. Muchos de los recuerdos que habían regresado después de que el Penitente lo pinchara, se habían vuelto borrosos.

—No sé. No consigo imaginarme el mundo exterior o cómo era estar involucrado con esa gente a la que ayudé a diseñar el Laberinto. La mayor parte de lo que recobré está comenzando a esfumarse otra vez o ya desapareció por completo. Tuve un par de sueños raros, pero nada que nos sea de gran utilidad.

Luego continuaron hablando sobre algunas de las cosas que había dicho el extraño visitante. Acerca de las llamaradas solares y la enfermedad y si todo sería distinto ahora que sabían que los estaban sometiendo a pruebas y experimentando con ellos. Conversaron sobre algunos temas que no tenían respuesta mientras los acechaba un temor tácito al virus, que supuestamente les habían inoculado. Finalmente, quedaron en silencio.

—Bueno, tenemos mucho que resolver —dijo Newt—. Y necesito ayuda para asegurarme de que la condenada comida no haya desaparecido antes de mañana. Algo me dice que vamos a necesitarla.

Thomas ni siquiera había pensado en eso.

—Tienes razón. ¿La gente todavía sigue devorando?

Newt sacudió la cabeza.

—No, Sartén se ocupó de todo. Ese tipo está obsesionado por la comida. Creo que estaba contento de volver a encargarse de los víveres. Pero tengo miedo de que, a pesar de todo, los chicos entren en pánico e intenten arrasar con los alimentos.

—No creo que sea para tanto. Si logramos llegar hasta acá fue por una razón. A esta altura, todos los idiotas ya están muertos —exclamó Minho y enseguida miró de reojo a Thomas, como preocupado de que tal vez él pudiera pensar que Chuck estaba incluido en esa afirmación. Y también Teresa.

—Puede ser —repuso Newt—. Eso espero. De todos modos, estaba pensando que tenemos que organizarnos. Debemos actuar como en el maldito Laberinto. Los últimos días han sido terribles, con todos quejándose y gimiendo por los rincones, sin plan ni orden alguno. Me estoy volviendo loco.

—¿Y qué esperas que hagamos? —preguntó Minho—. ¿Que nos formemos en fila y hagamos flexiones de brazos? Estamos encerrados en una estúpida prisión de tres habitaciones.

Newt comenzó a lanzar manotazos al aire como si las palabras de Minho fueran mosquitos.

—Como sea. Yo solo estoy diciendo que es obvio que las cosas van a cambiar a partir de mañana y tenemos que estar preparados para enfrentarlas.

A pesar de la charla, Thomas sintió que había algo que Newt no lograba expresar.

—¿Adónde quieres llegar?

Newt hizo una pausa y miró a Thomas y luego a Minho.

—Debemos estar seguros de tener un líder fuerte antes de mañana. No puede existir la menor duda de quién está al mando.

—Esa es la peor garlopa que hayas dicho en tu vida —dijo Minho—. Tú sabes que eres el líder. Todos lo sabemos.

Newt movió la cabeza con energía.

—¿Acaso el hambre te hizo olvidar esos miserables tatuajes? ¿Crees que son solamente adornos?

—Por favor —respondió Minho—. ¿Realmente piensas que significan algo? ¡Están jugando con nosotros!

En lugar de contestar, Newt se acercó más a él y le bajó la camisa para dejar el tatuaje a la vista. Thomas no necesitaba mirar, lo recordaba muy bien. Nombraba Líder a Minho.

Minho apartó la mano de Newt y comenzó uno de sus acostumbrados discursos plagados de comentarios sarcásticos, pero Thomas ya no prestaba atención. Su corazón había comenzado a latir de manera casi insoportable. Solo podía pensar en una cosa y era en lo que tenía tatuado en su *propio* cuello.

Que lo matarían.

# 13

Thomas notó que se estaba haciendo tarde y sabía que debían dormir esa noche para estar preparados por la mañana. Por lo tanto, pasó el resto de la tarde con los Habitantes fabricando unos burdos morrales con las sábanas, para transportar la comida y la ropa extra que había aparecido en las cómodas. Llenaron de agua las bolsas de plástico vacías, donde habían venido parte de los alimentos, y las ataron con material arrancado de las cortinas. Nadie suponía que esas patéticas cantimploras durarían mucho tiempo sin comenzar a gotear, pero fue la mejor idea que se les ocurrió.

Newt había convencido finalmente a Minho de que fuera el líder. Thomas sabía tan bien como los demás que necesitaban que alguien tomara el mando del grupo, de modo que se sintió aliviado cuando Minho aceptó a regañadientes.

Alrededor de las nueve, ya se encontraba en la cama una vez más, con los ojos clavados en la litera superior. La habitación estaba sorprendentemente silenciosa, aunque él sabía que nadie se había dormido todavía. Al igual que él, debían estar paralizados por el miedo. Habían pasado por los horrores del Laberinto. Habían sido testigos de lo que CRUEL podía ser capaz. Si la Rata estaba en lo cierto y todo lo ocurrido formaba parte de algún plan maestro, entonces esas personas habían obligado a Gally a matar a Chuck, habían disparado de cerca a una mujer, habían contratado gente para rescatarlos y luego la habían asesinado al concluir la misión… y la lista seguía.

Y, para rematar, les contagiaron una horrenda enfermedad y les ofrecieron la cura como señuelo para forzarlos a continuar. No había forma de distinguir qué era verdad y qué era mentira. Y la evidencia seguía haciendo suponer que Thomas en particular había sido escogido por algún motivo. Era un pensamiento deprimente: Chuck estaba muerto y Teresa había desaparecido. Pero el haberle quitado a ellos dos de su lado...

Sentía que su vida era un agujero negro. No sabía de dónde sacaría la voluntad necesaria para continuar en la mañana y enfrentar lo que CRUEL les tuviera preparado. Pero lo haría, y no solamente por la cura. No se detendría nunca, especialmente en ese momento. No después de lo que les habían hecho a él y a sus amigos. Si la única forma de vengarse era pasar por todas las pruebas y experimentos y *sobrevivir*, entonces... así sería.

Si eso era lo que ellos querían, así habría de ser.

Reconfortado, de manera perversa y retorcida, por esos pensamientos de venganza, se fue quedando dormido.

Todos los Habitantes habían puesto las alarmas de sus relojes digitales a las cinco de la mañana. Thomas se despertó mucho antes y no pudo volver a dormir. Cuando los sonidos que indicaban que ya era la hora comenzaron a llenar la habitación, bajó las piernas de la cama y se frotó los ojos. Alguien encendió la luz y un resplandor amarillo iluminó su visión. Con los ojos aún entrecerrados, se levantó y se dirigió a las duchas. Quién podía saber cuándo volvería a tener un baño cerca.

Diez minutos antes de la hora convenida, todos los Habitantes estaban sentados en medio del nerviosismo, con los fardos de sábanas apoyados a los costados, sosteniendo bolsas de plástico llenas de agua. Al igual que los demás, Thomas había decidido llevar el agua en la mano para asegurarse de que no goteara o se derramara. El escudo invisible había reaparecido durante la noche, imposible de atravesar, en el centro de la sala común. Los Habitantes se habían instalado en la parte del panel que daba al dormitorio de varones, enfrente del lugar donde el extraño del traje blanco les había dicho que habría de surgir una Trans-Plana.

Aris se hallaba sentado al lado de Thomas y habló por primera vez desde... bueno, no podía recordar cuándo había sido la última vez que escuchara su voz.

–¿Creíste que estabas loco? –le preguntó–. ¿Cuando sentiste la voz de ella dentro de tu cabeza por primera vez?

Thomas lo miró e hizo una pausa. Por alguna razón, hasta ese momento no había querido hablar con ese tipo. Pero de repente la sensación se desvaneció por completo. Aris no tenía la culpa de que Teresa hubiera desaparecido.

–Seguro. A la larga lo superé, pero entonces empezó a preocuparme que los *demás* pensaran que yo estaba loco. Por ese motivo no se lo contamos a nadie durante mucho tiempo.

–Para mí fue extraño –dijo Aris. Se veía muy ensimismado y tenía los ojos fijos en el piso–. Yo estuve en coma durante varios días y, cuando desperté, hablar con Raquel me pareció la cosa más natural del mundo. Si ella no lo hubiera aceptado y no me hubiera respondido, estoy seguro de que habría enloquecido. Las otras chicas del grupo me odiaban, algunas querían matarme. Raquel era la única que…

La voz de Aris se fue apagando y, antes de que pudiera terminar de hablar, Minho se puso de pie y se dirigió al grupo. Thomas se alegró de la interrupción, pues escuchar la versión delirante de sus propias experiencias solo hacía que pensara más en Teresa, y eso le resultaba muy doloroso. Ya no quería acordarse de ella. Tenía que concentrarse en sobrevivir.

–Tenemos tres minutos –advirtió Minho, con expresión seria por primera vez–. ¿Están todos seguros de que quieren ir?

Thomas asintió y percibió que los otros también lo hacían.

–¿Alguien cambió de idea durante la noche? –preguntó Minho–. Que hable ahora o calle para siempre. Una vez que vayamos adondequiera que eso sea, si algún larcho decide que es un mariquita y trata de regresar, me voy a asegurar de que lo haga con la nariz rota y sus partes íntimas en muy malas condiciones.

Thomas le echó una mirada a Newt, que se agarraba la cabeza con las manos y emitía extraños sonidos.

–¿Tienes algún problema, Newt? –le disparó Minho, con voz inusualmente severa. Consternado, Thomas esperó que llegara la reacción de Newt.

–Eh… no. Solo estaba admirando tus malditas cualidades de líder.

Minho se apartó la camisa del cuello y se agachó para que todos pudieran ver el tatuaje.

–¿Qué dice ahí, pichón?

Newt miró a ambos lados mientras se sonrojaba.

–Minho, todos sabemos que eres el jefe. Córtala de una vez.

–No, tú córtala –le replicó de manera tajante, apuntándole con el dedo–. No tenemos tiempo para este tipo de garlopa. Así que cierra el hocico.

Thomas esperaba que Minho estuviera actuando para reforzar la decisión que ellos habían tomado de nombrarlo líder, y que Newt lo entendería. Aunque si lo de Minho era *realmente* una actuación, no se podía negar que le estaba saliendo muy bien.

–¡Son las seis en punto! –proclamó uno de los Habitantes.

Como si ese anuncio lo hubiera activado, el escudo invisible volvió a ponerse opaco y se cubrió de una bruma blanquecina. Un segundo después, se evaporó totalmente. Thomas percibió de inmediato el cambio ocurrido en la pared opuesta a ellos: una gran sección se había transformado en una superficie plana de un color gris sucio y tenebroso, que emitía una luz trémula.

–¡Vamos! –gritó Minho, mientras se acomodaba la correa del morral en el hombro y, con la otra mano, aferraba la bolsa de agua–. No se demoren. Solo tenemos cinco minutos para pasar. Yo voy primero –dijo, y luego señaló a Thomas–. Tú serás el último. Antes de venir, asegúrate de que todos me sigan.

Thomas asintió mientras trataba de controlar el fuego que invadía sus nervios. Se llevó la mano a la frente y se secó la transpiración.

Minho se acercó a la pared gris y se detuvo justo delante de ella. La Trans-Plana parecía totalmente inestable y a Thomas le resultaba imposible enfocar la vista en ella. Sombras y remolinos de diferentes tonos oscuros danzaban de un extremo a otro de la superficie, que latía y se volvía borrosa como si fuera a desaparecer en cualquier momento.

Minho se dio vuelta para mirarlos.

–Shanks, nos vemos del otro lado.

Después dio un paso hacia adelante y la pared gris lo tragó por completo.

# 14

Nadie se quejó mientras Thomas arreaba al resto del grupo detrás de Minho. Nadie dijo ni una sola palabra, solo intercambiaron miradas asustadas y parpadeantes al ir acercándose a la Trans-Plana. Sin falta, cada uno de los Habitantes dudó un segundo antes de dar el paso final dentro del sombrío cuadrado gris. Thomas miró a cada uno de ellos y les dio una palmada en la espalda justo antes de que desaparecieran.

Dos minutos más tarde, solo quedaban Aris, Newt y Thomas.

*¿Estás seguro de esto?*, le dijo Aris dentro de su mente.

Sorprendido por el flujo de palabras poco claras en su conciencia, Thomas se atragantó y tosió. Había pensado —y esperado— que Aris hubiera captado la insinuación de que él no quería comunicarse de esa manera. Que era algo reservado para Teresa y para nadie más.

—Deprisa —masculló en voz alta, negándose a contestar telepáticamente—. Tenemos que apurarnos.

Con expresión herida, Aris atravesó la entrada. Newt lo siguió muy de cerca, dejando a Thomas solo en la gran sala común.

Miró a su alrededor por última vez, recordó los cuerpos hinchados que colgaban allí apenas unos días antes. Pensó en el Laberinto y en toda esa garlopa que habían vivido. Suspiró lo más fuerte posible, esperando que alguien en algún lugar pudiera oírlo, sujetó la bolsa de agua y el fardo de sábanas lleno de comida e ingresó en la Trans-Plana.

Una sensación nítida de frío atravesó su piel de adelante hacia atrás, como si la pared gris fuera un plano vertical de agua helada. Había cerrado los ojos en el último segundo y cuando los abrió no vio más que una oscuridad absoluta. Pero escuchó unas voces.

—¡Hey! —gritó, ignorando el repentino ataque de pánico en su propia voz—. Chicos…

Antes de terminar la frase, tropezó con algo y cayó hacia adelante sobre un cuerpo que se retorcía.

—¡Ay! —chilló el dueño del cuerpo, quitándose a Thomas de encima. Todo lo que él atinó a hacer fue sujetar la bolsa de agua con fuerza.

—¡Todos quietos y se callan la boca! —ordenó Minho. El alivio que invadió a Thomas al oír su voz casi lo hizo gritar de alegría—. Thomas, ¿eres tú? ¿Estás aquí adentro?

—¡Sí! —exclamó, mientras se incorporaba y caminaba a tientas en la oscuridad, tratando de no chocar con nadie más. Lo único que sentía era aire y lo único que veía era negro—. Yo fui el último en pasar. ¿Están todos?

—Habíamos formado una fila y estábamos contando en perfecto orden cuando tú entraste a tropezones como si fueras un toro borracho —respondió Minho—. Empecemos otra vez. ¡Uno!

Como no se oyó nada, Thomas gritó: "¡Dos!".

A partir de ahí, los Habitantes continuaron con el conteo hasta que Aris dijo: "¡Veinte!".

—Buena esa —dijo Minho—. Estamos todos, lo que no sé es dónde. No veo una garlopa.

Thomas se quedó inmóvil. Sentía la presencia de los otros chicos y escuchaba su respiración, pero temía moverse.

—Qué mala suerte que no tengamos una linterna.

—Señor Thomas, muchas gracias por la obviedad —repuso Minho—. Bueno, escuchen. Estamos en una especie de pasillo: hay paredes a ambos lados y, en principio, la mayoría de ustedes está a mi derecha. Thomas, el lugar en donde te encuentras es por donde entramos. No podemos arriesgarnos a volver atrás, por error, y atravesar otra vez esa Trans-Plana mágica, así que todos acérquense hacia donde estoy, siguiendo el sonido de mi voz. No tenemos otra opción que continuar por este camino y ver qué encontramos.

Al tiempo que decía estas palabras, Minho ya había comenzado a alejarse de Thomas. El murmullo de los pies que se arrastraban y el crujido de los morrales contra la ropa le confirmaron que el resto de los chicos iba detrás del líder. Cuando percibió que era el último que quedaba y que ya no se tropezaría con nadie, se desplazó lentamente hacia la izquierda hasta que se topó con una pared dura y fría. Luego marchó detrás del grupo, dejando que su mano se deslizara por el muro para orientarse.

Mientras caminaban, nadie pronunció una sola palabra. Thomas detestaba que sus ojos no se adaptaran a la oscuridad, pues no existía ni el más mínimo indicio de luz. El aire estaba fresco pero olía a polvo y a cuero viejo. Un par de veces chocó con la persona que estaba delante de él. Ni siquiera sabía de quién se trataba porque el chico no había dicho nada cuando se golpearon.

Y así prosiguieron, mientras el túnel se extendía siempre en línea recta sin doblar nunca hacia la derecha ni hacia la izquierda. Gracias al roce de su mano contra la pared y al suelo sobre el cual se deslizaban sus pies, lograba mantenerse en contacto con la realidad y sentir el movimiento. De lo contrario, hubiera tenido la sensación de que flotaba en el espacio vacío, siempre en el mismo lugar.

Los únicos sonidos eran los zapatos raspando el piso de concreto y los murmullos ocasionales entre los Habitantes. Al recorrer las tinieblas de ese túnel interminable, Thomas podía sentir cada latido de su corazón. No pudo evitar recordar la Caja, ese cubículo negro de aire viciado que lo había transportado hasta el Área. Era bastante parecida a ese túnel. Al menos en este momento las reglas eran claras: necesitaban una cura y seguramente deberían pasar por cosas horrendas para conseguirla.

De repente, una intensa explosión de susurros, que parecía venir de arriba, llenó el túnel. Thomas frenó de golpe. Estaba seguro de que no habían sido los Habitantes.

Desde adelante, Minho ordenó a los demás que frenaran.

—Chicos, ¿oyeron eso?

Mientras varios Habitantes asentían y comenzaban a hacer preguntas, Thomas orientó su oído hacia el techo, haciendo un esfuerzo por distinguir algo más allá de esas voces. El sonido había sido breve como un relámpago: unas pocas palabras cortas, que parecían haber sido pronunciadas por un hombre muy viejo y enfermo. Pero el mensaje había sido completamente indescifrable.

Minho pidió silencio una vez más para poder escuchar.

Aun cuando la oscuridad era total, Thomas cerró los ojos y se concentró en su audición. Si la voz regresaba, quería captar lo que decía.

No había transcurrido más de un minuto cuando volvió a oírse el mismo susurro fantasmal, que retumbó en el aire como si hubiera enormes altavoces instalados en el techo. Escuchó las exclamaciones que lanzaban los chicos como si esta vez sí hubieran comprendido y se sintieran conmocionados por lo escuchado. Pero él ni siquiera había logrado reconocer alguna de las palabras. Abrió los ojos de nuevo, pero nada había cambiado: solo la más completa oscuridad. Todo negro.

—¿Alguien entendió lo que decía? —preguntó Newt.

—Una palabra —respondió Winston—. En el medio del susurro, sonó algo así como "regresen".

—Sí, yo escuché lo mismo —agregó alguien.

Thomas reflexionó sobre lo que había oído y estuvo de acuerdo en que esa palabra había formado parte del susurro. *Regresen*.

—Cálmense todos y escuchen con más atención esta vez —exclamó Minho. El oscuro pasadizo enmudeció.

La siguiente vez que apareció la voz, Thomas entendió hasta la última sílaba.

*Tienen una sola oportunidad. Regresen ahora y no serán rebanados.*

Esta vez, a juzgar por las reacciones, todos lo habían entendido.

—¿"No serán rebanados"?

—¡Dijo que podíamos regresar!

—¿Qué quiere decir eso?

—No podemos confiar en un larcho que anda murmurando en la oscuridad.

Thomas intentó no pensar en lo siniestras que habían sido las tres últimas palabras. *No serán rebanados.* No sonaban nada bien. Y el no ver nada solo empeoraba las cosas. Se estaba volviendo loco.

—¡No se detengan! —le gritó a Minho—. No creo que pueda soportar esto mucho tiempo más. ¡Caminen!

—Esperen un minuto —intervino Sartén—. La voz dijo que teníamos una sola oportunidad. Por lo menos tenemos que pensarlo.

—Es cierto —agregó alguien—. Quizás deberíamos regresar.

Aunque sabía que nadie podía verlo, Thomas sacudió la cabeza.

—Imposible. Recuerden lo que nos dijo el tipo del escritorio. Si regresábamos, nos esperaría una muerte atroz.

Sartén insistió.

—¿Y por qué tiene él más autoridad que este tipo de los susurros? ¿Cómo podemos saber a quién escuchar y a quién ignorar?

Thomas tuvo que reconocer que esa era una buena pregunta, pero regresar no parecía ser lo correcto.

—Estoy seguro de que la voz es una prueba. Tenemos que continuar.

—Él tiene razón —dijo Minho desde adelante—. Vámonos.

Apenas había pronunciado la última palabra, cuando la voz susurrante volvió a pasar silbando por el aire, esta vez acompañada de un odio casi infantil. *Están muertos. Todos serán rebanados. Muertos y rebanados.*

A Thomas se le erizaron los pelos de la nuca y le corrió un escalofrío por la espalda. Esperaba escuchar más pedidos para regresar, pero, una vez más, los Habitantes lo asombraron. Nadie dijo nada y de inmediato estaban todos marchando hacia adelante. Minho había estado en lo cierto al afirmar que los cobardes habían sido eliminados.

Se adentraron más profundamente en la oscuridad. El aire se caldeó un poco, como si el polvo lo hubiera vuelto más denso. Thomas tosió varias veces y se moría por tomar un trago, pero no quería arriesgarse a desatar la bolsa de agua sin poder verla. Lo último que le faltaba era derramarla en el suelo.

Adelante.

Calor.

Sed.

Oscuridad.

Caminar. El tiempo pasaba más lento que nunca.

Thomas no entendía cómo podía existir un pasadizo como ese. Desde la última vez que habían escuchado el espeluznante susurro de advertencia, debían haber andado por lo menos entre tres y cinco kilómetros. ¿Dónde se encontraban? ¿Bajo tierra? ¿Dentro de un edificio gigantesco? La Rata había dicho que tenían que salir al exterior. ¿Cómo…?

Unos cuatro metros delante de él, alguien lanzó una exclamación. Pero lo que comenzó como un grito abrupto de sorpresa fue aumentando hasta llegar al terror más absoluto. No sabía de quién se trataba, pero el chico se desgañitaba y chillaba como un animal en el viejo Matadero del Laberinto. Thomas escuchó los sonidos de un cuerpo que se revolcaba en el suelo.

Instintivamente, corrió hacia los ruidos inhumanos, abriéndose paso entre varios Habitantes que parecían petrificados por el miedo. No sabía por qué había pensado que podría ayudar más que el resto, pero no vaciló y salió disparando en la oscuridad. Después de la interminable tortura de caminar a tientas durante tanto tiempo, sintió que su cuerpo ansiaba entrar en acción.

En un instante pudo oír al chico gritar justo frente a él, con los brazos y las piernas retorciéndose en el cemento mientras luchaba contra quién sabe qué. Con cuidado, Thomas deslizó hacia un costado la bolsa de agua y el morral que colgaba de su hombro, y extendió tímidamente las manos hacia adelante buscando un brazo o una pierna que sujetar. Percibió que los otros Habitantes se amontonaban detrás de él en una caótica y atronadora presencia de gritos y preguntas, que decidió ignorar.

—¡Hey! —le gritó a la sombra que forcejeaba en el piso—. ¿Qué te pasa?

Rozó con los dedos el pantalón, luego la camisa, pero el chico seguía sufriendo convulsiones y resultaba imposible de controlar. Los alaridos seguían rasgando el aire.

Finalmente, Thomas decidió correr el riesgo. Se arrojó hacia adelante y cayó sobre el cuerpo tembloroso del muchacho. Con una sacudida que le cortó la respiración, aterrizó sobre el pecho, al tiempo que un codo se hundía en sus costillas y su rostro recibía un golpe. Una rodilla se elevó y casi lo alcanzó de lleno en la entrepierna.

−¡Basta! −gritó Thomas−. ¿Qué te ocurre?

Los aullidos se detuvieron con una especie de borboteo, como si el chico hubiera sido empujado bajo el agua. Pero los espasmos no cesaban.

Thomas apoyó el codo y el antebrazo en el pecho del Habitante haciendo palanca, y se estiró para sujetarlo del pelo o de la cara. Pero cuando sus manos se deslizaron sobre lo que se encontraba allí, la confusión se apoderó de él.

No había cabeza ni cara ni pelo. Ni siquiera cuello. No había nada de lo que *debería* estar allí.

En lugar de eso, palpó una gran esfera de metal, lisa y fría.

# 15

Los minutos que siguieron fueron absolutamente insólitos. Tan pronto como la mano de Thomas entró en contacto con la extraña bola de metal, el chico dejó de moverse. Sus brazos y piernas se paralizaron y la rigidez de su pecho desapareció en un instante. Thomas sintió que una densa humedad emanaba de la esfera, en el lugar donde debería haber estado el cuello. Sabía que era sangre, hasta podía oler el aroma a cobre.

Luego la bola se deslizó entre sus dedos y se alejó rodando con un chirrido hueco hasta que golpeó con fuerza contra la pared más cercana y se detuvo. El Habitante que estaba echado debajo de él no se movió ni emitió sonido alguno. Los otros continuaban gritando preguntas en la oscuridad, pero Thomas no les prestó atención.

Al imaginar el aspecto que debía tener el cuerpo, el horror se infiltró en su pecho. Nada tenía sentido, pero era obvio que el chico estaba muerto, con la cabeza cortada de manera incomprensible. O… ¿convertida en metal? ¿Qué demonios había pasado? La mente de Thomas daba vueltas y le tomó un rato descubrir que ese fluido tibio se deslizaba por la mano que había apoyado contra el suelo cuando la bola resbaló. En ese momento, perdió el control.

Secándose la mano en los pantalones, retrocedió rápido para alejarse del cuerpo. Gritó, pero no consiguió articular las palabras. Un par de Habitantes lo sujetaron de atrás y lo ayudaron a incorporarse. Los apartó de un empujón y tropezó contra una pared. Alguien lo tomó de la camisa para atraerlo.

—¡Thomas! —era la voz de Minho—. ¡Thomas! ¿Qué pasó?

Trató de calmarse y retomar el control perdido. Su estómago se sacudió y su pecho se puso tenso.

—Yo… no lo sé. ¿Quién era ese? ¿Quién era el que gritaba?

Winston fue el que contestó con voz trémula.

—Creo que era Frankie. Estaba junto a mí haciendo una broma y luego fue como si algo lo arrancara del lugar. Sí, era él. Estoy seguro.

—¿Qué pasó? —repitió Minho.

Thomas se dio cuenta de que seguía frotándose las manos en el pantalón.

—Mira —dijo, y respiró profundamente. Hacer todo eso en la oscuridad era una locura—. Lo escuché gritar y corrí hacia aquí para ayudar. Salté sobre él e intenté sujetarle los brazos y averiguar qué le ocurría. Entonces estiré las manos hacia la cabeza para agarrarlo de las mejillas, ni siquiera sé por qué, y todo lo que sentí fue…

No fue capaz de decirlo. Nada podía sonar más absurdo que la verdad.

—¿Qué? —aulló Minho.

Thomas lanzó un gemido y luego lo dijo.

—Su cabeza no era una cabeza. Era como una… gran… *bola* de metal. No sé, hombre, pero eso es lo que toqué. Como si su cabeza miertera hubiera sido devorada por… ¡por una gran esfera metálica!

—¿Qué estás diciendo? —preguntó Minho.

Thomas no sabía cómo podía llegar a convencerlo a él o a cualquiera de los otros.

—¿No la escuchaste rodar cuando él dejó de gritar? Sé que…

—¡Está aquí! —gritó alguien. Newt. Thomas oyó otra vez un fuerte roce y después a Newt gruñendo por el esfuerzo.

—Yo sentí que rodaba hacia aquí. Y está toda húmeda y pegajosa, como si tuviera sangre.

—Shuck —susurró Minho—. ¿Cuán grande es?

El resto de los Habitantes se unió con un coro de preguntas.

—¡Cálmense todos ya! —exclamó Newt. Cuando se callaron, contestó en forma terminante—. No lo sé.

Thomas percibió que palpaba la bola para investigar de qué se trataba.

–Es más grande que una cabeza, eso es seguro. Es totalmente redonda. Una esfera perfecta.

Thomas estaba desconcertado, molesto, pero solo podía pensar en salir de ese lugar y alejarse por la negrura del túnel.

–Tenemos que correr –dijo–. Hay que irse de aquí. Ahora mismo.

–Quizás deberíamos regresar. –Thomas no reconoció de quién era la voz–. La cuestión es que, como nos advirtió el viejo garlopo, esa bola rebanó la cabeza de Frankie.

–Ni en sueños –respondió Minho, enojado–. De ninguna manera. Thomas tiene razón. Basta de tonterías. Manténganse a una distancia de cincuenta centímetros unos de otros y luego vuelen. Agáchense, y si algo se acerca a sus cabezas, atáquenlo a golpes.

No hubo objeciones. Thomas buscó la comida y el agua y, una vez que todo el grupo se enteró del plan de acción, salieron a toda velocidad, separados unos de otros para no tropezarse. Thomas ya no se encontraba detrás de todos, pero no quiso perder más tiempo y se lanzó a correr tan rápido como nunca antes lo había hecho.

Podía oler el sudor. Respiraba polvo y aire caliente. Tenía las manos pegajosas y húmedas por la sangre. La oscuridad era completa.

Corrió y ya no se detuvo.

Una esfera mortal alcanzó a otro Habitante. Esta vez, ocurrió cerca de Thomas. Se trataba de un chico con el cual nunca había cruzado ni una palabra. Escuchó claramente el sonido del metal deslizándose sobre metal y un par de chasquidos. Luego los aullidos ahogaron el resto.

Nadie interrumpió la carrera. Quizá fuera horrible. Probablemente. Pero nadie se detuvo.

Cuando por fin cesaron los aullidos con el borboteo, la pelota metalica chocó con el piso duro. Thomas la oyó rodar, golpear contra la pared y rodar un tramo más.

Siguió corriendo sin disminuir la velocidad.

El corazón le latía con fuerza; el pecho le dolía al aspirar ese aire polvoriento. Perdió la noción del tiempo y de la distancia recorrida. Pero cuando Minho les ordenó que se detuvieran, sintió un alivio impresionante. El agotamiento había triunfado sobre el terror a esa esfera que había matado a dos personas.

El pequeño lugar se llenó de jadeos y apestaba a mal aliento. Sartén fue el primero en recuperarse lo suficiente como para poder hablar.

—¿Por qué nos detuvimos?

—¡Porque casi me rompo las piernas al chocar con algo que hay aquí! —gritó Minho—. Creo que es una escalera.

Thomas sintió que su ánimo mejoraba pero enseguida se controló. Había jurado no ilusionarse nunca más. Al menos, no hasta que todo eso terminara.

—Bueno, ¡subamos entonces! —dijo Sartén, excesivamente contento.

—¿Te parece? —respondió Minho—. ¿Qué haríamos sin ti, Sartén? En serio.

Thomas escuchó las pisadas fuertes del líder subiendo los peldaños. Emitían un sonido muy agudo, como si estuvieran hechos de metal delgado. Unos segundos después, se sumaron otras pisadas y al instante todos seguían a Minho.

Cuando Thomas llegó al primer escalón, se tropezó y, al caer, se golpeó la rodilla con el siguiente. Apoyó las manos para recuperar el equilibrio —casi revienta la bolsa de agua— y continuó el ascenso, saltando de vez en cuando algún peldaño. Nadie podía saber si esa cosa metálica atacaría de nuevo, de modo que estaba más que dispuesto a buscar un lugar que no estuviera oscuro como boca de lobo.

Desde arriba, se oyó un estruendo, más fuerte que las pisadas, pero con un sonido todavía metálico.

—¡Aayy! —gritó Minho. Luego siguieron algunos gruñidos y gemidos de los Habitantes, que chocaban unos con otros al no poder frenar a tiempo.

—¿Estás bien? —preguntó Newt.

—¿Con qué te golpeaste? —quiso saber Thomas, respirando con dificultad.

Minho sonaba irritado.

–¿Con qué crees? Con el final de la escalera. Me llevé por delante el maldito techo y no hay ningún otro lugar… –sus palabras se volvieron más débiles y Thomas pudo escuchar el roce de sus manos inspeccionando las paredes y el techo–. ¡Un momento! Creo que encontré…

La frase fue interrumpida por un nítido *clic* y luego el mundo que rodeaba a Thomas quedó envuelto en llamas. Gritó mientras se cubría los ojos con las manos: desde arriba llegaba una luz ardiente y cegadora. No pudo evitar que se le cayera la bolsa de agua. Después de tanto tiempo en la más completa oscuridad, aun cuando usara las manos para protegerse, la repentina luz lo apabulló. Un anaranjado brillante se filtró por sus dedos y pestañas y una ola de calor, como un viento hirviente, lo azotó.

Escuchó un fuerte rasguño, un sonido hueco y después regresó la noche. Con precaución, bajó las manos y entornó los ojos. Su vista se cubrió de manchas danzantes.

–Shuck –dijo Minho–. Creo que encontramos una salida, ¡pero parece que estuviera dentro mismo del sol! Eso sí que brillaba, hermano. Y cómo quemaba.

–Abrámosla un poco para que nuestros ojos se vayan adaptando –dijo Newt, mientras subía la escalera hasta donde se encontraba Minho–. Aquí tienes una camisa. Ponla en la puerta como cuña para que quede abierta. ¡Todos cierren los ojos!

Thomas hizo lo que él decía y se volvió a tapar con las manos. El destello naranja regresó y entonces comenzó el proceso. Después de un minuto, bajó las manos y abrió lentamente los ojos. Tuvo que entrecerrarlos pues, aunque ya era tolerable, seguía sintiendo como si un millón de linternas apuntaran sobre él. Un par de minutos más y ya estaba todo bien.

Pudo ver que se encontraba a veinte peldaños de Minho y Newt, que estaban en cuclillas justo debajo de la puerta del techo. Tres líneas brillantes marcaban los bordes de la puerta, solo cortados por la camisa que habían puesto en la esquina derecha para que no se cerrara. Todo lo que había alrededor –las paredes, los escalones, la misma puerta– era de un metal gris pálido. Miró hacia atrás en la dirección en la que habían venido y notó que la escalera desaparecía en la oscuridad muy por debajo de ellos. Habían ascendido mucho más alto de lo que había imaginado.

—¿Alguien se quedó ciego? —preguntó Minho—. Siento comc si mis ojos fueran merengue carbonizado.

Thomas tenía la misma sensación de ardor y no podía dejar de lagrimear. Los demás Habitantes, mientras tanto, se frotaban los párpados.

—¿Y qué hay allá afuera? —preguntó alguien.

Minho se alzó de hombros y, haciendo una visera con las manos, espió por la rendija de la puerta.

—No podría decirlo. Solo veo una luz muy deslumbrante… quizás realmente estemos en el sol. Pero no creo que haya gente allá afuera —hizo una pausa—. O Cranks.

—Salgamos de aquí, entonces —dijo Winston, que se hallaba dos peldaños debajo de Thomas—. Prefiero una quemadura de sol que ser atacado por una bola de acero. Vámonos ya.

—Tranqui, Winston —contestó Minho—. Yo solo quería que primero nos acostumbráramos a la luz. Voy a abrir la puerta por completo para ver si ya estamos listos. Prepárense —gritó, mientras subía otro peldaño para poder apoyar el hombro derecho contra la placa de metal—. ¡Uno, dos, tres!

Estiró las piernas con un resoplido y empujó hacia arriba. La puerta se abrió con un chirrido metálico y la luz y el calor entraron por el hueco de la escalera como un estallido. Thomas bajó la vista rápidamente hacia el suelo y entornó los ojos. Aun cuando ellos hubieran estado andando durante horas en la más completa oscuridad, la claridad les pareció demasiado insoportable.

Al mirar hacia arriba, alcanzó a divisar a Minho y Newt que intentaban atravesar el cuadrado de luz brillante. El pozo de la escalera ardía como un horno.

—¡Hombre! —exclamó Minho, con una mueca de dolor—. Algo anda mal, viejo. ¡Siento como si me estuviera quemando la piel!

—Es cierto —dijo Newt, frotándose la parte de atrás del cuello—. No sé si podremos salir. Es probable que tengamos que esperar a que baje el sol.

De inmediato brotaron múltiples quejas y gruñidos de los Habitantes, que fueron interrumpidos por un súbito rugido de Winston.

—¡Guau! ¡Cuidado!

Thomas giró para mirar escaleras abajo, donde se encontraba Winston. Estaba apuntando hacia algo justo encima de él, al tiempo que descendía un par de escalones. En el techo, a menos de un metro sobre sus cabezas, había un gran coágulo semejante a plata líquida en proceso de fusión, que se filtraba a través del metal como si se estuviera derritiendo y tomando la forma de una enorme lágrima. Mientras Thomas lo observaba, fue aumentando de tamaño y, en cuestión de segundos, se convirtió en una bola ondulante de metal fundido que oscilaba lentamente. De pronto, antes de que nadie pudiera reaccionar, se desprendió del techo.

En vez de caer en los peldaños, la esfera plateada desafió la ley de gravedad y voló de forma horizontal hasta estrellarse en la cara de Winston. Sus horribles alaridos se esparcieron por el aire mientras se precipitaba escalera abajo.

# 16

Al bajar detrás de Winston, a Thomas lo asaltó un pensamiento escalofriante. No sabía si actuaba porque quería ayudar o porque no podía controlar la curiosidad que le despertaba esa monstruosa bola plateada.

Finalmente, Winston se detuvo con un golpe seco y, de casualidad, su espalda quedó apoyada en uno de los peldaños. Todavía estaban muy lejos del pie de la escalera. La luz brillante que entraba por la puerta abierta iluminaba todo con perfecta claridad. Tenía ambas manos sobre el rostro mientras jalaba del líquido plateado: la bola de metal fundido ya se había unido a la parte superior de su cabeza, absorbiendo la zona de arriba de las orejas. Los bordes se extendían lentamente hacia abajo como un jarabe espeso que se deslizaba por las orejas y le cubría las cejas.

Thomas se abalanzó sobre el cuerpo del chico y giró para quedar arrodillado sobre el escalón justo debajo de él. Winston tironeaba y empujaba la sustancia pegajosa para apartarla de sus ojos. Sorprendentemente, parecía estar dando resultado. Pero el muchacho gritaba a todo pulmón mientras forcejeaba y pateaba la pared.

—¡Sáquenmela de encima! —aullaba con una voz tan desgarradora que Thomas casi salió huyendo. Si esa cosa era tan dolorosa…

Parecía un gel plateado de gran viscosidad. Era tenaz y perseverante, como si estuviera vivo. Apenas Winston lograba alejar una porción de los ojos, una parte se escurría de sus dedos por el costado y volvía a empezar. Thomas alcanzó a divisar brevemente algunas áreas de la piel del rostro cuando eso ocurría y lo que vio no fue nada bonito. Todo rojo y lleno de ampollas.

Winston gritó algo ininteligible. Sus aullidos de tortura bien podrían haber sido emitidos en una lengua completamente desconocida. Thomas sabía que debía hacer algo. No quedaba más tiempo.

Se descolgó el morral de los hombros y desparramó el contenido: frutas y paquetes se esparcieron por el suelo y descendieron por la escalera dando golpes. Tomó la sábana, la enrolló alrededor de las manos para protegerse y entró en acción.

Mientras Winston pegaba manotazos al metal fundido, ubicado otra vez arriba de sus ojos, Thomas trató de sujetar los bordes, que estaban sobre las orejas. Sintió el calor a través de la tela y pensó que iba a arder en llamas. Afirmó los pies, apretó la sustancia lo más fuertemente posible y luego dio un tirón.

Con un ruido húmedo y nauseabundo, los costados del metal agresor se elevaron varios centímetros antes de deslizarse de sus manos y estamparse nuevamente en las orejas de Winston. La intensidad de los gritos iba en aumento. Un par de Habitantes intentaron acercarse para colaborar pero Thomas les advirtió que retrocedieran, pensando que solo serían una molestia.

—¡Tenemos que hacerlo al mismo tiempo! —le gritó a Winston, decidido a lograr un mayor agarre—. ¡Escúchame, Winston! ¡Tenemos que hacerlo juntos! ¡Trata de sujetarla y levantarla por encima de la cabeza!

El chico no dio señales de haber comprendido; su cuerpo seguía sacudiéndose en la lucha. Si Thomas no se hubiera encontrado un escalón por debajo de él, a esa altura, ya se habría desplomado por las escaleras.

—¡Voy a contar hasta tres! —exclamó—. ¡Winston! ¡Cuando diga tres!

Todavía no había señales de que hubiera escuchado. Chillaba. Se retorcía. Forcejeaba.

Las lágrimas brotaban de los ojos de Thomas, o quizás fuera el sudor que goteaba por su frente, pero le ardía. Y sentía que la temperatura había aumentado millones de grados. Sus músculos se tensaron. Punzadas de dolor le atravesaban las piernas. Le dieron calambres.

–¡Solo hazlo! –gritó, ignorando todo lo demás e inclinándose para intentar nuevamente–. ¡Uno! ¡Dos! ¡Ahora!

Aferró la sustancia elástica por los costados, palpando esa rara combinación de blanda dureza, y luego volvió a jalarla hacia arriba para alejarla de la cabeza del Habitante. Winston debió haber escuchado o tal vez fue la suerte, pero empujó el pegote con las palmas de las manos al mismo tiempo que Thomas, como si se estuviera arrancando su propia frente. Toda esa masa caótica se despegó, convertida en una lámina gruesa y floja de la misma materia. Thomas no dudó: elevó los brazos, arrojó la basura por encima de su cabeza al hueco de la escalera y se dio vuelta para ver qué ocurría.

Mientras se remontaba por el aire, el metal se transmutó nuevamente en una esfera. La superficie se onduló un momento y de inmediato se solidificó. Se detuvo unos peldaños por debajo de ellos y se quedó suspendida un segundo, como si estuviera echándole la última mirada a su víctima, quizás evaluando qué podía haber salido mal. Luego salió volando escaleras abajo hasta perderse en la oscuridad.

Se había ido. Por alguna razón, no atacó de nuevo.

Thomas respiró hondo. Tenía el cuerpo empapado de sudor. Apoyó el hombro contra la pared sin atreverse a mirar a Winston, que sollozaba a sus espaldas. Al menos, los alaridos habían cesado.

Finalmente, se dio vuelta y lo enfrentó.

El chico era un desastre. Estaba acurrucado, temblando. El pelo de la cabeza había desaparecido, reemplazado por piel en carne viva y manchas de sangre. Las orejas tenían cortes, pero estaban enteras. Lloraba de dolor, aunque era probable que también fuera por la situación traumática que había sufrido. El acné del rostro se veía limpio y fresco comparado con las heridas abiertas del resto de la cabeza.

–Amigo, ¿estás bien? –preguntó Thomas, sabiendo que debía ser la frase más tonta que había pronunciado en voz alta.

Winston sacudió la cabeza con un movimiento brusco y su cuerpo se estremeció.

Thomas miró hacia arriba: Minho, Newt, Aris y el resto de los Habitantes los observaban conmocionados. El resplandor brillante del techo proyectaba sombras en sus rostros, pero aun así Thomas pudo ver sus ojos abiertos como los de los gatos asombrados ante un reflector.

—¿Qué fue eso? —dijo Minho con un murmullo.

Thomas no conseguía hablar, solo alcanzó a sacudir la cabeza con cansancio. Newt respondió:

—Una sustancia mágica y pegajosa que se come la cabeza de las personas.

—Debe ser alguna nueva tecnología —intervino Aris. Era la primera vez que Thomas lo escuchaba participar en una conversación. El chico miró alrededor y obviamente notó las caras sorprendidas. Luego levantó los hombros, como avergonzado, y prosiguió—; yo he tenido algunos recuerdos borrosos del pasado. Sé que el mundo tiene dispositivos tecnológicos de avanzada, pero no me acuerdo de haber visto metal fundido que volara cortando partes del cuerpo.

Thomas pensó en su propia memoria fragmentaria. Él tampoco recordaba nada parecido.

Minho apuntó distraídamente hacia la negrura que se perdía más allá de la escalera.

—Esa porquería debe solidificarse en tu cara y luego va carcomiendo la piel del cuello hasta que te lo corta. Muy bonito.

—¿Vieron? ¡La cosa vino directamente del techo! —dijo Sartén—. Es mejor que salgamos de aquí. Ahora.

—Estoy totalmente de acuerdo —agregó Newt.

Minho miró a Winston con repugnancia y Thomas siguió la dirección de su mirada. El cuerpo había dejado de temblar y el llanto se había transformado en un quejido ahogado. Sin embargo, tenía un aspecto horrible y seguramente quedaría marcado de por vida. Thomas no podía imaginar que el pelo volviera a crecer en esa cabeza roja y herida.

—¡Sartén, Jack! —los llamó Minho—. Ayuden a Winston a levantarse. Aris, recoge todo la garlopa que se le cayó y busca a un par de tipos para transportarla.

Nos vamos. No me importa lo brillante o brutal que sea esa luz de allá arriba. No tengo ganas de que mi cabeza se transforme en una pelota de bowling.

Dio media vuelta sin constatar si la gente acataba sus órdenes. Esa forma de actuar hizo que Thomas pensara que, después de todo, el tipo terminaría siendo un gran líder.

—Thomas y Newt, vengan conmigo —les gritó por encima del hombro—. Nosotros tres saldremos primero.

Thomas echó una mirada a Newt, quien respondió con una expresión que escondía un dejo de miedo pero, más que nada, una gran curiosidad e impaciencia por seguir adelante. Thomas sentía lo mismo y odiaba admitir que cualquier cosa parecía mejor que lidiar con las secuelas de lo que le había ocurrido a Winston.

—Vámonos ya —dijo Newt, levantando la voz en la segunda palabra, como si no tuvieran otra opción que hacer lo que se les había dicho. Sin embargo, su rostro revelaba la verdad: quería alejarse del pobre Winston tanto como Thomas.

Thomas asintió y con cuidado dio un paso por encima del chico herido, tratando de no mirar otra vez la piel lastimada de la cabeza. Le resultaba muy desagradable. Se apartó a un lado para dejar pasar a Sartén, Jack y Aris, y comenzó a subir los peldaños de dos en dos. Siguió a Newt y a Minho hasta el final de la escalera. Parecía que el mismo sol los esperaba del otro lado de la puerta.

# 17

Los demás Habitantes los dejaron pasar, más que felices de que ellos tres fuesen los encargados de ver lo que había afuera. Mientras se iban acercando, Thomas entornó los ojos y se los protegió con la mano. Les resultaba muy difícil creer que realmente podrían salir a esa horrible claridad y sobrevivir.

Minho se detuvo en el último peldaño. Luego estiró la mano lentamente hasta que entró en el cuadrado de luz. A Thomas le pareció que la piel de su amigo, a pesar de su tez morena, brillaba como una llamarada blanca.

Después de unos pocos segundos, Minho quitó la mano y la sacudió como si se hubiera golpeado el pulgar con un martillo.

—No cabe duda de que está caliente —afirmó y giró para mirar a Thomas y Newt—. Si vamos a salir, es mejor que nos envolvamos con algo para no estar cubiertos de quemaduras de segundo grado en cinco minutos.

—Vaciemos nuestras bolsas —dijo Newt, quitándose la suya del hombro—. Mientras investigamos, pónganse estas sábanas como si fueran batas. Si funciona, podemos colocar la comida y el agua en la mitad de las sábanas y usar la otra mitad para cubrirnos.

Thomas ya había utilizado su sábana para auxiliar a Winston.

—Vamos a parecer fantasmas. Así asustaremos a los villanos que nos aguarden afuera.

Minho no fue tan cuidadoso como Newt: dio vuelta su morral y dejó caer el contenido. De manera instintiva, los Habitantes que se hallaban más cerca se agruparon para evitar que las cosas cayeran por la escalera.

—Ay, este Thomas siempre tan gracioso. Esperemos que no haya unos simpáticos Cranks dispuestos a darnos la bienvenida —bromeó, mientras comenzaba a desatar los nudos que había hecho en la sábana–. No veo cómo alguien pueda estar allí afuera con ese calor. Con suerte, habrá árboles o algún lugar donde protegerse.

–No sé –dijo Newt–. Pueden estar escondidos, listos para atacarnos.

Thomas estaba ansioso de terminar con las adivinanzas e ir a constatar en forma directa lo que tendrían que enfrentar.

–No lo sabremos hasta que salgamos a investigar. Vamos –exclamó. Estiró la sábana, la echó sobre su cuerpo y la enrolló con fuerza alrededor de la cara, como si fuera una anciana con un chal–. ¿Cómo me veo?

–Como la chica más fea y miertera que yo haya visto en toda mi vida –respondió Minho–. Más vale que agradezcas a los dioses haber nacido varón.

–Gracias.

Minho y Newt hicieron lo mismo que Thomas, aunque ambos tuvieron más cuidado en sujetar la sábana de modo que sus manos quedaran debajo de ella, para estar completamente cubiertos. También dejaron que sobresaliera un poco para tener sombra en la cara. Thomas los imitó.

–Shanks, ¿están listos? –preguntó Minho, mirando a Newt y luego a Thomas.

–En realidad, estoy bastante entusiasmado –contestó Newt.

Thomas no estaba seguro de si esa era la palabra correcta, pero sentía las mismas ganas de entrar en acción.

–Yo también. Vámonos.

Como la salida de un antiguo sótano, los escalones restantes se dirigían directamente hacia la puerta y refulgían con los rayos del sol. Minho titubeó, pero luego subió corriendo sin detenerse hasta que desapareció absorbido por el resplandor.

–¡Ve! –gritó Newt, dándole una palmada a Thomas en la espalda.

Sintió una corriente de adrenalina. Respiró profundamente y salió detrás de Minho, con Newt pegado a los talones.

Tan pronto como asomó a la luz, se dio cuenta de que hubiera dado lo mismo estar envueltos en plástico transparente. La sábana no lograba obstruir la luz deslumbrante ni el fuego abrasador que los aplastaba desde arriba. Abrió la boca para hablar y una nube áspera de calor seco se deslizó por su garganta, destruyendo a su paso cualquier vestigio de aire o humedad. Trató desesperadamente de inhalar oxígeno, pero en cambio sintió como si tuviera una fogata dentro del pecho.

Aunque sus recuerdos fueran pocos y dispersos, Thomas no creía que el mundo debiera tener ese aspecto.

Con los ojos bien cerrados para enfrentar el blanco resplandor, tropezó con Minho y casi se cayó. Una vez que logró afirmarse, dobló las rodillas, se agachó y extendió la sábana sobre todo el cuerpo mientras seguía luchando por respirar. Cuando por fin lo consiguió, inhaló y exhaló grandes bocanadas de aire con rapidez para recuperarse. Ese primer momento después de atravesar la puerta le había producido pánico. Los otros dos Habitantes también respiraban con fuerza.

—Chicos, ¿se encuentran bien? —preguntó Minho después de unos instantes.

Thomas masculló un *sí* y Newt respondió con humor.

—Estoy totalmente seguro de que acabamos de arribar al maldito infierno. Siempre pensé que tú terminarías aquí, Minho, pero yo no.

—Buena esa —respondió el líder—. Me duelen los ojos, pero creo que estoy empezando a acostumbrarme a la luz.

Thomas entreabrió los suyos y miró al suelo, que estaba a menos de un metro de su cara. Polvo y suciedad. Algunas piedras grisáceas. La sábana seguía enrollada alrededor de su cuerpo y emitía un reflejo tan blanco que parecía una extraña pieza futurista de tecnología luminosa.

—¿De quién te estás escondiendo? —preguntó Minho—. Levántate, shank. No veo a nadie.

Thomas sintió vergüenza de que pensaran que estaba atemorizado: debía parecer un niño lloriqueando debajo de las sábanas, intentando pasar inadvertido. Se puso de pie y levantó la tela muy lentamente hasta que pudo espiar dónde se encontraba.

Era un páramo.

Desde donde él se hallaba y hasta donde alcanzaba la mirada, se extendía una vasta planicie de tierra seca y estéril. Ni un solo árbol. Ni siquiera un arbusto. No había colinas ni valles, únicamente un mar amarillo anaranjado de rocas y polvo. Trémulas corrientes de aire caliente humeaban en el horizonte, elevándose como si cualquier resto de vida que hubiera allí se estuviese evaporando en el cielo azul pálido y sin nubes.

Thomas giró sobre sí mismo y no vio nada diferente hasta que quedó mirando en la dirección opuesta. Una línea irregular de montañas se elevaba a la distancia. Delante de ellas, quizás a mitad de camino entre aquel lugar y donde se encontraban, había un grupo de edificaciones bajas que semejaban una pila de cajas abandonadas. Tenía que ser un pueblo pero, desde la lejanía, era imposible determinar su tamaño. El aire caliente provocaba ondulaciones delante de los edificios y borroneaba todo lo que estuviera cerca del suelo.

El sol blanquecino ya se había ubicado a la izquierda de Thomas y parecía estar hundiéndose en el horizonte, lo cual quería decir que ese era el oeste. Por lo tanto, el pueblo y la cadena de rocas blancas y rojas debían estar en dirección al norte, adonde se suponía que ellos debían dirigirse. Como si una porción de su pasado hubiera resurgido de las cenizas, su sentido de la orientación lo sorprendió.

—¿Cuán lejos piensan que están esas construcciones? —preguntó Newt. Después de haber escuchado sus voces resonar en el hueco de la escalera y en el túnel largo y oscuro, las palabras del chico se oyeron como un susurro leve.

—¿Podrán ser unos ciento sesenta kilómetros? —preguntó Thomas distraídamente—. Estoy seguro de que ese es el norte. ¿Es ahí adonde tenemos que ir?

Minho sacudió la cabeza debajo de su capucha.

—Ni en broma, viejo. Quiero decir, se supone que debemos ir en esa dirección, pero está a mucho menos de ciento sesenta kilómetros. Cincuenta como mucho. Y las montañas deben estar a unos cien o ciento diez kilómetros.

—No sabía que podías medir tan bien las distancias solamente con tus malditos ojos —dijo Newt.

–Shank, yo soy un Corredor. En el Laberinto desarrollamos un sentido especial para cosas como esas, aun cuando la escala fuera mucho menor.

–La Rata no estaba bromeando cuando mencionó las llamaradas solares –comentó Thomas, tratando de no dejarse abatir–. Esto parece un holocausto nuclear. Me pregunto si todo el planeta estará igual.

–Esperemos que no –respondió Minho–. Me encantaría ver un árbol ahora mismo. O un arroyo.

–Yo me conformaría con un poco de césped –dijo Newt con un suspiro.

Cuanto más miraba Thomas el pueblo, más cerca parecía que se encontraba. Posiblemente, cincuenta kilómetros también sería demasiado. Desvió la vista y se dio vuelta hacia sus amigos.

–Esto es totalmente distinto del Laberinto. Allá estábamos atrapados entre muros con todo lo necesario para subsistir. Aquí, no hay nada que nos contenga y no tenemos forma de sobrevivir a menos que vayamos adonde nos dicen. ¿Esto no se llama ironía o algo parecido?

–Algo parecido –concordó Minho–. Eres un fenómeno de la filosofía –agregó, y señaló hacia la salida de la escalera–. Vamos. Traigamos a esos larchos aquí y comencemos a caminar. No podemos peder tiempo y dejar que el sol nos chupe toda el agua que tenemos.

–Tal vez deberíamos esperar a que baje –sugirió Newt.

–¿Y quedarnos ahí con esas condenadas bolas de metal? Ni loco.

Thomas estuvo de acuerdo en que debían iniciar la travesía.

–Considero que estamos bien. Parecería que solo faltan unas pocas horas para el atardecer. Podemos ser fuertes por un rato, tomarnos un descanso y luego, durante la noche, llegar lo más lejos posible. No puedo tolerar un minuto más allá abajo.

Minho asintió con un movimiento de cabeza.

–Creo que es un buen plan –dijo Newt–. Por ahora, caminemos hasta ese pueblo viejo y polvoriento y roguemos que no esté plagado de nuestros queridos Cranks.

El pecho de Thomas dio una sacudida ante el comentario.

Minho regresó al hueco y se asomó por él.

—¡Hey, banda de mariquitas garlopas! ¡Junten toda la comida y vengan!

Ninguno de los Habitantes se quejó.

Thomas observó que todos se comportaban igual que él cuando emergió de la escalera. Jadeos desesperados, ojos entornados, miradas de desesperanza. Podía apostar que todos habían esperado que la Rata hubiera mentido y que lo peor hubiera quedado atrás en el Laberinto. Pero estaba completamente seguro de que, después de las esferas plateadas come-cabezas y ese desierto, nadie volvería a alentar pensamientos optimistas.

Mientras se preparaban para el viaje, realizaron algunos ajustes: la comida y las bolsas de agua tuvieron que comprimirse en la mitad de los morrales originales; luego, las sábanas que sobraban se usaron para cubrir a dos personas durante la caminata. En general, todo funcionó sorprendentemente bien —incluso para Jack y el pobre Winston— y pronto se hallaban marchando sobre el suelo duro y rocoso. Aunque desconocía cómo habían ocurrido las cosas, Thomas terminó compartiendo la sábana con Aris. Quizás simplemente se negaba a admitir que quería estar con el chico, ya que podría ser su única conexión para dilucidar qué había sucedido con Teresa.

Con la mano izquierda, mantenía en alto uno de los extremos de la sábana y llevaba un morral enrollado alrededor del hombro derecho, el mismo lado en que se encontraba Aris. Habían acordado intercambiar la carga, que ahora estaba mucho más pesada, cada treinta minutos. Paso a paso en medio del polvo, se encaminaron hacia el pueblo. Cada cien metros sentían que el calor se llevaba un día entero de sus vidas.

Estuvieron un rato largo sin hablar, pero Thomas, de pronto, rompió el silencio.

—¿De modo que nunca antes habías escuchado el nombre de Teresa?

Al ver la expresión de dureza de Aris, Thomas se dio cuenta de que su voz debía haber tenido un dejo poco sutil de acusación. Pero no se desdijo.

–¿Y? ¿Lo habías escuchado o no?

Aris volvió a mirar hacia adelante, pero le había quedado una sensación de suspicacia.

–No. Nunca. No sé quién es ella ni adónde fue. Pero al menos tú no la viste morir delante de tus propios ojos.

Ese fue un golpe duro pero, por alguna razón, hizo que Aris le agradara más.

–Lo sé. Perdóname –se excusó. Pensó un segundo antes de continuar con las preguntas–. ¿Qué relación tenían? ¿Cuál era el nombre de ella?

–Raquel –le recordó Aris, y luego hizo una pausa. Thomas pensó que la conversación habría terminado, pero el chico prosiguió–. Teníamos una relación muy cercana. Ocurrieron cosas. Recuperamos algunos recuerdos. Construimos otros nuevos.

Pensó que Minho se hubiera muerto de la risa de haber escuchado ese último comentario, pero a él le sonaron como las tres palabras más tristes que había oído en su vida. Sintió que tenía que decir algo, ofrecer algo.

–Claro. Yo también vi morir a un muy buen amigo. Cada vez que pienso en Chuck, vuelve a darme mucha rabia. Si le hubieran hecho lo mismo a Teresa, no serían capaces de detenerme. Nadie podría lograrlo. Todos morirían.

Asombrado de que esas palabras hubieran salido de su boca, se detuvo, obligando a Aris a hacer lo mismo. Era como si algo ajeno a él lo hubiera poseído y forzado a decir esas cosas. Pero él realmente lo sentía. Con gran intensidad.

–¿Qué crees…?

Antes de que pudiera terminar la idea, Sartén comenzó a gritar, señalando algo.

Solo le llevó un segundo descubrir qué había sorprendido tanto al cocinero.

A gran distancia de donde se encontraban, dos personas se acercaban corriendo hacia ellos desde el pueblo. Parecían dos siluetas fantasmagóricas, que levantaban delgadas columnas de polvo al desplazarse en el ardor del espejismo.

# 18

Thomas miró fijamente a los corredores. Notó que los demás Habitantes también se habían detenido, como si hubiera existido una orden tácita de hacerlo. Sintió un escalofrío, algo aparentemente imposible en ese desierto calcinante. No comprendía por qué le corría ese miedo helado por la espalda; los Habitantes superaban ampliamente en número a los desconocidos que se aproximaban, pero la sensación era innegable.

—Agrúpense bien —dijo Minho—. Y prepárense para pelear con estos larchos ante el primer indicio de problemas.

El espejismo que formaba el calor al ascender y evaporarse ocultó a las dos figuras hasta que se encontraron a unos cien metros. Cuando se volvieron nítidas, los músculos de Thomas se pusieron tensos. Recordaba demasiado bien lo que había visto apenas unas mañanas atrás a través de los barrotes de la ventana. Los Cranks. Pero estas personas lo atemorizaban de una forma diferente.

Interrumpieron la marcha a unos siete metros de los Habitantes. Eran un hombre y una mujer, aunque Thomas solo logró diferenciarlos por la silueta apenas curvilínea de ella. Aparte de eso, tenían el mismo físico: eran altos y esqueléticos. Llevaban la cabeza y la cara envueltas casi totalmente en jirones de telas de colores claros. Habían cortado unas pequeñas aberturas para ver y respirar por ellas. Las camisas y los pantalones eran una mezcolanza de trapos sucios cosidos y atados, en algunas partes, con cintas andrajosas de tela. Lo único que estaba expuesto a los azotes del sol eran las manos: rojas, agrietadas y llenas de costras.

Ambos permanecieron allí, jadeando, como si fueran perros enfermos.

—¿Quiénes son ustedes? —gritó Minho.

Los extraños no abrieron la boca ni se movieron; respiraban agitadamente. Thomas los observó desde abajo de su improvisada capucha: le resultaba difícil imaginar cómo podían correr tanto y no morir por un golpe de calor.

—¿Quiénes son? —repitió Minho.

En lugar de responder, los dos desconocidos se separaron y comenzaron a caminar en círculo alrededor del grupo. Mientras se movían como evaluándolos antes de dar el golpe mortal, sus ojos, que estaban escondidos detrás de las aberturas de esa ropa de momias, se mantenían fijos en los chicos. Thomas sintió que la tensión en su interior aumentaba y detestó el momento en que no podía verlos a ambos al mismo tiempo. Se dio vuelta y los vio encontrarse detrás del grupo y quedarse quietos una vez más enfrente de ellos.

—Somos muchos más que ustedes —dijo Minho, aunque su voz dejó traslucir la frustración que sentía. Amenazarlos tan rápido parecía un acto de desesperación—. Empiecen a hablar y dígannos quiénes son.

—Somos Cranks.

Las dos palabras surgieron de la mujer en una explosión gutural de irritación. Sin ninguna razón perceptible, señaló por encima de los Habitantes hacia el pueblo del que habían venido.

—¿Cranks? —repitió Minho, abriéndose paso entre los compañeros para estar nuevamente cerca de la pareja—. ¿Como los que intentaron entrar en nuestro edificio hace unos pocos días?

Thomas contrajo los músculos. Esas personas no debían tener la menor idea de lo que Minho decía. Los Habitantes habían viajado un largo trecho desde el lugar donde se encontraban a través de la Trans-Plana.

—Somos Cranks —esta vez fue el hombre quien habló. Su voz era llamativamente más suave y menos áspera que la de la mujer, pero carecía por completo de amabilidad. Al igual que ella, señaló en dirección hacia el pueblo—. Vinimos a ver si ustedes eran Cranks. Si tenían la Llamarada.

Con las cejas fruncidas, Minho se dio vuelta para mirar a Thomas y a los otros. Nadie dijo nada. Luego volvió a encarar a la pareja.

—Sí, un tipo nos dijo que teníamos la Llamarada. ¿Qué pueden contarnos de ella?

—No importa —respondió el hombre. Las tiras de tela que envolvían su rostro flameaban con cada palabra—. La tienen, ya se enterarán.

—Bueno ¿y qué quieren entonces? —preguntó Newt, adelantándose para ubicarse junto a Minho—. ¿Qué les importa si somos o no Cranks?

Como si no hubiera escuchado las preguntas formuladas por Newt, la mujer contestó:

—¿Cómo entraron al Desierto? ¿De dónde vienen? ¿Cómo llegaron hasta aquí?

Thomas se sorprendió ante la... inteligencia evidente de sus palabras. Los Cranks que habían visto en la residencia parecían totalmente dementes, como animales. Estas personas tenían la conciencia necesaria para darse cuenta de que el grupo había surgido de la nada. No existía ninguna construcción en dirección opuesta al pueblo.

Minho se inclinó para hablar con Newt y luego se acercó a Thomas.

—¿Qué le decimos a esta gente?

Thomas no tenía la menor idea.

—No sé. ¿La verdad? No creo que les moleste.

—¿La verdad? —dijo Minho con sarcasmo—. Qué buena idea, Thomas. Siempre tan brillante —y se dio vuelta para mirar a los Cranks—. CRUEL nos envió aquí. Anduvimos por un túnel y salimos por un agujero, no muy lejos, en aquella dirección. Se supone que tenemos que caminar ciento sesenta kilómetros hacia el norte a lo largo del Desierto. ¿Lo que acabo de decir significa algo para ustedes?

Una vez más, fue como si no hubieran oído ni una sola de sus palabras.

—No todos los Cranks están idos —dijo el hombre—. No todos se encuentran más allá del Final —pronunció esa última palabra de tal manera que sonó como si fuera el nombre de un lugar—. Hay diferentes clases y niveles. Mejor aprendan a distinguir de quiénes hacerse amigos y a quiénes evitar. O matar. Si van a venir adonde nosotros estamos, más les vale que aprendan cuanto antes.

—¿Y dónde están ustedes? —preguntó Minho—. Vinieron de aquel pueblo, ¿no es cierto? ¿Es allí donde viven todos esos Cranks? ¿Tienen agua y comida?

Thomas sintió el mismo impulso que Minho de hacer millones de preguntas. Estaba tentado de sugerir que capturaran a esos dos Cranks y los *hicieran* responder. Pero, por el momento, la pareja no parecía tener la menor intención de ayudar. Volvieron a separarse y a dar vueltas alrededor de ellos.

Cuando se juntaron en el mismo lugar donde habían hablado por primera vez, con el pueblo lejano flotando entre ellos, la mujer se dirigió al grupo por última vez.

—Si todavía no la tienen, pronto la tendrán. Igual que el otro grupo. Los que deberían acabar con él.

Los dos desconocidos dieron media vuelta y regresaron hacia el conjunto de edificaciones que se recortaban en el horizonte, dejando atónitos a Thomas y a los otros Habitantes. En un instante, cualquier rastro de los Cranks corredores se perdió en una bruma de polvo y fuego.

—¿Otro grupo? —dijo alguien. Quizás fuera Sartén. Thomas no lo notó debido a que se había quedado en trance mirando cómo desaparecían los Cranks y preocupado por la Llamarada.

—Me pregunto si se habrán referido a mi grupo —esta vez no cabía duda de que era Aris. Thomas se obligó a salir del estupor.

—¿El grupo B? —le preguntó—. ¿Crees que ya habrá logrado llegar al pueblo?

—¡Basta! —dijo Minho bruscamente—. ¿A quién le importa? ¿Te parece que perdamos el tiempo discutiendo ese detalle de que ellos supuestamente nos van a matar a nosotros? ¿Qué tal si nos ocupamos de la Llamarada?

Thomas recordó el tatuaje de su cuello. Esas simples palabras que lo aterraban.

—Tal vez cuando ella dijo "acabar con *él*" no se refería al grupo sino a mí —y señaló con el pulgar, por encima del hombro, la marca amenazadora—. No pude notar hacia dónde apuntaban sus ojos.

–¿Y cómo podría ella saber quién eres? –repuso Minho–. Además no tiene importancia. Si alguien trata de matarte a ti, o a mí, o a cualquier otro, seguramente tratará de atraparnos a todos. ¿De acuerdo?

–Qué dulce eres –dijo Sartén con un bufido–. Vete a morir con Thomas. Creo que yo intentaré escabullirme y disfrutaré de vivir con la culpa –lanzó su mirada especial, que significaba que estaba bromeando, pero Thomas se preguntó si, detrás de esas palabras, no se escondería algo de verdad.

–Bueno, ¿y ahora qué hacemos? –preguntó Jack. Tenía el brazo de Winston alrededor del hombro, pero el antiguo Encargado del Matadero parecía haber recobrado algo de su fuerza. Afortunadamente, la sábana cubría las partes horrorosas de su cabeza.

–¿Y tú qué crees? –preguntó Newt y luego le hizo un gesto afirmativo a Minho.

Minho puso los ojos en blanco.

–¿Qué hacemos? Pues seguir andando. No tenemos alternativa. Si no vamos a ese pueblo, moriremos aquí de insolación o de hambre. En cambio, si vamos, estaremos protegidos por un rato y quizás encontremos comida. Con o sin Cranks, iremos hacia ahí.

–¿Y el Grupo B? –inquirió Thomas echando una mirada a Aris–. O a quien fuera que se hayan referido. ¿Qué hacemos si realmente quieren matarnos? No tenemos más que nuestras manos para pelear.

Minho flexionó el brazo derecho.

–Si esas personas son las chicas con las que andaba Aris, yo les mostraré mis armas y saldrán huyendo.

Thomas siguió insistiendo.

–¿Y si las chicas tienen armas? ¿O saben luchar? ¿O si no son ellas sino una banda de gorilas de dos metros de altura que adoran comer seres humanos? ¿O si son miles de Cranks?

–Thomas… no –Minho emitió un suspiro exasperado–. ¿Se pueden calmar todos y cerrar el hocico? Basta de preguntas. A menos que tengan una idea que no implique la muerte segura, dejen de lloriquear y aceptemos la única posibilidad que tenemos. ¿Está claro?

Aunque no sabía de dónde provenía el impulso, Thomas sonrió. Por alguna razón y con unas pocas frases, Minho le había levantado el ánimo o, al menos, le había dado un poco de esperanza. Solo tenían que ponerse en acción, moverse y actuar. Nada más.

—Eso está mejor —dijo Minho con un gesto de satisfacción—. ¿Alguien más quiere hacerse pis encima y llamar a su mami?

Se escucharon algunas risas, pero nadie dijo nada.

—Muy bien. Newt, tú serás el guía de aquí en adelante, con renguera y todo. Thomas, tú vas al final. Jack, tómate un descanso y consigue a otro que te ayude con Winston. Vámonos.

Como le tocó el turno a Aris de llevar el morral, Thomas sintió como si flotara sobre el suelo. La sensación era muy agradable. La única parte difícil era mantener la sábana en alto, pues el brazo se le debilitaba. Pero continuaron la travesía: a veces caminando y a veces corriendo.

Por suerte, al ir acercándose al horizonte, el sol pareció volverse más pesado y se ocultó más rápido. Según el reloj de Thomas, cuando el cielo se puso naranja y púrpura, y el brillo intenso del sol comenzó a fundirse en un destello mucho más tolerable, apenas había transcurrido una hora desde que los Cranks se habían ido. Poco después, desapareció por completo detrás del horizonte, dejando la noche y el cielo lleno de estrellas como telón de fondo.

Los Habitantes continuaron la marcha hacia el tenue centelleo de luces que provenía del pueblo. En ese momento, Thomas sintió un asomo de placer, dado que no tenía que transportar la carga ni sostener la sábana.

Una vez que se desvaneció la última huella del atardecer, una oscuridad completa se instaló en la tierra como un manto negro.

# 19

Apenas cayó la noche, Thomas oyó gritar a una chica.

Al principio, no entendió qué estaba ocurriendo ni si simplemente se trataba de su imaginación. Entre los golpes de las pisadas en la tierra seca, el crujido de los morrales y el rumor de las conversaciones resultaba muy difícil distinguir el origen del sonido.

Pero lo que había empezado como apenas un zumbido dentro de su cabeza pronto resultó claramente identificable. En algún lugar entre el pueblo y donde ellos se encontraban, los aullidos de una chica surcaron el aire nocturno.

Era obvio que los demás también los habían percibido, pues al instante dejaron de correr. Una vez que todos recuperaron la respiración, fue más fácil escuchar el inquietante grito.

Parecía un gato. Un gato aullando de dolor. El tipo de sonido que pone la piel de gallina y hace que uno se tape los oídos y ruegue que termine de una vez. Poseía una cualidad antinatural, que dejó a Thomas helado por dentro y por fuera. La oscuridad no hacía más que agregarle un toque de pavor a la situación. Aunque aún no estaban cerca, los chillidos de la chica reverberaban como ecos vivientes tratando de aplastar esos sonidos indescriptibles contra el suelo hasta hacerlos desaparecer de la faz de la Tierra.

—¿Saben qué me recuerda eso? —murmuró Minho, con algo de temor en la voz.

Thomas lo sabía bien.

—Ben. Alby. ¿Yo, tal vez? ¿Gritando después del pinchazo del Penitente?

—Exactamente.

—Por favor, no —gimió Sartén—. No me digan que esos cretinos estarán también aquí. ¡No podría soportarlo!

Ubicado a la izquierda de Thomas y Aris, Newt respondió.

—Lo dudo. Acuérdense de su piel húmeda y pegajosa. Si intentaran rodar en este lugar, se convertirían en una gran bola de polvo.

—Bueno —dijo Thomas—, si CRUEL es capaz de crear Penitentes, puede crear otros monstruos aún peores. Odio tener que decirlo, pero la Rata nos advirtió que, finalmente, las cosas se iban a complicar.

—Una vez más, Thomas nos da una de sus alegres charlas para levantarnos el ánimo —exclamó Sartén. A pesar de que intentó sonar gracioso, el comentario brotó cargado de irritación.

—Solo digo cómo son las cosas.

Sartén refunfuñó.

—Ya lo sé. Y así como son dan asco.

—¿Y ahora qué hacemos? —preguntó Thomas.

—Creo que tenemos que tomarnos un descanso —dijo Minho—. Llenar las barrigas y beber un poco de agua. Luego podemos seguir hasta que aguantemos mientras el sol no haya salido. Tal vez debamos dormir un par de horas antes del amanecer.

—¿Y qué hacemos con la dama psicótica que anda aullando por ahí? —agregó Sartén.

—Da la impresión de estar muy ocupada con sus propios problemas.

Por alguna razón, la afirmación aterrorizó a Thomas. Quizá los demás sintieron lo mismo, pero nadie abrió la boca. Se quitaron los morrales de los hombros, se sentaron y empezaron a comer.


—Hermano, ojalá dejara de aullar —era como la quinta vez que Aris le decía lo mismo mientras corrían en la negra noche. La pobre chica continuaba profiriendo sus quejosos y agudos lamentos.

La comida había sido lúgubre y silenciosa. La charla había derivado hacia lo que la Rata había dicho acerca de las Variables, y que lo único que importaba era la forma en que ellos respondieran a ellas; sobre la creación de un "plano" y encontrar los paradigmas de la "zona letal". Nadie tenía ninguna respuesta, por supuesto, solamente especulaciones sin sentido. *Es extraño*, pensó Thomas. Ellos ahora sabían que los estaban sometiendo a las Pruebas de CRUEL y, aunque eso debería hacerlos actuar de manera diferente, seguían adelante, peleando y sobreviviendo hasta conseguir la cura prometida. Thomas estaba seguro de que continuarían así hasta el final.

Una vez que Minho los puso nuevamente en movimiento, a Thomas le tomó un tiempo lograr que sus piernas y articulaciones se aflojaran. Arriba de ellos, la luna era como una uñita en el cielo, que emitía apenas un poco más de luz que las estrellas. Pero no era necesario ver demasiado para correr por la tierra árida y llana. Además, a menos que fuera su imaginación, ya estaban acercándose a las luces del pueblo. Podía ver cómo titilaban, lo cual significaba que debían ser fogatas. Eso parecía razonable: las posibilidades de tener electricidad en medio de ese páramo oscilaban alrededor de cero.

No sabía cuándo había ocurrido exactamente, pero de pronto el conjunto de edificios pareció estar mucho más cerca. Y eran más de los que habían pensado. Y más altos y anchos. Se hallaban distribuidos en hileras ordenadas. Por lo que ellos alcanzaron a ver, el sitio podría haber sido alguna vez una ciudad importante, devastada por lo que fuera que había sucedido en esa zona. ¿Acaso las llamaradas solares podrían producir tanto daño? ¿O habría ocurrido algo más después de las explosiones?

Tuvo la sensación de que podrían llegar al primer edificio al día siguiente.

A pesar de que en ese momento no necesitaban cubrirse con la sábana, Aris seguía corriendo a su lado y Thomas sintió ganas de conversar con él.

—Cuéntame más acerca de tu asunto del Laberinto.

La respiración de Aris era regular. Parecía estar en tan buenas condiciones como él.

—¿Mi asunto del Laberinto? ¿Qué quieres decir con eso?

—Nunca nos contaste los detalles. ¿Cómo lo pasaste allí? ¿Cuánto tiempo estuviste? ¿Cómo lograste salir?

Aris contestó por encima del suave crujido de sus pisadas sobre el suelo desértico.

—Estuve hablando con algunos de tus amigos y parecería que la mayor parte fue exactamente igual. Con la diferencia de que… eran chicas en lugar de chicos. Algunas de ellas habían estado allí durante dos años, las demás fueron apareciendo una por una, una vez por mes. Luego llegó Raquel y por último yo, al día siguiente y en coma. No recuerdo casi nada excepto esos últimos días de locura después de que finalmente desperté.

Continuó explicando lo que había sucedido, y muchos de los hechos encajaban perfectamente con lo que Thomas y los Habitantes habían vivido. Todo era absurdo, casi imposible de creer. Aris salió del coma, mencionó algo acerca del Final, los muros ya no se cerraron por la noche, la Caja dejó de llegar, descubrieron que el Laberinto era un código y así en adelante hasta la huida. Esta se desarrolló prácticamente igual a la terrorífica experiencia de los Habitantes, salvo que en el grupo de las mujeres murió menos gente. Eso le pareció a Thomas algo razonable, pues supuso que todas debían ser fuertes como Teresa.

Una vez que Aris y su grupo llegaron a la cámara final, una chica llamada Beth —que había desaparecido unos días antes, como Gally— mató a Raquel, justo en el momento en que arribaron las personas que los rescataron y se los llevaron de inmediato al gimnasio, que Aris había mencionado con anterioridad. Luego sus salvadores lo trasladaron al lugar en donde lo encontraron los Habitantes, que había sido el dormitorio de Teresa.

*Si* es que eso era lo que había sucedido. Después de ver lo que pudo pasar en el Acantilado y en la Trans-Plana que los había conducido hasta el túnel, ya nadie sabía cómo funcionaban las cosas en realidad. Por no mencionar las paredes de ladrillos y el cambio de nombre en la puerta de Aris.

Todo eso le produjo a Thomas un terrible dolor de cabeza.

Cuando intentó pensar en el Grupo B e imaginar el papel que había desempeñado cada uno –cómo él y Aris tenían los roles básicamente cambiados, y cómo Aris era en verdad el equivalente de Teresa– le quedó la mente retorcida. El hecho de que al final hubiera muerto Chuck en vez de él... era la única diferencia importante dentro del paralelismo. ¿Acaso habían montado un escenario para alentar ciertos conflictos y provocar reacciones para las investigaciones de CRUEL?

–Es todo bastante complejo, ¿no? –comentó Aris, después de darle a Thomas un momento para digerir su historia.

–No sé cuál sea la palabra para definirlo, pero lo que me asombra es que los dos grupos hayan pasado por los mismos experimentos delirantes. O Pruebas o lo que fueran. Lo que quiero decir es que, si ellos están examinando nuestras respuestas, supongo que tiene sentido que nos hayan expuesto a lo mismo. De todas maneras, me resulta extraño.

Cuando Thomas dejó de hablar, en la lejanía, la chica lanzó un chillido aún más fuerte que los lamentos anteriores, lo cual provocó en él una ráfaga de terror.

–Creo que lo sé –dijo Aris en voz tan baja que Thomas no estaba seguro de haberlo escuchado bien.

–¿Qué?

–Creo que lo sé. Por qué había dos grupos. Bueno, *hay* dos grupos.

Thomas le echó una mirada y apenas pudo percibir la sorprendente expresión de calma de su rostro.

–¿En serio? Dime por qué.

–En realidad tengo dos ideas –respondió Aris todavía pensativo. La primera es que pienso que estas personas, CRUEL, quienesquiera que sean, están tratando de seleccionar a los mejores de ambos grupos para usarnos de alguna manera. Quizás hasta reproducirnos o algo por el estilo.

–¿Qué? –exclamó Thomas tan asombrado que casi se olvidó de los gritos. No podía creer que alguien estuviera tan enfermo–. ¿*Reproducirnos*? No puede ser.

—Después del Laberinto y de lo ocurrido en ese túnel, ¿piensas que hablar de *reproducción* es exagerado? Por favor.

—Buena esa —debía admitir que el chico tenía razón—. ¿Y cuál era tu otra teoría?

Mientras formulaba la pregunta, sintió que el cansancio de la carrera se instalaba de golpe en su cuerpo. Parecía como si le hubieran echado un vaso lleno de arena en la garganta.

—Es casi lo contrario —contestó Aris—. Que en lugar de querer sobrevivientes de ambos grupos, solo esperan que un grupo llegue hasta el final. Por lo tanto, están eliminando gente de los chicos *y* de las chicas, o un grupo completo. De cualquier manera, es la única explicación que se me ocurre.

Antes de responder, Thomas se quedó reflexionando durante un rato largo sobre las teorías de Aris.

—Pero ¿qué piensas entonces de lo que dijo la Rata? ¿Que están probando nuestras respuestas y armando una especie de plano? Quizás se trata de un experimento y no esperan que ninguno de nosotros se salve. Tal vez están estudiando nuestras mentes y nuestras reacciones y nuestros genes. Cuando todo haya terminado, estaremos muertos y ellos tendrán numerosos informes para leer.

—Hum —dijo Aris con un gruñido—. Es posible. No dejo de pensar por qué habrán puesto a un miembro del sexo opuesto en cada grupo.

—Tal vez para observar qué tipo de peleas o problemas se plantearían. Estudiar las reacciones de la gente… es una situación casi única —repuso Thomas con una sonrisa—. Me encanta cómo estamos hablando de eso, como si estuviéramos decidiendo cuándo tenemos que detenernos por un plopus.

Esta vez Aris sí se rio. Fue una risita seca que alegró a Thomas y que, en realidad, hizo que el chico le cayera cada vez mejor.

—Hombre, no digas eso. Hace como una hora que tendría que haber ido.

Ahora fue Thomas quien rio y, justo a continuación, como si hubiera escuchado las palabras de Aris, Minho les gritó a todos que se detuvieran.

Es hora de ir al baño —dijo, con las manos en las caderas mientras jadeaba—. Entierren su plopus y no se coloquen muy cerca unos de otros. Descansaremos quince minutos y luego caminaremos otro tramo. Shanks, yo sé que ustedes no pueden mantener el mismo ritmo que Corredores experimentados como Thomas o como yo.

Thomas dejó de prestar atención –no necesitaba indicaciones sobre cómo ir al baño– y se dio vuelta para observar los alrededores. Respiró hondo y, cuando se relajó, sus ojos captaron algo. Unos trescientos metros adelante, pero no exactamente en el camino por donde iban, alcanzó a distinguir una sombra oscura de forma cuadrada, que se destacaba contra el débil destello del pueblo en la lejanía. Resaltaba tan claramente que no podía creer que no la hubiera visto antes.

–¡Hey! –gritó, apuntando hacia ella–. Parece que hubiera una pequeña construcción allá adelante hacia la derecha, a unos pocos minutos de aquí. ¿Ya la vieron?

–Sí –respondió Minho, acercándose hasta él–. Me pregunto qué será.

Antes de que Thomas pudiera contestar, ocurrieron dos cosas casi simultáneamente.

Primero, los espantosos alaridos de la chica misteriosa se apagaron de golpe, como si alguien hubiera cerrado la puerta del lugar donde ella se hallaba. Después, una figura femenina surgió detrás del edificio oscuro que estaba a lo lejos. El pelo largo de su cabeza en sombras ondeaba como si fueran cintas de seda negra.

# 20

Thomas no pudo evitarlo. Su primer instinto fue desear que fuera ella, llamarla. Ansiar que, aunque pareciera increíble, ella estuviera ahí, esperándolo, a unos pocos metros de distancia.

*¿Teresa?*

Nada.

*¿Teresa? ¡Teresa!*

Silencio. El vacío dejado cuando ella desapareció seguía en su cabeza como una piscina sin agua. Pero... *podía* ser ella. Tal vez. Algo debía de haberle ocurrido a su capacidad para comunicarse.

Una vez que la chica salió de atrás de la construcción, o más bien de *adentro* de ella, se quedó de pie inmóvil. A pesar de estar en medio de las tinieblas, había algo en su postura que indicaba que se encontraba de frente, con los brazos cruzados, observándolos.

—¿Piensas que es Teresa? —preguntó Newt, como si hubiera leído sus pensamientos.

Thomas asintió antes de darse cuenta de lo que estaba haciendo. Echó una mirada rápida a su alrededor para ver si alguien lo había notado. Parecía que no.

—Ni idea —dijo finalmente.

—¿Crees que era *ella* la que gritaba? —dijo Sartén—. Los aullidos concluyeron justo cuando apareció.

—O quizás era ella la que estaba torturando a otra chica —exclamó Minho con un resoplido—. Y, cuando nos vio venir, la mató para que no sufriera más —luego, por alguna razón, palmeó las manos—. Muy bien, entonces, ¿quién quiere ir a encontrarse con esa hermosa jovencita?

Thomas no podía entender cómo Minho podía mostrarse tan alegre en un momento como ése.

—Yo voy —dijo en voz demasiado alta, pese a que no quería demostrar de forma muy obvia que esperaba que fuera Teresa.

—Estaba bromeando, garlopo —repuso Minho—. Vamos a ir todos. Podría tener escondido en esa choza a un ejército de ninjas psicóticas.

—¿Ninjas psicóticas? —repitió Newt. Su voz mostró sorpresa y algo de enojo ante la actitud de Minho.

—Sí, vamos —exclamó Minho y comenzó a caminar hacia adelante.

Thomas tuvo un impulso repentino.

—¡No! —gritó, y luego bajó la voz—. No. Ustedes quédense aquí. Yo iré a hablar con ella. Podría ser una trampa. Sería una idiotez que fuéramos todos juntos.

—¿Y tú *no* eres un idiota yendo solo? —preguntó Minho.

—Bueno, no podemos pasar caminando por ahí sin investigar primero. Yo voy. Si pasa algo o veo algo sospechoso, grito pidiendo ayuda.

Minho hizo una pausa larga.

—Está bien. Ve. Nuestro larchito valiente —y, mientras pronunciaba esas palabras, le dio a Thomas una fuerte y dolorosa palmada en la espalda.

—Esto es una reverenda estupidez —interrumpió Newt, adelantándose—. Yo lo acompaño.

—¡No! —exclamó Thomas bruscamente—. Déjame hacer esto solo. Algo me dice que debemos tener cuidado. Si me pongo a llorar como un bebé, vengan a rescatarme —y antes de que nadie pudiera abrir la boca, enfiló deprisa hacia la chica y el edificio.

Acortó rápidamente la distancia que lo separaba de él. El crujido de las pisadas contra la tierra arenosa quebraba el silencio.

Percibió el olor áspero del desierto mezclado con un aroma distante de algo que ardía y, mientras observaba la silueta de la chica junto a la construcción, de repente lo supo. Quizás fuera la forma de la cabeza o del cuerpo. O la postura, la manera en que mantenía los brazos cruzados echados hacia un costado, con la cadera ladeada en la dirección contraria. Simplemente lo supo.

Era ella.

Era Teresa.

Cuando estaba a pocos metros, justo antes de que la débil luz le revelara su rostro, ella se dio vuelta, atravesó una puerta abierta y desapareció dentro del pequeño edificio. Era una estructura rectangular con un techo ligeramente inclinado en el centro, que parecía no tener ventanas. A los costados, colgaban unas cajas negras alargadas que podrían ser altavoces. Tal vez el sonido había sido una grabación, un engaño. Eso explicaría por qué podían escucharlo desde tan lejos.

La puerta —una gran tabla de madera— estaba completamente abierta y apoyada contra la pared. Adentro, la oscuridad era mayor que afuera.

Thomas entró en acción. Mientras atravesaba la abertura, se dio cuenta de lo estúpido y temerario que podría ser eso. Pero se trataba de ella. No importaba qué había pasado ni la explicación de su desaparición ni la negativa a hablar con él por medio del pensamiento: él sabía que ella no le haría daño. Era imposible.

En el interior, el aire era notablemente más frío, casi húmedo. La sensación era muy agradable. Dio tres pasos y se detuvo a escuchar en la más completa oscuridad. Pudo oír la respiración de ella.

—¿Teresa? —preguntó en voz alta, evitando la tentación de llamarla otra vez dentro de su mente—. Teresa, ¿qué pasa?

No hubo respuesta, pero él percibió una leve inspiración seguida de un sollozo vacilante como si ella estuviera llorando pero al mismo tiempo intentara que él no lo notara.

—Por favor, Teresa. No sé qué pasó ni qué te hicieron, pero ahora estoy aquí. Esto es una locura. Háblame…

Se detuvo cuando una luz cobró vida con un centelleo fugaz, y luego se convirtió en una llama pequeña. Sus ojos se dirigieron naturalmente hacia ella, hacia la mano que sostenía el cerillo. Observó cómo bajaba lenta y cuidadosamente para encender una vela que se encontraba sobre una mesa pequeña. Cuando se prendió y la mano sacudió el cerillo hasta apagarlo, Thomas finalmente levantó la vista y pudo verla. Comprobó que había tenido razón. Pero la breve e irresistible emoción de ver a Teresa se interrumpió de golpe, reemplazada por dolor y confusión.

Su aspecto era muy limpio. Había supuesto que ella estaría sucia como él debía estar después de todo ese tiempo en el desierto polvoriento. Había esperado que su ropa estuviera hecha jirones, el pelo grasiento y la cara manchada y quemada por el sol. Pero en cambio llevaba ropa limpia y el cabello brilloso le caía por los hombros. Nada estropeaba la piel pálida de su rostro o de sus brazos. Estaba más hermosa que en el Laberinto y que en cualquiera de los recuerdos que él podía extraer de esa masa viscosa y turbia que había recobrado después de la Transformación.

Pero sus ojos estaban llenos de lágrimas, el labio inferior temblaba de miedo y las manos se agitaban a los costados de su cuerpo. Percibió en su mirada una señal de reconocimiento, notó que no lo había olvidado nuevamente, pero detrás de eso acechaba el más puro y absoluto terror.

—Teresa —le susurró, con un nudo en la garganta—, ¿estás bien?

No respondió, pero sus ojos parpadearon dirigiéndose hacia un costado y luego volvieron hacia él. Un par de lágrimas se deslizaron por las mejillas y cayeron al suelo. Sus labios temblaban cada vez más y el pecho se sacudió con lo que solo podía ser un sollozo ahogado.

Thomas dio un paso hacia adelante y estiró las manos hacia ella.

—¡No! —aulló—. ¡Aléjate de mí!

Él se detuvo en seco, como si hubiera recibido un golpe brutal en las entrañas, y levantó las manos.

—Está bien. Teresa, ¿qué…?

No sabía qué decir ni qué preguntar. No sabía qué hacer. Pero esa sensación terrible de algo que se quebraba en su interior se intensificó y, mientras crecía en su garganta, amenazó con asfixiarlo.

Se quedó quieto para no volver a enloquecerla. Lo único que podía hacer era mirarla fijamente a los ojos y tratar de comunicarle cómo se sentía, rogarle que le dijera algo. Cualquier cosa.

Pasaron un largo rato en silencio. Los espasmos de su cuerpo y la manera en que ella parecía luchar contra algo oculto… le recordaron a…

Le recordaron la manera en que Gally se había comportado justo después de que ellos escaparan del Área y él entrara en la habitación con la mujer de la camisa blanca. Justo antes de que todo estallara. Justo antes de que matara a Chuck.

Thomas tenía que hablar o le daría un ataque.

—Teresa, desde que te llevaron no he dejado de pensar en ti. Yo…

No le permitió terminar. Corrió hacia adelante y con dos zancadas lo tomó de los hombros y se acercó hacia él. Conmocionado, Thomas la envolvió con sus brazos y la abrazó tan fuerte que tuvo miedo de que no pudiera respirar. Las manos de ella tantearon la parte de atrás de la cabeza de él, luego los costados de su rostro, haciendo que él la mirara.

Y luego se besaron. Algo explotó dentro del pecho de Thomas, haciéndole olvidar la tensión, la confusión y el miedo, borrando el dolor de unos segundos antes. Por un segundo, sintió que ya nada le preocupaba. Que a partir de ese momento, todo estaría bien.

Pero al instante ella se apartó y retrocedió con dificultad hasta que chocó con la pared. El terror regresó a su rostro y la poseyó como si fuera el demonio. Y entonces habló. Su voz brotó como en un susurro, pero cargado de urgencia.

—Aléjate de mí, Tom —le dijo—. Todos ustedes tienen que… alejarse… de mí. No discutas. Solo vete. Corre. —El cuello se le puso tenso por el esfuerzo realizado al pronunciar esas últimas palabras.

A pesar de que Thomas nunca había sentido tanto dolor, quedó asombrado por lo que hizo a continuación.

Él la conocía, la *recordaba*. Sabía que ella estaba diciendo la verdad: algo no estaba bien. Algo estaba terriblemente mal, mucho peor de lo que él había imaginado en un comienzo. Quedarse, discutir con ella, tratar de obligarla a irse con él sería una bofetada a la increíble fuerza de voluntad que le tuvo que haber demandado separarse de él y hacerle la advertencia. Tenía que hacer lo que ella le había dicho.

—Teresa —murmuró—. Yo te encontraré.

Esta vez las lágrimas brotaron de sus ojos mientras se alejaba de ella y salía corriendo del edificio.

# 21

Con la visión nublada a causa de las lágrimas, Thomas huyó dando tumbos en medio de la creciente oscuridad. Regresó con los Habitantes y se negó a responder a sus preguntas. Les dijo que tenían que irse, correr, alejarse lo más rápido posible. Él les explicaría más tarde. Sus vidas estaban en peligro.

No se detuvo a esperarlos ni se ofreció a llevar el morral de Aris. Bloqueando a sus compañeros y al mundo entero, se dirigió hacia el pueblo a toda carrera hasta que finalmente tuvo que disminuir la velocidad a un ritmo más razonable. Sabía con certeza que huir de ella era lo más duro que había tenido que hacer en toda su vida. Aparecer en el Área con la memoria borrada, adaptarse a esa vida, estar atrapado dentro del Laberinto, pelear con los Penitentes, ver morir a Chuck: nada de eso se comparaba con lo que sentía en ese momento.

Ella estaba allí. La había tenido entre sus brazos. Habían estado juntos de nuevo.

Se habían besado y él había sentido algo que había creído imposible llegar a sentir alguna vez.

Y ahora tenía que irse y dejarla.

Unos sollozos ahogados brotaron de su garganta. Lanzó un gruñido y oyó el sonido miserable de su voz quebrada. El corazón le dolía con tanta fuerza que le resultaba muy difícil no desplomarse en el suelo y abandonarlo todo. La tristeza lo oprimía y más de una vez se vio tentado de regresar. Pero debía respetar lo que ella le había ordenado hacer y se aferró a la promesa que le había hecho de encontrarla nuevamente.

Al menos estaba viva. Eso era lo único que importaba.

Se lo repetía a sí mismo una y otra vez. Eso era lo único que lo hacía seguir adelante.

Ella estaba viva.

Su cuerpo estaba exhausto. Unas dos o tres horas después de haber dejado a Teresa, se detuvo, convencido de que el corazón le explotaría si daba un paso más. Se dio vuelta y vio unas sombras que se movían en la distancia: eran los otros Habitantes, que se encontraban muy lejos. Tomó grandes bocanadas de aire, se arrodilló, apoyó los brazos en una rodilla y cerró los ojos para descansar hasta que lo alcanzaran los demás.

Minho fue el primero en llegar y no se veía nada contento. Aun bajo la luz tenue —el amanecer apenas comenzaba a iluminar el este del cielo— Thomas pudo ver claramente que el líder echaba chispas mientras giraba a su alrededor.

—¿Qué…? ¿Cómo…? ¡Shuck! Thomas, ¿qué clase de idiota eres?

No tenía ganas de hablar de lo que había ocurrido. En realidad, no quería hablar de nada.

Al no recibir respuesta, Minho se arrodilló a su lado.

—¿Cómo pudiste hacer eso? ¿Cómo pudiste salir de ahí y comenzar a correr como si nada? ¿Sin ninguna explicación? ¿Desde cuándo hacemos las cosas de esa manera, pescado?

Lanzó un gran suspiro y, sacudiendo la cabeza, se echó hacia atrás para sentarse.

—Lo siento —murmuró al fin Thomas—. Fue muy traumático.

En ese momento, los otros Habitantes ya los habían alcanzado: la mitad de los chicos estaban doblados tratando de recuperar la respiración, y la otra mitad se había amontonado para escuchar lo que hablaban Thomas y Minho. Newt se encontraba allí pero pareció preferir que el líder se encargara de indagar lo que había sucedido.

—¿Así que traumático? —preguntó Minho—. ¿Y a quién viste ahí adentro? ¿Qué te dijeron?

Thomas se dio cuenta de que no le quedaba alternativa: no podía ni debía guardárselo para sí mismo.

–Era… era Teresa.

Esperaba exclamaciones de sorpresa, gritos ahogados, acusaciones de ser un maldito mentiroso. Sin embargo, en el silencio que sobrevino, se podía escuchar el viento de la mañana soplando a través del suelo polvoriento.

–¿Qué? –exclamó Minho después de un instante–. ¿En serio?

Thomas simplemente sacudió la cabeza, con los ojos fijos en una piedra de forma triangular. En los últimos minutos, el aire se había aclarado considerablemente.

Minho estaba lógicamente sorprendido.

–¿Y la dejaste allí? Viejo, vas a tener que empezar a hablar y decirnos qué pasó.

Por mucho que lo lastimara y se le partiera el corazón al recordarlo, Thomas relató la historia. Cómo había visto a Teresa, cómo ella lloraba y se estremecía, comportándose –casi poseída– como Gally antes de matar a Chuck, la advertencia que le había hecho. Les contó todo. Lo único que obvió fue lo del beso.

–Guau –dijo Minho con voz cansada, resumiendo el relato con esa expresión de asombro.

Pasaron varios minutos. El viento seco azotaba el suelo llenando el aire de polvo mientras la cúpula naranja del sol emergía del horizonte y comenzaba oficialmente el nuevo día. Nadie habló. Thomas escuchó la fuerte respiración de los Habitantes, algunas toses y el sonido de los chicos bebiendo de las bolsas de agua. El pueblo parecía haber crecido durante la noche. Las construcciones se extendían hacia el cielo despejado, azul y violeta. Solo les llevaría uno o dos días llegar hasta ellas.

–Fue una especie de trampa –dijo finalmente Thomas–. No sé qué hubiera ocurrido o cuántos de nosotros hubiéramos muerto. Quizás todos. Pero pude comprobar que, cuando ella logró liberarse de lo que fuera que la retenía, no había ninguna duda en sus ojos. Ella nos salvó y estoy seguro de que ellos la… –tragó saliva–. Apuesto que le hicieron pagar por eso.

Minho extendió la mano y le apretó el hombro.

—Viejo, si esos garlopos de CRUEL la quisieran ver muerta, hace rato que estaría pudriéndose bajo una montaña de rocas. Ella es tan fuerte como cualquiera de nosotros, tal vez más. Sobrevivirá.

Thomas tomó una gran bocanada de aire y lo exhaló con fuerza. Se sentía mejor. Era increíble, pero se sentía mejor. Minho tenía razón.

—Sí, lo sé. En cierta forma, lo sé.

El líder se puso de pie.

—Deberíamos habernos detenido hace algunas horas para dormir. Pero gracias al Corredor del Desierto aquí presente —le dio un golpe leve a Thomas en la cabeza— trotamos como unos desesperados hasta que el maldito sol salió nuevamente. De todas formas, creo que necesitamos descansar un rato. Háganlo como puedan, con sábanas o sin ellas.

Para Thomas, fue muy sencillo. Mientras el resplandor del sol manchaba sus párpados de negro y carmesí, él se durmió instantáneamente, tapado hasta la cabeza con la sábana para protegerse de las quemaduras del sol... y de sus problemas.

# 22

Minho los dejó dormir casi cuatro horas. Aunque, en verdad, no fue necesario despertar a muchos. El sol naciente calentaba la tierra cada vez más y se hacía intolerable e imposible de ignorar. Una vez que Thomas se levantó y cargó la comida después de desayunar, el sudor ya había empapado toda su ropa. El olor a transpiración planeaba sobre ellos como una neblina apestosa, de la que esperaba no ser el mayor responsable. En ese momento, las duchas de la residencia le parecieron un lujo imposible.

Los Habitantes realizaron los preparativos del viaje en medio de expresiones sombrías y en silencio. Cuanto más lo pensaba Thomas, más se daba cuenta de que no había mucho de qué alegrarse. Aun así, había dos cosas que lo mantenían en pie y suponía que a los demás les sucedía lo mismo. Primero, una irresistible curiosidad de descubrir qué había en ese estúpido pueblo, que, a medida que se acercaban, se parecía cada vez más a una ciudad. Y segundo, la seguridad de que Teresa estuviera sana y salva. Tal vez había pasado por una de esas Trans-Planas o se encontraba delante de ellos. En la ciudad, incluso. Sintió una ráfaga de optimismo.

–Vámonos –dijo Minho cuando todos estuvieron listos.

Marcharon sobre la tierra árida y cenicienta. No necesitaban decirlo, pero Thomas sabía que todos estaban pensando en lo mismo: mientras el sol estaba alto, ya no tenían la energía necesaria para correr. Y aunque lo hicieran, no tenían suficiente agua que los mantuviera vivos si apuraban el paso.

Se trasladaban con las sábanas sostenidas por encima de sus cabezas. Como la comida y el agua iban disminuyendo, más sábanas quedaron libres para ser usadas como protección del sol y menos Habitantes tuvieron que andar en parejas. Thomas fue uno de los primeros en quedar solo, probablemente porque nadie quería hablar con él después de escuchar la historia sobre Teresa. De todas maneras, no se le ocurrió quejarse: en ese momento la soledad era para él la máxima felicidad.

Caminar. Detenerse para tomar agua y comer. Caminar. El calor era como un océano seco a través del cual tenían que nadar. El viento soplaba cada vez más fuerte, trayéndoles más polvo y arena que alivio del fuego. Sacudía las sábanas y dificultaba la tarea de mantenerlas en su lugar. Thomas no dejaba de toser y de limpiarse la tierra acumulada en los párpados y dentro de los ojos. Sentía que con cada trago de agua deseaba beber más, pero las provisiones habían alcanzado niveles peligrosamente bajos. Si no conseguían agua al llegar a la ciudad…

No había forma de terminar bien ese pensamiento.

Continuaron la travesía. Cada paso era más agotador que el anterior y el silencio los aplastaba. Nadie abría la boca. Thomas sintió que apenas unas pocas palabras bastaban para gastar demasiada energía. Todo lo que podía hacer era colocar un pie delante del otro, una y otra vez, con la mirada exánime puesta en la meta: la ciudad cada vez más cercana.

A medida que se aproximaban, tuvo la sensación de que los edificios cobraban vida y crecían delante de sus ojos. Pronto alcanzó a divisar lo que debían ser piedras y ventanas que brillaban débilmente bajo el sol. Daba la impresión de que algunas estaban rotas. Desde su posición, las calles parecían vacías. No había fogatas durante el día. De acuerdo con lo que podía ver, en ese lugar no había ni un árbol ni ningún otro tipo de vegetación. ¿Cómo podrían sobrevivir con ese clima? ¿Cómo haría la gente para vivir allí? ¿Cómo se las arreglarían para conseguir comida? ¿Qué encontrarían?

Un día más. Les había llevado más tiempo de lo que había imaginado, pero estaba seguro de que llegarían a la ciudad al día siguiente. Y, aunque sería preferible rodearla, no tenían opción. Había que reponer las provisiones.

Caminar. Descansar. Calor.

Cuando finalmente se hizo de noche y el sol desapareció por el oeste detrás del horizonte a una velocidad desesperadamente lenta, el viento se intensificó aún más, pero trajo una leve brisa fresca. Thomas la disfrutó, agradecido de cualquier cosa que brindara un poco de alivio.

Sin embargo, a medianoche, cuando Minho ordenó hacer un alto para dormir, con la ciudad y los fuegos cada vez más cerca, la brisa se había convertido en un vendaval, que provocaba remolinos y azotaba con fuerza creciente.

Apenas se detuvieron, Thomas se echó de espaldas, cubierto con la sábana hasta el mentón, y levantó los ojos al cielo. El viento se había calmado y lo arrullaba para que lograra dormir. Justo cuando el agotamiento comenzaba a nublar su mente, las estrellas parecieron desvanecerse y volvió a soñar.

Estaba sentado en una silla. Tendría diez u once años. Teresa —con un aspecto muy distinto, mucho más joven, aunque era evidente que se trataba de ella— se encontraba frente a él con una mesa de por medio. Tenía más o menos su misma edad. No había nadie más en la habitación: un lugar oscuro con una sola luz, un tenue cuadrado amarillo en el techo justo encima de ellos.

—Tom, debes esforzarte más —le dijo. Tenía los brazos cruzados y, aun siendo tan joven, su apariencia le resultaba muy familiar. Como si la conociera desde mucho tiempo atrás.

—Estoy tratando. —Otra vez era él quien hablaba, pero no era realmente él. Nada tenía sentido.

—Si no podemos hacer esto, es probable que nos maten.

—Ya lo sé.

—¡Entonces sigue intentándolo!

—¡Eso es lo que estoy haciendo!

—Muy bien —dijo ella—. ¿Sabes qué? No te voy a hablar nunca más en voz alta hasta que logres hacerlo.

—Pero…

*Y tampoco dentro de tu mente.* Ella le estaba hablando dentro de su cabeza. Un truco que todavía lo volvía loco y al que no podía corresponderle. *Empezando ya.*

—Teresa, solo dame unos días más. Lo voy a lograr.

Ella no respondió.

—Bueno, aunque sea un solo día.

Ella simplemente lo observó. Después, ni siquiera eso. Bajó la mirada a la mesa y comenzó a rascar la madera con la uña.

—No voy a aceptar que no me hables.

No hubo respuesta. Y él la conocía, a pesar de lo que acababa de decir. Ah, sí, la conocía muy bien.

—Como quieras —dijo. Entonces cerró los ojos e hizo lo que el instructor le había enseñado. Se imaginó un inmenso mar negro y vacío, solo interrumpido por la imagen del rostro de Teresa. Luego, utilizando toda su voluntad, formó las palabras y se las *arrojó* a ella.

*Hueles como una montaña de excrementos.*

Teresa sonrió y le respondió en la mente.

*Y tú también.*

# 23

Cuando Thomas se despertó, el viento le golpeaba la cara y la ropa, como si unas manos invisibles trataran de arrancársela. Todavía estaba oscuro y temblaba de frío. Se incorporó con los codos y miró a su alrededor: le resultaba difícil ver las sombras acurrucadas que dormían cerca de él con las sábanas enrolladas en el cuerpo.

Las sábanas de ellos.

Lanzó un gruñido de frustración y se puso de pie de un salto: en algún momento de la noche, su sábana se había soltado y se había ido volando. Con ese viento desgarrador, ya debía estar a veinte kilómetros de distancia.

–Shuck –murmuró, pero el ulular del vendaval se llevó su queja antes de que él mismo pudiera escucharla. Entonces se acordó del sueño que había tenido. ¿O sería un recuerdo? Tenía que serlo. Un vistazo fugaz de la época en que Teresa y él eran más jóvenes y estaban aprendiendo a usar la telepatía. Lo invadió la tristeza. Extrañaba a Teresa y se sentía culpable ante otra prueba más de que había formado parte de CRUEL antes de ir al Laberinto. Ahuyentó esos pensamientos. Si se esforzaba en serio, era capaz de bloquearlos.

Levantó los ojos hacia el cielo negro e inhaló profundamente mientras le surgía de golpe el recuerdo del sol desapareciendo del Área. Ese había sido el principio del fin. El principio del terror.

Pero el sentido común rápidamente calmó su corazón. El viento. El aire fresco. Una tormenta. Tenía que ser una tormenta.

*Nubes.*

Avergonzado, volvió a sentarse. Después se echó de costado con los brazos alrededor del cuerpo y hizo un ovillo. El frío no resultaba insoportable, era simplemente un gran cambio después del calor horrible de los últimos días. Decidió ahondar en su mente y reflexionó acerca de los recuerdos que había tenido en el último tiempo. ¿Podrían ser todavía consecuencia de la Transformación? ¿Estaba recuperando la memoria?

Esa posibilidad le trajo sentimientos encontrados. Quería que de una vez por todas se destrabara el bloqueo: quería saber quién era, de dónde venía. Pero el deseo se atenuó por el miedo ante lo que podría averiguar sobre sí mismo. Sobre su papel en las mismas cuestiones que lo habían llevado hasta donde se hallaba y que le habían causado tanto sufrimiento a sus amigos.

Necesitaba desesperadamente dormir. Con el viento rugiendo en forma constante en los oídos, el sueño lo fue envolviendo, pero esta vez no soñó.

Lo despertó la luz pálida y gris del amanecer, que dejó ver la espesa capa de nubes que cubría el cielo. También hizo que ese desierto interminable que los rodeaba pareciera todavía más lúgubre. La ciudad estaba muy cerca. A unas pocas horas de camino. Los edificios eran realmente altos. Uno de ellos se elevaba tanto que desaparecía entre la niebla que flotaba a baja altura. Y los vidrios de todas esas ventanas rotas eran como los dientes irregulares de unas bocas abiertas que intentaban atrapar la comida que el vendaval levantaba a su paso.

Las ráfagas de aire lo lastimaban y parecía que una gruesa capa de arena se había quedado pegada en su rostro para siempre. Al pasarse las manos por la cabeza, sintió que tenía el pelo duro debido a la tierra que volaba por el aire.

La mayoría de los Habitantes estaban despiertos, asimilando el inesperado cambio de clima, enfrascados en conversaciones que él no alcanzaba a escuchar. El viento continuaba bramando en sus oídos.

Minho notó que Thomas tenía los ojos abiertos y se acercó agachado, con la ropa flameando.

—¡Ya era hora de que despertaras! —le gritó.

Thomas se restregó la costra que tenía en los ojos y se puso de pie.

–¿De dónde vino todo esto? –repuso, alzando la voz–. ¡Pensé que estábamos en medio del desierto!

Minho llevó la vista hacia la masa turbulenta de nubes grises y luego volvió a mirar a Thomas. Se inclinó hacia él para hablarle directamente al oído.

–Bueno, supongo que *alguna vez* tenía que llover en el desierto. Come algo deprisa porque ya tenemos que irnos. Quizás podamos llegar allí y encontrar un lugar donde guarecernos antes de que nos bañe la tormenta.

–¿Y qué hacemos si aparece una banda de Cranks y trata de matarnos?

–¡Peleamos contra ellos! –Minho frunció el ceño, como decepcionado ante la pregunta estúpida de Thomas–. ¿Qué otra cosa quieres hacer? Ya casi no tenemos ni agua ni comida.

Sabía que Minho tenía razón. Además, si ellos habían podido luchar contra decenas de Penitentes, no tendrían problema con un grupo de locos enfermos y famélicos.

–Muy bien. Vámonos. Comeré una de esas barras de cereal por el camino.

Unos pocos minutos después, estaban marchando una vez más hacia la ciudad. El cielo gris encima de ellos estaba dispuesto a explotar en cualquier momento.

Cuando se encontraban a unos tres kilómetros de las construcciones más cercanas, se toparon con un viejo envuelto en mantas y echado de espaldas en la arena. Jack había sido el primero en divisarlo y enseguida Thomas y los demás se encontraron apiñados en círculo alrededor del desconocido.

Mientras lo estudiaba más de cerca, a Thomas se le revolvió el estómago pero no lograba apartar la vista de él. El anciano debía tener cien años, aunque era difícil afirmarlo con seguridad: el desgaste natural del sol parecía ser el causante de su aspecto. Su piel arrugada parecía un pergamino. Tenía costras y llagas en lugar de pelo. Y la piel era muy oscura.

Estaba vivo y respiraba profundamente, pero observaba el cielo con la mirada vacía, como si esperara que descendiera alguna divinidad y se lo llevara para poner fin a su vida miserable. No dio ninguna señal de haber notado siquiera que los Habitantes se encontraban junto a él.

—¡Hey! ¡Viejo! —le gritó Minho, con su tacto habitual—. ¿Qué está haciendo aquí afuera?

A Thomas le resultó difícil escuchar las palabras con el ruido feroz del viento. No creía que el anciano pudiera comprender algo. ¿También estaría ciego? Tal vez.

Hizo a un lado a Minho y se arrodilló justo al lado de la cara del hombre. La melancolía era desgarradora. Sacudió la mano delante de sus ojos.

Nada. Ni un pestañeo, ni un movimiento. Pero después de que Thomas retiró la mano, los párpados del hombre comenzaron a cerrarse lentamente y luego se abrieron una vez más. Solo una vez.

—¿Señor? —dijo Thomas—. ¿Señor? —La palabra le sonó extraña y evocó algunos recuerdos borrosos de su pasado. No la había utilizado desde que había sido enviado al Área y al Laberinto—. ¿Me escucha? ¿Puede hablar?

El hombre repitió ese leve parpadeo, pero no dijo nada.

Newt se arrodilló al lado de Thomas y habló fuerte por encima del viento.

—Este tipo es una maldita mina de oro si logramos que nos cuente cosas de la ciudad. Parece inofensivo, seguramente sabe con qué nos vamos a topar al llegar allá.

Thomas suspiró.

—Puede ser, pero creo que si ni siquiera puede oírnos, menos todavía podríamos mantener una larga conversación.

—Sigan intentando —dijo Minho desde atrás—. Thomas, tú eres nuestro embajador oficial. Haz que el tipo hable y nos cuente acerca de los viejos tiempos.

Por alguna extraña razón, Thomas quería responder con un chiste, sin embargo no se le ocurrió nada. Si había sido gracioso en su vida pasada, cualquier resto de humor se había evaporado con la pérdida de la memoria.

—Está bien —repuso.

Se deslizó lo más cerca que pudo junto a la cabeza del hombre y luego se ubicó para quedar con los ojos a la misma altura de los suyos.

—¿Señor? ¡Tiene que ayudarnos! —exclamó. Le pareció mal tener que gritarle pues el hombre podría ofenderse, pero no le quedaba otra alternativa. El viento soplaba cada vez más fuerte—. ¡Necesitamos que nos diga si la ciudad es segura! Podemos llevarlo allá si no puede valerse por sí mismo. ¿Señor? ¡Señor!

Los ojos oscuros del hombre, que habían estado mirando hacia el cielo, comenzaron a moverse despacio hasta que se posaron en los de Thomas. La conciencia fue llenando su mirada como un líquido oscuro vertido en un vaso. Sus labios se entreabrieron, pero no salió de ellos más que una tos leve.

Thomas se sintió más animado.

—Me llamo Thomas y estos son mis amigos. Hace un par de días que estamos andando por el desierto y necesitamos más agua y comida. ¿Piensa que…?

Se interrumpió cuando los ojos del desconocido empezaron a parpadear con expresión de pánico.

—Tranquilo, no lo vamos a lastimar —dijo Thomas de inmediato—. Nosotros… somos los buenos. Pero le estaríamos muy agradecidos si…

La mano izquierda del anciano se alzó desde abajo de las mantas que lo envolvían y sujetó la muñeca de Thomas con una potencia inimaginable. El chico emitió un gemido de sorpresa e instintivamente trató de liberar el brazo, pero no lo consiguió. Estaba impresionado ante la fuerza del hombre. El grillete de acero de su puño le impedía moverse.

—¡Hey! —aulló—. ¡Suélteme!

El viejo sacudió la cabeza. Los ojos negros estaban más llenos de miedo que de hostilidad. Sus labios volvieron a abrirse y un susurro áspero e indescifrable brotó de su boca. No obstante, no aflojó la tensión de la mano.

Thomas abandonó la lucha por liberarse y, en cambio, se relajó y se inclinó hacia adelante para acercar el oído a la boca del extraño.

—¡¿Qué dijo?! —le gritó.

El hombre volvió a hablar con una voz rasposa e inquietante, que resultaba aterradora. Thomas captó las palabras *tormenta, terror* y *gente mala*. Nada de eso sonaba muy alentador.

—¡Una vez más! —le pidió Thomas, con la cabeza todavía ladeada para mantener su oído a escasos centímetros de la cara del desconocido.

La segunda vez, entendió casi todo, excepto unas pocas palabras.

—Viene tormenta... lleno de terror... despierta... no se acerquen... gente mala.

El hombre se sentó de golpe, con los ojos desmesuradamente abiertos.

—¡Tormenta! ¡Tormenta! ¡Tormenta! —repetía una y otra vez. Una saliva espesa se formó en su labio inferior, y se balanceaba de un lado a otro como el péndulo de un hipnotizador.

Soltó el brazo de Thomas, quien se arrastró hacia atrás para alejarse. En ese momento, el viento aumentó. Las potentes ráfagas se convirtieron en unos terroríficos ventarrones que tenían la fuerza de un huracán, exactamente como había dicho el extraño. El rugido del aire envolvió al mundo. Thomas sintió que le podría arrancar el pelo y la ropa en cualquier momento. Casi todas las sábanas de los Habitantes salieron volando como si fueran un ejército de fantasmas. La comida se dispersó en todas las direcciones.

Thomas se puso de pie: una ardua tarea, ya que el viento intentaba derribarlo. Caminó varios metros con dificultad hasta que sintió que unas manos invisibles lo sostenían en el aire.

Minho se encontraba cerca haciendo señas desesperadas con los brazos para llamar la atención de sus compañeros. La mayoría lo vio y se reunió a su alrededor, incluido Thomas, quien luchaba contra el pánico que crecía en su interior. Era solo una tormenta. Mucho mejor que Penitentes o Cranks con cuchillos. O cuerdas.

El viento se había llevado las mantas del pobre hombre, que había quedado acostado en posición fetal, con los ojos cerrados y las piernas esqueléticas apretadas contra el pecho. Thomas pensó fugazmente que deberían trasladarlo a un lugar seguro y salvarlo como agradecimiento por haber tratado de advertirles sobre la tormenta. Pero algo le dijo que el viejo pelearía con uñas y dientes si intentaban tocarlo o levantarlo.

Los Habitantes estaban apiñados en un grupo compacto. Minho señaló hacia la ciudad. El edificio más cercano se encontraba a una media hora de viaje si mantenían un buen ritmo. Por la manera en que soplaba el viento, por el modo en que las nubes se agitaban volviéndose de un violeta intenso, casi negro, por cómo volaban por el aire el polvo y los desechos, llegar a esa construcción parecía ser la única opción razonable.

Minho comenzó a correr y los otros lo siguieron. Thomas esperó para cubrir la retaguardia, sabiendo que eso era lo que Minho querría que él hiciera. Por fin salió disparando a paso rápido y enérgico, contento de no estar yendo directamente en dirección del viento. Fue en ese momento que algunas de las palabras que había pronunciado el anciano asomaron en su mente. Sintió que lo cubría la transpiración, que enseguida se evaporó, dejando su piel seca y salada.

*No se acerquen. Gente mala.*

# 24

Al ir aproximándose a la ciudad, a Thomas se le hizo difícil verla, pues el polvo del aire se había convertido en una densa niebla de color café, perceptible en cada bocanada. Comenzaron a llorarle los ojos, y la costra que se había formado en ellos se transformó en una sustancia pegajosa que debía limpiar continuamente. El gran edificio al que se dirigían era una sombra larga que acechaba detrás de la nube de polvo, que se iba agrandando cada vez más como un gigante en etapa de crecimiento.

El viento arreciaba con fuerza, cubriéndolo de tierra y arenilla hasta lastimarlo. De vez en cuando, algún objeto de cierto tamaño pasaba volando a su lado y le daba un susto de muerte. Una rama. Algo que semejaba a un ratoncito. Un trozo de teja de techo. E innumerables pedazos de papel. Todo giraba por el aire en un remolino, como si se tratara de copos de nieve.

Después llegaron los relámpagos.

Habían recorrido la mitad del camino —quizás un poco más—, cuando los rayos surgieron de la nada y la tierra que los rodeaba estalló en luces y truenos.

Caían del cielo en líneas irregulares como barras de luz blanca que, al chocar contra el suelo, arrojaban cantidades enormes de tierra calcinada. El ruido era tan insoportable que los oídos de Thomas fueron perdiendo sensibilidad y, mientras se iba quedando sordo, ese sonido horroroso se fue apagando hasta transmutarse en un zumbido distante.

Continuó corriendo: casi ciego, incapaz de oír, apenas capaz de divisar el edificio. Los chicos se caían y volvían a levantarse. Thomas tropezó pero recuperó el equilibrio. Ayudó a Newt a ponerse de pie, luego a Sartén, y los empujó hacia adelante. Era solo cuestión de tiempo antes de que una de esas dagas de luz alcanzara a alguien y lo carbonizara. A pesar del viento desgarrador, la feroz estática del aire le mantenía los pelos de punta como si fueran púas voladoras.

Quería aullar para escuchar su voz, aunque solo fuera una vibración débil dentro de su cerebro. Pero sabía que el aire plagado de polvo lo asfixiaría. Ya era suficientemente dificultoso aspirar bocanadas de aire cortas y rápidas por la nariz. En especial con la tormenta de rayos que se estrellaban a su alrededor, chamuscando el aire y esparciendo un olor a cobre y a ceniza.

La oscuridad aumentó y la nube de tierra se volvió más densa. Thomas se dio cuenta de que ya no podía distinguir a todos, sino a los pocos que se encontraban directamente delante de él. Durante un breve instante, la luz de los relámpagos los iluminó con una explosión brillante. Todo contribuía a incrementar su ceguera. Tenían que llegar a ese edificio o no durarían mucho tiempo más.

*¿Y dónde estará la lluvia?*, se preguntó. ¿Qué clase de tormenta era ésa?

Un relámpago blanco zigzagueó en el cielo y aterrizó justo delante de él. Gritó pero no pudo escuchar su voz. Entornó los ojos y algo —una explosión de energía o una ráfaga de aire— lo arrojó hacia un lado. Al desplomarse de espaldas se le cortó la respiración y un rocío de piedras y arenilla se deslizó sobre su cabeza. Escupió y se limpió la cara mientras respiraba hondo y se arrastraba hasta ponerse de pie. Cuando el aire por fin fluyó, lo empujó hacia los pulmones.

En ese momento escuchó un repiqueteo, como un zumbido agudo y persistente que le martillaba los tímpanos. El viento trataba de devorarse su ropa, la arena le picaba el cuerpo, la oscuridad se arremolinaba a su alrededor como si fuera plena noche, quebrada solamente por las luces de los relámpagos. Entonces lo vio: una imagen horrenda que se volvía más siniestra por la luz que se encendía y se apagaba en forma intermitente.

Era Jack. Echado en el suelo dentro de un pequeño cráter, se retorcía mientras se sujetaba la rodilla. No había nada más debajo de eso: la pantorri-lla, el tobillo y el pie habían sido extirpados por el estallido de electricidad proveniente del cielo. De esa herida espantosa manaba sangre a raudales, que parecía alquitrán, formando una pasta de horror y arena. La ropa se había quemado y lo había dejado desnudo, con heridas en todo el cuerpo. No tenía pelo. Y parecía que sus ojos…

Thomas dio media vuelta y se desmoronó en el suelo, tosiendo y escupiendo todo lo que tenía en el estómago. No había nada que pudieran hacer por Jack, pero él estaba *vivo*. A pesar de sentirse avergonzado de esa idea, estaba contento de no poder oír sus gritos. Ni siquiera creía que pudiera soportar mirarlo una vez más.

Después alguien lo sujetó y lo ayudó a incorporarse. Era Minho. Dijo algo y Thomas se concentró para leer sus labios. *Tenemos que irnos. No podemos hacer nada.*

*Jack,* pensó. *Ay, hermano.*

Trastabillando, con los músculos del estómago doloridos por el vómito y los oídos zumbando lastimosamente, corrió detrás de Minho, conmocionado por la imagen terrible de Jack arrasado por el rayo. Percibió sombras y bultos a izquierda y derecha, otros Habitantes, pocos. Estaba muy oscuro para poder ver a la distancia y los relámpagos iban y venían tan rápido que no iluminaban demasiado. Solo polvo y desechos, y la figura amenazadora del edificio, ya casi encima de ellos. Habían perdido toda esperanza de mantenerse organizados y juntos. Cada Habitante andaba por su lado y solo les quedaba esperar que todos llegaran a la ciudad.

Viento. Explosiones de luz. Viento. Polvo asfixiante. Viento. El zumbido en los oídos, dolor. Viento. Siguió caminando con los ojos pegados a Minho, que se encontraba a pocos pasos delante de él. No sentía nada por Jack. No le importaba si quedaba sordo para siempre. Ya no le preocupaban los demás. El caos que lo rodeaba pareció drenar su humanidad y convertirlo en un animal. Lo único que quería era sobrevivir, llegar a ese edificio y entrar en él. *Vivir.* Ganar un día más.

Una luz blanca y calcinante estalló frente a él y lo arrojó otra vez por el aire. Voló hacia atrás mientras daba un aullido y trató de apoyar los pies en el suelo. La explosión había sido justo en donde se encontraba Minho. *¡Minho!* Thomas aterrizó de un golpazo, que sonó como si todas las articulaciones de su cuerpo se hubieran roto y colocado en su lugar al instante. Con la visión llena de oscuridad y de imágenes borrosas como amebas púrpuras, ignoró el dolor, se levantó y corrió hacia adelante. Entonces vio llamas.

A su mente le llevó un minuto procesar lo que tenía enfrente. Lenguas de fuego bailando como estelas mágicas y ardientes llevadas hacia la derecha por el viento. Luego todo se derrumbó en una pila de centelleos ondulantes.

Era Minho. Sus ropas estaban ardiendo.

Con una sacudida que le envió aguijones de dolor a la cabeza, se lanzó al piso junto a su amigo. Cavó la tierra frenéticamente —estaba blanda gracias al estallido de electricidad que había recibido— y la arrojó sobre Minho con ambas manos. Apuntó a los lugares más brillantes y fue avanzando mientras Minho colaboraba rodando y golpeándose la parte superior del cuerpo con sus manos.

En pocos segundos, el fuego se había apagado y dejado la ropa chamuscada e infinitas heridas. Thomas agradeció no poder oír los alaridos de agonía que parecían provenir de Minho. Sabía que no había tiempo que perder, por lo que tomó de los hombros al líder y lo arrastró hasta ponerlo de pie.

—¡Vamos! —gritó, aunque las palabras no sonaron más que como latidos silenciosos dentro de su cabeza.

Después de lanzar otra mueca de dolor, Minho pasó uno de sus brazos por el cuello de Thomas. Se movieron juntos hacia el edificio lo más rápido que pudieron. Thomas realizaba la mayor parte del esfuerzo.

Mientras tanto, los rayos seguían cayendo como flechas de fuego blanco. Podía sentir el impacto silencioso de las explosiones, que hacían vibrar su cabeza y le sacudían los huesos. Se veían fogonazos en todas direcciones. Más incendios habían surgido detrás del edificio al cual luchaban por llegar. Distinguió dos o tres rayos que hicieron contacto directo con la parte superior de algunas estructuras y luego enviaron una lluvia de ladrillos y vidrios que se precipitaron en la calle.

La oscuridad comenzó a tomar una tonalidad diferente, más gris que de color café. Thomas se dio cuenta de que las nubes de la tormenta debían haberse vuelto más densas y seguramente se habían desplomado contra la tierra, arrastrando el polvo y la niebla fuera de su camino. El viento había amainado ligeramente pero los relámpagos eran más fuertes que nunca.

Los Habitantes se encontraban a izquierda y derecha, todos yendo en la misma dirección. Parecían menos en número, pero Thomas todavía no podía ver lo suficiente como para estar seguro. Divisó a Newt y a Sartén. También a Aris. Todos, con aspecto tan aterrorizado como él, corrían con los ojos fijos en la meta, que se hallaba cada vez más cerca.

Minho perdió el paso, cayó y se soltó de Thomas. Este se detuvo, lo ayudó a ponerse de pie y pasó otra vez el brazo alrededor de su hombro. Lo sujetó por el pecho con ambas manos y volvió a cargarlo, llevándolo por momentos a rastras. Un arco de luz deslumbrante pasó por encima de ellos y se hundió a sus espaldas. Sin inmutarse, Thomas continuó la marcha. A su izquierda un Habitante se derrumbó, aunque no pudo distinguir quién era ni escuchó el grito que debió haber seguido. Un chico cayó a su derecha y luego se levantó. Un destello de luz hacia la derecha. Otro hacia la izquierda. Uno directamente adelante. Tuvo que hacer una pausa y parpadeó varias veces hasta que recuperó la vista. Arrancó otra vez, remolcando a Minho.

Por fin arribaron a la primera construcción de la ciudad.

En la oscuridad de la tormenta, la estructura era completamente gris. Bloques gigantescos de piedra, un arco de ladrillos más pequeños, ventanas rotas. Aris fue el primero en alcanzar la puerta de vidrio y no se molestó en abrirla. Como la mayoría de los cristales estaban rotos, golpeó con cuidado los fragmentos restantes usando el codo. Hizo señas a un par de Habitantes para que ingresaran. A continuación, se desvaneció en el interior.

Thomas llegó al mismo tiempo que Newt y le hizo un gesto pidiendo ayuda. Newt y otro chico tomaron a Minho y lo arrastraron para atravesar el umbral. Al pasar, sus pies golpearon contra el piso de la entrada.

Aún sacudido por la potencia de las explosiones, Thomas siguió a sus amigos e ingresó en la penumbra.

Se dio vuelta para mirar justo en el momento en que comenzaba a llover, como si la tormenta hubiera decidido finalmente echarse a llorar de vergüenza por lo que les había hecho.

# 25

La lluvia caía a raudales, como si Dios hubiera drenado el océano y luego lo escupiera con furia sobre sus cabezas.

Thomas se quedó sentado en el mismo lugar durante al menos dos horas, mirando caer el agua. Exhausto y dolorido, se acurrucó contra la pared mientras esperaba recuperar la audición. Parecía estar dando resultado: la vibración silenciosa había disminuido la presión y el zumbido había desaparecido. Al toser, pensó que ya sentía algo más que un latido pues había alcanzado a percibir un vestigio de sonido. Además, le llegaba de la distancia —como si viniera del otro lado de un sueño— el constante repiqueteo de la lluvia. Después de todo, tal vez no se había quedado sordo.

La luz grisácea y débil que provenía de las ventanas no resultaba de gran ayuda para combatir la fría oscuridad del interior del edificio. Los demás Habitantes estaban sentados con el cuerpo encorvado o tendidos de costado por toda la habitación. Minho estaba hecho un ovillo a los pies de Thomas, casi inmóvil. Cada movimiento le enviaba oleadas de dolor ardiente a través de los nervios. Newt y Sartén también se encontraban cerca. Sin embargo, nadie intentó hablar ni organizar nada. No contaron cuántos eran ni trataron de averiguar si faltaba alguien. Permanecieron sentados o acostados, inertes, como Thomas. Seguramente, todos se preguntaban lo mismo que él: ¿qué clase de mundo desquiciado podría crear una tormenta semejante?

La suave vibración de la lluvia fue aumentando hasta que Thomas ya no dudó más: la podía escuchar de verdad. A pesar de todo, era un sonido tranquilizador que logró adormecerlo.

Cuando despertó, sintió su cuerpo muy rígido, como si un poderoso pegamento hubiera sellado las venas y los músculos entre sí, pero el mecanismo de los oídos y de la cabeza funcionaba normalmente. Escuchó la respiración pesada de los Habitantes dormidos, los gemidos y sollozos de Minho y el diluvio golpeando el pavimento.

Pero estaba oscuro. Completamente. En algún momento, se había hecho de noche.

Apartó el malestar y se dejó ganar por el agotamiento. Se movió hasta quedar acostado en el suelo con la cabeza en la pierna de alguien y se volvió a dormir.

Dos cosas lo despertaron definitivamente: el resplandor del amanecer y una corriente repentina de silencio. Se había terminado la tormenta y había dormido toda la noche. Pero aun antes de sentir la rigidez y el dolor esperados, sintió algo mucho más irresistible.

Hambre.

La luz entraba por las ventanas rotas e iluminaba el piso de la habitación. Miró hacia arriba y vio un edificio en ruinas. Eran más de diez pisos y, en cada uno, había enormes orificios que se repetían hasta el cielo. La estructura de acero era lo único que impedía que la construcción se viniera abajo. No podía imaginarse qué habría causado tanta destrucción. Pero había unos fragmentos irregulares de claridad azul brillante suspendidos en lo alto: una visión que parecía imposible la última vez que había estado en el exterior. Por el momento, el inexplicable horror provocado por esa tormenta y las rarezas del clima que habían causado algo semejante parecían haberse esfumado.

Punzadas agudas perforaban su estómago, que rugía desesperadamente por comida. Echó un vistazo al recinto y vio que la mayoría de los Habitantes aún dormía; sin embargo, Newt estaba recostado, con la espalda contra la pared, con la vista fija tristemente en un lugar indeterminado en medio del salón.

—¿Estás bien? —le preguntó Thomas. Hasta la mandíbula estaba rígida.

Newt se volvió lentamente hacia él. Tenía la mirada perdida, hasta que salió bruscamente de sus pensamientos y enfocó sus ojos en él.

—¿Bien? Sí, supongo que sí. Estamos vivos y creo que eso es lo único que importa —respondió con una gran carga de amargura en la voz.

—A veces me pregunto… —murmuró Thomas.

—¿Qué cosa?

—Si es importante estar vivo. Si no sería mucho más fácil estar muerto.

—Vamos. No creo que pienses eso de verdad ni por un segundo.

Mientras emitía esa deprimente opinión, bajó la vista y, ante la respuesta de Newt, levantó los ojos en forma abrupta. Entonces sonrió y se sintió mejor.

—Tienes razón. Solo estaba tratando de sonar tan patético como tú —comentó. Casi se había convencido de que eso era cierto. Que morirse *no* sería la solución más fácil.

Newt señaló distraídamente a Minho.

—¿Qué diablos le pasó a ese?

—Un rayo prendió fuego a su ropa. ¿Cómo lo hizo sin freírle el cerebro? No tengo la menor idea. Pero logramos apagarlo antes de que causara demasiado daño. Eso creo.

—¿Antes de que causara demasiado daño? No quisiera ver lo que tú consideras un daño *en serio*.

Thomas cerró los ojos durante un segundo y apoyó la cabeza contra la pared.

—Hey, como tú dijiste… está vivo, ¿no es cierto? Y todavía tiene la ropa puesta, lo cual significa que la piel no puede estar quemada en *demasiados* lugares. Se pondrá bien.

—Sí. Buena esa —repuso Newt con una sonrisita sarcástica—. Recuérdame no contratarte como mi maldito doctor en el futuro próximo.

—Aayyy —era un gemido prolongado que venía de Minho, quien abrió los ojos con fuerza y, al captar la mirada de Thomas, los entrecerró—. ¡Shuck! Estoy destruido, viejo. Para siempre.

—¿Estás muy mal? —preguntó Newt.

En vez de contestar, Minho se fue incorporando lentamente, lanzando gruñidos y quejidos después de cada pequeño movimiento. Cuando por fin logró sentarse, cruzó las piernas por debajo de él. Su ropa estaba andrajosa y ennegrecida. En algunos sectores donde asomaba la piel, se veían ampollas rojas que parecían amenazadores ojos de extraterrestres. Pero aunque Thomas no fuera médico y no tuviera la menor idea acerca de esas cuestiones, su instinto le decía que las quemaduras no eran graves y que se curarían rápido. La mayor parte de la cara estaba sana y todavía tenía todo el pelo, por más sucio que luciera.

—No debe ser tan terrible si puedes hacer eso —dijo, con una expresión maliciosa.

—Shank —le respondió Minho—. Yo soy duro como una roca. Aun con el doble del dolor que tengo podría darte una buena paliza en ese trasero de mascota que tienes.

Thomas se encogió de hombros.

—Amo a las mascotas. Si tuviera un perrito en este momento me lo comería —exclamó, escuchando los ruidos de su estómago.

—¿Eso fue una broma? —dijo Minho—. ¿Acaso el pescado aburrido de Thomas acaba de hacer una broma de verdad?

—Me parece que sí —contestó Newt.

—Soy un tipo gracioso —dijo Thomas, con una sonrisa fanfarrona.

—Sí, claro —agregó Minho, que ya había perdido interés en la charla. Torció la cabeza para abarcar con la vista al resto de los Habitantes. La mayoría de ellos estaban dormidos o acostados sin moverse, con la mirada vacía—. ¿Cuántos hay?

Thomas los contó. Once. Después de todo lo que habían pasado, solo quedaban once. Y eso incluía a Aris, el chico nuevo. Cuando Thomas llegó al Área pocas semanas antes, había cuarenta o cincuenta Habitantes viviendo allí. Ahora eran once.

*Once.*

Después de ese descubrimiento, no se le ocurrió nada para decir en voz alta, y el momento de distensión que habían pasado unos segundos antes, de repente pareció una blasfemia. Algo abominable.

*¿Cómo pude haber formado parte de CRUEL?*, pensó. *¿Cómo pude ser parte de algo semejante?* Sabía que debería hablarles acerca de sus sueños-recuerdos, pero no pudo.

—Quedamos solo once —dijo Newt finalmente. Listo. Ya estaba dicho.

—Entonces, ¿qué? ¿Murieron seis en la tormenta? ¿Siete? —preguntó Minho, en un tono indiferente, como si estuviera contando cuántas manzanas se habían perdido cuando se volaron los morrales.

—Siete —exclamó Newt con una violencia que reflejaba cuánto le molestaba esa actitud. Luego agregó con un tono más suave—. Siete. A menos que algunos hayan corrido hacia otro edificio.

—Viejo —dijo Minho—, ¿cómo vamos a atravesar esta ciudad solo once personas? Por lo que sabemos, podría haber cientos de Cranks en este lugar. Miles. ¡Y no tenemos ni idea de lo que nos pueden hacer!

Newt dio un gran suspiro.

—¿Y eso es todo lo que se te ocurre? Minho, ¿no piensas acaso en toda la maldita gente que murió? Jack no está. Winston tampoco, no tenía posibilidades de salvarse. Y… —miró a su alrededor—. No veo a Stan ni a Tim. ¿Qué les habrá pasado?

—Bueno, hay que calmarse —replicó Minho levantando las manos con las palmas hacia Newt—. Suficiente, hermano. Yo no pedí ser el maldito líder. Si tú quieres pasarte el día llorando por lo ocurrido, no hay problema. Pero un líder no actúa de esa manera, sino que decide adónde ir y qué hacer después de lo que ya pasó.

—Bueno, supongo que será por eso que te dieron el trabajo a ti —dijo Newt. Pero de inmediato surgió una expresión de disculpa en su rostro—. Como digas. En serio, lo siento. Yo solo…

—Está bien. Yo también lo siento —repuso Minho, poniendo los ojos en blanco. Thomas deseó que Newt, que ya había vuelto a mirar al piso, no hubiera notado ese gesto.

Por suerte, Aris se acercó a ellos enseguida. Thomas quería cambiar el tema de conversación.

–¿Alguna vez habían visto una tormenta eléctrica como esa? –preguntó el chico nuevo.

Como Aris lo estaba mirando, Thomas sacudió la cabeza.

–No parecía natural. Aun en mis recuerdos más mierteros. estoy muy seguro de que cosas como esa no suceden normalmente.

–Pero no se olviden de lo que dijo la Rata, y de esa mujer que habló con Thomas en el autobús –intervino Minho–. Sobre las llamaradas solares y el planeta entero ardiendo como el mismo infierno. Eso arruinaría el clima lo suficiente como para provocar tormentas alucinantes como la de ayer. Tengo la sensación de que tuvimos suerte, pues podría haber sido muchísimo peor.

–No sé si "suerte" es la palabra que yo usaría –dijo Aris.

–Sí, puede ser.

Newt señaló el vidrio roto de la puerta, donde el destello del amanecer se reflejaba ya con la misma blanca claridad a la que se habían acostumbrado desde sus primeros días en el Desierto.

–Al menos ya terminó. Es mejor que empecemos a pensar qué vamos a hacer ahora.

–¿Ves? –dijo Minho–. Eres tan despiadado como yo. Y tienes razón.

Thomas recordó la imagen de los Cranks en las ventanas del dormitorio. Eran como pesadillas vivientes a las cuales solamente les faltaba el certificado de defunción para convertirse oficialmente en zombis.

–Sí, es mejor que resolvamos qué hacer antes de que una banda de esos locos aparezca por acá. Pero les recuerdo que primero tenemos que alimentarnos. Es necesario que busquemos comida –la última palabra casi le dolió; ansiaba comer con desesperación.

–¿Comida?

Thomas reprimió un grito de sorpresa. La voz había venido de arriba. Levantó la vista al mismo tiempo que los demás. Desde los despojos del tercer piso, la cara de un hombre con rasgos hispánicos los observaba. Tenía un dejo salvaje en la mirada y Thomas sintió que un golpe de tensión lo azotaba en su interior.

—¿Quién eres? —gritó Minho.

De pronto, ante la incredulidad de Thomas, el hombre saltó a través del hueco de escombros formado entre los techos y se lanzó hacia ellos. En el último segundo, se convirtió en una bola humana y rodó tres veces. Luego dio un brinco y aterrizó con los dos pies.

—Me llamo Jorge —dijo, con los brazos estirados como si esperase aplausos por el acto de acrobacia—. Y soy el Crank que manda en este lugar.

# 26

Durante un instante, a Thomas le resultó difícil creer que el tipo que había caído –literalmente– de visita fuera real. Fue algo totalmente inesperado y resultaba un poco estúpido lo que había dicho y la manera de decirlo. Pero estaba ahí, en perfecto estado. Y aunque no parecía tan ido como algunos de los otros que habían visto, él ya había confesado ser un Crank.

–Ustedes ya se olvidaron cómo se hace para hablar –preguntó Jorge, con una sonrisa en el rostro, totalmente fuera de lugar en ese edificio destruido–. ¿O simplemente les tienen miedo a los Cranks? ¿Miedo de que los arrojemos al suelo y les comamos los ojos? Mmm, delicioso. Me encanta un buen ojo cuando andamos cortos de provisiones. Tiene gusto a huevo crudo.

Minho decidió encargarse él mismo de responder, haciendo un gran esfuerzo por esconder su dolor.

–¿Admites que eres un Crank? ¿Que eres un maldito lunático?

–Acaba de decir que le agrada el sabor de los ojos –comentó Sartén–. Creo que eso lo convierte en loco.

Jorge se rio. Había un claro tono de amenaza en su voz.

–Calma, mis nuevos amigos. Yo solamente me comería sus ojos si ya estuvieran muertos. Claro que, si fuera necesario, bien podría colaborar para que llegaran a ese estado. ¿Me entienden? –concluyó. El júbilo se había esfumado de su expresión y había sido reemplazado por una mirada de severa advertencia. Casi como si los desafiara a enfrentarlo.

Durante un rato largo nadie habló, hasta que Newt hizo una pregunta.

–¿Cuántos son ustedes?

La mirada de Jorge se desvió violentamente hacia Newt.

—¿Cuántos? ¿Cuántos Cranks? Aquí todos somos Cranks, hermanito.

—Yo no quise decir eso y tú lo sabes —respondió Newt en forma terminante.

Jorge comenzó a caminar por la habitación, pasando por encima de los Habitantes y dando vueltas a su alrededor. Mientras hablaba, los fue mirando uno por uno.

—Ustedes tienen que entender muchas cosas acerca del funcionamiento de esta ciudad. Acerca de los Cranks, de CRUEL y del gobierno, sobre por qué nos dejaron aquí para que nos pudramos con nuestra enfermedad, nos matemos unos a otros y nos volvamos completa y reverendamente locos. Tienen que enterarse de que hay diferentes niveles de la Llamarada y de que ya es demasiado tarde para ustedes: el mal los va a atrapar si es que ya no lo tienen.

Thomas había seguido al desconocido con la vista mientras él deambulaba por el recinto haciendo esas horribles afirmaciones. La Llamarada. Pensó que se habían acostumbrado al terror de tener la enfermedad, pero con ese Crank delante, estaba más atemorizado que nunca. Y totalmente indefenso.

Jorge se detuvo cerca de él y de sus amigos, con los pies casi tocando los de Minho, y siguió hablando.

—Pero las cosas no van a ser de esa manera, ¿me captan? Los que están en desventaja hablan primero. Quiero saber todo acerca de ustedes. De dónde vinieron, por qué están aquí y cuál es la insólita razón que los trajo a este lugar. Ahora.

Minho dejó escapar por lo bajo una sonrisita peligrosa.

—¿Así que nosotros somos los que estamos en desventaja? —preguntó, girando la cabeza en forma burlona—. A menos que la tormenta eléctrica haya calcinado mis retinas, yo diría que nosotros somos once y tú estás solo. Tal vez deberías ser tú el que empiece a hablar.

Thomas deseó con todo su corazón que Minho no hubiera dicho eso. Era estúpido y arrogante y podrían acabar todos muertos. Era obvio que el tipo no estaba solo. Podría haber cientos de Cranks escondidos en los escombros de los pisos superiores, espiándolos, esperando con quién sabe qué armas horrendas. O peor, el salvajismo de sus propias manos y de sus dientes y su locura.

Con una expresión impasible, Jorge observó durante un largo rato a Minho.

—Eso que dijiste no fue para mí, ¿no es cierto? Por favor, dime que no me hablaste como si fuera un perro. Te doy diez segundos para disculparte.

Minho le echó una mirada de suficiencia a Thomas.

—Uno —dijo Jorge—. Dos. Tres. Cuatro.

Thomas trató de hacerle un gesto de advertencia a Minho y sacudió la cabeza como diciendo: "Hazlo".

—Cinco. Seis.

—Hazlo de una vez —dijo Thomas finalmente en voz alta.

—Siete. Ocho.

Con cada número, la voz de Jorge iba en aumento. Thomas creyó percibir un movimiento en algún lugar muy arriba, como una veloz sombra borrosa. Quizás Minho también lo notó, porque desapareció de su cara cualquier resto de arrogancia.

—Nueve.

—Lo siento —profirió Minho, con poca emoción.

—No creo que lo sientas de verdad —dijo Jorge y luego le pateó la pierna.

Cuando su amigo gritó de dolor, Thomas apretó los puños. El Crank debió haberle pegado en alguna quemadura.

—Hermanito, dilo con sentimiento.

Thomas clavó los ojos en el Crank con odio. Pensamientos irracionales comenzaron a bucear por su mente: quería saltar sobre él y atacarlo, golpearlo como lo había hecho con Gally después de escapar del Laberinto.

Jorge llevó la pierna hacia atrás y volvió a patear a Minho, en el mismo lugar y con el doble de fuerza.

—¡Dilo con *sentimiento*! —aulló como un demente. Minho lanzó un gemido y se sujetó la pierna con ambas manos.

—Lo… siento —dijo, con la voz forzada por el dolor y respirando con dificultad. Pero tan pronto como Jorge sonrió y se relajó, satisfecho con la humillación que había ocasionado, Minho alzó el brazo y lo descargó debajo de la rodilla del Crank. El hombre saltó sobre el otro pie y, dando un grito, cayó al suelo con estrépito, entre sorprendido y lastimado.

Al instante, Minho se encontraba encima de él, disparando una sarta de obscenidades que Thomas nunca antes había escuchado de la boca de su amigo. El líder apretó los muslos para aprisionar el cuerpo de Jorge y comenzó a golpearlo.

—¡Minho! —rugió Thomas—. ¡Detente!

Sin prestar atención a la rigidez de sus articulaciones y al dolor de sus músculos, se puso de pie y, echando un rápido vistazo hacia el techo, enfiló hacia Minho para quitarlo de encima del cuerpo de Jorge. En los pisos superiores había movimiento en varios lugares. Luego vio gente mirando hacia abajo, lista para saltar, y aparecieron cuerdas colgando de los bordes de los agujeros.

Thomas embistió a Minho, que salió volando por sobre Jorge, y ambos se estrellaron contra el suelo. Thomas giró de inmediato para sujetar a su amigo, le pasó los brazos por el pecho e hizo fuerza para no dejarlo escapar.

—¡Arriba hay muchos más! —le gritó en el oído desde atrás—. ¡Tienes que detenerte! ¡Te van a matar! ¡Nos van a matar a todos!

Jorge había logrado ponerse de pie tambaleándose y se secaba lentamente un hilo de sangre del costado de la boca. La expresión de su rostro era suficiente como para clavar una púa de terror directamente en el corazón de Thomas. El tipo era capaz de cualquier cosa.

—¡Espera! —exclamó—. ¡Por favor, espera!

En el momento en que Jorge hizo contacto visual con él, varios Cranks se descolgaron desde arriba. Algunos hicieron el mismo salto y la vuelta que había hecho Jorge; otros se deslizaron por las cuerdas y cayeron de pie. Todos se agruparon detrás de su líder. Serían unos quince: hombres y mujeres, unos pocos adolescentes. Estaban sucios y vestían con harapos. La mayoría de ellos eran flacos y debiluchos.

Minho había dejado de pelear y Thomas finalmente lo había soltado. En apariencia, quedaban unos pocos segundos para que esa situación desesperada se transformara en una carnicería. Apoyó una mano con firmeza en la espalda de Minho y luego levantó la otra hacia Jorge en un gesto conciliatorio.

—Por favor, dame un minuto —dijo Thomas, instando a su corazón y a su voz a que se calmaran—. No les sirve de nada… lastimarnos.

—¿Que no nos sirve de nada? —dijo el Crank, lanzando un escupitajo rojo de su boca—. A mí me sirve de mucho. Eso te lo puedo garantizar, hermanito —y apretó los puños a los costados del cuerpo.

Después ladeó la cabeza en forma imperceptible. Apenas lo hizo, los Cranks que se encontraban a sus espaldas extrajeron de las profundidades de sus ropas andrajosas todo tipo de elementos siniestros. Cuchillos. Machetes herrumbrados. Púas negras que quizás habían pertenecido alguna vez a una vía férrea. Fragmentos de vidrio con manchas rojas en las puntas filosas. Una chica, que no podía tener más de trece años, sostenía una pala de metal astillada, que terminaba en un borde irregular que semejaba los dientes de un serrucho.

Repentinamente, Thomas tuvo la absoluta certeza de que había llegado el momento de suplicar que les perdonaran la vida. Si peleaban, los Habitantes no tenían posibilidades de vencer a esa gente. Imposible. No eran Penitentes, pero tampoco existía un código mágico para desactivarlos.

—Escúchame —le dijo Thomas, mientras se incorporaba despacio, esperando que Minho no fuera tan estúpido como para intentar algo—. Hay algo que debes saber con respecto a nosotros. No somos unos larchos que aparecieron en tu puerta por casualidad. Somos valiosos. Vivos, no muertos.

La expresión de rabia en la cara de Jorge apenas disminuyó. Quizás hubo un destello de curiosidad.

–¿Qué es un larcho?

Thomas casi –*casi*– se echa a reír: una respuesta irracional que, de alguna manera, habría resultado apropiada.

–Tú y yo. Diez minutos. Solos. Es todo lo que pido. Puedes llevar todas las armas que quieras.

Ante el pedido de Thomas, en cambio, Jorge sí se rio. Aunque se trató más bien de un bufido húmedo.

–Lamento desanimarte, niño, pero no creo que vaya a necesitar ninguna.

Hizo una pausa. Los segundos que siguieron parecieron durar una hora entera.

–Diez minutos –dijo finalmente el Crank–. El resto se queda aquí. Vigilen a estos idiotas. Si doy la orden, que comiencen los juegos de la muerte –anunció. Luego estiró la mano hacia un pasillo oscuro que daba a un costado de la habitación, en la pared opuesta a las puertas rotas.

–Diez minutos –repitió.

Thomas asintió con la cabeza. Como Jorge no se movió, él pasó primero y se dirigió hacia el punto de encuentro y, probablemente, hacia la conversación más importante de su vida.

Y, tal vez, la última.

## 27

Al ingresar en el oscuro pasadizo, Thomas sintió que tenía a Jorge pegado a sus talones. El lugar olía a moho y a putrefacción; el agua goteaba desde el cielo raso enviando ecos siniestros que, por alguna horrorosa razón, le hicieron pensar en sangre.

—Sigue andando —le dijo Jorge desde atrás—. Al fondo, hay una habitación con sillas. Haz el más ligero movimiento hacia mí y mueren todos.

Thomas quería darse vuelta y gritarle, pero continuó caminando.

—No soy tonto. Puedes dejar de hacerte el duro conmigo.

El Crank sonrió con disimulo como toda respuesta.

Después de varios minutos en silencio, Thomas llegó hasta una puerta de madera con una perilla redonda. Para demostrarle a Jorge que todavía le quedaba un resto de dignidad, la abrió sin vacilar. Sin embargo, una vez adentro, no supo qué hacer: era la oscuridad total.

Percibió que Jorge se desplazaba a su alrededor y luego escuchó el sonido de una tela pesada que se agitaba por el aire. Surgió una luz ardiente que lo encegueció y se protegió la cara con los brazos. Al principio tuvo que entornar los ojos pero, a los pocos instantes, ya pudo ver bien. Se dio cuenta de que el Crank había corrido una gran lona que tapaba una ventana que no estaba rota. Afuera, no había más que sol y cemento.

—Siéntate —dijo Jorge, con una voz menos severa de lo que Thomas habría imaginado. Esperaba que el cambio se debiera a que el Crank había aceptado finalmente que el nuevo visitante tendría un enfoque tranquilo y racional de la situación. Y que quizás en esa charla realmente habría algo que podría llegar a beneficiar a los actuales residentes del edificio destartalado. Estaba de más decir que el tipo era un Crank, de modo que Thomas no tenía la menor idea de cómo podía reaccionar.

En la habitación solo había una mesa de madera con dos pequeñas sillas. Thomas retiró la que se encontraba más cerca de él y tomó asiento. Jorge se ubicó en el lado opuesto, se inclinó hacia adelante con los codos sobre la mesa y juntó las manos. Con el rostro carente de expresión, fijó los ojos en él.

—Habla.

Thomas deseó tener unos segundos para repasar todas las ideas que habían brotado en su mente unos minutos antes, pero sabía que no había tiempo para eso.

—Bueno —dijo, y vaciló. Una palabra. De momento, la cosa no andaba bien. Respiró hondo—. Mira, hace un rato escuché que mencionaste a CRUEL. Nosotros sabemos todo sobre ellos. Sería muy interesante oír lo que tienes para decir de esa gente.

Jorge no se movió ni cambió la expresión.

—No soy yo el que va a hablar ahora. Eres tú.

—Claro, lo sé —respondió Thomas, y acercó la silla un poco más a la mesa. Luego la empujó hacia atrás y apoyó el pie en la rodilla. Tenía que calmarse y dejar que las palabras fluyeran solas—. Bueno, esto es difícil porque yo no sé qué sabes tú. Así que voy a hacer como si fueras un ignorante total en este tema.

—Te aconsejo no volver a usar nunca más la palabra *ignorante* conmigo.

Thomas hizo un esfuerzo para tragar: el miedo se había alojado en su garganta.

—Fue solo una forma de decir.

—Continúa.

Thomas volvió a tomar aire.

—Éramos un grupo de unos cincuenta tipos. Y… una chica —sintió una punzada de dolor—. Ahora somos once. No conozco todos los detalles, pero CRUEL es una especie de organización que, por alguna razón, nos está haciendo un montón de cosas espantosas. Empezamos en un lugar denominado el Área, dentro de un laberinto de piedra, rodeados de unas criaturas llamadas Penitentes.

Hizo una pausa mientras buscaba en la cara de Jorge alguna reacción ante esa catarata de información extraña. Pero el Crank no dio ninguna señal de confusión o reconocimiento. Nada de nada.

Entonces, Thomas le contó todo. Cómo había sido el Laberinto, de qué forma habían escapado, que pensaban que estaban sanos y salvos pero todo terminó siendo nada más que otra prueba más del plan de CRUEL. Le habló de la Rata y de la misión que les había preparado: sobrevivir lo suficiente como para recorrer ciento sesenta kilómetros hacia el norte hasta un lugar al cual se refirió como "el refugio". Le relató la caminata por el largo túnel, el ataque de la viscosidad plateada voladora y los kilómetros iniciales del viaje.

Le narró la historia completa. Y cuanto más contaba, más extraño le resultaba estar compartiéndola. No obstante, siguió hablando, pues no se le ocurrió qué otra cosa hacer. Lo hizo con la esperanza de que CRUEL fuera tan enemigo de los Cranks como lo era de ellos.

Sin embargo, no mencionó a Teresa; eso fue lo único que dejó fuera del relato.

—Por lo tanto, creo que debe haber algo especial en nosotros —afirmó, tratando de cerrar la historia—. No pueden estar actuando así solo por maldad. ¿Qué podrían pretender con eso?

—Hablando de pretender —dijo Jorge, por primera vez en por lo menos diez minutos. El tiempo asignado ya había concluido—. ¿Qué es lo que tú pretendes?

Thomas esperó. Era su única oportunidad. Ahora o nunca.

—¿Y bien? —insistió Jorge.

Thomas decidió jugarse el todo por el todo.

—Si tú… nos ayudas… quiero decir, si tú o quizás varios de ustedes vienen con nosotros y nos ayudan a llegar al refugio…

—¿Sí?

—Entonces ustedes también estarán seguros… —y ese era el plan de Thomas, hacia donde venía apuntando desde el principio, la misma esperanza con que los había enganchado la Rata—. Ellos nos explicaron que tenemos la Llamarada. Y que, si logramos alcanzar el refugio, todos nos vamos a curar. Dijeron que tienen la cura. Si nos ayudas a llegar hasta allí, tal vez tú también la conseguirás.

Se interrumpió y miró a Jorge con insistencia. Después de esas últimas palabras, el rostro del Crank sufrió un levísimo cambio y Thomas supo que había ganado. La expresión fue breve, pero no cabía duda de que había sido de *esperanza*, reemplazada de inmediato por la indiferencia. Pero él estaba seguro de lo que había visto.

—Una cura —repitió el Crank.

—Una cura.

De ahí en adelante, Thomas se propuso decir lo menos posible. Ya había logrado lo que quería.

Jorge se inclinó hacia atrás en la silla, que crujió como si fuera a romperse, y cruzó los brazos. Bajó las cejas con aire de contemplación.

—¿Cómo te llamas?

Thomas quedó sorprendido ante la pregunta. Hubiera jurado que ya se lo había dicho. O al menos, le pareció que se lo debería haber dicho en algún momento del relato. Pero, en realidad, la situación no era precisamente una reunión social para hacer nuevas amistades.

—Tu nombre —repuso Jorge—. Supongo que tienes uno, hermanito.

—Ah, sí, claro. Perdona. Me llamo Thomas.

Otro destello surcó el rostro de Jorge. Esta vez, como de… reconocimiento. Mezclado con sorpresa.

—Así que Thomas. ¿Te dicen Tommy? ¿O Tom?

Esa última palabra le dolió, le hizo pensar en su sueño con Teresa.

—No —dijo, probablemente demasiado rápido—. Simplemente… Thomas.

—Muy bien, Thomas. Déjame hacerte una pregunta. ¿Tienes acaso en esa mente floja la más mínima idea de lo que la Llamarada le hace a la gente? ¿Acaso te doy la impresión de ser un tipo que tiene una enfermedad horrenda?

Era una pregunta imposible de contestar sin recibir un golpe en la cara, pero Thomas apostó por lo más seguro.

—No.

—¿No? ¿No a las dos preguntas?

—Sí. Digo, no. Lo que quiero decir es… sí, la respuesta a ambas preguntas es no.

Jorge sonrió —apenas un rictus en la comisura de la boca— y Thomas pensó que debía estar disfrutando cada segundo de la conversación.

—La Llamarada se desarrolla en etapas, muchacho. Todas las personas de esta ciudad la tienen y no me sorprende que tú y tus amigos mariquitas la tengan también. Alguien como yo es, en principio, un Crank solo de nombre. Me la contagié unas pocas semanas atrás y me dio positivo el análisis que me hice en el puesto de control de cuarentena: el gobierno está haciendo lo imposible por mantener separados a los sanos de los enfermos. No está dando resultado. En un segundo, toda mi vida se fue por el caño. Me enviaron aquí. Peleé con otro grupo de novatos para tomar este edificio.

Al escuchar la palabra "novatos", Thomas sintió que se le cortaba la respiración como si tuviera una mota de polvo en la garganta. Le trajo muchos recuerdos del Área.

—Mis amigos que están allá afuera con las armas están en el mismo barco que yo. Pero puedes ir a dar un lindo paseíto por la ciudad para comprobar lo que ocurre a medida que pasa el tiempo. Verás las distintas etapas de la enfermedad y lo que es estar más allá del Final, aunque es posible que no vivas mucho más como para recordarlo. Y aquí ni siquiera tenemos algún agente adormecedor como La Felicidad. Ninguno.

—¿Quién te envió a este lugar? —preguntó Thomas, dejando para más tarde la curiosidad que le producía lo del agente adormecedor.

—CRUEL, igual que a ti. Excepto que nosotros no somos *especiales* como dijiste que eran ustedes. CRUEL se creó para combatir a la

Llamarada. Lo hicieron los gobernantes que sobrevivieron, y ellos aseguran que esta ciudad tiene algo que ver con la enfermedad. No sé mucho más.

Thomas sintió una mezcla de sorpresa y confusión, pero necesitaba respuestas.

—¿Quién es CRUEL? ¿Qué es CRUEL?

Jorge parecía tan desconcertado como Thomas.

—Te dije todo lo que sé. No entiendo por qué me haces esa pregunta. Yo pensé que lo más importante en este momento es que tú fueras especial para ellos, que ellos estuvieran detrás de toda esta historia que me acabas de relatar.

—Mira, todo lo que te conté es la pura verdad. Nos han hecho algunas promesas, pero seguimos sin saber mucho de ellos. No nos dan ningún detalle. Es como si nos estuvieran probando para ver si podemos sobrevivir a toda esta garlopa, a pesar de no tener ni idea de lo que está ocurriendo.

—¿Y por qué crees que ellos tienen una cura?

En ese momento, Thomas consideró que debía usar un tono de voz firme y repetir lo que la Rata les había prometido.

—El tipo del traje blanco del que te hablé. Él nos dijo que esa era la razón por la cual teníamos que llegar al refugio.

—Mmm —dijo Jorge, con uno de esos sonidos que parecen decir que sí pero significan exactamente lo contrario—. ¿Y por qué demonios piensas que nos dejarán pasar contigo y que nos darán ese remedio?

Thomas tenía que seguir actuando de forma calma y segura.

—Es obvio que yo no puedo saber eso. Pero ¿por qué no probar, al menos? Si nos ayudas a llegar hasta allí, tendrás una pequeña posibilidad. Si nos matas, no tendrás ninguna. Solo un Crank totalmente ido elegiría la segunda opción.

Jorge esbozó nuevamente su sonrisa patética y después lanzó una especie de risa-ladrido.

—Thomas, no sé, hay algo en ti… Hace unos minutos quería clavarle un cuchillo en los ojos a tu amigo y luego hacer lo mismo con todos ustedes. Pero tengo que reconocer que casi me has convencido.

Thomas se encogió de hombros mientras trataba de mostrarse sereno.

—Lo único que me importa es sobrevivir un día más. Solamente quiero lograr atravesar esta ciudad y después me preocuparé por lo que sigue. ¿Y sabes algo más? —se preparó para sonar más duro de lo que se sentía.

Jorge levantó las cejas.

—¿Qué?

—Si para llegar a mañana tuviera que clavarte un cuchillo en medio de los ojos, lo haría sin vacilar. Pero te necesito. Todos nosotros te necesitamos —afirmó al tiempo que se preguntaba si realmente podría llegar a hacer semejante cosa.

Pero dio resultado.

El Crank lo observó durante un largo rato y luego estiró la mano por encima de la mesa.

—Hermanito, creo que hemos llegado a un acuerdo. Por muchas razones.

Thomas le estrechó la mano. Y, aunque se sentía muy aliviado, hizo un esfuerzo enorme por no demostrarlo.

Un segundo después, todo se derrumbó.

—Solo pondré una condición. ¿Cuál es el nombre de ese chico molesto que me arrojó al piso? Me pareció escuchar que lo llamabas Minho.

—Sí —respondió, con voz débil y el corazón latiendo otra vez a toda velocidad.

—Es hombre muerto.

# 28

−**N**o.

Thomas contestó con toda la decisión y firmeza que alcanzó a reunir.

−¿No? −repitió Jorge extrañado−. Te ofrezco la posibilidad de atravesar una ciudad llena de salvajes Cranks dispuestos a comerte vivo ¿y me dices que no? ¿A mi diminuta petición? Eso no me hace nada feliz.

−No sería inteligente −dijo Thomas. No sabía cómo había podido mantener la tranquilidad ni de dónde había provenido esa audacia. Pero algo le dijo que esa era la única manera de sobrevivir con ese Crank.

Jorge se inclinó hacia adelante nuevamente y apoyó los codos sobre la mesa. Pero esta vez no juntó las manos, sino que apretó los puños. Sus nudillos crujieron.

−¿Acaso tu meta en la vida es irritarme hasta que te corte las arterias una por una?

−Tú viste lo que te hizo −lo refutó Thomas−. Hay que tener mucho valor para eso. Si lo matas, te perderás las habilidades que él posee. Es nuestro mejor luchador y no le teme a nada. Tal vez esté loco, pero lo necesitamos.

Thomas estaba tratando de sonar realista. Pragmático. Pero si existía en todo el planeta −además de Teresa− alguien a quien podía de verdad considerar su amigo, ese era Minho. Y no podía arriesgarse a perderlo también a él.

−Pero me *enfurece* −repuso Jorge en forma contenida. Sus puños no se habían relajado en absoluto−. Me trató delante de mi gente como si fuera una niña. Y eso es… inaceptable.

Thomas se encogió de hombros como si se tratara de un hecho sin importancia.

—Entonces castígalo. Haz que *él* se sienta como una niñita. Pero matarlo sería perjudicial para nosotros. Cuantos más cuerpos tengamos para pelear, mayores serán nuestras posibilidades de ganar. Vamos, tú vives aquí. ¿Es necesario que tenga que explicarte esto?

Finalmente, Jorge aflojó la presión de los puños. También lanzó una gran bocanada de aire, que Thomas no había notado que venía conteniendo.

—Bueno —dijo el Crank—. Está bien. Pero no tiene nada que ver con tu patético intento de disuadirme. Le voy a perdonar la vida porque acabo de tomar una decisión acerca de una cuestión. En realidad, es por dos razones. Una de las cuales tú mismo la deberías haber pensado.

—¿Qué cosa? —preguntó Thomas. Ya no le preocupaba más demostrar el alivio que sentía: el esfuerzo que implicaba esconder información le resultaba agotador. Además, le despertaba mucha curiosidad lo que Jorge estaba por decir.

—Primero, no conoces realmente todos los detalles que se esconden detrás de esa prueba o ese experimento o lo que sea a lo que CRUEL los está exponiendo. Quizás cuantos más logren llegar al refugio, más oportunidades tendrán de conseguir la cura. ¿Alguna vez te pusiste a pensar que ese Grupo B que mencionaste fuera el rival de ustedes? Creo que a mí me conviene que los once de tu grupo logren pasar la prueba.

Thomas asintió pero no dijo nada. No quería correr el más mínimo riesgo de arruinar la victoria conseguida: Jorge le había creído todo lo que le había contado acerca de la Rata y la cura.

—Lo cual me lleva a la segunda razón —continuó—. La decisión que tomé.

—¿Y de qué se trata? —preguntó Thomas.

—Todos esos Cranks que están allá afuera no van a venir conmigo. Con *nosotros*.

—¿Cómo? ¿Por qué? Yo creía que el sentido de todo esto era que ustedes nos ayudaran a atravesar la ciudad.

Jorge sacudió la cabeza con firmeza mientras se inclinaba hacia atrás y cruzaba los brazos sobre el pecho, en una actitud mucho menos amenazadora.

—Si vamos a hacer esto, la cautela va a funcionar mejor que los músculos. Desde que llegamos a este lugar de mala muerte, hemos vivido escondiéndonos. Yo creo que nuestras posibilidades de salir de aquí y conseguir la comida y las provisiones necesarias son mucho mayores si aprovechamos lo que aprendimos: escabullirnos de los Cranks idos con sigilo, en vez de arremeter a los cuchillazos como si fuéramos una banda de aspirantes a guerreros.

—No te entiendo —dijo Thomas—. No quiero ser grosero, pero la impresión que dan ustedes es de querer ser justamente eso, guerreros. Digo, por la ropa desagradable y los objetos punzantes.

Se hizo silencio durante un momento prolongado y, cuando Thomas comenzaba a pensar que había cometido un error, Jorge se echó a reír.

—Ay, muchacho, eres un idiota con suerte y me caes bien. No sé por qué, pero es así. Si no, a esta altura ya te hubiera matado tres veces.

—¿En serio puedes hacer eso? —preguntó Thomas.

—¿Qué cosa?

—Matar a alguien tres veces.

—Ya se me ocurrirá la manera.

—Entonces trataré de ser más agradable.

Jorge golpeó la mesa y se puso de pie.

—Muy bien. Este es el trato. Tenemos que llevarlos a los once de tu grupo hasta el refugio. Para eso, solo me va a acompañar una persona más: se llama Brenda y es un genio. Necesitamos su cerebro. Y si lo logramos y resulta que no hay cura para nosotros, no tengo que aclararte cuáles serán las consecuencias.

—Vamos —dijo Thomas con sarcasmo—. Yo creí que éramos amigos.

—En fin. No somos amigos, hermanito. Somos socios. Yo te llevo hasta CRUEL y tú me consigues la cura. Ese es el trato, o correrá mucha sangre.

Cuando Thomas se incorporó, la silla crujió contra el piso.

—Eso ya había quedado claro, ¿no es cierto?

—Sí, sí, es cierto. Ahora, escúchame: ni se te ocurra decir una sola palabra de esto. Alejarme de esos otros Cranks va a ser… complicado.

—¿Cuál es el plan?

Jorge fijó los ojos en Thomas y pensó durante un minuto. Luego rompió el silencio.

—Solo mantén el hocico cerrado y déjame actuar a mí —dijo. Comenzó a moverse hacia la puerta que daba al pasillo, pero se detuvo en seco—. Ah, y no creo que a tu compadre Minho le guste mucho.

Mientras caminaban por el pasillo para encontrarse con los demás, Thomas descubrió que estaba famélico. Los retortijones del estómago se habían extendido al resto del cuerpo, como si los órganos y los músculos internos estuvieran devorándose unos a otros.

—Muy bien, ¡escuchen todos! —anunció Jorge al entrar en la enorme habitación destruida—. El payaso este y yo hemos tomado una determinación.

¿*Payaso*?, pensó Thomas.

Empuñando con fuerza las armas, los Cranks prestaron atención con los ojos clavados en los Habitantes, que se encontraban sentados más lejos, apoyados contra las paredes. Los rayos de luz brillaban a través de las ventanas destrozadas y de los boquetes del techo.

Jorge se detuvo en el centro del recinto y giró lentamente para dirigirse a todo el grupo. A Thomas le pareció que tenía un aspecto ridículo, como si estuviera exagerando demasiado.

—Primero, tenemos que buscar comida para esta gente. Yo sé que resulta una locura compartir con un puñado de extraños los alimentos que tanto trabajo nos costó conseguir, pero creo que su ayuda puede venirnos bien. Denles el cerdo y los frijoles. De todos modos, ya estoy harto de esa porquería —comentó. Uno de los Cranks se rio en voz baja. Era un diminuto alfeñique, cuyos ojos se movían como flechas de un lado a otro—. Segundo, dado que soy un caballero y un santo varón, he decidido que no voy a matar al cretino que me atacó.

Thomas escuchó algunos quejidos de decepción y se preguntó cuánto tiempo haría que esa gente tenía la Llamarada. Pero una chica, una hermosa adolescente un poco mayor, de pelo largo asombrosamente limpio, puso los ojos en blanco y sacudió la cabeza como si pensara que todo ese ruido era una estupidez. Thomas se descubrió deseando que fuera la tal Brenda que iba a ir con ellos.

Jorge señaló a Minho, quien sonrió y saludó a la multitud, lo cual no sorprendió para nada a Thomas.

—Estás feliz, ¿no es cierto? —gruñó el jefe—. Es bueno saberlo. Quiere decir que tomarás bien las noticias.

—¿Qué noticias? —preguntó Minho bruscamente.

Thomas dirigió la vista hacia Jorge e imaginó lo que estaba por decir.

El líder de los Cranks habló con total naturalidad.

—Después de que los alimentemos para que no se nos mueran de hambre, recibirás tu castigo por haberme atacado.

—¿Ah, sí? —repuso Minho. Si estaba asustado, no lo demostró en absoluto—. ¿Y qué me vas a hacer?

Jorge le devolvió la mirada: una expresión vacía cubría su rostro de manera inquietante.

—Me golpeaste con los dos puños. De modo que te vamos a cortar un dedo de cada mano.

# 29

Thomas no entendía cómo amenazar con cortar los dedos a Minho podía preparar el terreno para que ellos escaparan del resto de los Cranks. Y obviamente él no era tan tonto como para confiar en Jorge después de una breve conversación. Comenzó a invadirlo el pánico y le pareció que las cosas estaban por ponerse terriblemente mal.

Sin embargo, mientras sus amigos silbaban y vociferaban, Jorge lo miró y hubo algo en sus ojos que lo tranquilizó.

En cambio Minho reaccionó de diferente forma. Apenas Jorge reveló cuál sería el castigo, se puso de pie y se habría arrojado encima del jefe si la chica hermosa no se hubiera acercado al instante y le hubiera colocado un cuchillo bajo el mentón. Brotó una gota de sangre roja que brilló bajo la luz del sol que se filtraba por las puertas ruinosas. Minho no podía ni hablar, pues corría el riesgo de recibir una herida grave.

—Este es el plan —dijo Jorge pausadamente—. Brenda y yo vamos a acompañar a estos parásitos al depósito para que coman algo. Luego nos reuniremos todos en la Torre, digamos en una hora a partir de este momento —miró su reloj—. A las doce en punto. Traeremos el almuerzo para el resto de ustedes.

—¿Por qué solo tú y Brenda? —preguntó alguien. Al principio, Thomas no pudo ver de quién se trataba, pero después descubrió que había sido un hombre. Era tal vez la persona de más edad en la habitación—. ¿Qué pasa si te atacan? Son once contra dos.

Jorge entrecerró los ojos con una expresión burlona.

—Barkley, muchas gracias por la lección de matemáticas. La próxima vez que no recuerde cuántos dedos tengo en los pies, voy a recurrir a ti para que me ayudes a contar. Por el momento, cierra tu bocota y conduce a todos a la

Torre. Si alguno de estos cretinos intenta algo, Brenda cortará al señor Minho en pedacitos mientras yo me encargo de los demás. Están tan débiles que apenas pueden mantenerse en pie. ¡Vayan de una vez!

Thomas respiró aliviado. Estaba seguro de que Jorge pensaba escapar una vez que estuvieran lejos de los otros. Y tampoco llevaría a cabo el castigo prometido.

El hombre llamado Barkley era mucho mayor que el resto pero, a juzgar por cómo las venas y los músculos mantenían tirantes las mangas de su camisa, parecía fuerte. Sostenía una daga siniestra en una mano y un enorme martillo en la otra.

—Bueno —dijo, después de un largo intercambio de miradas con el líder—. Pero si te asaltan y te cortan la garganta, nosotros nos vamos a arreglar muy bien solos.

—Gracias por las amables palabras, hermano. Ahora desaparezcan o tendremos doble diversión en la Torre.

Barkley lanzó una carcajada como para salvar la dignidad y luego se dirigió hacia el mismo pasillo que Thomas y Jorge habían tomado. Agitó la mano para que lo siguieran y pronto hasta el último Crank se arrastraba detrás de él, excepto Jorge y la hermosa chica de larga cabellera castaña. Ella todavía mantenía el cuchillo en el cuello de Minho, pero lo bueno de la cuestión era que tenía que ser Brenda.

Una vez que el grupo de gente infectada por la Llamarada dejó la habitación, Jorge le echó a Thomas una mirada casi de alivio; pero después sacudió la cabeza sutilmente, como si los otros todavía pudieran oírlos.

Thomas percibió un movimiento de Brenda. Al llevar la vista hacia ella, comprobó que retiraba el arma del cuello de Minho y daba un paso hacia atrás, mientras secaba la marca de sangre distraídamente en sus pantalones.

—Realmente te hubiera matado, ¿sabes? —le advirtió, con voz un poco áspera, casi ronca—. Atacas a Jorge otra vez y te corto una arteria.

Minho se secó la herida con el pulgar y luego observó la mancha roja.

—Qué cuchillo filoso tienes. Cada vez me gustas más.

Newt y Sartén lanzaron un gruñido al mismo tiempo.

—Creo que no soy la única Crank en este lugar —respondió Brenda—. Tú estás más ido que yo.

—Ninguno de nosotros está loco todavía —agregó Jorge, aproximándose a ella—. Pero no falta mucho. Vamos. Tenemos que ir al depósito y darles algo de comida. Parecen una banda de zombis famélicos.

A Minho no le agradó la idea.

—¿Están tan chiflados que piensan que voy a sentarme alegremente a comer con ustedes y después les voy a dejar que me corten los malditos dedos?

—Por una vez, cállate la boca —lo interrumpió Thomas con severidad, tratando de comunicarle lo contrario con los ojos—. Vayamos a comer. Después de eso, no me importa lo que pueda pasarles a tus hermosas manos.

Minho entornó los ojos con aspecto confundido, pero pareció comprender que había algo raro.

—Como quieras. Vámonos.

De improviso, Brenda se interpuso delante de Thomas y acercó su cara a la de él. Sus ojos eran tan oscuros que hacían que la parte blanca se destacara mucho más.

—¿Tú eres el líder?

Thomas sacudió la cabeza.

—No. Es el tipo al que acabas de cortar con el cuchillo.

Brenda desvió la mirada hacia Minho y esbozó una sonrisa burlona.

—Entonces eso sí es estúpido. Sé que estoy al borde de la locura, pero hubiera jurado que eras tú. Tienes aspecto de líder.

—Hum. Gracias —Thomas sintió que lo invadía la vergüenza y luego recordó el tatuaje de Minho. También se acordó del suyo y de que supuestamente deberían matarlo. Tratando de esconder su repentino cambio de ánimo, buscó algo que decir—. Yo… eh… también te hubiera señalado a ti y no a Jorge.

La chica se acercó a Thomas y le dio un beso en la mejilla.

—Eres muy dulce. Realmente espero que no tengamos que matarte.

—Muy bien —Jorge ya estaba haciendo señas a todos para que se movieran hacia las puertas que llevaban al exterior—. Se acabó el besuqueo. Brenda, tenemos mucho que hablar una vez que lleguemos al depósito. Vámonos ya.

Brenda no le quitaba los ojos de encima a Thomas. En cuanto a él, todavía sentía el cosquilleo que había invadido todo su cuerpo cuando ella había apoyado los labios en su rostro.

—Me gustas —le dijo ella.

Thomas tragó saliva. No se le ocurrió ninguna respuesta: tenía la mente en blanco. Brenda se pasó la lengua por la comisura de la boca y sonrió abiertamente. Después se alejó de él y se dirigió hacia las puertas, guardando el cuchillo en uno de los bolsillos del pantalón.

—¡Vamos! —gritó sin mirar atrás.

Thomas sabía muy bien que todos los Habitantes tenían la mirada fija en él, pero se negó a establecer contacto visual con ninguno de ellos. Se arremangó la camisa y caminó hacia adelante, sin preocuparse por la sonrisa que había en su rostro. De inmediato, el resto del grupo lo siguió y todos abandonaron el edificio y salieron al rayo del sol que azotaba el pavimento.

Brenda tomó la delantera y Jorge se ubicó en la retaguardia. A Thomas le costó mucho adaptarse a la claridad. Entrecerró los ojos y se los tapó con las manos mientras marchaban cerca de la pared para aprovechar la escasa sombra. Los otros edificios y calles que los rodeaban parecían brillar con un resplandor sobrenatural, como si estuvieran construidos con una piedra mágica.

Brenda se desplazó a lo largo de los muros de la edificación que acababan de dejar hasta que llegaron a lo que Thomas pensó sería la parte trasera. Allí, unos peldaños que desaparecían bajo la acera le trajeron imágenes de su vida pasada, tal vez la entrada de algún sistema de ferrocarril subterráneo.

Ella no vaciló. Sin preocuparse por averiguar si todos venían detrás, bajó los escalones de un salto. Pero Thomas notó que su mano derecha empuñaba nuevamente el cuchillo a pocos centímetros del cuerpo: una forma cautelosa de estar lista para atacar o defenderse si fuera necesario.

Él la siguió, deseoso de escapar del sol y, más importante aún, encontrar comida. Con cada paso que daba, las tripas le dolían cada vez más pidiendo alimento. De hecho, no podía creer que todavía lograra moverse. La debilidad era como un veneno que crecía en su interior, destruía sus órganos vitales y le provocaba un sufrimiento insoportable.

Finalmente, la oscuridad se los tragó con su esperada frescura. Thomas se guio por el sonido de las pisadas de Brenda hasta que llegaron a una pequeña entrada, de donde salía una luz anaranjada. Ella entró y Thomas titubeó en el umbral. Era una habitación estrecha y húmeda llena de cajas y latas, con un único foco colgando del centro del techo. Parecía imposible que todos ellos pudieran caber allí dentro.

Brenda pareció haber adivinado sus pensamientos.

—Tú y los demás pueden quedarse afuera en el pasillo. Busquen una pared y siéntense. En un segundo les alcanzaré algunas delicias.

Aunque ella no estaba mirando, Thomas asintió mientras retrocedía con dificultad hacia afuera. Se tumbó cerca de una pared, un poco alejado del resto de los Habitantes, en la oscuridad del túnel. Estaba completamente seguro de que no podría volver a levantarse a menos que comiera algo.

Las "delicias" resultaron ser frijoles de lata y algún tipo de salchicha. Según Brenda, la etiqueta estaba escrita en español. Aunque los alimentos estaban fríos, a Thomas le pareció la comida más sabrosa de su vida y devoró hasta el último bocado. Ya habían aprendido que no era bueno comer rápidamente después de un largo período de ayuno, pero no le importó. Si lo devolvía todo, disfrutaría al tener que comérselo otra vez. Con suerte, una porción nueva.

Brenda distribuyó las provisiones entre los hambrientos Habitantes y fue a sentarse junto a Thomas. El brillo tenue que provenía de la habitación iluminaba las hebras oscuras de su flequillo. Colocó a su lado un par de mochilas llenas de latas.

—Una es para ti —le dijo.

–Gracias –respondió Thomas, quien, sin haberse detenido un segundo, ya estaba llegando al final de la lata. En el pasillo no se escuchaba ni una palabra, solo los sonidos de los chicos masticando y tragando los alimentos.

–¿Está rico? –le preguntó Brenda, mientras atacaba su propia ración.

–Ni hablar. Empujaría a mi propia madre por las escaleras con tal de comer esto. Si es que todavía la tengo.

No podía evitar recordar su sueño y la visión fugaz de su mamá, pero se esforzó por apartar la imagen de su cabeza. Era demasiado deprimente.

–Te hartas pronto de esta comida –dijo Brenda, sacando a Thomas de sus reflexiones. Notó la forma en que ella estaba sentada, con la rodilla derecha apretada contra la pierna de él, y se le ocurrió la ridícula idea de que la había puesto a propósito de esa manera–. Solo tenemos cuatro o cinco opciones.

Thomas se concentró en aclarar la mente y volver sus pensamientos al presente.

–¿De dónde la sacaron? ¿Cuánta les queda?

–Antes de que las llamaradas solares quemaran esta zona, la ciudad tenía varias plantas de producción de alimentos, además de muchos depósitos donde almacenarlos. A veces pienso que esa es la razón por la cual CRUEL envió Cranks a este lugar. Al menos pueden decir que no nos moriremos de hambre mientras enloquecemos y nos matamos unos a otros.

Thomas juntó el resto de salsa del fondo de la lata y lamió la cuchara.

–Si hay tanta comida, ¿por qué solo tienen unas pocas opciones? –quiso saber. De pronto, pensó que tal vez habían confiado en ella demasiado rápido, que los podría haber envenenado. Pero dado que ella estaba comiendo lo mismo, quizás sus temores fueran infundados.

Brenda apuntó al techo con el pulgar.

–Nosotros solo registramos los depósitos más cercanos. Era una compañía que no tenía una gran variedad de productos. Yo mataría a tu madre por un alimento fresco de una huerta. Una buena ensalada.

–Creo que mi mamá no tendría muchas posibilidades de sobrevivir si alguna vez se ubicara entre nosotros y una tienda de comestibles.

–Me parece que no.

Ella sonrió aunque las sombras le cubrían el rostro. Sin embargo, la sonrisa brilló en la oscuridad y Thomas descubrió que esa chica le agradaba. A pesar de haber lastimado a su mejor amigo, le agradaba. Tal vez, en menor medida, era debido a eso.

—¿El mundo todavía tiene tiendas de comestibles? —preguntó—. Quiero decir, ¿cómo quedó todo después de la Llamarada? ¿Muy caliente, con un montón de locos dando vueltas?

—No. Bueno, no lo sé. Las llamaradas solares mataron a muchas personas antes de que pudieran escapar hacia el sur o hacia el norte. Mi familia vivía al norte de Canadá. Mis padres fueron de los primeros en llegar a los campos creados por la coalición de gobiernos. La gente que más tarde terminó formando CRUEL.

Thomas se quedó observándola con la boca abierta. En unas pocas frases, ella acababa de revelarle más datos sobre el estado del mundo que nada de lo que había escuchado desde que le borraran la memoria.

—Espera… un segundo —le dijo—. Tienes que contarme todo. ¿Puedes comenzar desde el principio?

Brenda se alzó de hombros.

—No hay mucho que decir, ocurrió hace mucho tiempo. Las llamaradas fueron totalmente inesperadas e imprevisibles. Cuando los científicos intentaron advertir a la gente, ya era demasiado tarde. Arrasaron medio planeta y mataron todo lo que existía en las zonas cercanas al ecuador, cambiando el clima del resto de la Tierra. Los sobrevivientes se agruparon, algunos gobiernos unieron sus fuerzas. Poco tiempo después, descubrieron que un virus terrible se había escapado de un centro de control de enfermedades. Desde ese momento se lo conoció como la Llamarada.

—Dios mío —balbuceó Thomas. Miró hacia donde se encontraban los otros Habitantes para ver si habían oído algo, pero todos estaban muy concentrados en la comida. Además, se hallaban muy lejos—. ¿Cuándo…?

Brenda levantó la mano para hacerlo callar.

—Un momento —dijo—. Algo anda mal. Creo que tenemos visitas.

Él no había percibido nada y el resto del grupo tampoco. Pero de inmediato Jorge se acercó a Brenda y le susurró algo al oído. Ella estaba por levantarse cuando llegó el ruido de una explosión al fondo del pasadizo, que provenía de las escaleras que habían utilizado para llegar hasta el depósito. Fue un sonido horrendo y atronador: el crujido de una estructura al desmoronarse, el cemento que se partía y el metal que se rasgaba. Una nube de polvo llegó hasta ellos por el pasillo, ahogando la luz mortecina de la habitación.

Paralizado por el miedo, Thomas permaneció sentado observando. Alcanzó a ver a Minho, a Newt y a todos los demás, que retrocedían hacia las escaleras derruidas y luego doblaban por un corredor que él no había notado antes. Brenda lo sujetó de la camisa para que se pusiera de pie.

—¡Corre! —gritó, y comenzó a arrastrarlo lejos de la destrucción, hacia las profundidades subterráneas.

De golpe, Thomas salió de su estupor y trató de desprender la mano, pero ella no la soltó.

—¡No! Tenemos que seguir a mis am…

Antes de terminar la frase, una porción enorme del techo se desplomó justo delante de él. Los bloques de cemento cayeron unos sobre otros con gran estruendo, cerrándole el paso hacia donde habían huido sus amigos. Escuchó más rocas que se resquebrajaban arriba de donde se encontraban y comprendió que ya no le quedaba opción… ni tiempo.

Se volvió de mala gana hacia Brenda. Con la mano de ella aferrada a su camisa, salieron disparados en la oscuridad.

# 30

Thomas no percibió que su corazón latía deprisa ni tuvo tiempo de averiguar la causa de la explosión. En lo único que podía pensar era en los demás Habitantes, que habían quedado separados de él. Ciego por la falta de luz, corrió con Brenda, forzado a confiarle su vida por completo.

—¡Por aquí! —gritó ella. Giraron hacia la derecha en una curva muy cerrada, que lo hizo trastabillar y casi se cayó, pero ella lo ayudó a mantenerse en pie. Una vez que recuperó el paso, Brenda le soltó la camisa—. Mantente cerca de mí.

Mientras marchaban por ese nuevo sendero, los sonidos de destrucción se fueron apagando y el pánico volvió a apoderarse de Thomas.

—¿Qué les va pasar a mis amigos? ¿Y si…?

—¡No te detengas! De todos modos, separarse en grupos es lo mejor.

Durante su huida por el largo pasadizo, el aire refrescó y la oscuridad se volvió más densa. Thomas sintió que sus fuerzas iban volviendo poco a poco y pronto recobró el aliento. Detrás de ellos, los ruidos se habían extinguido casi por completo. Estaba preocupado por los Habitantes, pero su instinto le dijo que era buena idea quedarse con Brenda, pues sus amigos serían capaces de arreglárselas por sí mismos si lograban salir. Pero ¿y si algunos habían sido capturados por quien fuera que hubiera desencadenado la explosión? ¿O si hubieran muerto? ¿Y quién los había atacado? En medio de su afanosa carrera, el desasosiego le chupó hasta la última gota de sangre.

Brenda recorrió tres curvas más; Thomas no entendía cómo podía saber hacia dónde se dirigía. En el momento en que estaba por preguntárselo, ella se detuvo y le apoyó la mano en el pecho para contenerlo.

—¿Oíste algo? —le preguntó, jadeando.

Thomas prestó atención, pero lo único que escuchó fue la respiración de ellos. No había más que silencio y oscuridad.

—No —le respondió—. ¿Dónde estamos?

—Los edificios de esta parte de la ciudad están conectados por una gran cantidad de túneles y pasadizos secretos. Todavía no hemos llegado muy lejos con nuestras exploraciones, así que tal vez toda la ciudad sea igual. Ellos lo llaman el Submundo.

Thomas no alcanzaba a ver su rostro, sin embargo ella estaba lo suficientemente cerca como para sentir su respiración. Considerando las condiciones en que vivían, le sorprendió que no tuviera mal olor. No tenía perfume alguno y resultaba bastante agradable.

—¿El Submundo? —repitió él—. Suena estúpido.

—Bueno, no fui yo la que le puso ese nombre.

—¿Cuánto han llegado a explorar hasta ahora? —dijo. No le gustaba la idea de recorrer esos pasadizos sin saber qué les esperaba delante.

—No mucho. En general nos topamos con Cranks. Los verdaderamente malos, los que están muy idos.

Eso hizo a Thomas girar en círculo, como buscando en la negrura algo que no sabía qué era. Su cuerpo se puso tenso por el miedo, como si acabara de saltar en el agua helada.

—Bueno… pero ¿estamos seguros? ¿Qué fue esa explosión? Tenemos que regresar a buscar a mis amigos.

—¿Y Jorge?

—¿Qué?

—¿No tendríamos también que ir a buscar a Jorge?

Thomas no había querido ofenderla.

—Claro, Jorge, mis amigos, todos esos larchos. No podemos abandonarlos.

—¿Qué es un larcho?

—No importa. ¿Qué piensas que ocurrió hace un rato?

Ella suspiró y se acercó más a él, hasta que sus cuerpos se tocaron. Cuando le habló al oído, él sintió los labios de ella rozando los suyos.

–Quiero que me prometas algo –dijo suavemente, casi en un susurro.

Un escalofrío recorrió el cuerpo de Thomas.

–Hum… ¿qué?

Ella no retrocedió, sino que continuó hablándole al oído.

–Pase lo que pase, aun cuando tengamos que ir solos, me llevarás hasta el final. Hasta CRUEL, a esa cura que le prometiste a Jorge. Él me contó acerca de eso en el depósito. No puedo quedarme aquí e ir enloqueciendo poco a poco. Prefiero morir.

Brenda tomó las manos de Thomas entre las suyas y las apretó con fuerza. Luego recostó la cabeza en su hombro y la nariz le quedó apoyada contra el cuello. Debía estar en puntas de pie. Cada vez que ella respiraba, provocaba una nueva corriente de escalofríos en la piel de Thomas.

Aunque disfrutaba de la cercanía de Brenda, la situación le resultaba extraña. Después, al pensar en Teresa, le sobrevino un acceso de culpa. Todo eso era una estupidez. Se encontraba en medio de un intento brutal y despiadado de atravesar el páramo, su vida estaba en juego y sus amigos podrían estar muertos. Hasta Teresa podría haber muerto. Estar allí en la oscuridad abrazado a una desconocida le pareció lo más absurdo del mundo.

–Hey –dijo. Quitó sus manos de las caderas de ella y, sujetándola de los brazos, la apartó. Todavía no podía ver nada, pero la imaginó frente a él, observándolo–. ¿No te parece que tenemos que pensar qué vamos a hacer?

–Todavía no me lo prometiste –respondió ella.

Thomas sintió ganas de gritar; no podía creer que se comportase de una forma tan rara.

–Está bien, te lo prometo. ¿Jorge te contó todo?

–La mayor parte, supongo. Aunque lo adiviné apenas le dijo a nuestro grupo que saliera primero y que nos encontraríamos todos en la Torre.

–¿Qué adivinaste?

–Que los íbamos a ayudar a atravesar la ciudad a cambio de que ustedes nos llevaran de regreso a la civilización.

A Thomas lo asaltó la inquietud.

—Si tú sospechaste eso tan rápidamente, ¿no crees que algunos de tus amigos hayan pensado lo mismo?

—Exactamente.

—¿Qué quieres decir con eso? Pareciera que se te ocurrió algo.

Ella se estiró y puso las manos en el pecho de Thomas.

—Yo creo que eso fue lo que pasó. Al principio me preocupó que se tratara de un grupo de Cranks muy idos, pero como nadie nos persiguió, pienso que Barkley y algunos de sus compañeros armaron una explosión en la entrada del Submundo e intentaron matarnos. Saben que pueden conseguir comida suficiente en algún otro lado y existen otras formas de llegar hasta aquí abajo.

Thomas seguía sin entender por qué ella se había puesto tan cariñosa.

—Eso no tiene sentido. ¿Por qué querrían matarnos? ¿No sería mejor que aprovecharan para venir también con nosotros?

—No, no, no. Barkley y los otros están contentos aquí. Es posible que estén un poco más idos que nosotros y ya estén empezando a perder su parte racional. Dudo que ni siquiera se les haya ocurrido la idea. Estoy segura de que solo pensaron que nos íbamos a unir... para eliminarlos. Que estábamos aquí abajo haciendo planes.

Thomas se alejó de ella y apoyó la cabeza contra la pared. Ella volvió a apretarse contra él y puso los brazos alrededor de su cintura.

—Eh... ¿Brenda? —exclamó. Había algo extraño en esa chica.

—¿Sí? —balbuceó ella contra su pecho.

—¿Qué estás haciendo?

—¿Qué quieres decir?

—¿No crees que estás actuando de una manera un poco rara?

Ella se echó a reír. El sonido fue tan inesperado que por un momento Thomas pensó que la Llamarada se había apoderado de Brenda, que se había convertido en una Crank completa o algo parecido. Sonriendo, se apartó de él.

—¿Qué pasa? —preguntó Thomas.

—Nada —contestó ella con una sonrisita infantil—. Supongo que venimos de lugares diferentes, eso es todo. Lo siento.

—No entiendo —repuso, deseando de pronto que volviera a abrazarlo.

—No te preocupes —dijo ella, al dar por terminada la diversión a costa de él—. Perdón por haber sido tan directa. De donde yo vengo… es algo muy normal.

—No, está bien. Yo… digo, es buena esa. No hay problema —tartamudeó. Estaba contento de que Brenda no pudiera ver su cara, porque debía estar tan roja que se hubiera reído otra vez.

Entonces pensó en Teresa. Y también en Minho y los demás. Tenía que tomar el control de la situación en ese mismo instante.

—Mira, tú misma lo dijiste —afirmó, tratando de insuflar confianza en su voz—. Nadie nos persiguió. Tenemos que regresar.

—¿Estás seguro? —preguntó en tono de desconfianza.

—¿Qué quieres decir?

—Yo puedo guiarte por la ciudad y encontrar comida para llevar. ¿Por qué no los dejamos a todos y vamos hasta ese refugio por nuestra cuenta?

Thomas no estaba dispuesto a discutir semejante propuesta.

—Si no quieres venir conmigo, está todo bien. Pero yo voy a regresar —le advirtió; colocó la mano contra la pared para guiarse y comenzó a caminar en la dirección por la que habían venido.

—¡Espera! —gritó ella, corriendo hacia él. Lo tomó de la mano, entrelazó los dedos y se puso a caminar a su lado como si fueran viejos amantes—. Lo siento. De veras. Solo que… pienso que sería más fácil si fuéramos pocos. No soy muy amiga de ninguno de esos Cranks. No como tú y tus… Habitantes.

¿Acaso él había mencionado esa palabra delante de ella? No se acordaba, pero cualquiera pudo haberlo hecho sin que él se hubiera dado cuenta.

—Yo creo que cuantos más seamos para ir al refugio, mejor. Aun cuando logremos traspasar la ciudad, quién sabe lo que nos espera después. Tal vez en ese momento necesitemos ser muchos.

Reflexionó sobre lo que acababa de decir. ¿Era cierto que a él solo le importaba la cantidad de gente para tener mejores posibilidades de salvarse? ¿Era en verdad tan indiferente?

—Bueno —fue su única respuesta. Algo había cambiado en Brenda. Parecía menos segura. Con menos autoridad.

Thomas retiró la mano de la de ella y, como una excusa, se la llevó al rostro y tosió. Después, no volvió a dársela.

Durante los minutos que siguieron, ninguno de los dos dijo una sola palabra. Él iba detrás de ella y, aunque no pudiera verla, sentía su presencia. Después de varias curvas, apareció un destello a lo lejos, que iba aumentando a medida que se aproximaban.

Resultó ser la luz del sol que se filtraba a través de unos orificios en el techo: secuelas de la explosión. Trozos gigantescos de piedra, pedazos de metal retorcido y cañerías destrozadas bloqueaban el paso hacia las escaleras, y trepar por encima de los escombros podía ser peligroso. Una nube de polvo cubría el lugar y daba la impresión de que los rayos del sol fueran gruesos y estuvieran vivos; parecían motas de polvo bailando como mosquitos. El aire olía a yeso y a quemado.

El camino hacia el depósito de la comida también había quedado bloqueado, pero Brenda encontró las dos mochilas que había preparado antes.

—No parece que hubiera nadie aquí —dijo ella—. No regresaron. Es posible que Jorge y tus amigos hayan descubierto la forma de salir.

Thomas no sabía qué había esperado encontrar, pero al menos esa era una buena noticia.

—No hay cuerpos, ¿verdad? ¿Nadie murió en la explosión?

Brenda se encogió de hombros.

—Quizás los Cranks arrastraron los cuerpos hacia otro lado. Pero lo dudo. No tiene sentido.

Thomas asintió como corroborando la afirmación y aferrándose a ella. Pero no sabía qué hacer a continuación. ¿Habrían ido por los túneles —el Submundo— buscando a los otros Habitantes? ¿Se habrían ido hacia las calles? ¿O habrían vuelto al edificio en donde habían abandonado a Barkley y a sus compañeros? Todas las posibilidades sonaban horribles. Miró a su alrededor como si la respuesta fuera a aparecer por arte de magia.

—Tenemos que caminar por el Submundo —anunció Brenda después de un rato prolongado: probablemente ella también había estado evaluando las opciones—. Si los otros fueron hacia arriba, ya deben estar muy lejos. Además, van a atraer la atención sobre ellos y nosotros pasaremos inadvertidos.

—Y si están aquí abajo los encontraremos, ¿no? —preguntó Thomas—. Estos túneles a la larga terminan uniéndose, ¿no es cierto?

—Exacto. De cualquier modo, yo sé que Jorge los llevará hacia el otro lado de la ciudad, hacia las montañas. Tenemos que andar por abajo, así podremos reunirnos arriba y continuar el camino.

Thomas le echó una mirada a Brenda mientras pensaba. Quizás solo fingía que estaba pensando, pues no le quedaba otra opción que seguir con ella. Probablemente, era su mejor —tal vez, única— posibilidad de no acabar muerto de forma rápida y horrenda a manos de Cranks muy idos. ¿Qué otra cosa podía hacer?

—Muy bien —repuso—. Vámonos.

Ella esbozó una sonrisa dulce, que resplandeció en medio de la tierra que cubría su rostro y, de modo inesperado, Thomas añoró el momento que habían pasado juntos en la oscuridad. Pero el pensamiento se esfumó de inmediato. Brenda le alcanzó una de las mochilas y luego buscó dentro de la suya. Sacó una linterna y la encendió. El haz de luz iluminó el polvo mientras ella enfocaba en distintas direcciones. Finalmente, apuntó hacia delante del extenso túnel que ya habían recorridos dos veces.

—¿En marcha? —preguntó ella.

—Cómo no —masculló él. Todavía se sentía mal por sus amigos y se preguntó si estaría haciendo lo correcto al quedarse con Brenda.

Sin embargo, cuando ella empezó a caminar, la siguió.

# 31

El Submundo era un lugar tenebroso, donde reinaban el frío y la humedad. Thomas casi hubiera preferido la oscuridad total a contemplar lo que había a su alrededor. Las paredes y el piso eran de concreto pintado de color gris pálido, y de los muros goteaban hilos de agua. Había puertas ubicadas a tres metros unas de otras, pero cuando intentó abrirlas, descubrió que estaban cerradas. En el techo, una capa de polvo cubría los largos y oscuros artefactos de iluminación. Al menos la mitad estaban rotos: eran solo trozos irregulares de vidrio atornillados en agujeros oxidados.

En general, el sitio parecía un sepulcro embrujado. El Submundo era un nombre que le quedaba muy bien. Lo primero que Thomas se preguntó fue para qué habrían construido esa estructura subterránea. ¿Qué trabajos se habrían llevado a cabo dentro de esos pasillos y oficinas? ¿Serían pasadizos entre las distintas edificaciones para los días de lluvia? ¿O rutas de emergencia? ¿Tal vez vías de escape para situaciones como gigantescas llamaradas solares o ataques de lunáticos?

Sin hablar mucho, marcharon por los túneles doblando a veces a la izquierda y otras hacia la derecha ante los cruces y las bifurcaciones. Su cuerpo pronto consumió toda la energía recuperada con el reciente atracón. Después de caminar durante lo que parecieron varias horas, logró por fin convencer a Brenda de hacer una pausa para comer.

—Yo doy por sentado que sabes hacia dónde nos dirigimos —observó Thomas una vez que arrancaron de nuevo. Todos los lugares por donde pasaban le resultaban exactamente iguales: grises, monótonos y oscuros. Polvorientos, cuando no mojados. El silencio de los túneles solo se veía quebrado por el goteo distante de agua y el roce de sus ropas. Sus pisadas eran golpes sordos en el concreto.

De improviso, Brenda frenó en seco y giró rápidamente hacia él al tiempo que iluminaba su rostro desde abajo con la linterna.

–Buh –dijo en voz baja.

Thomas dio un salto y luego la empujó lejos de su lado.

–Deja de hacer eso –gritó. Se sentía un idiota, el corazón casi le había explotado del miedo–. Parece que fueras…

Dejó caer la linterna a un costado pero sus ojos seguían fijos en los de él.

–¿Qué parezco?

–Nada.

–¿Una *Crank*?

La palabra le llegó al corazón. No quería pensar en ella de esa forma.

–Bueno… sí –murmuró–. Lo siento.

Ella se dio vuelta y, apuntando la linterna hacia adelante, continuó la marcha.

–Thomas, yo *soy* una Crank. Tengo la Llamarada, por lo tanto soy una Crank. Tú también lo eres.

Tuvo que correr unos pasos para alcanzarla.

–Sí, pero aún no estás totalmente ida. Y… yo tampoco, ¿verdad? Vamos a conseguir la cura antes de volvernos locos –afirmó. Más valía que la Rata hubiera dicho la verdad.

–No veo la hora. Y, por cierto, sí sé adónde vamos. Gracias por preguntar.

Prosiguieron la travesía: un largo túnel después de otro, una curva después de la otra. El paso lento pero seguro hizo que Thomas apartara sus pensamientos de Brenda y comenzara a sentirse mucho mejor que en los últimos días. Su mente se dispersó y entró en un estado de semiaturdimiento. Se acordó del Laberinto, de sus recuerdos borrosos y de Teresa. Especialmente, de Teresa.

Por fin entraron en un salón amplio, con varias salidas a izquierda y derecha, más de las que había visto anteriormente. Parecía ser un lugar de encuentro, donde confluían los túneles de todos los edificios.

–¿Este es el centro de la ciudad o algo por el estilo? –preguntó.

Brenda se detuvo para descansar. Se sentó en el suelo con la espalda contra la pared. Thomas se acomodó a su lado.

–Más o menos –contestó ella–. ¿Ves? Ya atravesamos la mitad del camino hacia el otro lado de la ciudad.

A Thomas le gustó el sonido de ese comentario pero detestaba pensar en los otros. Minho, Newt, todos los Habitantes. ¿Dónde se hallaban? Se sentía un garlopo por no buscarlos para ver si estaban en problemas. ¿Habrían logrado salir de la ciudad sanos y salvos?

Un fuerte estallido, como la explosión de un foco de vidrio, lo sobresaltó.

De inmediato, Brenda enfocó la luz en la dirección por la que habían venido, pero el pasadizo se perdía vacío en las sombras, solo interrumpido por unos pocos hilos siniestros de agua en las paredes, negro sobre gris.

–¿Qué fue eso? –susurró Thomas.

–Supongo que una luz vieja que estalló –respondió, sin denotar preocupación en la voz. Apoyó la linterna en el piso para iluminar la pared opuesta.

–¿Por qué una vieja luz habría de romperse de manera espontánea?

–No lo sé. ¿Una rata, quizás?

–Yo no vi ninguna rata. Además, ¿cómo haría para caminar por el techo?

Ella lo miró con una expresión burlona en el rostro.

–Tienes razón. Debe ser una rata *voladora*. Deberíamos largarnos de aquí.

Antes de que Thomas pudiera evitarla, una risita nerviosa escapó de su boca.

–Muy gracioso.

Otro estallido más y, después, el tintineo de vidrios golpeando contra el suelo. Esta vez, Thomas estaba seguro de que había venido desde atrás de ellos. Alguien tenía que estar siguiéndolos. Y no podían ser los Habitantes: eran personas que querían ponerlos nerviosos. Asustarlos.

Ni siquiera Brenda pudo ocultar su reacción. Sus ojos inundados de ansiedad se encontraron con los de él.

–Levántate –susurró.

Ambos se pusieron de pie al mismo tiempo y aseguraron las mochilas sin hacer ruido. Brenda apuntó nuevamente la luz hacia el lugar por donde habían venido. No había nada.

—¿Vamos a investigar? —preguntó en voz baja. En el silencio del túnel, el susurro sonó demasiado fuerte. Si alguien se encontraba cerca, podría oír cada una de sus palabras.

—¿Investigar? —Thomas pensó que esa era la peor idea que había escuchado en años—. No. Tenemos que largarnos de aquí como dijiste.

—¿Qué? ¿Vas a dejar que quien sea que ande por ahí siga detrás de nosotros? ¿Y tal vez reúna algunos de sus compañeros y nos tiendan una emboscada? Es mejor encargarnos del problema ahora.

Thomas sujetó la mano de Brenda que sostenía la linterna y la apuntó al suelo. Luego se inclinó hacia ella y le murmuró al oído.

—Podría muy bien ser una trampa. No había vidrios en el piso del túnel, tienen que haber roto una de las luces. ¿Por qué alguien haría algo así? Están tratando de hacernos regresar.

Ella rebatió su afirmación.

—Si tienen gente suficiente para atacarnos, ¿por qué querrían tendernos una trampa? Es estúpido. ¿Por qué no venir aquí y terminar de una vez?

Thomas reflexionó sobre eso. Ella tenía razón.

—Bueno, es aún más estúpido quedarnos aquí sentados todo el día hablando del tema. ¿Qué hacemos?

—Vayamos… —Brenda había comenzado a levantar la linterna mientras hablaba, pero se interrumpió de golpe con los ojos llenos de terror.

Thomas giró la cabeza para contemplar qué había causado esa expresión.

Delante de ellos, justo donde terminaba el haz de luz de la linterna, había un hombre.

Era como una aparición, había algo sobrenatural en él. Se inclinó hacia la derecha y su pierna izquierda se sacudió levemente como si tuviera un tic nervioso. El brazo izquierdo también se retorció mientras la mano se abría y se cerraba. Vestía un traje oscuro que, probablemente, alguna vez habría sido de buena calidad, pero ahora estaba sucio y andrajoso. Ambas rodillas se hallaban mojadas por el agua o algún líquido más repugnante.

Thomas registró todos esos datos en un instante, pero su atención se había concentrado en la cabeza del hombre. No podía dejar de mirarla atentamente, como hipnotizado. Parecía que le hubieran arrancado el pelo del cuero cabelludo, que se veía cubierto de costras sangrientas. El rostro pálido y húmedo estaba lleno de llagas y cicatrices. Le faltaba un ojo y tenía una masa roja y gomosa en su lugar. Tampoco tenía nariz y Thomas pudo ver las huellas de las fosas nasales en el cráneo, debajo de la piel destrozada.

Y la boca: los labios estirados hacia atrás en una mueca salvaje y demente revelaban unos dientes blancos relucientes, apretados entre sí. El ojo sano tenía una expresión feroz con un dejo de odio, evidente por la forma rápida en que se movía de Brenda a Thomas.

Después, el hombre masculló algo con una voz gangosa que hizo estremecer a Thomas. Dijo solo unas pocas palabras, pero eran tan absurdas y fuera de lugar que hicieron que toda la situación se volviera mucho más espeluznante.

–Beatriz se llevó mi nariz, en un desliz.

# 32

De adentro del pecho de Thomas escapó un grito débil, y no pudo distinguir si había sido real o solo algo que sintió en su interior, o que imaginó. Brenda estaba junto a él en silencio –paralizada, quizás– con la luz todavía apuntando al espantoso desconocido.

Sacudiendo el brazo sano para mantener el equilibrio de la pierna sana, el hombre avanzó torpemente hacia ellos.

–Beatriz se llevó mi nariz, en un desliz –repitió. La burbuja de flema de su garganta soltó un desagradable borboteo–. Y tuve que hacer achís.

Thomas contuvo la respiración, esperando que Brenda actuara primero.

–¿Entienden? –dijo el hombre mientras intentaba convertir la mueca en una sonrisa. Tenía el aspecto de un animal a punto de saltar sobre su presa–. Yo hice achís. Sin nariz. Pues se la llevó Beatriz en un desliz –aclaró, y lanzó una risotada húmeda que hizo pensar a Thomas que ya nunca más lograría dormir en paz.

–Sí, lo entiendo –replicó Brenda–. Es muy cómico.

Thomas percibió un movimiento y desvió la mirada hacia ella. Con disimulo, había extraído una lata de la mochila y la empuñaba en la mano derecha. Antes de que pudiera preguntarse si era una buena idea o si debía intentar detenerla, ella llevó atrás el brazo y arrojó la lata al Crank. Thomas la observó volar por el aire y estamparse en la cara del extraño.

El hombre emitió un alarido que le heló el corazón.

Y después aparecieron otros. Dos. Luego tres. Otros cuatro más. Hombres y mujeres. Todos arrastrándose fuera de la oscuridad hasta ubicarse detrás del primer Crank. Todos igualmente idos. Igualmente espantosos, consumidos completamente por la Llamarada, locos furiosos, heridos de la cabeza a los pies. Thomas notó, además, que a todos les faltaba la nariz.

—Eso no dolió tanto —dijo el líder de los Cranks—. Tienes una bonita nariz. Me muero por tener otra vez una nariz. —Abandonó la mueca feroz lo suficiente como para lamerse los labios y luego la retomó. La lengua era una cosa morada con cicatrices horripilantes, como si se dedicara a masticarla en los momentos de aburrimiento—. Y mis amigos también.

Como un gas tóxico al ser rechazado por el estómago, el miedo trepó por el pecho de Thomas. Comprendió mejor que nunca lo que la Llamarada provocaba en las personas. Lo había visto en las ventanas del dormitorio pero, en ese momento, lo tenía delante de sí de manera mucho más real, sin barrotes de por medio. Las caras de los Cranks eran primitivas y animales. El líder del grupo dio otro paso torpe hacia ellos. Luego otro más.

Era hora de irse.

Brenda no dijo nada. No fue necesario. Después de lanzar otra lata hacia donde se encontraban los Cranks, Thomas y ella se dieron media vuelta y echaron a correr. Los aullidos psicóticos de sus perseguidores se elevaban por encima de ellos como el grito de batalla de un ejército infernal.

Recorrían las curvas bruscas a derecha e izquierda, con el haz de luz de la linterna temblando de un lado a otro mientras rebotaba contra las paredes. Thomas sabía que tenían una ventaja: a los Cranks se les veía medio destruidos y plagados de heridas. Seguramente no podrían aguantar mucho tiempo. Sin embargo, la posibilidad de que hubiera más allá abajo, tal vez incluso esperándolos más adelante…

Brenda se detuvo y dobló hacia la derecha al tiempo que sujetaba a Thomas del brazo para arrastrarlo con ella. Él trastabilló, pero en un segundo se enderezó y continuó corriendo a toda velocidad. Los gritos airados y los silbidos de los Cranks se volvieron más débiles.

Brenda torció hacia la izquierda y luego hacia la derecha. Después de la segunda curva, apagó la linterna pero no disminuyó la marcha.

—¿Qué haces? —preguntó Thomas, que llevaba la mano extendida hacia adelante pues estaba seguro de que chocaría en cualquier momento contra una pared.

Recibió un *¡shh!* como única respuesta. Pensó que confiaba demasiado en esa chica. Había puesto su vida en sus manos. Pero no veía que tuviera otra opción, especialmente en la situación en que se hallaba.

Unos segundos después, Brenda se detuvo por completo. Se quedaron en la oscuridad tratando de recuperar el aliento. Los Cranks se encontraban lejos, pero se escuchaba claramente que se iban acercando.

—Bueno —murmuró ella—. Justo por… acá.

—¿Qué cosa?

—Solo sígueme. Hay un escondite perfecto por aquí. Lo encontré una vez mientras exploraba. No hay forma de que den con él. Vamos.

Con la mano aferrada a la de Thomas, Brenda lo empujó hacia la derecha. Él percibió que estaban atravesando una puerta angosta y después ella lo hizo bajar al suelo.

—Hay una mesa vieja —dijo—. ¿Puedes distinguirla?

Ella estiró la mano de Thomas hasta que él sintió la madera suave y dura.

—Sí —respondió.

—Ten cuidado con la cabeza. Vamos a arrastrarnos por debajo de ella y luego a través de un pequeño hueco en la pared, que conduce a un compartimiento secreto. Quién sabe para qué sirve, pero no hay forma de que los Cranks lo descubran. Aunque tuvieran una luz, cosa que dudo mucho.

Thomas se preguntó cómo podían desplazarse sin algo que les iluminara el camino; sin embargo, se guardó la pregunta para más tarde. Brenda ya se había puesto en marcha y él no estaba dispuesto a perderla. La siguió de cerca con los dedos rozándole el pie mientras ella se deslizaba con rapidez en cuatro patas bajo la mesa y hacia la pared. Luego franquearon una minúscula abertura y entraron en el largo y estrecho compartimiento. Thomas se movía a tientas, palpando las superficies para captar dónde se hallaba. Como el techo se encontraba a solo unos sesenta centímetros del suelo, continuó gateando.

Cuando por fin logró ubicarse con dificultad, Brenda ya estaba acostada con la espalda contra la pared más lejana del escondrijo. No les quedaba otra opción que echarse de costado con las piernas estiradas. Había muy poco espacio, pero entraban justo. Ambos miraban en la misma dirección. La espalda de Thomas estaba apretada contra el pecho de ella. Podía sentir su respiración en el cuello.

—Qué comodidad —dijo él en un susurro.

—Cállate la boca.

Thomas se movió un poco hasta apoyar la cabeza contra la pared y después se relajó. Inhaló lenta y profundamente, atento a cualquier señal de los Cranks.

Al principio, el silencio era tan hondo que parecía emitir un zumbido en sus oídos. Pero después llegaron los primeros indicios de los lunáticos. Toses, gritos al azar, risitas dementes. Cada segundo que pasaba se hallaban más cerca y a Thomas lo asaltó un momento de pánico por haber sido tan estúpidos como para encerrarse de esa manera. Pero luego lo pensó mejor. Las probabilidades de que los Cranks encontraran ese agujero oculto eran escasas, especialmente en la oscuridad. Seguramente habían seguido adelante y, con suerte, ya estaban muy lejos. Tal vez hasta se olvidaran de él y de Brenda por completo. Eso era mejor que una persecución interminable.

Y si ocurría lo peor, Brenda y él podrían defenderse fácilmente a través de la diminuta abertura del compartimento. Tal vez.

Los Cranks ya estaban cerca. Thomas tuvo que luchar para no soltar la respiración. Lo último que necesitaban era que una inesperada búsqueda de oxígeno los delatara. A pesar de que estaba todo negro, cerró los ojos para escuchar mejor.

Ruidos de pies que se arrastraban. Gruñidos y respiración pesada. Un impacto contra la pared, una serie de golpes amortiguados en el concreto. A continuación, estallaron las discusiones, intercambios frenéticos de incoherencias. Escuchó un "¡Por aquí!" y un "¡Por allá!". Más toses. Uno de ellos hizo arcadas y escupió violentamente como si estuviera intentando deshacerse de un par de órganos. Una mujer lanzó una risa tan demente que Thomas se estremeció.

Brenda buscó su mano y la apretó. Una vez más, sintió una ridícula sensación de culpa, como si estuviera engañando a Teresa. No podía evitar que esa chica estuviera acostumbrada al contacto físico. *Y qué estupidez pensar en algo así cuando...*

Un Crank ingresó en la habitación en la que estaba el compartimiento. Luego otro más. Thomas escuchó los jadeos, los pies frotando contra el piso. Alguien más entró. Esas pisadas: resbalada larga y golpe seco, resbalada larga y golpe seco. Thomas pensó que podía ser el primer hombre que habían visto, el único que les había hablado, el del brazo y la pierna inútiles y temblorosos.

—Niñiiiiito —dijo el loco, en un tono burlón y escalofriante. Era él, sin lugar a dudas. Thomas no podía olvidar esa voz—. Niñiiiiiita. Salgan de una vez y hagan algún ruido. Quiero sus narices.

—Aquí adentro no hay nada —ladró una mujer—. Solo una mesa vieja.

El crujido de la madera raspando el piso cortó el aire y después se apagó bruscamente.

—Quizás están escondiendo las narices debajo de la mesa —replicó el hombre—. Quizás aún siguen pegadas a sus caritas dulces y bonitas.

Al oír una mano o un zapato deslizándose por el piso fuera de la entrada de su pequeño escondite, Thomas retrocedió y se apretó contra Brenda. Había sido a solo treinta o sesenta centímetros de donde se hallaban.

—¡Nada allá abajo! —volvió a decir la mujer.

Thomas escuchó que ella se alejaba. Se dio cuenta de que su cuerpo se había transformado en un manojo de cables tensos. Hizo un esfuerzo para recuperar la calma, intentando controlar la respiración.

Más ruidos de pies rozando el piso. Luego una cantidad de susurros espeluznantes, como si el trío se hubiera congregado en el centro de la habitación para planear una estrategia. ¿Acaso sus mentes estaban todavía en condiciones de hacer algo semejante? Se puso alerta para lograr captar alguna palabra, pero los resoplidos le resultaban indescifrables.

—¡No! —gritó uno de ellos. Un hombre, pero Thomas no pudo distinguir si era *el* hombre—. ¡No! No, no, no, no, no —las palabras se fueron convirtiendo en un susurrante tartamudeo.

La mujer lo interrumpió con su propio cántico.

—Sí, sí, sí, sí, sí.

—¡Cállense! —dijo el líder. Sin lugar a dudas era el líder—. ¡Cállense, cállense, cállense!

Aunque el sudor rodaba por su piel, Thomas sintió que una ráfaga helada soplaba en su interior. No sabía si ese intercambio tendría algún significado o era solamente una prueba más de su locura.

—Yo me voy —dijo la mujer con un sollozo. Sus palabras sonaron como si fuera una niña a la que habían dejado fuera del juego.

—Yo también, yo también —eso provino del otro hombre.

—¡Cállense, cállense, cállense, cállense! —aulló el líder, en voz mucho más alta—. ¡Lárguense, lárguense, lárguense!

La súbita repetición de palabras le produjo escalofríos. Como si algún control del lenguaje dentro de sus mentes hubiera dejado de funcionar.

Brenda le apretaba la mano con tanta fuerza que le hacía doler. Podía sentir el aliento fresco de ella contra el sudor de su cuello.

Afuera: pisadas que se arrastraban y roce de ropa. ¿Se estarían yendo?

Los ruidos disminuyeron notablemente cuando entraron al pasillo, o túnel, o lo que fuera. Parecía que los otros Cranks del grupo ya se habían marchado. Al instante regresó el silencio. Thomas solo escuchó el sonido débil de la respiración de Brenda y la suya.

Esperaron en la oscuridad frente a la pequeña entrada, tumbados en el piso duro, apretados uno contra otro, transpirando. El silencio se extendió y se convirtió de nuevo en ese zumbido desprovisto de sonido. Thomas seguía escuchando con atención. Sabía que tenían que estar completamente seguros. Por mucho que quisiera abandonar ese pequeño compartimento, y por más incómodo que fuera, tenían que esperar.

Transcurrieron varios minutos. No había más que sombras y silencio.

—Creo que se fueron —susurró Brenda finalmente y encendió la linterna de un golpe.

—¡Hola, narices! — gritó una voz monstruosa desde la habitación.

Después, una mano sangrienta se extendió a través de la entrada y sujetó a Thomas de la camisa.

# 33

Thomas soltó un alarido y comenzó a pegarle a la mano llena de cicatrices y moretones. Aún trataba de adaptarse al resplandor de la linterna de Brenda y entrecerró los ojos para ver cómo lo tenían sujeto. Con un tirón, el Crank golpeó el cuerpo de Thomas contra la pared. Su rostro chocó contra el duro concreto y una explosión de dolor se extendió alrededor de su nariz. Sintió que la sangre corría por su piel.

El hombre lo empujó unos centímetros hacia atrás y luego volvió a jalarlo hacia adelante. Repitió el movimiento una y otra vez, hacia adelante y enseguida hacia atrás. Y la cara de Thomas siempre iba a dar contra la pared. No podía creer la fuerza que tenía su contrincante, algo que, basándose en su aspecto, hubiera considerado imposible.

Brenda ya había sacado el cuchillo y trataba de encaramarse sobre él para cortarle la mano.

−¡Cuidado −gritó Thomas. El arma estaba peligrosamente cerca. Tomó la muñeca del lunático y la sacudió de un lado a otro en un intento de liberarse de esa mano de hierro. Nada daba resultado y el tipo seguía empujando y jalando mientras el cuerpo de Thomas golpeaba contra la pared.

Con un grito, Brenda se lanzó al ataque. Se arrastró sobre Thomas y la hoja del cuchillo centelleó al tiempo que se dirigía hacia el brazo del Crank. Este emitió un gemido demoníaco y soltó la camisa. Su mano desapareció cuando atravesó la entrada, dejando un rastro de sangre en el piso. Los aullidos de dolor continuaron resonando con fuerza.

−¡No podemos dejar que huya! −chilló Brenda−. ¡Salgamos rápido!

En medio del sufrimiento, Thomas supo que ella tenía razón y, de inmediato, comenzó a moverse para ponerse en posición de ataque. Si el hombre alcanzaba a los otros Cranks, regresarían todos juntos. Era posible que hubieran escuchado el alboroto y ya estuvieran dando la vuelta.

Finalmente, una vez que Thomas logró pasar la cabeza y los brazos a través de la abertura, lo demás resultó más sencillo. Haciendo palanca en la pared, se impulsó hacia afuera, con los ojos fijos en su adversario, a la espera de un nuevo ataque. El Crank se hallaba a unos pocos pasos, con el brazo lastimado apretado contra el pecho. Cuando sus ojos se encontraron, puso una expresión de animal herido.

Al intentar incorporarse, la cabeza de Thomas golpeó contra la parte de abajo de la mesa.

—¡Shuck! —gritó, mientras salía de abajo de la vieja tabla de madera. Brenda ya se encontraba de pie y pronto estuvieron ambos encima del Crank, quien yacía en el suelo en posición fetal, gimiendo. La sangre que brotaba de la herida ya había formado un pequeño charco en el piso.

Brenda sostenía la linterna en una mano y el cuchillo en la otra, apuntando hacia el Crank.

—Viejo, deberías haber ido con tus amigos dementes. Tendrías que haberlo pensado dos veces antes de meterte con nosotros.

En vez de responder, el zombi giró sobre el hombro repentinamente y alzó la pierna sana con una velocidad y una fuerza inusitadas. De una patada estrelló a Brenda contra Thomas y ambos se desplomaron en el piso. Thomas escuchó el ruido de la linterna y del cuchillo repiqueteando contra el concreto. Las sombras bailaban en las paredes.

El Crank se levantó con dificultad y corrió hacia el cuchillo, que había quedado frente a la puerta que daba al pasillo. Thomas se incorporó de un salto, se lanzó hacia adelante y sujetó las rodillas del hombre desde atrás, arrojándolo al piso. El lunático se dio vuelta balanceando el codo, que golpeó la mandíbula de Thomas. Mientras caía, sintió otra explosión de dolor y se llevó la mano instintivamente al rostro.

De pronto apareció Brenda, se arrojó sobre el Crank por sorpresa y lo golpeó dos veces en la cara. Aprovechando la situación, consiguió hacerlo girar otra vez para que quedara extendido en el piso sobre el estómago. Le sujetó los brazos y los colocó en la espalda, levantándolos de una manera que parecía ser muy dolorosa. El Crank se retorcía y forcejeaba, pero Brenda lo tenía inmovilizado también con las piernas. En ese momento, comenzó a emitir un gemido desgarrador y terrorífico.

—¡Tenemos que matarlo! —gritó ella por encima del horroroso lamento.

Thomas se había puesto de rodillas y observaba todo en medio de un estupor paralizante.

—¿Qué? —preguntó, anestesiado por el agotamiento, demasiado aturdido para procesar sus palabras.

—¡Toma el cuchillo! ¡Hay que matarlo!

El Crank seguía profiriendo ese aullido inhumano, que producía en Thomas el deseo de salir huyendo lo más lejos posible.

—¡Thomas! —exclamó Brenda.

Se arrastró hacia el cuchillo, lo recogió y contempló la sustancia viscosa y roja sobre la hoja afilada. Entonces se volvió hacia Brenda.

—¡Date prisa! —gritó ella, con los ojos encendidos por la furia. Algo le dijo que esa ira ya no se debía solamente al Crank: estaba enojada con él por demorarse tanto.

¿Pero acaso él podría hacer eso? ¿Matar a un hombre? ¿Aunque se tratara de un loco desquiciado que quería verlo muerto? ¿Que quería nada menos que su maldita nariz?

Thomas se acercó a ella sosteniendo el cuchillo en la mano como si estuviera envenenado. Como si el solo hecho de sujetarlo pudiese contagiarle cientos de enfermedades y causarle una muerte lenta y penosa.

Mientras tanto, el Crank continuaba aullando con los brazos en la espalda e inmovilizado contra el suelo.

Brenda captó la mirada de Thomas y le habló con determinación.

—Cuando yo lo dé vuelta, ¡tienes que clavarle el cuchillo en el corazón!

Thomas empezó a sacudir la cabeza y después se detuvo. No le quedaba opción. Tenía que hacerlo. Por lo tanto, asintió.

Brenda soltó un grito por el esfuerzo que estaba realizando y cayó sobre el lado derecho de su enemigo, usando su cuerpo y la fuerza de sus brazos para hacerlo girar. Sorprendentemente, los alaridos aumentaban cada vez más. El pecho del Crank estaba listo, arqueado y apuntando hacia arriba a pocos centímetros de Thomas.

–¡Ahora! –rugió Brenda.

El hombre seguía desgañitándose.

El sudor caía por la cara de Thomas.

Su corazón latía con fuerza y a gran velocidad.

Las gotas de transpiración en sus ojos. El dolor en el cuerpo. Los gritos terribles e inhumanos.

–*¡Ahora!*

Thomas juntó todas sus fuerzas y hundió el cuchillo en el pecho del Crank.

# 34

Los treinta minutos siguientes fueron terribles para Thomas.

El Crank forcejeaba y se contraía en medio de movimientos espasmódicos. Se ahogaba y escupía. Brenda lo sujetaba mientras Thomas retorcía el cuchillo y lo empujaba más adentro. La vida del hombre se tomó su tiempo hasta consumirse por completo, hasta que se desvaneció la luz de sus ojos enloquecidos, hasta que los gruñidos y el esfuerzo físico por resistir se acallaron y apaciguaron lentamente.

Por fin, la víctima de la Llamarada murió y Thomas se desplomó hacia atrás. Su cuerpo parecía un rollo tenso de cable oxidado. Hizo esfuerzos para respirar mientras combatía la desagradable hinchazón de su pecho.

Acababa de matar a un hombre. Había puesto fin a la vida de otra persona. Sentía que sus tripas estaban llenas de veneno.

—Tenemos que irnos —dijo Brenda, incorporándose de un salto—. Es imposible que no hayan escuchado todo el ruido. Vamos.

Thomas no podía creer que no estuviera alterada, que superara tan rápidamente lo que habían hecho. Sin embargo, también era cierto que no tenían muchas posibilidades. La primera señal de los otros Cranks retumbó como un eco por el pasillo, como el sonido de una manada de hienas corriendo por un desfiladero.

Se obligó a ponerse de pie y apartó la culpa que lo carcomía por dentro.

—Bueno, pero esto se acabó —exclamó. Primero las esferas plateadas devoradoras de cabezas. Después, pelear con los Cranks en la oscuridad.

—¿Qué quieres decir?

Ya estaba harto de túneles negros e interminables. No quería ver uno más en toda su vida.

–Quiero ver la luz del día. No me importa lo que cueste. Quiero luz ya.

Brenda no discutió. Lo guio por un camino zigzagueante hasta una larga escalera de hierro, que conducía hacia el cielo, fuera del Submundo. Los sonidos inquietantes de los Cranks aún se escuchaban a la distancia. Risitas, gritos y carcajadas. Algún aullido.

Tuvieron que empujar con fuerza para poder mover la tapa redonda del pozo de inspección, pero por fin cedió y treparon hacia afuera. Al salir, se encontraron con el crepúsculo gris, rodeados de edificios gigantescos en todas las direcciones. Ventanas rotas. Basura desparramada por las calles. Varios cadáveres echados por ahí. Olor a polvo y a podrido. Calor.

Pero no había gente. Por lo menos, no viva. Por un momento, Thomas se alarmó al imaginar que esos cuerpos podían pertenecer a algunos de sus amigos. Pero no era el caso. Eran hombres y mujeres mayores, y llevaban mucho tiempo muertos.

Brenda giró lentamente, tratando de orientarse.

–Muy bien. Las montañas deberían estar al final de esa calle –y señaló el lugar, pero era imposible determinarlo con seguridad, ya que no tenían una visión clara y los edificios ocultaban el sol del atardecer.

–¿Estás segura? –preguntó Thomas.

–Sí. Sígueme.

Mientras recorrían la calle larga y solitaria, Thomas se mantenía alerta, observando las ventanas destrozadas, los callejones, las entradas ruinosas. Esperaba ver alguna señal de Minho y de los Habitantes. Y no quería toparse con ningún Crank.

Marcharon hasta la noche evitando todo contacto humano. Escucharon a lo lejos algún aullido ocasional o sonidos de objetos estrellándose dentro de algún edificio. En un momento, Thomas divisó a varias cuadras de distancia a un grupo de personas atravesando velozmente una calle, pero no parecieron notar su presencia o la de Brenda.

Justo antes de que el sol desapareciera por completo, al doblar una esquina, se toparon con una vista completa del límite de la ciudad, tal vez uno o dos kilómetros más lejos. Las construcciones terminaban en forma abrupta y las montañas se elevaban detrás de ellas con toda su majestuosidad. Eran varias veces más grandes de lo que Thomas había supuesto al verlas por primera vez unos días antes, y su aspecto era árido y rocoso. No había hermosas cumbres nevadas —un borroso recuerdo de su pasado— en esa parte del planeta.

—¿Crees que deberíamos recorrer la distancia que falta? —preguntó Thomas.

Brenda estaba ocupada buscando un lugar donde esconderse.

—Resulta tentador, pero mejor no. Primero, es demasiado peligroso andar por aquí de noche. Segundo, aun cuando lo lográramos, no hay dónde refugiarse a menos que cubramos toda la distancia que nos separa de las montañas. Lo cual me parece difícil.

Por más que Thomas detestaba permanecer otra noche en esa maldita ciudad, estuvo de acuerdo. Pero la frustración y la inquietud por los otros Habitantes lo estaban consumiendo. Respondió débilmente.

—Bueno. Entonces, ¿adónde deberíamos ir?

—Sígueme.

Llegaron a un callejón que terminaba en un gran muro de ladrillos. Al principio, Thomas pensó que era una muy mala idea dormir en un lugar que tenía una sola salida, pero Brenda lo convenció de lo contrario: los Cranks no tendrían ningún motivo para entrar ahí, ya que no conducía a ningún sitio. Además, ella le señaló varios camiones grandes y oxidados, donde podrían esconderse.

Se instalaron dentro de uno que parecía haber sido descartado por inservible. Aunque los asientos estaban destruidos, eran suaves y la cabina era amplia. Thomas se sentó al volante y retrocedió el asiento todo lo que pudo. Sorprendentemente, una vez que se ubicó, se sintió bastante cómodo. Brenda se acomodó unos pocos centímetros a su derecha. Afuera, la oscuridad ya era completa y, a través de las ventanas rotas, les llegaban los sonidos distantes de Cranks todavía en actividad.

Thomas estaba agotado. Dolorido. Tenía sangre seca en toda la ropa. Un rato antes, se había limpiado las manos y las había frotado hasta que Brenda le gritó que dejara de gastar el agua. Pero tener la sangre de ese Crank en los dedos, en las palmas de las manos… le resultaba insoportable. Se sentía muy desanimado cada vez que pensaba en él, sin embargo ya no podía negar una terrible verdad: si antes no había tenido la Llamarada –una débil esperanza de que la Rata hubiera mentido– ya se había contagiado.

En ese momento, sentado en la oscuridad, con la cabeza apoyada en la puerta del camión, las imágenes de los hechos ocurridos ese día inundaron su mente.

–Yo maté a ese hombre –susurró.

–Sí, es cierto –respondió Brenda suavemente–. De lo contrario, él te hubiera matado. Estoy segura de que hiciste lo correcto.

Quería creerlo. El tipo estaba totalmente ido, consumido por la Llamarada. De todas formas, tal vez hubiera muerto en poco tiempo. Sin mencionar que había hecho todo lo posible para herirlos. Para matarlos. Thomas había hecho lo correcto. Pero la culpa seguía torturándolo, deslizándose sigilosamente por sus huesos. Matar a otro ser humano no era algo fácil de aceptar.

–Ya lo sé –respondió por fin–. Pero fue algo tan… despiadado. Tan brutal. Ojalá hubiera podido dispararle de lejos con una pistola.

–Sí. Lamento mucho que haya tenido que ser así.

–¿Y qué hago si todas las noches veo su cara repugnante cuando me vaya a dormir? ¿Y si sueño con él? –preguntó, mientras sentía una oleada de irritación hacia Brenda por haberlo obligado a acuchillar al Crank. Aunque tal vez era una sensación injustificada, si consideraba la situación desesperada en que habían estado.

Brenda se acomodó en el asiento para quedar frente a él. La luz de la luna la iluminaba lo suficiente como para que él pudiera distinguir sus ojos oscuros y el rostro sucio pero bonito. Quizás estaba mal o él era un idiota. Pero al mirarla a ella, extrañaba a Teresa.

Brenda se estiró, tomó su mano y la apretó. Él la dejó hacerlo pero no le devolvió el gesto.

—¿Thomas? —ella pronunció su nombre aun cuando él la estuviera mirando a los ojos.

—¿Sí?

—¿Sabes algo? No solo salvaste tu propio pellejo, también me salvaste a mí. No creo que hubiera podido vencer a ese Crank por mí misma.

Thomas asintió con la cabeza pero no dijo nada. Había tantas razones por las cuales se sentía lastimado por dentro. Todos sus amigos se habían ido. Podían estar muertos. Chuck sí estaba muerto. Había perdido a Teresa. Se hallaba a mitad de camino del refugio, durmiendo en un camión con una chica que, con el tiempo, se volvería loca, y estaban rodeados por una ciudad llena de Cranks sedientos de sangre.

—¿Duermes con los ojos abiertos? —le preguntó ella.

Thomas intentó sonreír.

—No. Solo estaba pensando en que mi vida es una mierda.

—La mía también. Es una gran mierda. Pero estoy contenta de estar contigo.

La simpleza y la ternura de la afirmación hicieron que Thomas cerrara los ojos y los apretara con fuerza. Todo el dolor que había en su interior se transformó en un sentimiento hacia Brenda parecido a lo que le había sucedido con Chuck. Odiaba a la gente que le había hecho eso a ella, detestaba la enfermedad que había causado ese desastre y quería hacer algo para arreglarlo.

Después de unos segundos, abrió los ojos y la miró.

—Yo también estoy contento. Estar solo sería muchísimo peor.

—Ellos mataron a mi padre.

Thomas levantó la cabeza, sorprendido ante el giro repentino de la conversación.

—¿Qué dices?

Brenda asintió lentamente.

—CRUEL. Él trató de impedir que me llevaran, aulló como un demente mientras los atacaba con… creo que era un rodillo de madera para amasar —dejó escapar una sonrisa—. Luego le dispararon en la cabeza —los ojos se le inundaron de lágrimas, que brillaron bajo la luz tenue.

—¿Hablas en serio?

—Claro. Yo estaba ahí. Pude ver cómo su vida se detenía antes de que tocara el piso.

—Por Dios —dijo Thomas, mientras buscaba las palabras adecuadas—. Lo siento… mucho. Yo vi cómo acuchillaban al que quizás fue mi mejor amigo. Murió en mis brazos —hizo otra pausa—. ¿Y qué le ocurrió a tu mamá?

—Hace mucho tiempo que no anda por aquí —repuso Brenda, sin dar más explicaciones, y Thomas no insistió. En realidad, prefería no enterarse.

—Tengo tanto miedo de volverme loca —agregó ella, después de varios minutos de silencio—. Puedo sentirlo. Todo es raro, suena raro. De la nada, comenzaré a pensar cosas sin ningún sentido. A veces, el aire a mi alrededor parece… duro. Ni siquiera sé qué es lo que significa eso, pero me asusta. Está claro que la Llamarada me está quemando la cabeza.

Thomas no podía soportar la expresión en los ojos de Brenda y bajó la mirada.

—No pierdas la esperanza todavía. Vamos a llegar al refugio y conseguiremos la cura.

—Me estás dando falsas esperanzas —dijo ella—. Supongo que eso es mejor que nada.

Ella le apretó la mano. Esta vez, Thomas le devolvió el gesto.

Después, increíblemente, se quedaron dormidos.

# 35

Una pesadilla lo despertó: soñó que veía a Minho y a Newt acorralados por una banda de Cranks muy idos. Con cuchillos. Furiosos. La primera sangre derramada lo hizo incorporarse de un salto.

Asustado ante la posibilidad de que hubiera gritado o dicho algo, Thomas miró a su alrededor. La cabina del camión se hallaba todavía en penumbras. Apenas alcanzaba a distinguir a Brenda y no podía afirmar si tenía los ojos abiertos. Pero luego ella habló.

−¿Un mal sueño?

Thomas se calmó y cerró los ojos.

−Sí. No puedo dejar de pensar en mis otros amigos. Detesto que hayamos tenido que separarnos.

−Lamento que haya ocurrido. En serio −repuso, acomodándose en el asiento−. Pero no creo que tengas de qué preocuparte. Tus compañeros parecían muy valientes. De todos modos, si no lo fueran, Jorge es un tipo muy duro. Él se encargará de guiarlos a través de la ciudad sin problemas. Olvídate de ellos por el momento. Deberías estar preocupado por nosotros.

−Si estás intentando hacerme sentir mejor, no te está saliendo muy bien.

Brenda se echó a reír.

−Perdona. Cuando dije la última parte, estaba sonriendo. Pero supongo que no podías verme.

Thomas echó un vistazo a su reloj luminoso.

−Todavía faltan varias horas para que salga el sol.

Después de un silencio breve, volvió a hablar.

−Cuéntame un poco más acerca de cómo es la vida ahora. Nos borraron la mayoría de nuestros recuerdos. Algunos han vuelto, pero son fragmentarios y no sé si puedo confiar en ellos. De todas maneras, no hay mucho sobre el mundo exterior.

Brenda dio un profundo suspiro.

—¿Así que quieres información sobre el mundo exterior? Bueno, no es muy agradable. Finalmente, la temperatura comenzó a bajar, pero llevará una eternidad hasta que el nivel del mar haga lo mismo. Pasó mucho tiempo desde las llamaradas, Thomas, pero murió tanta gente. Tanta. Es completamente asombroso cómo todos los sobrevivientes se estabilizaron y se organizaron tan rápido. Si no fuera por la maldita Llamarada, creo que, tarde o temprano, el mundo saldría adelante. Pero si los cerdos volaran… ah, no puedo recordarlo. Era algo cómico que mi padre solía decir.

Thomas no podía contener la curiosidad que se había desatado dentro de él.

—¿Qué fue *realmente* lo que sucedió? ¿Existen países nuevos o hay solo un gran gobierno único? ¿Y cómo encaja CRUEL dentro de todo eso? ¿*Ellos* son el gobierno?

—Sigue habiendo países, pero están más… unificados. Una vez que la Llamarada comenzó a propagarse salvajemente, unieron todas sus fuerzas, tecnologías, recursos y todo lo que tuvieran a mano para iniciar CRUEL. Diseñaron este elaborado sistema infernal de pruebas y se han esforzado mucho para mantener zonas de cuarentena. Lograron que la Llamarada se calmara, pero no han podido detenerla. Creo que la única esperanza es encontrar una cura. Espero que sea cierto que la han conseguido. Sin embargo, si lo han hecho, es seguro que todavía no han compartido el descubrimiento con la gente.

—¿Y dónde nos hallamos en este momento? —preguntó Thomas—.

—En un camión —replicó. Como Thomas no se rio, siguió hablando—. Lo siento, es un mal momento para bromas. A juzgar por las etiquetas de los alimentos, pensamos que esto es México. O lo que solía ser México. Parece lo más razonable. Ahora se llama el Desierto. Básicamente, toda el área que se extiende entre el trópico de Cáncer y el de Capricornio, es hoy un páramo. América Central y del Sur, la mayor parte de África, Medio Oriente y el sur de Asia. Vastas extensiones de tierras arrasadas y enormes cantidades de muertos. De modo que, bienvenido al Desierto. ¿No es acaso una gran delicadeza de parte de ellos el habernos enviado a este lugar?

—Caramba —exclamó Thomas, mientras los pensamientos fluían en su mente, especialmente aquellos relacionados con la certeza de que formaba parte de CRUEL, una parte importante, y que el Laberinto y los Grupos A y B y toda esa basura por la que estaban pasando también eran parte de lo mismo. Pero no podía recordar lo suficiente como para que las cosas tuvieran un sentido lógico.

—¿*Caramba*? —preguntó Brenda—. ¿Eso es lo mejor que se te ocurre?

—Tengo demasiadas preguntas y no sé bien por dónde empezar.

—¿Escuchaste hablar del agente adormecedor?

Thomas dirigió la vista hacia Brenda, deseando poder distinguir mejor su rostro.

—Creo que Jorge lo mencionó. ¿De qué se trata?

—Ya sabes cómo funciona el mundo: enfermedad nueva, drogas nuevas. Aun cuando no afecten en absoluto a la enfermedad, siempre se les ocurren productos innovadores.

—¿Y qué hace? ¿Tú tienes alguno?

—¡Ja! —gritó Brenda con desdén—. ¿Acaso piensas que nos lo darían a nosotros? Solo la gente importante, los ricos, pueden acceder a esa basura. Lo llaman la Felicidad. Adormece las emociones y los procesos mentales, reduce tus fuerzas hasta dejarte en un estado de aturdimiento como el de la borrachera, para que no sientas casi nada. Mantiene controlada a la Llamarada, porque el virus se desarrolla en la mente. La va carcomiendo hasta que la destruye. Si no hay mucha actividad, el virus se debilita.

Thomas cruzó los brazos. Había algo muy importante en lo que Brenda acababa de decir, pero no podía detectar qué era.

—Entonces… ¿no es una cura? ¿Aunque el virus se vuelva más lento?

—Ni de lejos. Solo demora lo inevitable. Al final, la Llamarada siempre vence. Pierdes toda posibilidad de razonar, de tener sentido común, de ser compasivo. Pierdes tu humanidad.

Thomas se quedó callado. Quizás más fuerte que nunca, sintió que un recuerdo —uno importante— intentaba deslizarse entre las grietas de la pared que bloqueaba su pasado. La Llamarada. La mente. Enloquecer. El agente adormecedor. La Felicidad. CRUEL. Las Pruebas. Lo que había dicho la Rata, que el objetivo de todo eso eran sus respuestas a las Variables.

—¿Te quedaste dormido? —preguntó Brenda, después de varios minutos de silencio.

—No. Es que fue demasiada información —se sentía débilmente alarmado por lo que ella había dicho, pero todavía no podía captar el sentido de todo—. Es difícil de procesar.

—Bueno, entonces me callo la boca —se dio vuelta y descansó la cabeza contra la puerta—. Elimínalo de tu mente. No te servirá de nada. Necesitas descansar.

—Ajá —balbuceó Thomas, frustrado ante tantos indicios y ninguna respuesta de verdad. Pero Brenda tenía razón: necesitaba con desesperación una buena noche de sueño. Se puso cómodo y se esforzó por dormir, pero le llevó mucho tiempo caer rendido. Y soñó.

Otra vez era más grande, tendría unos catorce años. Teresa y él estaban arrodillados en el suelo, con una oreja apoyada contra una puerta entreabierta, escuchando a escondidas. Adentro, una mujer y un hombre hablaban, y Thomas podía escucharlos bastante bien.

El hombre habló primero.

—¿Conseguiste los agregados para la lista de las Variables?

—Anoche —respondió la mujer—. Me gusta lo que Trent añadió para el final de las pruebas del Laberinto. Es brutal, pero es necesario que suceda. Debería crear algunos paradigmas interesantes.

—Absolutamente. Lo mismo ocurre con la situación de la traición, si alguna vez hay que llevarla a cabo.

La mujer hizo un ruido que debió ser una risa pero sonó contenido y sin gracia.

—Sí, yo pensé lo mismo. Quiero decir, Dios mío, ¿cuánto podrán aguantar estos chicos antes de volverse locos?

—Y no solo eso, además es muy arriesgado. ¿Y si él muere? Todos estamos de acuerdo en que para ese momento seguramente él será uno de los Candidatos más importantes.

—No morirá. No dejaremos que eso ocurra.

—Aun así. No somos Dios. *Podría* morir.

Se hizo una pausa prolongada. Después el hombre continuó.

—Tal vez no haya que llegar a tanto. Pero lo dudo. Los Psicólogos dicen que eso será una gran estimulación para muchos de los paradigmas que necesitamos.

—Bueno, en algo así hay mucha emoción involucrada —respondió la mujer—. Y, según Trent, son algunos de los patrones más difíciles de crear. Me parece que el plan para esas Variables es prácticamente lo único que va a funcionar.

—¿Realmente consideras que las Pruebas van a dar resultado? —preguntó el hombre—. Te lo digo en serio, la escala y la logística de esto son impresionantes. ¡Piensa en todo lo que podría salir mal!

—Tienes razón, *podría*. Pero ¿qué otra alternativa queda? Hay que intentarlo y, si falla, estaremos en el mismo lugar que si no hubiéramos hecho nada.

—Supongo que sí.

Teresa le dio un tirón a la camisa de Thomas. Él la miró y vio que ella le señalaba el pasillo. Era hora de irse. Asintió, pero se inclinó hacia adentro para ver si podía captar una o dos frases finales. Lo logró. La mujer fue la que habló.

—Qué lástima que nunca lleguemos a ver el final de las Pruebas.

—Tienes razón —contestó el hombre—. Pero el futuro nos estará agradecido.


La segunda vez, fueron las primeras luces violetas del amanecer las que despertaron a Thomas. No recordaba haberse movido ni una sola vez desde que se había quedado dormido después de la charla nocturna con Brenda, ni siquiera después del sueño.

El sueño. Había sido el más extraño de todos. Ya se estaban desvaneciendo muchas de las cosas que allí se habían dicho; resultaban muy difíciles de comprender y de encajar en las piezas de su pasado, que muy lentamente comenzaban a unirse otra vez. Se permitió tener un poco de esperanza de que tal vez él no hubiera tenido tanto que ver con las Pruebas como había empezado a creer. Aunque no había entendido demasiado el sueño, el hecho de que él y Teresa hubieran estado espiando significaba que no habían participado en todos los aspectos de las Pruebas.

¿Pero cuál podría ser el objetivo de todo eso? ¿Por qué el futuro tendría que estar agradecido con esas personas?

Se frotó los ojos, se estiró y luego echó una mirada a Brenda, que tenía los ojos cerrados y la boca apenas entreabierta, mientras su pecho se movía suavemente al compás de su respiración. A pesar de que sentía su cuerpo más rígido que el día anterior, el sueño tranquilo había provocado maravillas en su espíritu. Se sentía como nuevo. Algo perplejo y aturdido por el sueño y por todas las cosas que Brenda le había contado, pero lleno de energía al fin.

Se estiró una vez más y, cuando estaba dando un largo bostezo, distinguió algo en el muro del callejón. Una gran placa de metal clavada a la pared. Un cartel que le resultó muy familiar.

Salió del vehículo y se dirigió hacia él. Era prácticamente idéntico al cartel del Laberinto que decía CATÁSTROFE Y RUINA UNIVERSAL: EXPERIMENTO LETAL. El mismo metal opaco, los mismos caracteres. Sin embargo, este llevaba una inscripción muy diferente. Se quedó mirándolo atentamente durante más de cinco minutos, sin poder moverse.

Decía:


**THOMAS, TÚ ERES EL VERDADERO LÍDER**

# 36

Si Brenda no hubiera salido del camión, Thomas se habría pasado todo el día observando la placa.

—Estaba esperando el momento indicado para decírtelo —dijo ella por fin, despertándolo violentamente de su aturdimiento.

Levantó la cabeza de golpe y la miró.

—¿Cómo? ¿De qué hablas?

Pero ella no le devolvió la mirada sino que continuó con los ojos fijos en el cartel.

—Desde que me enteré de cómo te llamabas. A Jorge le ocurrió lo mismo. Es probable que ese haya sido el motivo por el cual decidió arriesgarse a cruzar la ciudad y acompañarte hasta tu refugio.

—Brenda, ¿qué estás diciendo? —repitió Thomas.

Al fin, ella posó sus ojos en los de él.

—Esos carteles están por toda la ciudad y tienen la misma inscripción. Exactamente igual.

Thomas sintió que se le aflojaban las rodillas. Se dio vuelta, se desplomó en el piso y apoyó la cabeza contra la pared.

—¿Cómo… cómo puede ser posible? Digo, parece como si ya llevara un largo tiempo ahí… —no se le ocurría qué más decir.

—No sé —respondió Brenda, sentándose junto a él—. Ninguno de nosotros sabía cuál era el significado. Pero cuando ustedes aparecieron y tú nos dijiste tu nombre… bueno, pensamos que no podía ser una coincidencia.

Thomas la miró con dureza, mientras luchaba por contener el enojo que brotaba en su interior.

—¿Por qué no me hablaste de los carteles? Me sostuviste la mano, me contaste que tu padre había sido asesinado, pero ¿te olvidaste de esto?

—No te lo conté porque no sabía cómo ibas a reaccionar. Pensé que saldrías huyendo en busca de las placas y te olvidarías de mí.

Thomas suspiró. Estaba harto de todo. Dejó salir su irritación y respiró profundamente.

—Supongo que es solamente una parte más de toda esta absurda pesadilla.

Brenda giró para mirar la placa.

—¿Cómo podías no saber qué significaba? No puede ser más sencillo. Deberías ser el líder, tomar el mando. Yo te ayudaré y me ganaré mi propio lugar. Un espacio en el refugio.

Thomas se echó a reír.

—Aquí estoy, en una ciudad llena de Cranks completamente chiflados, con un grupo de chicas que quieren matarme y se supone que debo ocuparme de averiguar quién es el verdadero líder de mi gente. Es ridículo.

Brenda frunció el rostro en señal de confusión.

—¿Chicas que quieren matarte? ¿De qué hablas?

Thomas no respondió. Estaba preguntándose si realmente debía contarle la historia de principio a fin. Y si tendría la fuerza para repasar todo eso una vez más.

—¿Y? —lo exhortó ella.

Decidido a quitarse de adentro toda la verdad que lo atormentaba y a confiar en ella, cedió y le relató la historia completa. Ya le había adelantado indicios y algunos datos, pero en ese momento se tomó el tiempo para brindarle todos los detalles: el Laberinto, el rescate, el despertar y descubrir que todo había vuelto a complicarse. Le contó acerca de Aris y el Grupo B. No se explayó mucho sobre Teresa, sin embargo pudo notar una reacción especial cuando la mencionó. Tal vez en los ojos.

—¿Entre tú y la tal Teresa hay algo? —le preguntó al terminar.

Thomas no sabía qué contestar. ¿*Había* algo? Tenían una relación muy cercana, eran amigos. Eso era todo lo que él sabía. Aunque solo había recuperado algunos de sus recuerdos, presentía que, antes del Laberinto, ellos dos habían sido tal vez más que amigos. Durante aquella época horrenda, cuando habían ayudado a diseñar esa estupidez.

Y después ella lo había besado…

—¿Tom? —exclamó Brenda.

La miró con severidad.

—No me llames así.

—¿Eh? —dijo ella, obviamente sorprendida y acaso herida—. ¿Por qué?

—Simplemente… no lo hagas —se le escapó. Al instante, se sintió muy mal por haberle contestado de esa forma, pero ya no podía retirar lo dicho. Esa era la manera en que lo llamaba Teresa.

—Perfecto. ¿Tengo que llamarte señor Thomas? ¿O tal vez rey Thomas? ¿O todavía mejor, Su Majestad?

Thomas suspiró.

—Lo siento. Llámame como quieras.

Brenda lanzó una risa sarcástica y luego ambos se quedaron en silencio.

Mientras los minutos transcurrían, Thomas y Brenda permanecieron sentados con las espaldas contra la pared. Reinaba una paz casi completa hasta que él escuchó un ruido extraño que lo alarmó.

—¿Oíste eso? —preguntó, con cara de concentración.

Brenda se quedó quieta y ladeó la cabeza para escuchar mejor.

—Sí. Suena como si alguien estuviera golpeando un tambor.

—Creo que los juegos y la diversión llegaron a su fin —afirmó, poniéndose de pie y ayudando a Brenda a incorporarse—. ¿Qué crees que pueda ser?

—Nada bueno seguramente.

—Pero ¿y si son nuestros amigos?

De repente, los *bum-bum* parecieron venir de todos lados al mismo tiempo, mientras el eco retumbaba de una pared a otra. Después de unos segundos interminables, Thomas se dio cuenta de que los sonidos llegaban de uno de los rincones de la callejuela sin salida. A pesar del peligro, corrió en esa dirección para echar un vistazo.

—¿Qué haces? —le dijo bruscamente Brenda, pero al ver que la ignoraba, lo siguió.

Al fondo del pasaje, Thomas se encontró con una pared de ladrillos rajados y descoloridos, con cuatro peldaños que descendían hasta una puerta de madera gastada. En la parte superior, había una minúscula ventanita rectangular, a la cual le faltaba el vidrio. Arriba, todavía quedaba un fragmento roto que parecía un diente de forma irregular.

Thomas escuchó música, a un volumen cada vez más alto. Era intensa y frenética. La potencia del bajo, el redoble de la batería y los aullidos de las guitarras. Mezclado con todo eso, se escuchaban las carcajadas y los gritos de la gente que cantaba al compás de la música. Y nada sonaba muy... cuerdo, sino más bien escalofriante y perturbador.

Parecía como si los Cranks no solo se dedicaran a arrancar narices, y Thomas tuvo una sensación muy desagradable: ese ruido no resultaba nada amistoso.

—Mejor nos largamos de aquí —dijo.

—¿Te parece? —respondió Brenda, a sus espaldas.

—Vámonos. —Ambos dieron media vuelta al mismo tiempo para marcharse, pero se detuvieron en seco. Durante el momento de distracción, tres personas habían aparecido en el callejón. A unos pocos metros de distancia, había dos hombres y una mujer. Mientras observaba rápidamente a los recién llegados, Thomas sintió un vuelco en el estómago. Tenían la ropa hecha jirones, el pelo revuelto y las caras sucias. Sin embargo, al mirar con más atención, notó que no tenían heridas perceptibles y los ojos emitían destellos de inteligencia. Eran Cranks, pero no totalmente idos.

—Hola —dijo la mujer. Tenía una larga cabellera roja atada en una cola de caballo. Su camisa era tan corta que Thomas tuvo que hacer un esfuerzo para mantener los ojos fijos en los de ella—. ¿Vienen a unirse a la fiesta? Mucho baile, mucho amor y mucho alcohol.

El tono de su voz lo puso nervioso. No sabía cuáles eran sus intenciones, pero ella no los trataba amablemente. Se estaba burlando de ellos.

–Hum, no, gracias –dijo Thomas–. Nosotros, eh, solo estábamos…

Brenda intervino en la conversación.

–Estábamos buscando a nuestros amigos. Somos nuevos en este lugar y nos estamos instalando.

–Bienvenidos a la Tierra de los Cranks, propiedad de CRUEL –exclamó uno de los hombres. Un tipo alto y huesudo, con pelo grasiento–. No se preocupen, la mayoría de los que están ahí abajo –señaló hacia la escalera– a lo sumo están medio idos. Quizás reciban un codazo en la cara o una patada en los huevos. Pero nadie va a tratar de comérselos.

–¿Huevos? –repitió Brenda–. ¿Perdón?

El hombre apuntó hacia Thomas.

–Le hablaba al chico. Las cosas se pueden poner peores para ti si te alejas de nosotros. Por ser mujer.

Thomas se sentía muy molesto con la conversación.

–Parece divertido. Pero tenemos que buscar a nuestros amigos. Tal vez volvamos después.

El otro hombre dio un paso adelante. Era bajo pero buen mozo. Tenía pelo rubio cortado al rape.

–Ustedes dos son unos niños. Es hora de que aprendan algo sobre la vida. Necesitan un poco de diversión. Les estamos haciendo una invitación formal para la fiesta –pronunció cada palabra de la última frase lentamente y sin ningún tipo de delicadeza.

–No podemos, pero gracias de todas maneras –dijo Brenda.

Blondie sacó un arma del bolsillo de su larga chaqueta. Era una pistola plateada pero sucia y sin brillo. Aun así, era el arma más mortífera y amenazante que Thomas había visto en su vida.

–Me parece que no me entendieron –dijo el hombre–. Están invitados a nuestra fiesta. No es algo que puedan rechazar.

Hueso empuñó un cuchillo y Coleta extrajo un destornillador con la punta negra, seguramente sucia de sangre vieja.

–¿Qué dijeron? –preguntó Blondie–. ¿Quieren venir a la fiesta?

Thomas miró a Brenda, pero ella no le devolvió la mirada. Tenía los ojos fijos en el hombre rubio y, por la expresión de su rostro, estaba a punto de cometer una tremenda estupidez.

—Bueno —dijo Thomas rápidamente—. Vamos a ir. Cómo no.

Brenda giró la cabeza bruscamente.

—¿Qué?

—Él tiene un arma. Él tiene un cuchillo. ¡*Ella* tiene un maldito destornillador! No estoy de ánimo para que me aplasten un ojo dentro del cráneo.

—Me parece que tu novio no es nada estúpido —dijo Blondie—. Vamos a divertirnos un poco —apuntó la pistola hacia los peldaños y sonrió—. Los invito a descender primero.

Aunque se notaba que Brenda estaba visiblemente enojada, sus ojos revelaron que sabía que no les quedaba otra alternativa.

—Está bien.

Blondie volvió a sonreír. Su expresión hubiera resultado natural en una víbora.

—Esa es la actitud. Genial, no hay nada de qué preocuparse.

—Nadie los va a lastimar —agregó Hueso—. A menos que no colaboren o que se pongan pesados. Antes de que termine la fiesta, querrán formar parte de nuestro grupo. Ya van a ver.

Thomas tuvo que luchar para que el pánico no se adueñara de él.

—Vamos ya —le dijo a Blondie.

—Tú primero —respondió el hombre, y volvió a apuntar con la pistola hacia las escaleras.

Thomas sujetó a Brenda de la mano y la atrajo hacia él.

—Vayamos a la fiesta, cariño —exclamó, con todo el sarcasmo que pudo—. ¡Esto va a ser pura diversión!

—Qué tiernos —dijo Coleta—. Cuando veo a dos personas enamoradas, me dan ganas de llorar —y fingió que se secaba las lágrimas de las mejillas.

Con Brenda a su lado, Thomas se dirigió hacia la escalera, totalmente consciente del arma que le apuntaba por la espalda. Descendieron por los peldaños hacia la vieja tabla que hacía de puerta, con el espacio justo para que pudieran marchar uno al lado del otro. Cuando llegaron al final, Thomas no distinguió ninguna manija. Levantó las cejas y miró a Blondie, que se hallaba dos escalones más atrás.

—Hay que golpear de una manera especial —dijo el hombre—. Tres golpes lentos con el puño, tres rápidos y luego dos toques con los nudillos.

Thomas detestaba a esa gente por la forma tan calma de hablar y las palabras amables que pronunciaban, cargadas de burla. De alguna forma, esos Cranks eran peores que el tipo sin nariz al que había acuchillado el día anterior. Al menos, con él, siempre habían sabido a qué se estaban exponiendo.

—Hazlo —murmuró Brenda.

Thomas apretó la mano en un puño. Dio los primeros golpes lentos, siguió con los rápidos y luego pegó dos veces con los nudillos. La puerta se abrió de inmediato y la música escapó como un viento huracanado.

El tipo que los saludó era enorme, tenía *piercings* en las orejas y en la cara y estaba lleno de tatuajes. Tenía una melena larga y blanca, que le llegaba más allá de los hombros. Pero Thomas apenas tuvo tiempo para registrar esos datos antes de que el hombre hablara.

—Hola, Thomas. Te estábamos esperando.

# 37

Los minutos siguientes transcurrieron en una nebulosa de asombro que envolvió todos sus sentidos.

La declaración de bienvenida había impactado a Thomas, pero antes de que pudiera responder, el hombre del pelo largo prácticamente los empujó a él y a Brenda hacia adentro. Después comenzó a guiarlos a través de una multitud compacta de cuerpos danzantes, que giraban, saltaban y se abrazaban. La música era ensordecedora. Cada golpe de la batería era como un martillazo en la cabeza. Varias linternas colgaban del cielo raso balanceándose de un lado a otro. La gente les daba manotazos y enviaba haces de luz por toda la habitación.

Mientras avanzaban lentamente por entre los bailarines, Melena se inclinó y le habló a Thomas, quien apenas pudo escuchar lo que decía, a pesar de que estaba gritando.

—¡Gracias a Dios que tenemos baterías! ¡La vida será muy distinta cuando se acaben!

—¿Cómo sabías mi nombre? —le respondió a gritos—. ¿Por qué me estaban esperando?

El hombre rio.

—¡Te vigilamos toda la noche! Y esta mañana, a través de una ventana, pudimos ver tu reacción ante el cartel. ¡Entonces dedujimos que debías ser el famoso Thomas!

Brenda se aferraba con los dos brazos a la cintura de Thomas, probablemente para que no pudieran separarse. Probablemente. Pero cuando escuchó eso, lo apretó con más fuerza.

Thomas miró hacia atrás y vio a Blondie y a sus dos amigos pegados a sus talones. Había guardado el arma, sin embargo él sabía que podría volver a sacarla en cualquier momento.

La música atronaba. El bajo hacía vibrar toda la habitación. La gente bailaba y brincaba alrededor de ellos mientras las espadas de luz se entrecruzaban en el aire negro. Los Cranks brillaban por la transpiración y todo ese calor corporal convertía el lugar en un fuego desagradable e incómodo.

Al llegar al centro del salón, Melena se detuvo, giró hacia ellos y los encaró, haciendo ondear su extraña cabellera blanca.

—¡Realmente deseamos que se unan a nosotros! —dijo, levantando la voz—. ¡Debes tener algo especial! ¡Te protegeremos de los Cranks malos!

Thomas estaba feliz de que no supieran más. Después de todo, tal vez las cosas no serían tan terribles. Si les seguía el juego y fingía ser un Crank especial, quizás él y Brenda lograrían encontrar el momento justo para huir sin que los demás lo notaran.

—¡Voy a conseguirles algo de tomar! —exclamó Melena—. ¡Diviértanse! —y se escabulló en medio de las contorsiones de la densa multitud.

Cuando Thomas se dio vuelta, vio que Blondie y sus dos amigos seguían ahí sin bailar, solo mirando. Coleta le hizo un saludo con la mano.

—¡Más vale que bailemos! —le gritó, pero no siguió su sugerencia.

Thomas dio unas vueltas hasta que quedó frente a Brenda. Era necesario que hablaran.

Como si pudiera leerle la mente, ella levantó los brazos y los colocó alrededor de su cuello, atrayéndolo hacia ella mientras acercaba la boca a su oído. El aliento cálido de Brenda rozó su piel transpirada.

—¿Por qué nos metimos en esta situación espantosa? —preguntó ella.

Thomas solo atinó a estrechar sus brazos alrededor de la espalda y la cintura de Brenda. Podía sentir el calor de ella a través de la ropa húmeda. Algo se conmovió en su interior, mezclado con culpa y añoranza de Teresa.

—Hace una hora nunca hubiera llegado a imaginarme algo como esto —dijo finalmente, hablando entre el pelo de Brenda. Fue lo único que se le ocurrió decir.

La música cambió y se transformó en algo más oscuro e inquietante. El ritmo disminuyó un poco y la batería se puso más intensa. Thomas no entendía la letra de la canción: la cantante parecía lamentarse sobre una tragedia horrible, gimiendo con voz aguda y llena de tristeza.

—Tal vez deberíamos quedarnos un rato con esta gente —dijo Brenda.

En ese momento, Thomas se dio cuenta de que ellos, sin pensarlo siquiera, estaban bailando de verdad. Se movían al compás de la música, giraban lentamente, con los cuerpos muy apretados y abrazados.

—¿Qué estás diciendo? —preguntó sorprendido—. ¿Ya te das por vencida?

—No. Solo estoy cansada. Quizás estemos más seguros aquí.

Quería confiar en ella y sentía que podía hacerlo. Pero había algo en todo eso que le preocupaba: ¿acaso ella lo habría llevado hasta allí a propósito? Parecía un poco rebuscado.

—Brenda, no te des por vencida. La única opción que tenemos es llegar al refugio. Existe una cura para esto.

Ella sacudió levemente la cabeza.

—Es tan difícil creer que sea verdad y tener esperanza.

—No hables así.

No quería pensar en eso, ni tampoco escuchar que ella lo dijera.

—Si hubiera una cura, ¿por qué habrían mandado a todos estos Cranks aquí? No tiene sentido.

Preocupado por el repentino cambio de actitud, Thomas se echó hacia atrás para observarla. Tenía los ojos inundados de lágrimas.

—Estás diciendo tonterías —afirmó, y luego hizo una pausa. Tenía sus propias dudas, por supuesto, pero no quería desalentarla—. La cura es real. Tenemos que…

Se detuvo, echó un vistazo a Blondie, quien continuaba con los ojos fijos en él. No era probable que el tipo pudiera oírlos, pero era mejor prevenir que curar. Thomas se agachó para hablar directamente al oído de Brenda.

—Tenemos que largarnos de aquí. ¿Quieres quedarte con gente que te apunta con armas y destornilladores?

Antes de que ella pudiera responder, Melena estaba de vuelta con una copa en cada mano. El líquido pardusco que había en el interior se agitaba con los golpes que recibía de los que bailaban.

—¡A beber se ha dicho! —exclamó.

En ese momento, algo se despertó en el interior de Thomas. De pronto, aceptar un trago de esos desconocidos le pareció muy mala idea. Todo lo que tenía que ver con ese lugar y esa situación se había vuelto cada vez más desagradable.

Sin embargo, Brenda ya se había estirado para tomar la bebida.

—¡No! —gritó Thomas sin pensarlo, y después se apresuró a arreglar el error—. Quiero decir, no. No creo que debamos beber eso. Hace mucho que no tomamos agua. Claro. Necesitamos agua primero. Nosotros, hum, solo queremos bailar un rato.

Trató de actuar en forma natural, pero se moría de vergüenza por dentro, pues sabía que sonaba como un idiota. Especialmente cuando Brenda lo miró de manera extraña.

Un objeto duro y pequeño estaba apoyado firmemente en su costado. No tenía que darse vuelta para ver qué era: el arma de Blondie.

—Les ofrecí una bebida —volvió a decir Melena. Cualquier indicio de amabilidad ya se había borrado de su rostro tatuado—. Sería muy grosero rechazar semejante ofrecimiento.

Les extendió las copas una vez más.

El terror se apoderó de Thomas. Todas las dudas desaparecieron: había algo raro en las bebidas.

Blondie presionó la pistola con más fuerza.

—Voy a contar hasta uno —le dijo en el oído—. Solo uno.

Thomas no lo pensó más. Se estiró y tomó la copa, echó el líquido en su boca y lo tragó todo de una vez. Ardía como el fuego y, mientras descendía por su cuerpo, le quemó el pecho y la garganta. Al instante, comenzó a sacudirse con una tos violenta.

—Es tu turno —dijo Melena, alcanzándole la otra copa a Brenda.

Ella miró a Thomas, luego la tomó y bebió. No pareció inmutarse en lo más mínimo. Solo apretó un poco los ojos mientras tragaba.

Melena tenía una gran sonrisa en el rostro cuando recibió las copas vacías.

—¡Perfecto! ¡Pueden seguir bailando!

Thomas ya sentía algo raro en las tripas. Una calidez hipnótica, que le produjo una sensación de serenidad, creció y se extendió por todo su cuerpo. Tomó otra vez a Brenda entre sus brazos y la sujetó mientras se mecían con la música. Tenía su boca apoyada en el cuello. Cada vez que los labios de ella chocaban contra su piel, una ola de placer lo inundaba.

—¿Qué nos dieron? —preguntó, sintiendo más que escuchando la forma en que se arrastraba su voz.

—Nada bueno —dijo ella. Apenas alcanzó a oírla—. Alguna droga. Me está haciendo cosas raras.

*Exacto*, pensó Thomas. *Algo raro*. La habitación había empezado a dar vueltas a su alrededor, mucho más rápido que los giros lentos que daban ellos. Los rostros de las personas parecían estirarse al reír y las bocas eran profundos agujeros negros. La música se volvió más lenta y pesada. La voz de la canción se hizo más profunda y se alargó interminablemente.

Brenda se apartó un poco y apoyó las manos en la cara de Thomas. Lo miró fijamente a pesar de que sus ojos parecían moverse. Estaba hermosa. Más hermosa que nunca. Todo lo que los rodeaba se fue desdibujando en la penumbra. Se dio cuenta de que su mente se estaba apagando.

—Quizás sea mejor así —dijo ella. Sus palabras no encajaban en sus labios. Su rostro se movía en círculos, como separado del cuello—. Tal vez podamos quedarnos aquí y ser felices hasta que estemos más allá del Final. —Sonrió de manera escalofriante y perturbadora—. Y entonces podrás matarme.

—No, Brenda —repuso él, pero su voz parecía estar a miles de kilómetros de distancia, como si viniera de un túnel interminable—. No…

—Bésame —dijo ella—. Tom, bésame. —Las manos de Brenda se aferraron a su rostro y comenzó a atraerlo hacia ella.

—No —dijo él, resistiéndose.

Brenda se detuvo con una expresión herida en la cara. Esa cara que se movía y se volvía borrosa.

–¿Por qué? –preguntó.

La oscuridad ya había invadido a Thomas por completo.

–Tú no eres… ella –la voz sonó distante, como un eco–. Y nunca lo serás.

Después ella se desvaneció y la mente de él también.

# 38

Thomas despertó en medio de la penumbra, como si lo hubieran colocado en un antiguo aparato de tortura. Sentía que una gran cantidad de clavos se introducía lentamente en su cráneo.

Lanzó un gemido entrecortado, que solo logró aumentar el terrible dolor en su cabeza. Se obligó a permanecer en silencio e intentó estirar la mano para frotar...

No podía mover las manos. Algo las mantenía abajo, algo pegajoso que presionaba las muñecas. Cinta adhesiva. Trató de usar las piernas, pero también estaban atadas. El esfuerzo le envió otra avalancha de dolor a través de la cabeza y el cuerpo. Emitió un quejido débil mientras relajaba los músculos. Se preguntó cuánto tiempo llevaría inconsciente.

—¿Brenda? —susurró. No hubo respuesta.

Surgió una luz brillante que lo encandiló.

Apretó los ojos y luego entreabrió uno como para ver algo. Tres personas se encontraban delante de él, pero como la luz venía de atrás, sus rostros estaban en sombras.

—Despiértate, dormilón —dijo una voz ronca. Alguien rio en voz baja.

—¿Quieres un poco más de ese jugo ardiente? —el comentario vino de una mujer. La misma persona volvió a reír.

Thomas se adaptó por fin a la luz y abrió los ojos totalmente. Se hallaba en una silla de madera. Con cinta color gris oscuro, habían amarrado sus muñecas a los brazos de la silla y los tobillos a las patas. Dos hombres y una mujer estaban de pie frente a él: Blondie, Hueso y Coleta.

—¿Por qué simplemente no me liquidaron allá afuera en el callejón? —preguntó Thomas.

—¿Liquidarte? —respondió Blondie. Su voz no había sonado ronca antes. Parecía que había pasado las últimas horas gritando en la pista de baile.

—¿Quiénes crees que somos? ¿Algún tipo de clan mafioso del siglo veinte? Si hubiéramos querido *liquidarte*, ya estarías muerto y desangrándote en la calle.

—Nosotros no te queremos muerto —interrumpió Coleta—. Eso arruinaría la carne. Nos gusta comernos a las víctimas mientras todavía respiran. Aprovechar todo lo que podamos antes de que se desangren y mueran. No tienes idea de lo jugosa y… dulce que es la carne humana.

Hueso se echó a reír, pero Thomas no sabía si Coleta hablaba en serio. De cualquier forma, estaba aterrado.

—Está bromeando —dijo Blondie—. Solo hemos comido a otros humanos cuando la situación era completamente desesperada. La carne humana parece excremento de cerdo.

Sobrevino otro ataque de risitas de Hueso. No eran sonrisas ni carcajadas. Solo risitas tontas. Thomas no creía que hablaran en serio. Estaba mucho más preocupado porque sus mentes parecían… trastornadas.

Blondie sonrió por primera vez desde que Thomas lo había conocido.

—Les gusta bromear. Todavía no estamos tan enfermos. Pero estoy seguro de que hay personas que no tienen muy buen sabor.

Hueso y Coleta asintieron.

*Dios mío, no hay duda de que estos tipos están empezando a perder la razón*, pensó Thomas. Oyó un gruñido apagado a su derecha y desvió la vista hacia allí.

Brenda se encontraba en un rincón de la habitación, atada igual que él. Tenía la boca tapada, lo cual le hizo suponer que tal vez ella había ofrecido más pelea antes de quedar inconsciente. Parecía que estaba despertando y, cuando vio a los tres Cranks, comenzó a retorcerse en la silla, lanzando quejidos a través de la mordaza. Echaba fuego por los ojos.

Blondie apuntó hacia ella. Su pistola había aparecido mágicamente.

—¡Cierra la boca! ¡Si no te callas, te aplastaré la cabeza contra la pared!

Brenda hizo silencio. Thomas supuso que empezaría a lloriquear o a gemir, sin embargo eso no ocurrió. De inmediato, se sintió estúpido por haberlo pensado. Ella ya había demostrado cuán fuerte podía ser.

Blondie puso la pistola a un costado del cuerpo.

—Mejor. Mi Dios, tendríamos que haberla matado arriba en cuanto comenzó a aullar. Y a morder —exclamó, mirándose el brazo, donde se veía un hematoma rojo de tamaño considerable.

—Ella está con él —dijo Coleta—. No podemos matarla aún.

Blondie arrastró una silla desde la pared más lejana y tomó asiento frente a Thomas. Los otros lo imitaron con expresión de alivio, como si hubieran estado horas esperando que les dieran permiso. Blondie apoyó el arma en el muslo apuntando directamente hacia Thomas.

—Muy bien —dijo el hombre—. Tenemos mucho que hablar. No voy a respetar las tonterías de siempre. Si te pones difícil o te niegas a responder o lo que sea, te disparo en una pierna. Después en la otra. A la tercera vez, una bala va a la cara de tu novia. Me parece que podría ser en algún lugar justo entre los ojos. Y estoy seguro de que ya adivinaste lo que sucederá la cuarta vez que me hagas enojar.

Thomas asintió. Quería creer que era duro y que podía enfrentar a esos Cranks, pero el sentido común se impuso. Estaba sujeto con cinta adhesiva a una silla, sin armas ni aliados, nada. Aunque en realidad, no tenía nada que esconder. Contestaría todas las preguntas que le hicieran. Pasara lo que pasara, no quería ninguna bala en la pierna. Y creía que el tipo no estaba mintiendo.

—Primera pregunta —dijo Blondie—. ¿Quién eres y por qué figura tu nombre en todos esos carteles desparramados por toda esta maldita ciudad?

—Me llamo Thomas —repuso y, al instante, Blondie arrugó la cara con irritación. Thomas comprendió su estúpida equivocación y se apresuró a corregirla—. Ustedes ya sabían eso. Bueno, cómo llegué acá es una historia muy rara y dudo que vayan a creerla. Pero les juro que estoy diciendo la verdad.

—¿No viniste en un Berg como todos nosotros? —preguntó Coleta.

–¿Berg? –Thomas no sabía qué quería decir eso, pero solo sacudió la cabeza y continuó el relato–. No. Salimos de un túnel subterráneo a unos cincuenta kilómetros al sur. Antes de eso, atravesamos algo llamado Transportación Plana. Previamente…

–Espera, espera –dijo Blondie levantando la mano–. ¿Una Trans-Plana? Te dispararía en este instante, pero no hay forma de que hayas podido inventar eso ahora.

Thomas frunció el ceño en señal de confusión.

–¿Por qué?

–Serías un estúpido si pretendieras zafar con una mentira tan obvia como esa. ¿Viniste a través de una Trans-Plana? –exclamó. La sorpresa del hombre era evidente.

Thomas observó a los otros Cranks y ambos tenían expresiones de asombro similares en sus rostros.

–Sí. ¿Por qué es tan difícil de creer?

–¿Acaso tienes alguna idea de lo costosa que es la Transportación Plana? Antes de las llamaradas, acababa de ser presentada al público. Solo los gobiernos y los multimillonarios pueden darse el lujo de utilizarla.

Thomas se alzó de hombros.

–Bueno, yo sé que ellos tienen mucho dinero y ese es el nombre que el tipo le dio. Trans-Plana. Una especie de pared gris, que tintinea como el hielo cuando la atraviesas.

–¿Qué tipo? –preguntó Coleta.

Thomas apenas había empezado y ya su mente era un embrollo. ¿Cómo contar una historia como esa?

–Creo que pertenecía a CRUEL. Ellos nos están haciendo pasar por alguna clase de experimento o prueba. Yo tampoco sé todo. A nosotros… nos borraron la memoria. Algunos de mis recuerdos han regresado, pero no todos.

Blondie no demostró ningún tipo de reacción, sólo permaneció ahí sentado observándolo. Casi *atravesándolo* con la mirada. Al cabo de un rato, habló.

—Yo era abogado. Antes de que las llamaradas y esta enfermedad arrasaran con todo. Puedo reconocer si alguien está mintiendo. Era muy pero muy bueno en mi trabajo.

Curiosamente, Thomas se relajó.

—Entonces sabes que no estoy…

—Sí, lo sé. Quiero escuchar toda la historia. Comienza a hablar.

Thomas así lo hizo. No podía explicar por qué, pero le pareció que era lo mejor que podía hacer. Su instinto le dijo que esos Cranks eran iguales a los demás: enviados a ese sitio para vivir los últimos años horrendos en manos de la Llamarada. Al igual que cualquiera, solo trataban de sacar alguna ventaja o encontrar una salida. Y conocer a un tipo que ocupaba carteles especiales por toda la ciudad era un excelente primer paso. Si Thomas hubiera estado en su lugar, probablemente habría hecho lo mismo. Con un poco de suerte, sin el arma y la cinta adhesiva.

Apenas el día anterior, le había contado a Brenda casi toda la historia y volvió a relatarla en forma bastante similar. El Laberinto, la huida, la residencia. La misión de cruzar el Desierto. Puso gran cuidado en hacer que todo sonara muy importante, destacando especialmente la parte de la cura que los esperaba al final del camino. Dado que habían perdido la oportunidad de recibir ayuda de Jorge para atravesar la ciudad, quizás pudieran continuar con esa gente. También expresó su preocupación por los otros Habitantes, pero cuando les preguntó si los habían visto —o a un grupo grande de chicas— la respuesta fue negativa.

Una vez más, no se extendió demasiado sobre Teresa. No quería arriesgarse a exponerla a alguna clase de peligro, aunque no tenía la menor idea de por qué hablar de ella podría causarle algún problema. También mintió un poco acerca de Brenda. Bueno, en realidad no lo hizo de manera directa. Simplemente dio a entender que ella había estado con él desde el principio.

Cuando terminó —con el relato del encuentro en el callejón— respiró profundamente y se acomodó en la silla.

—Ahora, *por favor*, ¿pueden quitarme la cinta adhesiva?

Un movimiento veloz de la mano de Hueso captó su atención y, al desviar la vista, comprobó que había surgido un cuchillo filoso y brillante.

—¿Te parece bien? —le preguntó a Blondie.

—Claro, por qué no —respondió. Se había mantenido impávido durante todo el relato, sin haber dado señales de que hubiera creído la historia o no.

Hueso se encogió de hombros mientras se ponía de pie y caminaba hacia Thomas. Cuando estaba inclinándose con el cuchillo extendido, una conmoción se desató en el piso superior: golpazos enérgicos en el techo seguidos de un par de aullidos. Luego se escuchó como si un centenar de personas corrieran. Pisadas frenéticas, saltos, más golpes. Más gritos.

—Otro grupo debe haber dado con nuestro escondite —dijo Blondie, poniéndose pálido. Se incorporó y les hizo una seña a los otros dos para que lo acompañaran. Unos segundos después, desaparecieron por unos peldaños que ascendían en las sombras. Una puerta se abrió y se cerró. El caos de arriba continuaba.

La combinación de todos esos sucesos le provocó a Thomas un susto mortal. Miró a Brenda, que estaba sentada muy quieta, escuchando. Después de unos segundos, sus ojos se encontraron. Como seguía amordazada, solo atinó a alzar las cejas.

Que los hubieran dejado allí amarrados a unas sillas no le resultaba nada tranquilizador. Ninguno de los Cranks que había conocido esa noche estaba en condiciones de enfrentar a lunáticos como el señor Nariz.

—¿Qué hacemos si allá arriba hay una banda de Cranks totalmente idos? —preguntó.

Brenda mascucló algo a través de la cinta adhesiva.

Thomas tensó todos sus músculos y empezó a dar saltitos con la silla hacia ella. Cuando ya había avanzado casi un metro, el estruendo se interrumpió de improviso. Se quedó inmóvil y levantó la vista hacia el techo.

Durante varios segundos, el silencio fue total. A continuación, se escucharon algunas pisadas que se arrastraban por el piso de arriba. Un golpe fuerte. Uno más. Y después otro. Thomas imaginó que arrojaban cuerpos al suelo.

De pronto, se abrió la puerta al final de los escalones.

Luego, unas zancadas fuertes y pesadas dispararon escaleras abajo. Todo se hallaba en penumbra y, mientras Thomas esperaba ver quién bajaba, un pánico helado paralizó su cuerpo.

Finalmente, alguien avanzó hacia la luz.

Minho. Sucio y cubierto de sangre, con quemaduras en el rostro y un cuchillo en cada mano. *Minho*.

—Chicos, veo que se encuentran muy cómodos —exclamó.

# 39

A pesar de haber pasado por tantas cosas, Thomas no podía recordar la última vez que había sufrido una conmoción semejante.

—¿Qué… cómo…? —tartamudeó, sin encontrar las palabras para expresar lo que sentía.

Minho sonrió. Era una imagen tan esperada. Especialmente, considerando el aspecto horrible que traía.

—Por fin los encontramos. ¿Acaso pensaste que íbamos a dejar que esa banda de mierteros les hiciera algo? Me debes una. Y una muy buena —caminó hacia él y comenzó a cortar la cinta.

—¿Qué quieres decir con que por fin nos encontraron? —preguntó Thomas, que estaba tan contento que quería ponerse a reír como loco. No solo habían sido rescatados sino que además sus amigos estaban vivos. ¡Vivos!

Minho seguía cortando.

—Jorge nos guió a través de la ciudad, evitando a los Cranks y buscando comida —terminó con Thomas y se dirigió a liberar a Brenda, mientras continuaba hablando por encima del hombro—. Ayer por la mañana nos separamos para espiar en distintos lugares. Sartén estaba explorando a la vuelta del callejón de allá arriba justo cuando esos tres shanks te apuntaron con un arma. Volvió, nos pusimos locos y empezamos a planear una emboscada. La mayoría de esos garlopos estaban borrachos o dormidos.

Apenas quedó liberada de la cinta adhesiva, Brenda se levantó de la silla y pasó delante de Minho. Enfiló hacia Thomas, pero de pronto vaciló. Él no sabía si estaba enojada o simplemente preocupada. Luego se arrancó la cinta de la boca y atravesó la distancia que la separaba de él.

Apenas Thomas se puso de pie, la cabeza empezó a latirle nuevamente y sintió que la habitación se mecía de un lado a otro. Le dieron náuseas y regresó a la silla otra vez.

—Dios mío. ¿Alguien tiene una aspirina?

Minho se rio. Brenda había caminado hasta el final de la escalera, donde permanecía con los brazos cruzados. Había algo en su postura que hacía pensar que realmente estaba enojada.

Thomas recordó lo que le había dicho justo antes de que la droga le hiciera perder el conocimiento.

*Ay, diablos*, pensó. Le había dicho que ella nunca podría ser Teresa.

—¿Brenda? —le dijo con timidez—. ¿Estás bien? —No iba a mencionar ese extraño baile ni aquella conversación delante de Minho.

Ella asintió sin mirarlo.

—Estoy bien. Vámonos. Quiero ver a Jorge —repuso con frases cortas, sin emoción.

Thomas lanzó un gemido, feliz de tener ese dolor en la cabeza como excusa. Sí, ella estaba enojada con él. En realidad, *enojada* no era la palabra correcta. Más bien parecía herida.

O tal vez él estaba imaginando cosas y ella no estaba preocupada en lo más mínimo.

Minho se acercó a él y le ofreció la mano.

—Vamos, amigo. Con o sin dolor de cabeza, tenemos que irnos. No sé cuánto tiempo más podremos mantener a esos malditos prisioneros quietos allá arriba.

—¿Prisioneros? —repitió Thomas.

—Como quieras llamarlos, pero no podemos arriesgarnos a dejarlos ir antes de largarnos de aquí. Tenemos doce tipos reteniendo a más de veinte. Y no lucen muy contentos. Muy pronto van a darse cuenta de que pueden atacarnos. Una vez que se les pase la borrachera.

Thomas volvió a ponerse de pie, pero esta vez lo hizo más despacio. Sentía que la cabeza le iba a estallar, como si un tambor le presionara los ojos desde atrás con cada golpe. Cerró los párpados hasta que las cosas dejaron de girar a su alrededor. Respiró hondo y observó a Minho.

—Ya voy a estar bien.

Minho le sonrió.

—Ese es mi hombre. Vámonos.

Thomas siguió a su amigo hasta la escalera. Se detuvo junto a Brenda pero no dijo nada. Minho le echó una mirada que decía: *¿Qué pasa con ella?* Thomas solo sacudió levemente la cabeza.

Minho levantó los hombros, subió corriendo los peldaños y salió de la habitación. Thomas se quedó atrás con Brenda durante unos segundos. Ella no parecía estar dispuesta a moverse aún y se negó a mirarlo a los ojos.

—Lo siento —dijo él. Lamentaba las palabras duras que había pronunciado antes de desmayarse—. Creo que lo que te dije no estuvo bien.

Ella clavó sus ojos en los de él.

—¿Piensas que puede importarme lo que pasa entre tú y esa noviecita que tienes? Yo simplemente estaba bailando, tratando de divertirme un poco antes de que todo se pudriera. ¿Acaso crees que estoy enamorada de ti o algo por el estilo? ¿Que me muero por que me pidas que sea tu novia Crank? ¿Quién te crees que eres?

Sus palabras estaban tan llenas de furia que Thomas retrocedió unos pasos, sintiéndose herido como si ella le hubiera dado una bofetada. Antes de que atinara a responder, Brenda desapareció escaleras arriba con grandes zancadas y suspiros. Nunca había extrañado tanto a Teresa como en ese momento. Sin pensarlo, la llamó con la mente. Pero ella seguía sin responder.

Sintió el olor aun antes de entrar en la habitación donde habían bailado.

Como a transpiración y a vómito.

El suelo estaba cubierto de cuerpos, algunos durmiendo, otros abrazados y temblando; algunos hasta parecían estar muertos. Jorge, Newt y Aris se hallaban allí haciendo guardia, caminando lentamente en círculos mientras apuntaban con sus cuchillos a los rehenes.

Thomas distinguió a Sartén y también a los demás Habitantes. Aunque la cabeza todavía le latía, sintió una ráfaga de alivio y entusiasmo.

—¿Qué les pasó a todos? ¿Por dónde anduvieron?

—¡Hey, es Thomas! —rugió Sartén—. ¡Más feo y vivo que nunca!

Newt se acercó a él con una sonrisa franca.

—Tommy, me alegro de que no estés muerto. Estoy realmente muy feliz.

—Yo también —repuso Thomas mientras pensaba, con una extraña falta de emoción, cómo era su vida. Esa era la manera en que se saludaban después de uno o dos días sin verse.

—¿No falta ninguno? ¿Adónde fueron? ¿Cómo llegaron hasta aquí?

—Todavía somos once. Más Jorge.

Las preguntas de Thomas brotaban antes de que pudieran contestarlas.

—¿Alguna noticia de Barkley y de los demás? ¿Fueron ellos los que provocaron la explosión?

Jorge respondió. Thomas lo vio muy cerca de la puerta, sosteniendo una espada de aspecto muy desagradable, apoyada en el hombro de Hueso, quien junto con Coleta estaba en el piso hecho un ovillo.

—No los hemos visto desde entonces. Nos marchamos bastante rápido y ellos tienen mucho miedo de adentrarse en la ciudad.

La visión de Hueso disparó una pequeña alarma dentro de Thomas. Blondie. ¿Dónde estaba Blondie? ¿Cómo se las habían arreglado Minho y los otros con el arma del Crank? Echó una mirada por la habitación pero no alcanzó a distinguir ningún rastro de él.

—Minho —murmuró Thomas y le hizo una seña de que se acercara. Una vez que él y Newt estuvieron a su lado, les habló en voz baja.

—El tipo de pelo corto y rubio, que parecía el líder. ¿Qué pasó con él?

Minho alzó los hombros y miró a Newt esperando una respuesta.

—Debe haberse escapado —contestó Newt—. Varios lograron irse. No pudimos detenerlos a todos.

—¿Por qué? —preguntó Minho—. ¿Te preocupa?

Thomas miró a su alrededor y bajó aún más la voz.

–Tenía un *arma*. Es el único Crank que yo haya visto con algo peor que un cuchillo. Y no era un tipo muy agradable.

–¿Qué garlopa me importa? –dijo Minho–. En una hora estaremos fuera de esta estúpida ciudad. Y deberíamos irnos. Ya.

Esas últimas palabras sonaron como la mejor idea que Thomas había escuchado en varios días.

–De acuerdo. Quiero marcharme de aquí antes de que él regrese.

–¡Escuchen todos! –gritó Minho mientras comenzaba a caminar entre el grupo de Cranks–. Nos vamos a ir ahora. No nos sigan y no les ocurrirá nada. De lo contrario, morirán. Es una decisión bastante sencilla, ¿no creen?

Thomas se preguntó cuándo y cómo Minho había recuperado el rol de líder de Jorge. Buscó al hombre mayor con la vista y divisó a Brenda de pie junto a una pared, en silencio, mirando el piso. Se sintió muy mal por lo que había ocurrido la noche anterior. Él realmente había querido besarla. Pero, por alguna extraña razón, también se había sentido incómodo. Quizás había sido la droga o Teresa. Quizás…

–¡Hey, Thomas! –Minho le estaba gritando–. ¡Viejo, despierta! ¡Nos estamos yendo!

Varios Habitantes ya habían atravesado la puerta y se encontraban afuera bajo la luz del sol. ¿Cuánto tiempo había pasado desde que había recuperado la conciencia? ¿Un día entero? ¿O solo unas pocas horas, desde la mañana? Se puso en movimiento para seguir a Minho. Se detuvo al pasar junto a Brenda y le dio un empujoncito. Por un segundo, pensó que ella se negaría a acompañarlos, pero la muchacha dudó un breve instante antes de dirigirse a la puerta.

Minho, Newt y Jorge se quedaron de guardia empuñando las armas hasta que todos, excepto Thomas y Brenda, estuvieron afuera. En el umbral, Thomas observó a los tres chicos alejarse, mientras movían despacio de un lado al otro las puntas de las espadas y de los cuchillos. Sin embargo, no daba la impresión de que nadie fuera a ocasionar problemas. Era probable que todos estuvieran felices de estar vivos y listos para seguir con su vida.

Se reunieron en el callejón, fuera de las escaleras. Thomas se mantuvo cerca del peldaño superior, pero Brenda se ubicó al otro lado del grupo. Se propuso encararla tan pronto como se hallaran lejos y a salvo, para mantener una larga conversación a solas. Brenda le gustaba y quería ser al menos su amigo. Y lo que era aún más importante, en ese momento sentía por ella algo muy parecido a lo que había sentido por Chuck. Por algún motivo, se sentía responsable de ella.

—…tienen que hacer un gran esfuerzo.

Thomas sacudió la cabeza al darse cuenta de que Minho había estado hablando. Aunque varias puñaladas de dolor le perforaban el cráneo, hizo un esfuerzo para concentrarse.

—Solo faltan unos dos kilómetros —prosiguió Minho—. Estos Cranks no son tan difíciles de derrotar después de todo. Así que…

—¡Hey!

El grito llegó desde detrás de Thomas, como un fuerte alarido salvaje. Cuando se dio vuelta, divisó a Blondie de pie en el último escalón, junto a la puerta abierta, con la mano extendida. Sus dedos blancos empuñaban el arma con calma y firmeza sorprendentes. Apuntaba directamente a Thomas.

Antes de que nadie atinara a moverse, disparó: una explosión sacudió el estrecho callejón como si se tratara de un trueno.

Un dolor intenso rasgó el hombro izquierdo de Thomas.

# 40

El impacto arrojó a Thomas hacia atrás. Dio un giro y se derrumbó de frente, estrellándose la nariz contra el suelo. En medio del dolor y del zumbido sordo de los oídos, alcanzó a escuchar otro disparo, seguido de resoplidos, golpes y sonidos metálicos.

Rodó sobre la espalda con la mano haciendo presión en el lugar donde había recibido el impacto y juntó valor para observar la herida. El repiqueteo en los oídos aumentaba y pudo percibir apenas, por el rabillo del ojo, que Blondie había sido derribado. Alguien le estaba dando una buena paliza.

Minho.

Finalmente, Thomas contempló el daño. Lo que vio le aceleró el corazón.

Un pequeño orificio en la camisa revelaba una sustancia roja y viscosa justo en la parte carnosa encima de la axila. La sangre brotaba de la herida, que le dolía terriblemente. Si él había pensado que el dolor de cabeza que había sufrido allá abajo había sido intolerable, esto era como tres o cuatro veces peor. Y se estaba extendiendo al resto del cuerpo.

Newt se encontraba a su lado y lo miraba con preocupación.

—Me disparó —exclamó Thomas sin pensarlo. Esa frase encabezaba la lista de las cosas más tontas que había dicho en toda su vida. El dolor era como ganchos de metal vivientes que se deslizaban por sus tripas y lo pinchaban y arañaban con sus puntas filosas. Sintió que su mente se oscurecía por segunda vez en el día.

Alguien le alcanzó una camisa a Newt, quien la apretó con fuerza contra la herida. La presión envió otra oleada de agonía en su interior. Lanzó un aullido, sin importarle cuán cobarde pudiera parecer. Nunca había sufrido tanto. El mundo que lo rodeaba se fue desvaneciendo.

*Quiero desmayarme*, se rogó a sí mismo. *Por favor, que el dolor desaparezca.*

Otra vez percibió voces que venían desde lejos, igual que había sentido la suya en la pista de baile después de que lo drogaran.

—Yo puedo sacar esa porquería de adentro de su cuerpo —de todos, ese tenía que ser Jorge—. Pero necesito fuego.

—No podemos hacer eso aquí —¿sería Newt?

—Shuck. Larguémonos de esta maldita ciudad —Minho, sin lugar a dudas.

—Está bien. Ayúdenme a cargarlo —ni idea.

Varias manos lo sujetaron de abajo y aferraron sus piernas. Dolor. Alguien dijo algo acerca de contar hasta tres. El sufrimiento era realmente intenso. Uno. Dos. *Auch*. ¡Tres!

Lo izaron hacia el cielo y el dolor volvió a explotar limpio y descarnado.

Después, su deseo de perder la conciencia se hizo realidad y la oscuridad extendió un manto negro sobre sus preocupaciones.


Se despertó con la mente en medio de la bruma.

La luz lo enceguerció. No podía abrir los ojos. Su cuerpo se zarandeaba de un lado a otro a tropezones, y las manos seguían sosteniéndolo con fuerza. Escuchó el sonido de una respiración fuerte y agitada, y de pies que golpeaban contra el pavimento. Alguien gritó, pero él no logró entender las palabras. A la distancia, se oían los aullidos dementes de algunos Cranks. Parecían bastante cercanos; debían estar persiguiéndolos.

Calor. El aire era calcinante.

Su hombro ardía. El dolor lo asaltó como una serie de explosiones tóxicas, y se refugió en la oscuridad una vez más.


Entreabrió los ojos.

Esta vez, la luz era mucho menos intensa: el resplandor dorado del atardecer. Estaba acostado de espaldas sobre el suelo duro. Tenía una piedra clavada en la columna, pero eso le pareció el paraíso comparado con la herida del hombro. Había gente susurrando a su alrededor.

Los aullidos siniestros de los Cranks sonaban más distantes. Arriba de él, no vio más que cielo y ningún edificio. La punzada en el hombro. Ay, qué dolor. Una fogata chisporroteaba en las cercanías. Sintió el calor flotando por su cuerpo: el viento caliente atravesaba el aire abrasador.

Alguien dijo: "Es mejor que le sujetes los brazos y las piernas".

Aunque su conciencia seguía suspendida en una nebulosa, esas palabras no le sonaron bien.

Un destello de luz plateada cruzó su visión, ¿el reflejo del crepúsculo en… un cuchillo? ¿El metal estaba al rojo vivo?

—Esto va a doler terriblemente —no sabía quién había pronunciado esa frase.

Escuchó el silbido antes de que un millón de toneladas de dinamita estallaran en su hombro.

Su mente se despidió por tercera vez.

Sintió que había pasado un largo período de tiempo. Cuando abrió nuevamente los ojos, el cielo nocturno estaba lleno de estrellas que brillaban como alfileres de luz. Alguien le sostenía la mano. Trató de voltear la cabeza, pero una nueva oleada de agonía le recorrió la columna.

No hacía falta mirar: sabía que era Brenda.

¿Quién si no? Además, la mano era suave y pequeña. Tenía que ser ella.

El dolor agudo de antes había cambiado de forma. En cierto modo, se sentía peor. Una especie de enfermedad se arrastraba sigilosamente por su organismo: una podredumbre lacerante que lo consumía. Un malestar nauseabundo corroía su interior, como gusanos retorciéndose por sus venas y por los intersticios de sus huesos y entre los músculos.

Sentía dolor, pero ahora era más bien un gran malestar. Crudo y profundo. El estómago estaba inestable y emitía gorgoteos constantes. Tenía fuego en las venas.

No sabía cómo, pero estaba seguro de que algo andaba mal.

Cuando la palabra *infección* surgió en su mente, ya no se fue más.

El sueño lo envolvió.

Thomas se despertó con el amanecer. Lo primero que percibió fue que Brenda ya no le sostenía la mano. Después notó en la piel el aire fresco de esa hora tan temprana: un instante fugaz de placer.

Luego recuperó la plena conciencia del dolor punzante que consumía su cuerpo y se demoraba en cada molécula. Ya no tenía nada que ver con el hombro ni con la herida de bala. Algo terrible ocurria en todo su organismo.

*Infección*. Otra vez esa palabra.

No sabía cómo haría para sobrevivir los próximos cinco minutos. O la próxima hora. ¿Cómo se las arreglaría para aguantar un día entero? ¿Y después dormir y comenzar todo otra vez? La desesperación arrasó con él, dejando un vacío enorme que amenazaba con atraerlo hacia un abismo sin fin. Lo invadió una corriente de pánico y locura. Y siempre seguía ahí el dolor, tiñéndolo todo.

A partir de ese momento, las cosas se volvieron extrañas.

Los otros lo escucharon antes que él. De repente, Minho y todos los demás se hallaban en medio del caos. Buscaban algo, observaban el cielo. ¿El cielo? ¿Por qué harían eso?

Alguien —*Jorge*, pensó— lanzó la palabra *Berg*.

Entonces Thomas lo oyó. Un zumbido intenso acompañado de golpes tremendos. Antes de que lograra averiguar qué estaba sucediendo, el sonido se había vuelto tan fuerte que le parecía tenerlo dentro del cerebro, haciéndole vibrar la mandíbula y los tímpanos, deslizándose por la columna vertebral. Un martilleo firme y constante, como producido por el tambor más grande del mundo. Y detrás de todo eso, el zumbido estruendoso de maquinaria pesada. Cuando se levantó el viento, Thomas se alarmó pensando que se desataría otra vez una tormenta, pero el cielo estaba totalmente despejado. No se veía ni una nube.

El ruido empeoró el dolor, y notó que comenzaba a debilitarse. Como estaba desesperado por conocer el origen de los sonidos, se obligó a mantenerse despierto. Minho gritó algo mientras señalaba hacia el norte. Thomas se sentía muy dolorido como para darse vuelta y mirar. Una ráfaga de viento pasó violentamente a su lado, rasgándole la ropa y levantando nubes de polvo que opacaron el aire. De pronto, Brenda se encontraba nuevamente a su lado y le apretaba la mano.

Se inclinó hasta quedar a centímetros de la cara de Thomas. El pelo le azotaba la cara.

–Lo siento –dijo ella, aunque él apenas la escuchó–. No quise… yo sé que tú… –balbuceó, sin encontrar las palabras, y miró hacia otro lado.

¿De qué estaba hablando? ¿Por qué no le decía qué estaba causando ese ruido insoportable? Estaba tan dolorido…

Una expresión de horror y curiosidad se desplegó en la cara de Brenda, con los ojos desorbitados y la boca abierta. Y luego comenzaron a arrastrarla dos…

El miedo se apoderó de Thomas. Vio a dos personas vestidas de la manera más extraña del mundo: un overol holgado de color verde oscuro, con letras escritas en el pecho que él no alcanzaba a leer. Tenían el rostro cubierto con lentes protectores. No, en realidad no eran lentes sino una especie de máscaras de gas, que les conferían un aspecto siniestro e inhumano. Parecían seres malignos, como gigantescos y dementes insectos envueltos en plástico, que se alimentaban de seres humanos.

Uno de ellos sujetó las piernas de Thomas por los tobillos. El otro colocó las manos debajo de él y lo tomó de las axilas. Cuando lo elevaron por el aire, el dolor se diseminó por su cuerpo y lanzó un gemido. A pesar de que ya se había acostumbrado al sufrimiento, eso resultaba mucho peor. El padecimiento era demasiado como para ofrecer pelea, y se relajó.

Poco después, ya estaban en movimiento y lo trasladaban hacia algún lugar. En ese instante, los ojos de Thomas lograron enfocar lo suficiente como para distinguir las letras que llevaban escritas en el pecho.

CRUEL.

El abismo amenazó con arrancarlo de nuevo y él se dejó ir. Pero esta vez, el dolor se fue con él.

# 41

Una vez más, al despertar se encontró con una luz blanca y deslumbrante. En esta ocasión, brillaba desde arriba, directamente sobre sus ojos. De inmediato se dio cuenta de que no se trataba del sol; era diferente. Además, se encontraba a una distancia corta. Aun cuando cerró los ojos con fuerza, la imagen de un foco quedó flotando en medio de la oscuridad.

Oyó voces que susurraban. No pudo entender ni una palabra. Hablaban muy suavemente y se hallaban fuera de su alcance. No podía descifrarlas.

Sintió el repiqueteo leve de metal golpeando contra metal y lo primero que pensó fue que se trataba de instrumental quirúrgico. Bisturíes y esas pequeñas varillas metálicas con un espejo en el extremo. Esas imágenes nadaron fuera de las aguas turbias de su banco de memoria y, al combinarlas con la luz, comprendió.

Lo habían llevado a un hospital. Un hospital. Lo último que se hubiera imaginado que habría en el Desierto. ¿O lo habían trasladado lejos? ¿Muy lejos? ¿Quizás a través de una Trans-Plana?

En el momento en que una sombra pasaba por delante de la luz, Thomas abrió los ojos. Alguien lo estaba mirando desde arriba, vestido con el mismo atuendo ridículo de quienes lo habían llevado hasta ahí. Con la máscara de gas o lo que fuera. Lentes enormes. Detrás del vidrio protector, vio un par de ojos oscuros fijos en él. Eran ojos de mujer, aunque no podía explicar por qué estaba tan seguro.

—¿Puedes oírme? —preguntó ella. Sí, a pesar de que la máscara apagaba su voz, se trataba de una mujer.

Thomas intentó asentir pero no sabía si lo había logrado o no.

—No se suponía que esto pasaría —ella apartó un poco la cabeza y miró hacia otro lado, lo cual le hizo pensar que ese comentario no había sido dirigido a él—. ¿Cómo pudo filtrarse una pistola en la ciudad? ¿Pueden imaginarse la cantidad de óxido y mugre que debe haber tenido esa bala? Por no hablar de gérmenes.

Sonaba muy irritada.

Un hombre respondió.

—Sigue trabajando. Tenemos que mandarlo de regreso. Rápido.

Thomas apenas tuvo tiempo de procesar lo que estaban diciendo: un nuevo dolor brotó en su hombro, intolerable.

Se desmayó por enésima vez.

Nuevamente estaba despierto.

Algo había cambiado. No podía decir qué era. La misma luz brillaba desde arriba y estaba ubicada en el mismo sitio. Esta vez, en lugar de cerrar los ojos, echó una mirada al costado. Podía ver mejor y con mayor nitidez: cuadrados plateados de cerámica en el cielo raso, un artefacto de acero con todo tipo de discos, interruptores y monitores. Nada de eso tenía sentido.

Entonces comprendió. El impacto y el asombro fueron tan tremendos que apenas podía creer que fuera verdad.

No sentía dolor alguno. Nada de nada.

No había gente a su alrededor. Ni trajes verdes ridículos, ni lentes, ni nadie introduciéndole bisturíes en el hombro. Parecía estar solo y la ausencia de dolor era puro éxtasis. No sabía que fuera posible sentirse así de bien.

No podía ser cierto. Tenía que ser una droga.

Se quedó dormido.

Se movió al escuchar el sonido de voces suaves, a pesar de que le llegaban a través de la nebulosa del sopor causado por la medicación.

Le pareció mejor mantener los ojos cerrados y ver si podía averiguar algo de la gente que lo había llevado allí. Los que evidentemente lo habían curado y habían liberado su cuerpo de la infección.

Un hombre estaba hablando.

—¿Estamos seguros de que esto no arruina las cosas?

—Yo lo estoy —dijo una mujer—. Bueno, lo más segura que puedo. Quizás estimule algún paradigma de la zona letal que no habíamos previsto. Podría resultar beneficioso. No veo que pueda conducirlo a él o a cualquier otro en una dirección que obstaculice los otros paradigmas que nos interesan.

—Dios todopoderoso, espero que tengas razón —respondió el hombre.

Otra mujer habló con voz alta y casi cristalina.

—¿Cuántos de los sobrevivientes creen ustedes que todavía son posibles Candidatos? Thomas pudo sentir la mayúscula en esa palabra, *Candidatos*. Desconcertado, trató de quedarse quieto y escuchar.

—Tendremos unos cuatro o cinco —respondió la primera mujer—. Thomas, aquí presente, es por mucho nuestra mayor esperanza. Responde claramente a las Variables. Un momento, me parece que movió los ojos.

Thomas se quedó petrificado e intentó mirar hacia adelante en la oscuridad de sus párpados. Era difícil, pero se obligó a respirar en forma regular, como si estuviera dormido. No sabía exactamente de qué hablaba esa gente, pero ansiaba desesperadamente escuchar más. Sabía que tenía que hacerlo.

—¿Qué importa si está escuchando? —comentó el hombre—. No puede entender lo suficiente como para afectar sus respuestas. Le va a hacer bien saber que hicimos una gran excepción al curarle la infección. Y que CRUEL hará lo que sea necesario cuando corresponda.

La mujer de voz aguda se rio. Ese fue uno de los sonidos más agradables que Thomas había escuchado en mucho tiempo.

—Thomas, si estás escuchando, no te entusiasmes demasiado. Estamos a punto de arrojarte otra vez al lugar del que te sacamos.

Las drogas que recorrían sus venas parecieron hacer efecto y sintió que entraba en un estado de felicidad. Intentó abrir los ojos, pero no pudo. Antes de perder la conciencia, escuchó una frase más, que venía de la primera mujer. Algo muy extraño.

—Es lo que habrías querido que hiciéramos.

# 42

Las personas misteriosas cumplieron su palabra.

La siguiente vez que Thomas despertó estaba colgando en el aire, amarrado con fuerza a una camilla de lona con manijas, que se balanceaba de un lado a otro. Descendía de un objeto enorme, sostenido por una larga cuerda atada a un aro de metal azul, siempre rodeado de la misma explosión de zumbidos y golpes que había escuchado cuando habían venido a buscarlo. Aterrorizado, se aferró a los costados de la camilla.

Finalmente, sintió una sacudida leve y un millón de caras surgieron a su alrededor. Minho, Newt, Jorge, Brenda, Sartén, Aris y los demás Habitantes. La soga que lo sujetaba se desenganchó y se elevó por el aire. Luego, casi instantáneamente, la nave que lo había traído dio media vuelta y desapareció entre los rayos del sol, justo encima de sus cabezas. Los ruidos de los motores fueron disminuyendo y pronto se perdieron en la distancia.

Al instante, todos empezaron a hablar al mismo tiempo.

—¿Qué fue todo eso?

—¿Estás bien?

—¿Qué te hicieron?

—¿Quiénes eran?

—¿Qué tal estuvo el Berg?

—¿Cómo está tu hombro?

Sin prestarles atención, Thomas intentó incorporarse pero se dio cuenta de que seguía atado firmemente a la camilla. Buscó a Minho con la mirada.

—¿Me ayudas?

Mientras Minho y un par de chicos más se ocupaban de desatarlo, lo asaltó un pensamiento perturbador. La gente de CRUEL había venido a salvarlo muy rápido. Por lo que dijeron, lo habían hecho a pesar de no haber sido algo planeado por ellos. Lo cual significaba que estaban vigilándolos y, cuando quisieran, podían caer velozmente para salvarlos.

Sin embargo, esa era la primera vez que lo hacían. ¿Cuánta gente había muerto en los últimos días mientras CRUEL se limitaba a observarlos? ¿Y por qué habían cambiado la forma de actuar por Thomas, solo porque le habían disparado con una bala oxidada?

Había mucho que pensar.

Una vez liberado, se puso de pie, estiró los músculos e ignoró la segunda andanada de preguntas que le lanzaron. El día era caluroso, sofocante, y mientras se movía, descubrió que casi no sentía dolor, salvo una levísima molestia en el hombro. Miró hacia abajo y comprobó que llevaba ropa limpia y tenía el bulto del vendaje debajo de la manga izquierda de la camisa. De inmediato, sus pensamientos viraron hacia otra cuestión.

–¿Qué hacen aquí afuera? ¡Se les va a hervir la piel!

En vez de contestar, Minho simplemente señaló algo que se encontraba a sus espaldas. Cuando Thomas miró en esa dirección, vio una cabaña en mal estado. Estaba hecha de madera seca, que parecía estar a punto de convertirse en polvo en cualquier momento. Pero era lo suficientemente grande como para albergarlos a todos.

–Es mejor que volvamos a ubicarnos debajo de eso –dijo Minho. Thomas se dio cuenta de que debían haber salido corriendo solo para ver cómo él era devuelto por ese enorme… ¿Berg? Así lo había llamado Jorge.

El grupo inició la marcha hacia la casa. Thomas les repitió diez veces que les contaría todo de principio a fin una vez que estuvieran instalados. Cuando Brenda se acercó a él y no intentó tomarlo de la mano, Thomas sintió un alivio incómodo. Ella no dijo una sola palabra y él tampoco.

La ciudad siniestra de los Cranks se hallaba a unos pocos kilómetros al sur, escondida en toda su decadencia y su locura. No había rastros de las personas infectadas por ningún lado. Hacia el norte, las montañas acechaban imponentes a solo uno o dos días de distancia. Escarpadas e inertes, se elevaban hacia lo alto hasta terminar en picos marrones e irregulares. Por los cortes abruptos que había en la roca, la cadena montañosa parecía haber sido atacada por el hacha monumental de un gigante, que durante días hubiera descargado de esa manera toda su frustración.

Llegaron a la cabaña de madera, que estaba tan seca que parecía hecha con huesos podridos. Daba la impresión de haber estado allí durante más de un centenar de años, quizás construida por un granjero antes de que el mundo fuera asolado. Era un misterio cómo había logrado sobrevivir a todo. Pero bastaría una sola chispa para que ardiera por completo.

—Muy bien —dijo Minho, señalando un punto lejano en las sombras—. Siéntate ahí, ponte cómodo y comienza a hablar.

Thomas no podía creer lo bien que se sentía. No tenía más que una débil molestia en el hombro. Y pensaba que ya no quedaban rastros de drogas en su cuerpo. No tenía idea de qué habían hecho con él los médicos de CRUEL, pero habían estado geniales. Se sentó y esperó que todos se ubicaran delante de él con las piernas cruzadas en el piso caliente y polvoriento. Parecía un maestro de escuela preparándose para dar clase: un destello borroso de su pasado.

Minho fue el último en sentarse y se colocó junto a Brenda.

—Bueno, cuéntanos tus aventuras con los alienígenas en su inmensa nave siniestra.

—¿Están seguros de que esto es lo mejor? —preguntó Thomas—. ¿Cuántos días nos quedan para cruzar esas montañas y llegar al refugio?

—Cinco, viejo. Pero sabes bien que no podemos andar debajo de este sol sin ninguna protección. Ahora vas a hablar, después vamos a dormir y entonces todos nos deslomaremos caminando toda la noche. Empieza de una vez.

—Buena esa —dijo Thomas, mientras se preguntaba qué habrían estado haciendo ellos durante su ausencia, pero luego se dio cuenta de que no tenía demasiada importancia—. Niños, guarden todas las preguntas para el final. —Al notar que nadie reía o esbozaba siquiera una mueca, tosió y se dispuso a iniciar el relato–. Fue CRUEL quien vino y me llevó. Yo no podía mantenerme despierto, pero me llevaron con unos doctores que me dejaron como nuevo. Los escuché decir que no había sido algo planeado, que el arma había sido un factor totalmente inesperado. La bala me provocó una infección espantosa y supongo que ellos realmente sintieron que todavía no me había llegado la hora de morir.

Las miradas perplejas de los Habitantes estaban clavadas en Thomas.

Él sabía que para ellos sería difícil aceptarlo, aun después de haberles relatado la historia completa.

–Solo les estoy contando lo que escuché.

Continuó con las explicaciones. Enumeró cada dato que recordaba: la extraña conversación que había logrado captar junto a la camilla. Cuestiones acerca de los paradigmas de la zona letal y de los Candidatos. Más detalles sobre las Variables. La primera vez que lo oyó, nada de eso había tenido mucho sentido para él, y al tratar de recuperar en ese momento cada una de las palabras, le resultaba todavía más incomprensible. Los Habitantes –más Jorge y Brenda– parecían tan frustrados como él.

–Bueno, eso realmente aclaró las cosas –concluyó Minho–. Debe tener que ver con todos esos carteles con tu nombre que están diseminados por la ciudad.

Thomas se alzó de hombros.

–Es bueno saber que te alegras tanto de que esté vivo.

–Hey, si quieres ser el líder, me da lo mismo. *Sí* me alegra que estés vivo.

–No, gracias. Tú sigues siendo el líder.

Minho no respondió. Thomas no podía negar que los letreros lo señalaban a él. ¿Cuál sería el significado real de que CRUEL lo quisiera como líder? ¿Y qué actitud debía tomar al respecto?

Newt se puso de pie con el rostro fruncido por la concentración.

–De modo que todos somos candidatos potenciales para *algo*. Y quizás el objetivo de toda esta maldita garlopa por la que hemos pasado sea eliminar a aquellos que no estén calificados. Pero, por alguna razón, todo el tema del arma y la bala oxidada no formaba parte de... las pruebas normales. O Variables, como sea. Si Thomas debía estirar la pata, no se suponía que fuera por una maldita infección.

Thomas frunció los labios y asintió. Le pareció una excelente manera de resumir su historia.

—Eso quiere decir que nos están vigilando —dijo Minho—. Igual que en el Laberinto. ¿Alguien vio un escarabajo dando vueltas por algún lado?

Varios Habitantes sacudieron la cabeza.

—¿Qué diablos son esos escarabajos? —preguntó Jorge.

—Unas especies de pequeñas lagartijas mecánicas que había en el Laberinto y tenían cámaras para espiarnos —respondió Thomas.

Jorge puso los ojos en blanco.

—Obvio. Perdón por la pregunta.

—El Laberinto era claramente algún tipo de instalación cubierta —dijo Aris—. Pero ya no hay forma de que estemos dentro de algo. Aunque supongo que pueden estar usando satélites o cámaras de largo alcance.

Jorge se aclaró la garganta.

—¿Qué tiene Thomas que lo hace tan especial? Primero, los letreros en la ciudad anuncian que él es el verdadero líder, luego ellos aparecen de improviso y le salvan el pellejo cuando se pone enfermito —desvió la mirada hacia Thomas—. No quiero parecer cruel, hermanito, solo siento curiosidad. ¿Qué es lo que te hace mejor que el resto de tus compañeros?

—No soy especial —dijo Thomas, pese a que estaba seguro de que escondía algo. Pero no sabía *qué*—. Ya escuchaste lo que dijeron. En este lugar hay muchas formas de morir, pero esa pistola no debía ser una de ellas. Creo que habrían salvado a cualquiera que hubiera recibido un disparo. Lo que provocó el problema fue la bala y no yo.

—Aun así —contestó Jorge con una sonrisita cómplice—. Me parece que a partir de ahora no me moveré de tu lado.

Surgieron un par de temas más, pero Minho impidió que las conversaciones se prolongaran demasiado. Insistió en que todos necesitaban dormir si tenían pensado marchar durante la noche. Thomas no se quejó: cada vez estaba más cansado de permanecer ahí sentado en ese piso caliente, en medio del aire tórrido. Tal vez era por las heridas o tal vez por el calor, pero de cualquier forma el sueño lo llamaba.

No tenían sábanas ni almohadas, por lo que Thomas se hizo un ovillo en el suelo en donde estaba sentado, cruzó los brazos y apoyó la cabeza sobre ellos. No sabía cómo, pero Brenda terminó justo a su lado. Sin embargo, no abrió la boca ni mucho menos lo tocó. Thomas no sabía si alguna vez llegaría a entenderla.

Inhaló de manera lenta y prolongada, cerró los ojos y le dio la bienvenida a esa sensación de intensa somnolencia que comenzaba a atraerlo hacia sus profundidades. Los sonidos que lo rodeaban se desvanecieron y el aire se volvió más denso. La quietud descendió sobre él y el sueño lo dominó.

El sol continuaba brillando en el cielo cuando una voz retumbó en su mente y lo despertó.

Una voz de mujer.

Teresa.

Después de días y días de silencio total, Teresa empezó a hablarle telepáticamente, enviándole de golpe una ráfaga de palabras.

*Tom, no trates de contestarme, solo escúchame. Mañana te va a ocurrir algo terrible. Realmente espantoso. Te sentirás herido y tendrás miedo. Pero debes confiar en mí. No voy a poder comunicarme contigo.*

Hizo una pausa, pero Thomas estaba tan aturdido y había hecho tanto esfuerzo para entender lo que ella había dicho —para estar seguro de recordarlo—, que no pudo acotar ni una palabra antes de que ella continuara.

*Tengo que irme. No tendrás noticias mías por un tiempo.*

Otra pausa.

*Hasta que volvamos a estar juntos.*

Trató de buscar las palabras adecuadas, pero la voz y la presencia de Teresa se evaporaron dejándole, una vez más, un gran desierto en su interior.

# 43

A Thomas le llevó un rato largo volver a dormirse.

No le cabía la menor duda de que había sido Teresa. Igual que antes cuando se hablaban, había percibido su presencia y sus emociones. Aunque por muy poco tiempo, ella había estado con él. Y después que ella se marchó, él sintió que se abría otra vez el inmenso vacío que llevaba dentro. Como si, desde su desaparición, un líquido espeso se hubiera filtrado poco a poco hasta llenar ese espacio, y de pronto, al volver e irse fugazmente, se drenara de nuevo.

¿Qué habría querido decir con eso de que algo terrible le iba a suceder y que aun así tenía que confiar en ella? No conseguía encontrarle ningún sentido a esas palabras. Y por horrenda que sonara la advertencia, sus pensamientos seguían rondando la última parte, eso de que ellos volverían a estar juntos otra vez. ¿Acaso eran solo falsas esperanzas? ¿O significaba que ella lo creía capaz de atravesar todo lo malo y llegar a un buen final? ¿Junto a ella? Una gama de posibilidades cruzó por su mente, pero todas parecían terminar en un callejón sin salida.

Asediado por sus reflexiones, daba vueltas en el suelo mientras el día se iba volviendo cada vez más sofocante. Le disgustaba el hecho de que ya casi se hubiera acostumbrado a la ausencia de Teresa. Por si fuera poco, tenía la sensación de que la había traicionado al hacerse amigo de Brenda y estar tan cerca de ella.

Ironías de la vida: su primer instinto fue despertar a Brenda y hablarle acerca de sus inquietudes. ¿Estaba mal? Se sintió tan estúpido y frustrado que le dieron ganas de gritar.

Nada de eso ayudaba a alguien que estaba tratando con desesperación de conciliar el sueño en medio del calor agobiante.

El sol ya había recorrido penosamente la mitad del camino hacia el horizonte cuando por fin cayó rendido.

Hacia la noche, cuando Newt lo sacudió para despertarlo, ya se encontraba un poco mejor. En ese momento, la breve visita de Teresa dentro de su mente le pareció nada más que un sueño. Hasta podía llegar a pensar que nunca había ocurrido.

—¿Dormiste bien, Tommy? —preguntó Newt—. ¿Cómo anda ese hombro?

Thomas se sentó y se restregó los ojos. A pesar de que no podía haber dormido más de tres o cuatro horas, su sueño había sido profundo y tranquilo. Se frotó el hombro para ver cómo estaba y volvió a sorprenderse.

—En realidad, está muy bien. Me molesta un poquito, pero no es nada grave. Ahora no puedo creer que me haya dolido tanto.

Newt desvió la vista hacia los Habitantes, que se preparaban para partir, y luego volvió a mirar a Thomas.

—Siento como si no hubiéramos hablado casi nada desde que dejamos la maldita residencia. Supongo que no tuvimos mucho tiempo para sentarnos a tomar un café.

—Es cierto —repuso Thomas. Por alguna razón, pensó en Chuck y toda la pena por su muerte regresó de golpe. El odio hacia la gente que se encontraba detrás de todo eso volvió a despertarse en su interior, y recordó la frase de Teresa una vez más—. No se me ocurre cómo CRUEL pueda ser bueno.

—¿Qué?

—¿Te acuerdas de lo que Teresa tenía escrito en el brazo cuando desperté? ¿Te conté sobre eso? Decía *CRUEL es bueno*. Cada vez me resulta más difícil de creer —exclamó. El sarcasmo que había en su voz no fue para nada sutil.

Newt tenía una sonrisa extraña en el rostro.

—Bueno, ellos acaban de salvarte tu miserable vida.

—Claro. Son verdaderos ángeles.

Thomas no podía negar su confusión. Ellos *realmente* le habían salvado la vida. También sabía que había trabajado para ellos. Pero no tenía la menor idea de lo que significaba todo eso.

Brenda, que había tenido un sueño bastante intranquilo, por fin se incorporó con un gran bostezo.

–Buen día. O buenas noches. Como sea.

–Otro día más vivos –respondió Thomas, y luego se dio cuenta de que era probable que Newt no supiera quién era Brenda. Desconocía totalmente lo que había pasado con el grupo desde que le habían disparado–. Estoy dando por sentado que ustedes ya se conocen. Si no es así, Brenda, este es Newt. Newt, Brenda.

–Sí, ya nos conocemos –Newt se estiró y le dio la mano en un gesto burlón–. Pero gracias de nuevo por cuidar que no mataran a este maldito marica mientras andaban de fiesta.

Una leve sonrisa se insinuó en el rostro de Brenda.

–Seguro, de fiesta. La parte que más disfruté fue cuando esa gente trataba de cortarnos las narices –afirmó, con una expresión de vergüenza y desesperación–. Supongo que no falta mucho para que yo sea uno de esos psicópatas.

A Thomas no se le ocurrió la forma de responder a ese comentario.

–Nosotros tampoco debemos estar muy lejos de eso. Recuerda que…

Brenda no lo dejó terminar.

–Sí, ya sé. Ustedes me van a llevar hasta la cura mágica –exclamó. Entonces se levantó dando por terminada la conversación.

Thomas le echó una mirada a Newt, quien se alzó de hombros. Después, mientras se ponía de rodillas, Newt se inclinó y le susurró al oído.

–¿Es tu nueva novia? Le voy a contar a Teresa –sonrió con disimulo y desapareció.

Abrumado por toda la situación, Thomas permaneció sentado unos instantes. Teresa, Brenda, sus amigos. La advertencia que había recibido. La Llamarada. El hecho de que solo tuvieran unos pocos días para cruzar esas montañas. CRUEL. Lo que les esperaba en el refugio y en el futuro.

Demasiado. Todo era demasiado.

Tenía que dejar de pensar. Estaba hambriento y eso sí tenía solución. Se levantó y fue a buscar algo para comer. Y Sartén no lo decepcionó.

Cuando el sol se hundió en el horizonte y la tierra anaranjada se volvió púrpura, iniciaron el recorrido. Thomas se sentía cansado y acalambrado. Anhelaba liberar un poco de energía y aflojar los músculos.

Lentamente, los picos de las montañas se iban transformando en sombras de formas irregulares, que aumentaban de tamaño mientras el grupo caminaba. No había pequeñas colinas, solo el valle plano que se extendía hacia adelante hasta que la tierra se lanzaba hacia el cielo formando acantilados escarpados y laderas empinadas. El lugar era árido, sin vida. Thomas esperaba que, una vez que atravesaran la planicie, el sendero a seguir se les revelaría de manera natural.

Durante la marcha, no se escuchaban muchas conversaciones. Brenda se mantenía cerca pero en silencio. Ni siquiera hablaba con Jorge. Thomas odiaba cómo estaban las cosas en ese momento. De pronto, todo se había vuelto extraño e incómodo entre ellos dos. Le gustaba Brenda, tal vez más que nadie aparte de Newt y Minho. Y de Teresa, por supuesto.

Una vez que se hizo noche cerrada y solo tuvieron a la luna y a las estrellas como guías, Newt se acercó a él. Esa luz era suficiente. No se necesitaba mucho más porque el suelo era llano y todo lo que tenían que hacer era dirigirse hacia el muro de roca que se cernía delante de ellos. El crujido de las pisadas inundaba el aire.

—Estuve pensando —dijo Newt.

—¿Sobre qué? —preguntó Thomas. En realidad no le importaba, pero estaba contento de tener a alguien con quien hablar para distraerse.

—CRUEL. Ya sabes, ellos rompieron sus propias reglas contigo.

—¿Cómo es eso?

—Dijeron que no había reglas. Que teníamos el tiempo suficiente para llegar al maldito refugio y que eso era todo. Sin reglas. La gente moría a diestra y siniestra y, de repente, bajan en un maldito monstruo volador y te salvan la vida. No se entiende —hizo una pausa—. Ojo, esto no es una queja… estoy feliz de que estés vivo.

—Bueno, gracias —bromeó. Sabía que Newt tenía razón, pero ya estaba cansado de pensar en eso.

—Y además está el tema de los letreros que había por toda la ciudad. Muy raro.

Thomas desvió la vista hacia su amigo, aunque apenas podía distinguir su rostro.

—¿Qué pasa? ¿Estás celoso? —le preguntó, tratando de tapar con un chiste el hecho de que los letreros debían ser muy importantes.

Newt se echó a reír.

—No, shank. Es que me muero por saber qué está pasando aquí. Quiero entender de qué se trata todo esto.

—Claro —repuso Thomas. Estaba totalmente de acuerdo con su amigo—. La mujer dijo que solo unos pocos de nosotros éramos suficientemente buenos como para ser Candidatos. Y también afirmó que yo era el mejor de todos y que no querían que me muriera de algo que ellos no habían planeado. Pero no sé qué significa todo eso. Tiene algo que ver con toda esa garlopa de los paradigmas de la zona letal.

Anduvieron durante unos minutos antes de que Newt volviera a hablar.

—Supongo que no vale la pena romperse el cerebro para comprender. Pasará lo que tenga que pasar.

En ese momento, Thomas estuvo a punto de contarle lo que le había dicho Teresa en su mente; sin embargo, por algún extraño motivo, le pareció mejor no hacerlo.

Permaneció en silencio y, al rato, Newt se desvió hacia otro lado y él siguió caminando solo en la oscuridad.

Un par de horas después, tuvo otra conversación. Esta vez con Minho. Las palabras volaron de uno a otro, pero al final no habían dicho nada nuevo. Solo se dedicaron a pasar el tiempo repitiendo las mismas preguntas que todos habían repasado en sus mentes millones de veces.

Las piernas de Thomas estaban un poco cansadas, pero se sentía vigoroso. Las montañas se hallaban cada vez más cerca. El aire había refrescado considerablemente y resultaba muy agradable. Brenda se mantenía callada y distante.

Y continuaron el viaje.

Cuando los primeros indicios del amanecer pintaron el cielo de azul profundo y las estrellas comenzaron a apagarse, Thomas finalmente juntó valor para acercarse a Brenda y hablar de algo. Cualquier cosa. Ya se distinguían los acantilados a lo lejos; los árboles muertos y los trozos de rocas se volvían más nítidos. Estaba seguro de que, en cuanto el sol brotara por el horizonte, habrían llegado al pie de las montañas.

—Hey —le dijo a ella—. ¿Cómo están tus pies?

—Bien —respondió un poco cortante, pero enseguida volvió a hablar, como tratando de arreglar las cosas—. ¿Y tú cómo andas? ¿El hombro ya se encuentra bien?

—No puedo creer lo bien que está. Casi no me duele.

—Qué bueno.

—Sí —se devanó los sesos buscando algo que decir—. Hum, lamento las cosas raras que ocurrieron. Y... lo que dije. Mi cabeza era un verdadero desastre.

Ella lo miró y él alcanzó a percibir una cierta suavidad en sus ojos.

—Por favor, Thomas. Lo último que tienes que hacer es disculparte —y volvió la vista hacia adelante—. Simplemente somos distintos. Además, tú tienes novia. No debería haber tratado de besarte ni nada de eso.

—En realidad, ella no es mi novia.

Se arrepintió de haberlo dicho en cuanto brotó de su boca. Ni siquiera sabía por qué había soltado semejante cosa.

Brenda lanzó un bufido.

—No seas tonto. Y no me insultes. Si vas a resistirte a esto —hizo una pausa y recorrió su cuerpo con las manos mientras sonreía de manera burlona— es mejor que sea por una buena razón.

Thomas se rio. Toda la tensión y la incomodidad se habían esfumado por completo.

—Comprendido. Aunque seguramente besas muy mal.

Ella le dio un golpe en el brazo. Por suerte, se trataba del que estaba sano.

—Estás muy equivocado. Créeme.

En el momento en que iba a decir alguna estupidez, frenó de golpe y el que venía detrás casi choca con él. El corazón se le detuvo, y sus ojos quedaron clavados en un punto lejano.

El cielo se había iluminado bastante y la ladera de la montaña estaba solo a unas decenas de metros. A mitad de camino entre la montaña y el lugar donde ellos se encontraban, una chica apareció de la nada, como si hubiera brotado de la tierra. Y marchaba hacia ellos a paso rápido.

Empuñaba en las manos una larga vara de madera con una gran cuchilla de aspecto horrible atada a un extremo.

Era Teresa.

# 44

Thomas no alcanzaba a comprender lo que tenía delante. No sintió sorpresa ni alegría al ver que Teresa seguía viva: eso ya lo sabía. El día anterior se había comunicado telepáticamente con él. Pero verla en carne y hueso le levantó el ánimo. Hasta que recordó la advertencia de que algo malo iba a suceder y registró la lanza filosa que sostenía en las manos.

Los demás Habitantes notaron de inmediato lo que ocurría y ya se habían detenido a observar a Teresa, que avanzaba hacia ellos aferrando el arma, con cara de piedra. Daba la impresión de estar lista para clavarle la lanza al primero que se le acercara.

Sin tener nada planeado, Thomas dio un paso adelante, pero luego se detuvo al notar más movimiento.

A ambos lados de Teresa, surgieron varias chicas. Ellas también parecieron brotar de la nada. Thomas se dio vuelta y miró hacia atrás: estaban rodeados por unas veinte mujeres.

Todas llevaban armas, desde diversos cuchillos hasta machetes y espadas oxidadas. Muchas tenían arcos y flechas, con las puntas amenazadoras apuntando al grupo de los Habitantes. Thomas sintió una corriente de temor. A pesar de que Teresa había dicho que iba a pasar algo malo, seguramente ella no permitiría que esa gente los lastimara. ¿Verdad?

El Grupo B brotó en su mente. Y el tatuaje que decía que sus miembros lo matarían.

Sus pensamientos se vieron interrumpidos por Teresa, que se detuvo a unos diez metros de ellos. Sus compañeras la imitaron, formando un círculo completo alrededor de los Habitantes. Thomas volvió a girar para abarcarlo todo. Las nuevas visitantes se hallaban de pie, rígidas, con los ojos entornados y las armas apuntando hacia adelante, listas para atacar. Lo que más lo asustaba eran los arcos: antes de que pudieran atinar a hacer algo, esas flechas ya estarían volando hasta incrustarse en el pecho de alguno de ellos.

Finalizó el recorrido frente a Teresa, que tenía los ojos fijos en él.

Minho fue el primero en hablar.

—¿Qué demonios estás haciendo, Teresa? Linda manera de recibir a tus viejos amigos.

Al escuchar la mención del nombre *Teresa*, Brenda se dio vuelta y miró a Thomas con intensidad. Él asintió con un ligero movimiento de cabeza y, al notar la sorpresa en el rostro de su amiga, se puso triste.

Teresa no respondió la pregunta y un silencio inquietante se extendió por el grupo. El sol continuaba su ascenso lentamente hacia el punto en donde el calor los azotaría de manera intolerable.

Teresa reanudó la marcha hasta que se encontró a unos tres metros de Minho y Newt, que estaban uno junto al otro.

—¿Teresa? —exclamó Newt—. ¿Qué diablos…?

—Cállate —dijo ella. No gritó ni habló con violencia. Se dirigió a él con calma y convicción, lo cual resultó para Thomas todavía más aterrador—. Si alguien se mueve, los arcos comienzan a disparar.

Teresa colocó la lanza en una mejor posición de lucha y la fue pasando de una mano a la otra mientras se desplazaba delante de Newt y de Minho y entre los Habitantes, como si estuviera buscando algo. Cuando vio a Brenda se detuvo. Ninguna de las dos dijo una palabra, pero el odio entre ambas fue evidente. Sin perder la mirada gélida, Teresa continuó su camino.

Y luego llegó adonde se hallaba Thomas. Él intentó convencerse de que ella nunca usaría un arma en su contra, pero no era fácil creer eso teniendo el filo de la lanza frente a él.

—Teresa —susurró antes de poder contenerse. A pesar del arma y de la expresión dura en su rostro, a pesar de la forma en que tensaba los músculos como si estuviera a punto de atacarlo, todo lo que él quería hacer era acercarse a ella. No podía evitar recordar el beso que le había dado. Y lo que él había sentido.

Ella no se movió, solo siguió observándolo con una mirada impávida, con excepción de la indudable ira.

—Teresa, ¿qué…?

—Cállate —repitió, con el mismo tono sereno, de absoluta autoridad. Sonaba raro en ella.

—Pero ¿qué…?

Teresa retrocedió, sacudió el extremo de la lanza en el rostro de Thomas y le descargó un golpe en la mejilla derecha. Una explosión de dolor se expandió por la cabeza y el cuello. Cayó de rodillas y se llevó la mano a la cara.

—Dije que te callaras —exclamó ella. Se estiró, lo tomó de la camisa y jaló hasta que él estuvo de pie otra vez. Volvió a colocar las manos en la vara de madera y le apuntó—. ¿Eres Thomas?

Él se quedó mirándola atónito. Aunque se recordó a sí mismo que Teresa se lo había advertido, no pudo evitar sentir que su mundo se hacía pedazos. Se dijo que, pasara lo que pasara, tenía que confiar en ella.

—Tú sabes quién…

Esta vez, ella sacudió la lanza con más violencia y le asestó un golpe en la oreja con la punta de madera. El dolor fue mucho peor que antes. Thomas dio un grito y se sujetó la cabeza, pero no se cayó.

—¡Tú sabes quién soy! —aulló.

—Solía saberlo —dijo ella con voz suave y disgustada—. Ahora te lo voy a preguntar una vez más. ¿Eres Thomas?

—¡*Sí!* —le gritó—. ¡Soy Thomas!

Teresa asintió y, con la punta de la lanza nuevamente dirigida a su pecho, comenzó a alejarse. Los chicos se apartaban de su camino mientras ella se abría paso para volver a unirse al círculo de mujeres.

—Tú vienes con nosotras —ordenó Teresa—. Vamos, Thomas. Y recuerden, si alguno de ustedes intenta algo, las flechas empezarán a volar.

—¡De ninguna manera! —rugió Minho—. Él no se va a ningún lado.

Teresa hizo como si no lo hubiera escuchado y permaneció con la vista clavada en Thomas, con esa extraña forma de mirar con los ojos entrecerrados.

–Esto no es un juego estúpido. Voy a empezar a contar. Cada vez que llegue a un múltiplo de cinco, mataremos a uno de los tuyos con una flecha. Y no nos detendremos hasta que solo quede Thomas, y entonces lo llevaremos con nosotras de todas maneras. Tú decides.

Por primera vez, él notó que Aris actuaba de manera extraña. Se encontraba a su derecha y no dejaba de dar vueltas en círculo pausadamente, mirando a las chicas una por una como si las conociera muy bien. Pero, por alguna extraña razón, mantenía la boca cerrada.

*Por supuesto*, pensó Thomas. Si este realmente era el Grupo B, Aris había formado parte de él. Tenía que conocer bien a las chicas.

–¡Uno! –gritó Teresa.

Thomas no estaba dispuesto a correr ningún riesgo. Se adelantó entre sus compañeros y se dirigió hasta donde se encontraba ella. Ignoró los comentarios de Minho y de los demás. Ignoró todo. Sin despegar los ojos de Teresa y esforzándose por no revelar ningún rastro de emoción, enfiló hacia ella hasta que estuvieron frente a frente.

¿Acaso no era eso lo que él quería? Estar con ella. Aun cuando Teresa se hubiera puesto en su contra. Aun cuando estuviera siendo manipulada por CRUEL, como les había ocurrido a Alby y a Gally. Por lo que él sabía, podrían haberle borrado la memoria otra vez. No importaba. Ella parecía hablar en serio, y él no podía arriesgarse a que mataran a uno de sus amigos con un arco y una flecha.

Muy bien –dijo–. Llévame.

–Solo conté hasta uno.

–Sí. No soy muy valiente.

Ella lo golpeó con la lanza tan violentamente que él no pudo evitar desplomarse otra vez. La cabeza y la mandíbula le dolían como brasas ardientes. Escupió y vio la sangre salpicar la tierra.

–Traigan la bolsa –dijo Teresa desde arriba.

Con la visión periférica, Thomas distinguió a dos chicas que caminaban hacia él con las armas escondidas en algún lugar. Una de ellas —de piel morena y cabeza rapada— sostenía una gran bolsa de yute deshilachado. Frenaron a medio metro de él. Thomas se puso de rodillas y se quedó quieto, pues temía que lo golpearan nuevamente si hacía un movimiento más.

—¡Lo llevaremos con nosotras! —gritó Teresa—. Si alguno nos sigue, le pegaré otra vez y después les dispararemos a ustedes. No nos preocupa dar en el blanco. Dejaremos que las flechas vuelen hacia donde quieran.

—¡Teresa! —era la voz de Minho—. ¿Tan rápido te afectó la Llamarada? Es obvio que tu mente ya está perdida.

El extremo de la lanza dio en la parte posterior de la cabeza de Thomas, que cayó con el estómago contra el suelo. Unas estrellas negras nadaron a pocos centímetros de su cara. ¿Cómo podía tratarlo de esa manera?

—¿Hay algo más que quieras decir? —preguntó Teresa. Después de varios segundos, volvió a hablar—. Eso pensaba. Pónganle la bolsa en la cabeza.

Las manos lo sujetaron firmemente del hombro y lo acostaron de espaldas. Los dedos se hundieron en la herida de bala lo suficiente como para provocarle un fuerte dolor que le recorrió la parte superior del cuerpo por primera vez desde que CRUEL lo había curado.

Emitió un gemido. Algunos rostros —que no demostraban enojo alguno— revolotearon a su alrededor al tiempo que dos chicas sostenían el extremo abierto de la bolsa justo sobre su cabeza.

—No te resistas —le dijo la joven de tez morena, con la cara brillante por la transpiración—. Solo lograrás empeorar las cosas.

Thomas estaba perplejo. Los ojos y la voz de la chica revelaban compasión genuina por él. Sin embargo, las palabras que siguieron no podían haber sido más opuestas.

—Es mejor que cooperes y dejes que te matemos. ¿Qué sentido tiene sufrir tanto durante el camino?

La bolsa se deslizó por su cabeza y ya no pudo ver más que una desagradable luz de color café.

# 45

Lo hicieron rodar en el suelo hasta que lograron cubrir todo su cuerpo con la bolsa. Después, ataron con una cuerda la parte abierta en los pies y remataron con un nudo fuerte. Subieron los extremos hasta dejarlo inmovilizado adentro. Finalmente, lo aseguraron con otro nudo por encima de la cabeza.

Thomas sintió que la bolsa se tensaba y que su cabeza se iba hacia arriba. Se imaginó a las chicas sujetando los dos extremos de una soga increíblemente larga. Eso podía significar una sola cosa: iban a arrastrarlo. Entonces ya no pudo soportar más y, aunque sabía que no le convenía, comenzó a retorcerse.

—¡Teresa! ¡No me hagas esto!

Recibió un puñetazo justo en el estómago, que le hizo dar un alarido. Trató de doblarse, de sujetarse con las manos donde le dolía, pero la estúpida bolsa se lo impidió. Comenzó a sentir náuseas, pero luchó contra las ganas de vomitar.

—Ya que es obvio que no te importa lo que te pase a ti —dijo Teresa—, habla una vez más y empezaremos a dispararles a tus amigos. ¿Te agrada la idea?

Como única respuesta, Thomas exhaló un mudo sollozo de agonía. ¿Acaso el día anterior no había estado pensando que las cosas realmente estaban mejor? Su infección estaba curada, la herida había cicatrizado, ya se encontraban fuera de la ciudad de los Cranks y solo faltaba una caminata veloz y enérgica a través de las montañas que los separaban del refugio. Después de todo lo que había sucedido, debería haberse dado cuenta de que no tenía que ilusionarse.

—¡Hablo en serio! —les gritó Teresa a los Habitantes—. No habrá más advertencias. Sígannos y comenzarán a volar las flechas.

Cuando Teresa se arrodilló junto a él, Thomas vio el contorno de su figura y escuchó el crujido de sus rodillas contra la tierra. Después, ella lo sujetó a través del material de la bolsa, colocó la cabeza contra la de él y su boca quedó a solo un centímetro del oído de Thomas. Empezó a susurrar tan débilmente que él tuvo que aguzar el oído para lograr escuchar lo que decía, concentrándose en separar sus palabras de la brisa.

—No me permiten comunicarme contigo dentro de la mente. Recuerda que debes confiar en mí.

Sorprendido, Thomas tuvo que contenerse para mantener la boca cerrada.

—¿Qué le estás diciendo? —gritó una de las chicas que sostenía la cuerda con la que estaba atada la bolsa.

—Le estoy haciendo saber cuánto estoy disfrutando este momento. El dulce placer de la venganza. ¿Algún problema?

Thomas nunca la había escuchado hablar con tanta arrogancia. Era una excelente actriz, o ya había comenzado a enloquecer y había desarrollado una doble personalidad. O triple.

—Bueno —respondió la otra chica—. Me alegra que la estés pasando tan bien, pero tenemos que darnos prisa.

—Ya lo sé —dijo Teresa. Apretó con fuerza los costados de la cabeza de Thomas y la sacudió. Luego apoyó la boca contra el material áspero e hizo presión contra su oído. Cuando volvió a hablar con ese susurro ligero, él llegó a percibir su aliento cálido a través de la trama de la tela.

—Resiste. Esto se acabará pronto.

Las palabras paralizaron su mente. No sabía qué pensar. ¿Acaso habría hablado de manera irónica?

Ella lo soltó y se puso de pie.

—Bueno, larguémonos de aquí. Asegúrense de golpear todas las rocas que encuentren a su paso.

Sus captoras comenzaron a caminar llevando a Thomas a rastras. Sentía el terreno agreste debajo de él pues la bolsa no lo protegía de nada. Era muy doloroso. Arqueó la espalda y depositó todo el peso en los pies para que los zapatos sufrieran el impacto. De todos modos sabía que su fuerza no duraría mucho tiempo.

Mientras lo arrastraban, Teresa iba a su lado. Podía distinguir sus formas a través de la bolsa.

En ese momento, Minho empezó a gritar. Su voz se iba apagando con la distancia y el sonido de su propio cuerpo contra la tierra le dificultaba aún más a Thomas entender lo que el líder decía. Sin embargo, lo que sí escuchó no le dio mucha esperanza. En medio de expresiones confusas y poco halagüeñas, alcanzó a distinguir: "te encontraremos", "cuando llegue el momento" y "armas".

Cuando Teresa volvió a descargar su puño en el estómago de Thomas, Minho no pronunció una sola palabra más.

Y marcharon por el desierto, mientras Thomas daba tumbos por la tierra como un bulto de ropa vieja.

Durante el viaje, imaginó cosas terribles. Cada segundo que transcurría, sus piernas se debilitaban y supo que pronto tendría que bajar el cuerpo hacia el suelo. Pudo imaginar las heridas sangrantes y las cicatrices permanentes.

No obstante, era posible que todo eso careciera de importancia. De todas maneras ellas planeaban matarlo.

Teresa le había dicho que confiara en ella. Y, a pesar de que se le hacía muy difícil, estaba tratando de creerle. ¿Sería posible que todo lo que ella le había hecho desde su reaparición con las armas y el Grupo B fuera tan solo una actuación? Si no lo era, ¿qué sentido tenía que siguiera pidiéndole confianza?

Su mente analizaba la información una y otra vez hasta que ya no pudo concentrarse más. Con el rozamiento continuo la piel le iba quedando en carne viva, y comprendió que tenía que buscar la forma de evitar que se desgarrara cada centímetro.

Las montañas fueron su salvación.

Cuando iniciaron el ascenso por la ladera empinada, a las chicas les resultó muy arduo arrastrar su cuerpo como venían haciéndolo hasta entonces. Intentaron trasladarlo con sacudidas rápidas, dejando que resbalara y se deslizara hacia abajo un par de metros, y después volvían a aferrar la cuerda. Enseguida repetían la acción. Después de un rato, Teresa dijo que probablemente sería más fácil llevarlo de los hombros y de los tobillos. Y que debían hacerlo por turnos.

De pronto, a Thomas se le ocurrió una idea tan obvia, que pensó que algo se le debía estar escapando.

—¿Por qué no me dejan caminar? —gritó a través de la bolsa, con la voz apagada y cascada por la sed—. Ustedes tienen armas. No puedo intentar nada raro.

Teresa le dio una patada en el costado.

—Cállate, Thomas. No somos idiotas. Estamos esperando hasta que tus amiguitos ya no puedan vernos.

Hizo un gran esfuerzo para sofocar el gemido que le causó el pie de ella al estrellarse en sus costillas.

—¿Cómo? ¿Por qué?

—Porque eso es lo que nos *dijeron* que teníamos que hacer. ¡Y ahora cállate!

—¿Por qué se lo contaste? —susurró una de las otras chicas con dureza.

—¿Cuál es el problema? —respondió Teresa, sin intentar ocultar sus palabras—. De todos modos lo vamos a matar. ¿A quién le importa si se entera de lo que nos indicaron hacer?

"*Nos dijeron*", pensó Thomas. *CRUEL les ordenó lo que tenían que hacer.*

Otra joven habló.

—Bueno, ya casi no puedo verlos. Una vez que lleguemos a esa grieta allá arriba, estaremos fuera de su vista y nunca lograrán encontrarnos. Aun cuando traten de seguirnos.

–Perfecto –dijo Teresa–. Entonces transportémoslo hasta allá.

De inmediato, varias manos sujetaron a Thomas desde todos lados y lo izaron en el aire. Por lo que él pudo distinguir a través de la bolsa, Teresa y tres de sus nuevas amigas eran las encargadas de llevarlo. Se abrieron paso entre unas rocas y rodeando árboles muertos, en un ascenso sin pausa. Percibía la respiración pesada de las chicas, hasta podía oler el sudor y, con cada tumbo, las odiaba un poco más. También a Teresa. Hizo un último esfuerzo por conectarse con su mente para recuperar la confianza en ella. Pero nadie respondió.

La penosa marcha por la montaña continuó durante una hora aproximadamente –con algunas paradas para cambiar a las encargadas de transportarlo– y debió haber transcurrido el doble de ese tiempo desde que dejaron a los Habitantes. El sol estaba llegando a una posición en que se volvía muy peligroso y el calor ya era sofocante. Al rodear una pared gigantesca, el suelo se niveló un poco y penetraron en una zona de sombra. El aire más fresco resultó un gran alivio.

–Muy bien –dijo Teresa–. Bájenlo.

Sin ninguna ceremonia, las chicas cumplieron la orden y Thomas se estrelló violentamente contra el suelo con un gruñido sonoro. El golpe lo dejó sin aire; hizo esfuerzos para respirar mientras ellas empezaban a desatar las cuerdas. Cuando su respiración se normalizó, ya le habían quitado la bolsa de la cabeza.

Parpadeó y levantó la vista hacia Teresa y sus amigas. Todas apuntaban las armas hacia él, lo cual parecía ridículo.

De algún lugar desconocido, extrajo un resto de valor.

–Ustedes me deben tener en alta estima. Son veinte con cuchillos y machetes, y yo sin nada. Me siento alguien muy especial.

Teresa levantó la lanza.

–¡Espera! –gritó Thomas y ella se detuvo. Él levantó las manos en señal de respeto y se fue poniendo de pie lentamente–. No voy a intentar nada. Solo llévame adonde sea que vayamos y después me portaré como un buen chico y dejaré que me maten. De todos modos, ya no me queda ningún motivo para vivir.

Cuando dijo esa última frase, miró a Teresa directamente a los ojos, tratando de poner en sus palabras todo el rencor que sentía. Todavía seguía aferrado a una leve esperanza de que todo eso tuviera finalmente alguna lógica, pero de cualquier forma, por la manera en que lo habían tratado, no se sentía de muy buen humor.

—Basta —dijo Teresa—. Ya estoy harta de esto. Vayamos al interior del Paso para dormir lo que resta del día. Esta noche comenzaremos a atravesarlo.

La chica de piel morena, que había ayudado a meterlo en la bolsa, habló a continuación.

—¿Y qué haremos con este tipo al que venimos cargando hace horas?

—No te preocupes, lo mataremos —contestó Teresa—. Lo mataremos exactamente como ellos nos dijeron. Será su castigo por lo que me hizo.

# 46

Thomas no entendía qué había querido decir Teresa con esa última frase. ¿Qué le había hecho él? Mientras caminaban y caminaban, aparentemente de regreso al campamento del Grupo B, su mente se fue adormeciendo. El esfuerzo le quemó las piernas durante esa escalada constante cuesta arriba. Hacia la izquierda, un barranco empinado los mantuvo en sombras mientras andaban, pero todo seguía siendo rojo y de color café y caliente. Seco. Polvoriento. Las chicas le dieron unos sorbos de agua, pero él estaba seguro de que cada gota se evaporaba antes de llegar a su estómago.

Arribaron a una gran hendidura en la pared del este justo cuando el sol del mediodía resplandecía encima de sus cabezas como una enorme bola de fuego empeñada en carbonizarlos. La cueva era poco profunda y se adentraba unos diez metros en la montaña. Era obvio que ese era su campamento y tenía el aspecto de que habían estado allí durante uno o dos días. Había mantas desparramadas, restos de una fogata, basura apilada a un costado. Cuando llegaron, se encontraron solamente con otras tres chicas, lo cual significaba que ellas habían considerado que necesitaban a casi todo el grupo para secuestrar a Thomas.

¿Con los arcos y las flechas, los cuchillos y los machetes? Parecía una estupidez. Unas pocas hubieran sido suficientes.

Durante el trayecto, Thomas descubrió algunas cosas. La chica de tez oscura se llamaba Harriet, y la que estaba siempre con ella, de pelo rojizo y piel muy blanca, era Sonia. Aunque no podía afirmarlo con seguridad, suponía que ellas dos habían estado a cargo del grupo hasta la llegada de Teresa. Se comportaban con cierta autoridad, pero al final siempre acataban lo que ella decía.

—Bueno —dijo Teresa—. Lo ataremos a ese árbol horrible —y señaló un tronco que parecía un esqueleto, aferrado con sus raíces al suelo rocoso a pesar de que debía llevar varios años muerto—. Y más vale que lo alimentemos, para que no pase el día quejándose y gimiendo y no nos deje dormir.

*Se le está yendo un poco la mano con la actuación*, pensó Thomas. Fueran cuales fuesen sus verdaderas intenciones, sus palabras se habían vuelto un poco ridículas. Y él ya no podía seguir negándolo: sin importarle lo que ella le había dicho al principio, estaba empezando a detestarla.

No se resistió cuando le ataron el cuerpo al tronco del árbol y le dejaron las manos libres. Una vez que lo aseguraron bien, le dieron unas barras de cereal y una botella de agua. Nadie le dirigió la palabra ni hizo contacto visual con él. Y, si no estaba equivocado y por raro que pareciera, notó que todas tenían una expresión culpable en el rostro. Mientras comía, observó atentamente a su alrededor. Sus pensamientos vagaron por todo el lugar al tiempo que el resto del grupo comenzaba a instalarse para dormir durante lo que quedaba de luz diurna. Había algo raro en todo aquello.

El despliegue de Teresa nunca había parecido una actuación. ¿Era posible que ella estuviera haciendo exactamente lo contrario de lo que le había dicho? ¿Hacerle pensar que debía creerle cuando en realidad su verdadero plan había sido y era…?

Con un sobresalto, recordó el cartel junto a la puerta del dormitorio de ella en la residencia. *La Traidora*. Se había olvidado por completo de él hasta ese momento. Las cosas comenzaban a cobrar sentido.

En ese lugar, CRUEL era quien mandaba. Era la única esperanza que los grupos tenían de sobrevivir. Si ellos realmente le habían ordenado a Teresa que lo matara, ¿acaso ella lo haría? ¿Para salvarse? ¿Y qué significaba esa frase sobre que él le había hecho algo? ¿Podrían estar manipulando los pensamientos de Teresa? ¿Haciendo que ella ya no gustara más de él?

Y también estaba el tema del tatuaje y los letreros por toda la ciudad. El tatuaje había sido una advertencia; los letreros le habían comunicado que era el verdadero líder. El cartel junto a la puerta de Teresa había sido otra advertencia.

De todas maneras, no tenía armas y estaba atado a un árbol. El Grupo B lo superaba en más de veinte personas y todas estaban armadas. Facilísimo.

Con un gran suspiro, terminó la comida y se sintió un poco mejor físicamente. Y, a pesar de que todavía las cosas no le cerraban por completo, tenía una confianza renovada en que se hallaba más cerca de la verdad y no debía renunciar.

Harriet y Sonia estaban acostadas cerca en unos camastros. Mientras se preparaban para dormir, no dejaban de echarle miradas furtivas. Thomas volvió a notar esas extrañas expresiones de culpa o de vergüenza. Pensó que era una buena oportunidad de emplear las palabras para defender su vida.

—Ustedes no quieren matarme, ¿verdad? —preguntó en un tono que implicaba que las había pescado en una mentira—. ¿Alguna vez mataron a alguien?

Harriet le echó una mirada severa y se detuvo justo antes de descansar la cabeza sobre una pila de mantas. Se recostó en el codo.

—De acuerdo con lo que Teresa nos contó, nosotros nos escapamos de nuestro Laberinto tres días antes que ustedes. Perdimos menos gente y, en la huida, matamos a más Penitentes. Por eso no creo que acabar con un pequeño e insignificante adolescente vaya a ser algo muy complicado.

—Piensen en la culpa que van a sentir —repuso, esperando que la idea las atormentara.

—Podremos superarlo —bromeó; le sacó la lengua, ¡de verdad le sacó la lengua!, y luego bajó la cabeza y cerró los ojos.

Sonia estaba sentada con las piernas cruzadas y parecía estar muy lejos de quedarse dormida.

—No tenemos alternativa. CRUEL dijo que esa era nuestra única tarea. Si no la llevamos a cabo, no nos permitirán entrar al refugio. Moriremos aquí afuera en el Desierto.

Thomas se encogió de hombros.

—Hey, te entiendo. Me sacrifican a mí para salvarse ustedes. Muy noble.

Sonia lo miró atentamente durante un largo rato y él tuvo que hacer un gran esfuerzo para no bajar la mirada. Por fin, ella desvió la vista y se acostó de espaldas a él.

Teresa se acercó, con la cara contraída por la irritación.

—¿De qué están hablando?

—De nada —masculló Harriet—. Dile que se calle.

—Cállate —dijo Teresa.

Thomas soltó una risa irónica.

—¿Qué vas a hacer si no me callo? ¿Matarme?

Ella no dijo nada, solo siguió observándolo sin ninguna expresión en el rostro.

—¿Por qué este odio repentino? —preguntó él—. ¿Qué te hice?

Sonia y Harriet se habían dado vuelta para escuchar, mirando alternadamente a Thomas y a Teresa.

—Tú sabes bien lo que hiciste —replicó Teresa después de unos segundos—. Y todas las que están aquí también. Yo les conté todo. Pero aun así, yo nunca me hubiera rebajado a tu nivel como para tratar de matarte. Estamos haciendo esto únicamente porque no tenemos otra opción. Lo lamento. La vida es dura.

*¿Acaso hubo un destello especial en sus ojos?*, se preguntó Thomas. ¿Qué estaba tratando de decirle?

—¿A qué te refieres con eso de *rebajarte a mi nivel*? Yo nunca mataría a un amigo para salvar mi vida. Jamás.

—Yo tampoco. Por eso me alegro de que no seamos amigos —exclamó, y comenzó a alejarse.

—Entonces ¿qué fue lo que te hice? —preguntó Thomas rápidamente—. Perdóname, pero tengo un momentáneo lapsus de memoria, tú sabes, es algo muy común por aquí. Ayúdame a recordar.

Ella se dio vuelta y lo miró con ojos llenos de furia.

—No me insultes. No te atrevas a actuar como si nada hubiera pasado. Ahora cállate o volveré a lastimarte tu bonita cara.

Teresa se fue dando zancadas y Thomas se quedó en silencio. Se acomodó hasta encontrar una posición confortable con la cabeza apoyada hacia atrás en el tronco seco. La situación en que se hallaba era muy complicada pero estaba decidido a encontrar una salida y sobrevivir.

Poco después, se quedó dormido.

# 47

Thomas durmió de manera intermitente durante algunas horas. Se movía de un lado a otro tratando de encontrar una posición cómoda en la dura roca. Luego de un rato, logró dormir más profundamente y otra vez el sueño hizo su aparición.

Tenía quince años. No sabía cómo había deducido cuál era su edad. Era por algo relacionado con el momento en que se desarrollaba el recuerdo. ¿Pero sería realmente un recuerdo?

Teresa y él estaban de pie frente a una enorme pared llena de monitores, que mostraban diferentes zonas del Área y del Laberinto. Algunas imágenes se movían y él sabía por qué. Esas tomas eran las cámaras que se encontraban en los escarabajos y de vez en cuando cambiaban de posición. Cada vez que lo hacían, era como si miraran a través de los ojos de una rata.

—No puedo creer que estén todos muertos —dijo Teresa.

Thomas estaba confundido. Una vez más no comprendía bien qué estaba pasando. Estaba dentro de un chico que se suponía que era él, pero no sabía de qué estaba hablando Teresa. Era obvio que no se refería a los Habitantes: en una de las pantallas podía ver a Minho y a Newt caminando hacia el bosque; y, en otra, a Gally sentado en un banco. Luego a Alby gritándole a alguien, que Thomas no alcanzó a reconocer.

—Sabíamos que ocurriría —respondió él finalmente, sin estar seguro de por qué lo decía.

—Todavía es difícil de aceptar —ellos no se miraban mutuamente, solo analizaban las imágenes de las pantallas—. Ahora todo depende de nosotros. Y de la gente que está en los pabellones.

—Eso es bueno —dijo Thomas.

—Siento casi tanta lástima por ellos como por los Habitantes. Casi.

Thomas se preguntó qué significaba eso mientras la versión más joven de él en el sueño se aclaraba la garganta.

—¿Crees que hemos aprendido lo necesario? ¿Realmente piensas que podremos llevar esto a cabo con todos los Creadores originales muertos?

—Tom, tenemos que hacerlo —Teresa se acercó a él y lo tomó de la mano. Él la miró pero no logró interpretar su expresión—. Todo está en su lugar. Tenemos un año para entrenar a los reemplazos y hacer los preparativos.

—Pero no está bien. ¿Cómo podemos pedirles a ellos que…?

Teresa puso los ojos en blanco y le apretó la mano tan fuerte que le dolió.

—Ellos saben en qué se están metiendo. No vuelvas a hablar así.

—Está bien —por alguna razón, Thomas sabía que esa versión de sí mismo, que estaba dentro de la visión, se sentía muerto por dentro. Sus palabras no significaban nada—. Lo único que importa ahora son los paradigmas. La zona letal. Nada más.

Teresa asintió.

—No importa cuántos mueran o queden heridos. Si las Variables no funcionan, terminarán de la misma manera. Todos.

—Los paradigmas —dijo Thomas.

Teresa le apretó la mano.

—Los paradigmas.

Cuando despertó, la luz se iba volviendo cada vez más pálida a medida que el sol se hundía bajo un horizonte que él no podía ver. Harriet y Sonia se hallaban sentadas cerca y lo observaban de forma extraña.

—Buenas noches —dijo con falso entusiasmo. El sueño perturbador seguía todavía fresco en su mente—. Señoras, ¿puedo ayudarlas?

—Queremos que nos cuentes lo que sabes —repuso Harriet en voz baja.

La niebla del sueño desapareció rápidamente.

—¿Por qué debería colaborar con ustedes?

A pesar de que tenía ganas de sentarse a pensar en el sueño, se dio cuenta de que algo había cambiado; se veía en la mirada de Harriet, y él no podía dejar pasar la oportunidad de salvarse.

—No creo que tengas muchas opciones —dijo ella—. Pero si compartes tus descubrimientos, tal vez nosotras podamos ayudarte.

Thomas miró a su alrededor buscando a Teresa, pero no la vio.

—¿Dónde está…?

Sonia lo interrumpió.

—Dijo que quería recorrer la zona para ver si tus amigos nos habían seguido. Hace más o menos una hora que se fue.

En su cabeza, Thomas podía ver a la Teresa de su sueño mirando esas pantallas y hablando sobre los Creadores muertos, la zona letal y los paradigmas. ¿Cómo encajaba todo eso?

—¿Acaso te comieron la lengua los ratones?

Los ojos de Thomas se clavaron en Sonia.

—No, hum… ¿esto significa que ustedes están reconsiderando la idea de matarme? —bromeó. Sus palabras le sonaron estúpidas y se preguntó cuántas personas en la historia de la humanidad habrían hecho una pregunta semejante.

Harriet esbozó una sonrisita de suficiencia.

—No saques conclusiones precipitadas. Y no pienses que nos volvimos rectas y justas. Solo digamos que tenemos nuestras dudas y queremos hablar. Pero tus probabilidades son escasas.

Sonia continuó la idea.

—En este momento, lo más inteligente sería hacer lo que nos dijeron. Estás en franca desventaja. Vamos. Si estuvieras en nuestro lugar, ¿qué harías?

—Estoy muy seguro de que decidiría no matarme.

—No seas idiota. Esto no es gracioso. Si pudieras elegir y las dos alternativas fueran mueres tú o morimos todas nosotras, ¿cuál elegirías? Aquí se trata de ti o de nosotras.

Su rostro revelaba que hablaba muy en serio y la pregunta lo golpeó como un puñetazo en el pecho. Por un lado, ella tenía razón. Si eso realmente fuera a suceder –que ellas murieran si no se deshacían de él–, entonces, ¿cómo iba a pretender él que no lo hicieran?

–¿Vas a responder? –lo presionó Sonia.

–Estoy pensando –hizo una pausa y se secó el sudor de la frente. Otra vez, el sueño intentó filtrarse dentro de su mente y tuvo que apartarlo–. Muy bien, voy a ser sincero. Lo prometo. Si yo estuviera en su lugar, optaría por no matarme.

Harriet puso los ojos en blanco.

–Es fácil para ti decirlo, ya que es tu vida la que está en juego.

–No se trata solo de eso. Creo que es una especie de prueba y quizás esperan que ustedes no lo hagan. –Los latidos de su corazón se aceleraron. Estaba convencido de lo que decía, pero dudaba que ellas le creyeran–. Tal vez *deberíamos* compartir lo que sabemos y decidir qué vamos a hacer.

Harriet y Sonia intercambiaron una mirada prolongada.

Después de unos segundos, Sonia sacudió la cabeza y Harriet se decidió a hablar.

–Nosotras hemos tenido dudas sobre esta cuestión desde el principio. Hay algo que no está bien. De modo que, sí, mejor cuéntanos lo que sabes. Pero primero reunamos a todas –repuso, y se levantó para ir a despertar a las demás.

–Dense prisa –dijo Thomas al tiempo que se preguntaba si tendría alguna posibilidad de escapar de todo ese lío–. Es preferible que hagamos esto antes de que Teresa regrese.

# 48

No les tomó mucho tiempo reunir a todo el grupo. Thomas supuso que les intrigaba saber qué diría el condenado a muerte. Las chicas se amontonaron delante de él, que permanecía atado al árbol inerte.

–Muy bien –dijo Harriet–. Tú empiezas y después nos toca a nosotras.

Thomas se aclaró la garganta. Comenzó a hablar sin tener todavía muy claro qué iba a decir.

–Todo lo que yo sé acerca del grupo de ustedes es lo que nos contó Aris. Y parece que todos tuvimos más o menos la misma experiencia en el Laberinto. Pero desde que escapamos, muchas cosas han sido diferentes. Y no sé bien qué saben ustedes acerca de CRUEL.

Sonia intervino.

–No demasiado.

Eso alentó a Thomas; sintió como si estuviera en una posición de ventaja. Admitir su falta de información pareció haber sido un gran error de Sonia.

–Bueno, yo he averiguado muchas cosas sobre ellos. Todos nosotros somos especiales de alguna manera. Nos están sometiendo a pruebas o algo así pues tienen planes para nosotros –hizo una pausa pero, al ver que nadie reaccionaba, prosiguió–. Muchas de las cosas que nos están haciendo son incomprensibles porque solo son parte de las pruebas, lo que CRUEL denomina Variables: ver cómo reaccionamos ante ciertas situaciones. No comprendo todo ni mucho menos, pero creo que todo este asunto de matarme es otro nivel de lo mismo. U otra mentira. Por lo tanto… pienso que esto no es más que otra Variable para analizar nuestro comportamiento.

—En otras palabras —dijo Harriet—, según esa brillante deducción, esperas que arriesguemos *nuestras* vidas.

—¿No se dan cuenta? No hay razón para matarme. Quizás sea una prueba para ustedes, no lo sé. Pero lo que sí sé es que si estoy vivo, puedo ayudarlas. En cambio, si estoy muerto…

—O —respondió Harriet— nos están poniendo a prueba para ver si tenemos las agallas para matar al líder de nuestros rivales. ¿No es *esa* la razón? ¿Ver cuál grupo gana? ¿Eliminar a los débiles y dejar a los fuertes?

—Yo ni siquiera he sido el líder, Minho lo fue —Thomas sacudió la cabeza con firmeza—. No, piensen en esto: ¿qué fuerza estarían demostrando al matarme? Me superan ampliamente en número y tienen todas esas armas. ¿Cómo demostrarían que son más fuertes?

—Y entonces, ¿cuál es el objetivo de todo esto? —exclamó una chica desde el fondo.

Thomas hizo una pausa para elegir las palabras con cuidado.

—Creo que es una prueba para ver si ustedes piensan por sí mismas, cambian de plan, toman decisiones racionales. Y cuantos más seamos, más probabilidades tendremos de llegar al refugio. Matarme no tiene ningún sentido, no beneficia a nadie. Al capturarme, probaron que tenían el poder necesario. Demuéstrenles que no aceptarán ciegamente lo que ellos les digan.

Se detuvo y se apoyó contra el árbol. No se le ocurría nada más que decir. Ahora todo estaba en manos de ellas. Había hecho todo lo que estaba a su alcance.

—Interesante —dijo Sonia—. Suena bastante a lo que diría alguien que está desesperado por que no lo maten.

Thomas puso una expresión de indiferencia.

—Pienso que es la verdad. Creo que, si me matan, van a reprobar el verdadero test que CRUEL les ha propuesto.

—Sí, claro. Estoy segura de que piensas eso —dijo Harriet, poniéndose de pie—. Mira, para ser sincera, hemos estado evaluando cosas similares. Pero queríamos ver qué tenías que decir. El sol caerá pronto y estoy segura de que Teresa va a volver en cualquier momento. Discutiremos el tema cuando ella llegue.

Sabiendo que sería difícil disuadir a Teresa, Thomas habló enseguida.

—¡No! Lo que ocurre es que ella es la que parece más entusiasmada con la idea de matarme —dijo eso aunque en el fondo esperaba que no fuera cierto. Por muy mal que ella lo hubiera tratado, seguramente no pensaba llegar al extremo de liquidarlo—. Creo que son ustedes las que tienen que tomar la decisión.

—Tranquilo —dijo Harriet con una sonrisa—. Si nosotras decidimos no matarte, no hay nada que ella pueda hacer al respecto. Pero si nosotras... —se detuvo y una mirada extraña apareció en su cara. ¿Acaso estaba preocupada porque había hablado demasiado?—. Ya lo resolveremos.

Thomas trató de disimular su alivio. Era probable que hubiera tocado un poco el orgullo de sus captoras, pero prefirió no ilusionarse demasiado.

Las observó mientras juntaban sus pertenencias y las guardaban en las mochilas —¿De dónde las habrán sacado?, se preguntó—, preparándose para el viaje nocturno, adonde fuera que se dirigiesen. Los murmullos y los susurros de conversación flotaban en el aire al tiempo que las chicas seguían echando miradas furtivas a Thomas. Era obvio que comentaban sobre las cosas que él había dicho.

La oscuridad se fue haciendo cada vez más densa y entonces apareció Teresa, desde la misma dirección por donde habían llegado unas horas antes. Se dio cuenta de inmediato de que algo había cambiado, tal vez por la manera en que el grupo no dejaba de mirarlos a ella y a Thomas.

—¿Qué pasa? —preguntó, con la misma expresión dura en el rostro que tenía desde el día anterior.

Fue Harriet la que respondió.

—Tenemos que hablar.

Teresa parecía confundida, pero siguió al resto del grupo hasta la parte más escondida del acantilado. En un instante, los susurros furiosos llenaron el aire, pero Thomas no llegaba a entender una sola palabra. Se le hizo un nudo en el estómago ante la expectativa del veredicto.

Desde donde se encontraba, pudo apreciar que la conversación había levantado temperatura y Teresa se veía tan enfurecida como las demás. Su expresión se acentuó al intentar explicar su punto de vista. Parecía que era ella contra el resto, lo cual puso a Thomas muy nervioso.

Por fin, cuando cayó por completo la noche, Teresa se alejó violentamente del grupo de chicas y comenzó a caminar alejándose del campamento en dirección norte. Llevaba la lanza colgada de un hombro y la mochila del otro. Thomas la observó partir hasta que se perdió entre las paredes estrechas del Paso.

Echó una mirada al grupo y comprobó que muchas de las chicas parecían aliviadas. Harriet se acercó hasta él y, sin decir una palabra, se arrodilló y desató la cuerda que lo sujetaba al árbol.

—¿Y? —preguntó Thomas—. ¿Llegaron a alguna decisión?

Harriet no respondió hasta que terminó de liberarlo. Entonces se sentó sobre los tobillos y lo miró con atención mientras la luz débil de la luna y de las estrellas se reflejaba en sus ojos oscuros.

—Este es tu día de suerte. Decidimos que no te mataremos. No puede ser una coincidencia que, en el fondo, todas hayamos estado pensando lo mismo.

Para su sorpresa, Thomas no se sintió reconfortado. En ese momento descubrió que siempre había sabido cuál sería la decisión.

—Pero te digo algo —le advirtió Harriet mientras se ponía de pie y le extendía la mano para ayudarlo—. A Teresa no le agradas. Si yo estuviera en tu lugar, me cuidaría mucho cuando ella ande cerca.

Thomas agarró la mano que le tendía Harriet al tiempo que se desataba en su interior una lucha sin tregua entre la confusión y el dolor.

Teresa lo quería ver muerto de verdad.

# 49

Mientras comía con el Grupo B y se preparaba para partir, Thomas se mantuvo en silencio. Poco después, comenzaron a atravesar el oscuro paso entre las montañas y enfilaron hacia el refugio, que se suponía los esperaba del otro lado. Resultaba extraño tener de repente una relación amistosa con esas chicas después de lo que le habían hecho, pero ellas actuaban como si nada inusual hubiera ocurrido. Lo trataban como... bueno, como si fuera una chica más.

Pero Thomas conservó un poco la distancia en la retaguardia, pues todavía no estaba seguro de si realmente podía confiar en el cambio de actitud del grupo con respecto a él. ¿Cómo tendría que actuar? Aun cuando Harriet y las otras lo dejaran ir, ¿debería tratar de encontrar a su propio grupo, a Minho, a Newt y a todos los demás? Se moría de ganas de estar otra vez con sus amigos y con Brenda. Pero sabía que el tiempo se estaba acabando y no tenía ni comida ni agua para marcharse por su cuenta. No le quedaba otra opción que rogar que sus amigos encontraran el camino hasta el refugio.

De modo que siguió caminando cerca de las chicas, pero no demasiado.

Transcurrieron un par de horas sin más compañía que los altos precipicios de piedra y el crujido de la tierra y la roca bajo sus pies. Le hizo muy bien volver a ponerse en movimiento y estirar las piernas y los músculos. Sin embargo, el plazo se estaba acortando velozmente. ¿Y quién podía imaginar cuál sería el próximo obstáculo que se les presentaría? ¿O tal vez las chicas habrían planeado algo diferente para él? Reflexionó mucho sobre los sueños que había tenido, pero todavía no lograba juntar todas las piezas como para comprender en su totalidad lo que estaba ocurriendo.

Harriet fue retrocediendo hasta que ambos quedaron a la par.

–Siento mucho que te hayamos arrastrado por el desierto dentro de una bolsa –le dijo. A pesar de que no podía distinguir bien su rostro en la luz tenue, le pareció que sonreía.

–No hay problema. Fue bueno relajarse por un rato –respondió. Sabía que tenía que representar su papel y actuar con humor. Todavía no podía confiar por completo en las chicas, pero no tenía otra opción.

Ella se rio y el sonido de su risa lo tranquilizó.

–Me imagino. El hombre de CRUEL nos dio instrucciones muy precisas sobre ti. Pero fue Teresa la que se obsesionó con el tema. Como si matarte fuera idea de ella.

Las palabras de Harriet afectaron profundamente a Thomas, pero una vez que tenía la oportunidad de enterarse de algunas cosas no la iba a desaprovechar.

–¿Por casualidad el tipo tenía un traje blanco y parecía una rata humana?

–Sí –contestó ella sin vacilar–. ¿Es el mismo que habló con tu grupo?

Thomas hizo un movimiento afirmativo con la cabeza.

–¿Cuáles fueron las… instrucciones precisas que les dio?

–Bueno, la mayor parte de nuestro viaje fue a través de túneles subterráneos. Es por eso que no nos vieron en el desierto. Lo primero que debimos hacer fue eso tan extraño en aquel edificio al sur de la ciudad, donde hablaste con Teresa. ¿Te acuerdas?

Thomas quedó paralizado. ¿De modo que en ese momento ella había estado con su grupo?

–Sí, claro que me acuerdo.

–Es probable que te hayas dado cuenta de que todo eso no fue más que una actuación. Una forma de prepararte para lo peor, de darte una falsa seguridad. Teresa incluso nos contó que, de alguna manera, ellos… la *controlaban* para hacer que te besara. ¿Es cierto?

Thomas frenó de golpe, se agachó y apoyó las manos en las rodillas. Algo le había cortado la respiración. No tenía nada más que pensar. Cualquier rastro de duda que quedara, se acababa de desvanecer. Teresa se había vuelto en su contra. O, tal vez, nunca había estado realmente de su lado.

—Yo sé que todo esto es muy difícil —dijo Harriet con suavidad—. Supongo que te sentías muy cerca de ella.

Él volvió a incorporarse y respiró hondo.

—Yo... había esperado que fuera exactamente al revés. Que ellos la hubieran estado obligando a herirnos a nosotros y que ella hubiera logrado liberarse lo suficiente como para... besarme.

Harriet le apoyó la mano en el brazo.

—Desde que ella se unió a nosotros, siempre dijo que eras un monstruo y que le habías hecho algo terrible, aunque nunca nos contó qué había sido. Pero tengo que reconocer que no tienes nada que ver con lo que ella nos describió. Esa puede ser la verdadera razón por la cual cambiamos de opinión.

Thomas cerró los ojos e intentó apaciguar su corazón. Después dejó sus pensamientos a un lado y prosiguió la travesía.

—Muy bien, cuéntame lo que falta. Tengo que escuchar la historia completa.

Harriet se puso a caminar al ritmo de Thomas.

—El resto de las instrucciones para matarte está relacionado con atraparte en el desierto como lo hicimos y traerte hasta aquí. También nos dijeron que te mantuviéramos en la bolsa hasta que estuviéramos fuera de la vista del Grupo A. Luego... bueno, el gran día se suponía que debía ser pasado mañana y que tenía que haber un sitio construido dentro de la montaña en la zona norte. Un lugar especial para... matarte.

A pesar de que quería detenerse otra vez, Thomas siguió andando.

—¿Un *lugar*? ¿Qué significa eso?

—No lo sé. Solo nos dijo que, cuando llegáramos allí, sabríamos qué hacer —hizo una pausa y chasqueó los dedos como si se le hubiera ocurrido algo—. Estoy segura de que ese es el sitio adonde ella fue hace unas horas.

—¿Por qué? ¿A qué distancia estamos del otro lado?

—No tengo ni idea.

Se quedaron en silencio y siguieron caminando.

Les tomó más tiempo del que Thomas hubiera imaginado. Se hallaban en la mitad de la segunda noche de marcha cuando unos gritos que venían de adelante anunciaron que habían llegado al extremo del Paso. Thomas, que se había mantenido en la retaguardia, comenzó a correr para alcanzar al resto del grupo. Ansiaba con desesperación ver qué había en la parte norte de la cadena montañosa. De alguna manera, era allí donde lo esperaba su destino.

Las chicas se habían reunido tras una amplia franja de rocas quebradas, que se desplegaba como un abanico desde el estrecho desfiladero del Paso, antes de precipitarse hacia el fondo de las montañas por una pendiente abrupta. La luna iluminaba el fondo del valle que se hallaba delante de ellas, confiriéndole una luz violácea y aterradora. La planicie se extendía durante kilómetros y kilómetros de tierra árida y yerma.

No se veía absolutamente nada.

No había señales de algo que pudiera ser un refugio. Y se suponía que debían estar a pocos kilómetros del lugar.

—Tal vez no podemos verlo —Thomas no sabía quién había dicho eso, pero no dudaba de que todo el grupo había entendido perfectamente la razón de esas palabras: era un esfuerzo por mantener la esperanza.

—Seguramente —agregó Harriet con tono optimista—. Debe ser otra entrada a uno de sus túneles subterráneos. Estoy segura de que está allí.

—¿Cuántos kilómetros crees que faltan? —preguntó Sonia.

—Teniendo en cuenta el sitio del cual partimos y la distancia que el hombre dijo que debíamos recorrer, no pueden ser más de quince —respondió Harriet—. Es probable que sean diez o doce. Yo pensé que llegaríamos aquí arriba y nos toparíamos con un edificio grande y hermoso con una cara sonriente encima.

Durante todo ese tiempo, Thomas había estado tratando de distinguir algo en la oscuridad, pero no había logrado ver nada. Solo un mar negro que se extendía hacia el horizonte, donde parecía que habían corrido un telón de estrellas. Y no había señales de Teresa por ningún lado.

—Bueno —anunció Sonia—. No nos quedan muchas más posibilidades que seguir caminando hacia el norte. Debimos imaginarnos que no sería algo fácil. Quizás podamos llegar al pie de la montaña antes del amanecer y dormir en terreno llano.

Las demás estuvieron de acuerdo y, cuando estaban a punto de descender por un sendero apenas visible que salía del abanico de rocas, Thomas se dirigió a ellas en voz alta.

—¿Dónde está Teresa?

Harriet desvió los ojos hacia él y la luz de la luna cubrió su rostro con una pálida luminiscencia.

—A esta altura, no me importa en absoluto. Si ella es lo suficientemente grande como para irse corriendo cuando no se sale con la suya, también lo es para encontrarnos cuando se le pase el malhumor. Vámonos.

Descendieron por el camino serpenteante. La tierra y las piedras sueltas crujían bajo sus pies. Thomas no pudo evitar mirar hacia atrás en busca de algún rastro de Teresa en la ladera de la montaña y en la angosta entrada hacia el Paso. Aunque lo invadía la confusión, tenía un extraño deseo de verla. Recorrió con la vista las oscuras faldas de la montaña, pero no vio más que débiles sombras y reflejos de luz de luna.

Casi aliviado de no encontrarla, dio media vuelta e inició la caminata.

El grupo bajó zigzagueando por la montaña en absoluto silencio. Una vez más, Thomas se quedó atrás, sorprendido de lo adormecida y entumecida que sentía la mente. No tenía la más remota idea de dónde se hallaban sus amigos ni qué peligros podrían estar acechándolos.

Después de aproximadamente una hora de travesía, cuando comenzaban a dolerle las piernas por el dificultoso descenso, el grupo se topó con un conjunto de árboles muertos que subían alrededor de la montaña formando una franja ancha. Daba la impresión de que, en otras épocas, una cascada hubiera bañado esa extraña formación de árboles. Aunque, si eso había ocurrido, hacía mucho tiempo que la última gota se había rendido al ardor del Desierto.

Desde su lugar al final de la fila, Thomas escuchó una voz que lo llamaba al pasar por delante del rincón más alejado de los árboles. Se sobresaltó de tal forma que casi se cayó. Giró abruptamente y se encontró con Teresa, que emergió desde atrás de un tronco de madera blanca con la lanza en la mano derecha y el rostro escondido en las sombras. El resto del equipo continuó caminando como si no hubiera escuchado nada.

–Teresa –susurró–. ¿Qué…? –Ni siquiera sabía qué decir.

–Tom, tenemos que hablar –respondió ella, con una voz que sonó casi igual a la de la chica que él alguna vez pensó que conocía–. Ven conmigo, no te preocupes por ellas –y, con un rápido movimiento de cabeza, señaló los árboles que se encontraban detrás.

Él echó una mirada a las chicas del Grupo B, que seguían alejándose por el sendero, y luego volvió a mirar a Teresa.

–Tal vez deberíamos…

–Vamos. La actuación ya terminó –exclamó. Sin esperar respuesta, se dio vuelta y penetró en el bosque sin vida.

Thomas deliberó durante varios segundos mientras su mente giraba en medio del desconcierto y su instinto le gritaba que no fuera tras ella. Pero no le hizo caso.

# 50

Quizás los árboles estuvieran muertos, pero las ramas todavía se enganchaban en la ropa de Thomas y le rasgaban la piel. Bajo la luz de la luna, la madera tenía un resplandor blanquecino y las sombras que se extendían sobre la tierra daban al lugar un aspecto fantasmagórico. Teresa caminaba en silencio, flotando arriba de la montaña como si fuera una aparición.

Finalmente, Thomas juntó el valor necesario para hablarle.

—¿Adónde vamos? ¿Realmente esperas que te crea que todo eso fue una actuación? ¿Por qué no te detuviste cuando todas las demás acordaron no matarme?

Su respuesta fue rara. Giró levemente la cabeza y le formuló una pregunta.

—Conociste a Aris, ¿verdad? —No se detuvo ni disminuyó el paso.

Completamente desorientado, Thomas frenó en seco.

—¿*Aris*? ¿Y cómo sabes quién es? ¿Qué tiene que ver él en todo esto?

Ardiendo de curiosidad, se apresuró para alcanzarla, aunque por alguna razón temía cuál podía ser la respuesta.

Ella no respondió de inmediato; intentaba abrirse camino por un sector particularmente lleno de ramas. Una de ellas voló hacia atrás y fue a dar en la cara de Thomas después de que ella la apartara de su paso. Segundos después, se detuvo y se dio vuelta hacia él, con la cara iluminada por un rayo de luz. Tenía una expresión triste.

—Sucede que conozco a Aris muy bien —dijo con voz tensa—. Mucho mejor de lo que te agradaría saber. No solo fue una parte muy importante de mi vida antes del Laberinto, sino que también ambos podemos hablar en la mente, igual que solíamos hacerlo tú y yo. Incluso cuando estábamos en el Área nos comunicábamos todo el tiempo. Y sabíamos que a la larga ellos nos volverían a reunir.

Thomas buscó una respuesta. Lo que había dicho era tan inesperado que pensó que podía ser una broma. Otro ardid de CRUEL.

Ella se quedó esperando con los brazos cruzados, como si disfrutara de verlo sufrir mientras buscaba las palabras para responderle.

—Estás mintiendo —contestó por fin—. Lo único que haces es mentir. No entiendo por qué, ni sé qué está sucediendo, pero…

—Por favor, Tom —dijo ella—. ¿Cómo pudiste ser tan estúpido? Después de todo lo que te ha pasado, ¿cómo puede ser que todavía algo te sorprenda? Todo lo nuestro era parte de una prueba ridícula. Y ya terminó. Aris y yo vamos a hacer lo que nos dijeron que debemos hacer y la vida continúa. CRUEL es lo único que importa ahora. Eso es todo.

—¿De qué estás hablando? —le preguntó, mientras sentía un insoportable vacío en su interior.

Teresa miró por encima del hombro de Thomas. Aunque él oyó el crujido de ramitas al quebrarse, mantuvo la dignidad y no se dio vuelta para ver quién era el visitante repentino.

—Tom —dijo ella—. Aris está detrás de ti y tiene un cuchillo muy grande. Si intentas defenderte, te cortará el cuello. Vendrás con nosotros y harás exactamente lo que te digamos. ¿Entendiste?

Él la miró fijamente, esperando que la furia que sentía se reflejara con claridad en su rostro. Nunca había estado tan enojado en toda su vida. Por lo menos, en la parte que él recordaba.

—Aris, di hola —exclamó ella. Y después hizo algo todavía peor: sonrió.

—Hola, Tommy —dijo el chico desde atrás. Era él, aunque no tan amistoso como antes—. Me emociona verte otra vez.

La punta del cuchillo de Aris rozó la espalda de Thomas, que permaneció en silencio.

—Bueno —dijo Teresa—. Por fin estás actuando como un adulto. Sígueme, ya estamos cerca.

—¿Adónde vamos? —preguntó Thomas con voz dura.

—Ya lo sabrás a su tiempo —respondió. Luego le dio la espalda y comenzó a caminar de nuevo entre los árboles, con la lanza como bastón.

Thomas se apresuró a seguirla antes de que Aris pudiera disfrutar del placer de empujarlo. Los árboles se volvieron más espesos y más cercanos entre sí, y la claridad de la luna se desvaneció. La oscuridad se instaló de golpe, consumiendo toda la luz y la vida a su alrededor.

Llegaron a una cueva, cuya entrada estaba tapada por la densa arboleda, que formaba un muro ancho. Sin ninguna advertencia y de un minuto a otro, Thomas pasó de un sendero difuso lleno de ramas espinosas a un hueco alto y estrecho al costado de la montaña. Desde lo profundo de la abertura, brillaba una débil luz como un rectángulo verdoso que hizo que Teresa se viera como una zombi cuando se hizo a un lado para dejarlos entrar.

Aris caminó junto a Thomas con el cuchillo apuntando hacia su pecho como si fuera una pistola. Luego retrocedió hasta la pared que estaba enfrente de Teresa y se recostó en ella. Thomas no hacía más que llevar la mirada de uno al otro. Su instinto siempre le había dicho que ellos eran sus amigos. Hasta ese momento.

—Bueno, aquí estamos —anunció Teresa mirando a Aris.

Él no le quitaba los ojos de encima a Thomas.

—Exactamente. Aquí estamos, muy bien. Tenías razón en que iba a convencer a las demás de perdonarle la vida. ¿Qué es? ¿Un súper psicólogo?

—En realidad nos vino bien. Resultó más fácil traerlo aquí.

Teresa echó una mirada de superioridad a Thomas y después se dirigió hacia Aris. Delante de los ojos de Thomas, se puso en puntas de pie, le dio un beso a Aris en la mejilla y esbozó una sonrisa divertida.

—Estoy muy contenta de que finalmente volvamos a estar juntos.

Aris sonrió. Le lanzó a Thomas una mirada de advertencia y después se arriesgó a desviar la vista lo suficiente como para inclinar la cabeza hacia Teresa. Y la besó en los labios.

Thomas apartó los ojos y los cerró. Las súplicas de que confiara en ella, el susurro raudo de que resistiera: todo eso había sido para atraerlo hasta allí. Para llevarlo más fácilmente a ese lugar. Para que ella pudiese concretar algún objetivo malévolo urdido por CRUEL.

—Terminen con esto cuanto antes —dijo finalmente, sin atreverse a abrir los ojos de nuevo. No quería saber qué estaban haciendo, por qué estaban callados. Pero quería que creyeran que él ya se sentía derrotado—. Terminen de una vez.

Al no escuchar ninguna respuesta, no puedo evitar espiar. Estaban cuchicheando entre ellos y besándose furtivamente mientras hablaban. Algo semejante al aceite hirviendo le llenó el estómago.

Volvió a desviar la mirada, pero esta vez la dirigió hacia la extraña fuente de luz en la parte posterior de la cueva. Dentro de la roca oscura, un gran rectángulo de pálida claridad verde latía con un resplandor sutil. Era tan alto como un hombre de estatura mediana, de poco más de un metro de ancho. Unas manchas surcaban la superficie empañada: una ventana sucia que daba a algo que parecía lodo radiactivo, brillante y peligroso.

Por el rabillo del ojo, Thomas vio que Teresa se alejaba de Aris dando por terminada la sesión amorosa. La miró mientras se preguntaba si sus ojos revelarían lo herido que se sentía.

—Tom —dijo ella—. Si te sirve de ayuda, lamento mucho haberte lastimado. En el Laberinto hice lo que tenía que hacer. Y convertirme en tu íntima amiga me pareció la mejor forma de conseguir los recuerdos que necesitábamos para descifrar el código y escapar. Y aquí en el Desierto tampoco tuve muchas opciones. Lo único que teníamos que hacer era traerte hasta aquí para pasar las Pruebas. *Y hay una sola elección: tú o nosotros.*

Teresa hizo una breve pausa y un brillo extraño apareció en sus ojos.

—Aris es mi mejor amigo, Tom —dijo con calma y sin alterar la voz.

Y en ese momento Thomas ya no pudo contenerse más.

—¡No… me… importa! —rugió, aunque nada podía estar más lejos de la verdad.

—Te lo digo por las dudas. Si yo te importara, comprenderías por qué yo estaría dispuesta a hacer lo que fuera necesario para superar las Pruebas y salvarlo. ¿Tú no habrías hecho lo mismo por mí?

Thomas no podía creer lo lejos que se sentía de la chica a la que alguna vez había creído su mejor amiga. Incluso en todos sus recuerdos siempre habían estado los dos juntos.

—¿Qué es esto? ¿Estás buscando todas las formas posibles para herirme? ¡Cierra tu maldita boca de una vez y haz lo que se supone que tienes que hacer!

Respiraba agitadamente por la furia contenida y el corazón le latía a un ritmo mortal.

—Muy bien —respondió ella—. Aris, abre la puerta. Es hora de que Tom se vaya.

# 51

Thomas no tenía nada más que hablar con los dos, pero no iba a entregarse sin luchar. Resolvió esperar y estar atento a la primera oportunidad que se le presentase.

Aris seguía apuntándole con el cuchillo cuando Teresa enfiló hacia el rectángulo de luz verde. Thomas no podía negar la curiosidad que le producía esa puerta.

Teresa llegó hasta un punto en donde su silueta quedó enmarcada por el resplandor y el contorno de su cuerpo se tornó borroso, como si se estuviera disolviendo. Atravesó la cueva hasta que estuvo fuera de la zona de luz. Luego buscó a tientas en la pared de piedra y comenzó a presionar con el dedo sobre lo que debía ser una especie de teclado numérico, que Thomas no alcanzaba a distinguir.

Cuando finalizó, retrocedió hasta él.

—Veremos si eso realmente funciona —dijo Aris.

—Va a funcionar —respondió Teresa.

Se escuchó una explosión seguida de un pitido agudo y el borde derecho del vidrio empezó a balancearse hacia afuera como si fuera una puerta. Mientras se abría, una tenue bruma blanca iba brotando como un remolino de la hendidura y se evaporaba casi de inmediato. Parecía un congelador abandonado hace mucho tiempo, que despedía el aire frío al calor de la noche. La oscuridad acechaba en su interior aun cuando el rectángulo de vidrio no dejaba de emitir su extraña radiación verdosa.

*De modo que no era una ventana*, pensó Thomas, *sino simplemente una puerta verde*. Con un poco de suerte, en su futuro cercano no habría residuos tóxicos. Al menos, eso esperaba.

Con un chirrido helado, la puerta se detuvo finalmente contra el muro de roca, dejando a la vista nada más que una fosa negra. La luz no era suficiente como para ver qué había adentro. La bruma también se había disipado por completo. Thomas sintió que una ansiedad abismal se desataba en sus entrañas.

—¿Tienes una linterna? —preguntó Aris.

Teresa apoyó la lanza en el suelo, abrió la mochila y hurgó en el interior. Un instante después, extrajo una linterna y la encendió.

Aris señaló hacia la abertura.

—Echa un vistazo mientras yo lo vigilo. No intentes nada, Thomas. Estoy seguro de que lo que ellos tienen planeado para ti es más agradable que morir de una cuchillada.

En su patético intento por mantenerse en silencio de allí en adelante, Thomas no respondió. Pensó en el cuchillo y si podría arrebatárselo a Aris.

Teresa ya se encontraba al costado del hueco rectangular enfocando la linterna hacia el interior. La movió de arriba a abajo y de derecha a izquierda. Al hacerlo, el haz de luz atravesó una delgada nube de bruma, pero la humedad ya dejaba ver lo que había adentro.

Era una habitación de tamaño reducido. Las paredes parecían hechas de un metal plateado y tenían en la superficie unas protuberancias de dos o tres centímetros, que terminaban en agujeros negros. Los pequeños tiradores o perillas estaban dispuestos a unos doce centímetros unos de otros, formando una grilla cuadrada en las paredes.

Teresa apagó la linterna y se volvió hacia Aris.

—Todo parece estar bien —dijo ella.

Aris hizo un movimiento brusco con la cabeza para mirar a Thomas, que había estado tan concentrado en el extraño recinto que se había perdido otra oportunidad de intentar algo.

—Es exactamente como ellos dijeron.

—Entonces… ¿supongo que esto es todo? —preguntó Teresa.

Aris asintió. Luego pasó el cuchillo a la otra mano y lo sujetó con más fuerza.

–Esto es todo, Thomas. Pórtate como un buen chico y entra en la habitación. ¿Quién sabe? Tal vez esto no sea más que una gran prueba y, una vez que estés adentro, te dejarán ir y todos podremos disfrutar de un feliz reencuentro.

–Cállate, Aris –dijo Teresa. Por primera vez en mucho tiempo, Thomas no sintió ganas de pegarle. Después ella se volvió hacia él evitando hacer contacto con sus ojos–. Terminemos de una vez.

Aris agitó el cuchillo para indicarle a Thomas que debía adelantarse.

–Vamos. No me obligues a empujarte.

Esforzándose por mantener la inexpresividad en el rostro, Thomas lo miró mientras su mente giraba en miles de direcciones. El pánico hervía en su interior. Era ahora o nunca. Pelear o morir.

Desvió la vista hacia la puerta abierta y comenzó a caminar lentamente hacia ella. Con tres pasos, ya había atravesado la mitad de la distancia. Teresa se había enderezado y tenía los brazos tensos en caso de que él causara problemas. Aris mantenía el arma dirigida hacia su cuello.

Un paso más. Otro. Aris se encontraba a su derecha, a unos ochenta centímetros. Teresa estaba detrás, fuera de su vista; la puerta abierta y la extraña habitación plateada con paredes cubiertas de agujeros se hallaban justo delante de él.

Se detuvo y miró hacia ambos lados buscando a Aris.

–¿Qué aspecto tenía Raquel mientras agonizaba? –dijo. Era una apuesta, una jugada para desconcertarlo.

Herido y conmocionado ante la pregunta, Aris se quedó petrificado y le dio a Thomas la fracción de segundo que necesitaba.

Saltó sobre el chico y lo golpeó con el brazo izquierdo para arrebatarle el cuchillo, que cayó en la roca. Thomas estrelló el puño derecho en el estómago de Aris, quien se derrumbó en el piso haciendo un gran esfuerzo para recuperar el aliento.

El ruido del metal contra la piedra evitó que Thomas pateara a Aris, que se encontraba a sus pies. Levantó la vista y comprobó que Teresa había tomado la lanza. Sus miradas se enfrentaron durante un instante y después ella arremetió contra él. Thomas levantó las manos para protegerse pero ya era demasiado tarde: el extremo del arma volaba por el aire y golpeaba el costado de su cabeza. Mientras se desmoronaba luchando por no perder la conciencia, las estrellas comenzaron a flotar delante de sus ojos. Apenas tocó el suelo, se apoyó en las manos y en las rodillas para levantarse.

Pero escuchó el grito de Teresa y, un segundo después, la madera chocó contra la parte superior de su cabeza. Con un gran estruendo, Thomas volvió a caerse. Algo húmedo se deslizó por su pelo y corrió por ambas sienes. El dolor lo desgarró como si un hacha se le hubiera hundido en el cerebro y se extendió por todo su cuerpo, provocándole náuseas. Cuando logró separarse del piso y colocarse de espaldas, vio que Teresa se erguía sobre él con la lanza en alto una vez más.

– Thomas, entra en la habitación –dijo ella, jadeando–. Si no lo haces, te pegaré otra vez. Te juro que seguiré haciéndolo hasta que te desmayes o mueras desangrado.

Aris se había recuperado y se puso de pie al lado de ella.

Thomas levantó las dos piernas hacia atrás y lanzó una patada que les dio a ambos en las rodillas. Dejaron escapar un grito y cayeron uno sobre el otro.

El esfuerzo físico le disparó una corriente de dolor por todo el cuerpo mientras unas luces blancas lo enceguecían. Todo daba vueltas a su alrededor. Emitió un gruñido y se movió con dificultad. Se colocó con el estómago en el suelo y trató de poner las manos debajo del cuerpo. Apenas había logrado elevarse unos centímetros cuando Aris aterrizó sobre su espalda y lo derribó. De inmediato, el brazo del chico aferró su cuello y apretó.

–Entras ahora mismo en esa habitación –le escupió en el oído–. ¡Teresa, ayúdame!

Thomas no tenía más fuerza para combatir con ellos. Los dos golpes en la cabeza lo habían agotado por completo, como si todos sus músculos se hubieran adormecido porque la mente ya no poseía energía suficiente para ordenarles qué debían hacer. Enseguida Teresa le sujetó los dos brazos y comenzó a arrastrarlo hacia la entrada con la ayuda de Aris. Mientras Thomas pateaba frenéticamente, las piedras se le hundían en la piel.

—No lo hagas —murmuró, abandonándose a la desesperación. Cada palabra enviaba una ráfaga de dolor a través de sus nervios—. Por favor… —solo veía fogonazos blancos sobre negro. *Una conmoción cerebral*, pensó. Tenía una terrible conmoción cerebral.

Percibió con escasa conciencia que atravesaba el umbral, que Teresa le apoyaba los brazos contra el frío metal de la pared trasera, que pasaba por encima de él y ayudaba a Aris a girar sus piernas para colocarlo en un montículo frente a la pared del costado. Thomas ni siquiera tenía fuerza para mirarlos.

—No —protestó, pero era apenas un susurro. La imagen de Ben en el Área durante el Destierro brotó en su mente. Era un instante extraño para recordarlo, pero en ese momento comprendió cómo se habría sentido ese chico en esos últimos segundos antes de que los muros se cerraran y lo dejaran atrapado para siempre dentro del Laberinto.

—No —protestó. Habló tan bajo que no creía que lo hubieran oído. Le dolía todo el cuerpo.

—Eres tan testarudo —escuchó decir a Teresa—. ¡Tenías que hacer las cosas más difíciles para ti! ¡Y más difíciles para todos!

—Teresa —susurró Thomas. Escarbó en el dolor intentando llamarla en forma telepática, aunque hacía mucho tiempo que ese método no funcionaba. *Teresa*.

*Lo siento, Tom*, le respondió otra vez en su mente. *Pero gracias por ser nuestro sacrificio*.

No se había dado cuenta de que la puerta había comenzado a moverse, y se cerró de golpe justo cuando esa última palabra siniestra quedaba rondando sus tenebrosos pensamientos.

# 52

La parte trasera de la puerta que acababan de cerrarle en la cara lanzaba un destello verdoso y convertía a la pequeña habitación en una cárcel siniestra y escalofriante. Si la cabeza no le hubiera dolido tanto, habría aullado, habría llorado a moco tendido y berreado como un bebé. Sentía que le taladraban el cráneo y tenía los ojos como lava hirviendo.

Pero aun en medio de ese suplicio, la profunda pena de perder verdaderamente a Teresa le destrozaba el corazón. No podía permitirse llorar.

En esa prisión perdió toda noción del tiempo. Era como si quienquiera que se encontrara detrás de todo eso quisiera darle una oportunidad para reflexionar sobre lo ocurrido mientras esperaba el final. Sobre cómo el mensaje de Teresa de que confiara en ella a pesar de todo solo había sido un truco cruel que no hacía más que aumentar su traición y su falsedad.

Transcurrió una hora. Quizá dos o tres. Quizá solo treinta minutos. No tenía la menor idea.

Y luego comenzó el silbido.

La débil luz de la puerta brillante comenzó a reflejar unas ráfagas de vapor que brotaban de los orificios alineados en las paredes de metal que se hallaban delante de él. Se dio vuelta y una nueva oleada de dolor le atravesó la cabeza. Entonces vio que todas las aberturas lanzaban chorros similares de neblina.

Y emitían ese sonido sibilante como si hubiera un nido lleno de serpientes venenosas retorciéndose.

*¿Y esto es todo?*, pensó. ¿Después de la odisea que había pasado, de todos los misterios y las peleas y los fugaces momentos de esperanza, ellos lo iban a matar con gas venenoso? Era una estupidez. Todo eso no era más

que una gran estupidez. Había combatido contra Penitentes y Cranks, había sobrevivido a un disparo de bala y a una infección. CRUEL. ¡Ellos lo habían salvado! ¿Y ahora lo iban a matar asfixiándolo con gas?

Se incorporó con un grito de dolor. Miró a su alrededor buscando algo que pudiera…

Estaba tan cansado.

Sentía algo raro en el pecho. Pavoroso.

El gas.

Cansado. Herido. Exhausto.

Aspiró el gas.

No podía evitarlo.

Se sentía tan… agotado…

Dentro de él. Algo estaba mal.

Teresa. ¿Por qué todo tenía que terminar así?

Cansancio…

En algún lugar en los confines de su mente, estaba consciente de que su cabeza golpeaba contra el suelo.

Traición.

Cansancio…

# 53

Thomas no sabía si estaba vivo o muerto, pero tenía la sensación de estar dormido. Tenía conciencia de sí mismo, pero en medio de una gran nebulosa. Se deslizó en otro sueño-recuerdo.

Tenía dieciséis años. Frente a él, se encontraban Teresa y otra chica a quien no podía reconocer.

Y Aris.

¿Aris?

Los tres lo miraban con aire sombrío. Teresa lloraba.

—Es hora de ir —dijo Thomas.

Aris asintió con la cabeza.

—Primero al Neutralizador y después al Laberinto.

Teresa no hacía más que secarse las lágrimas.

Thomas y Aris se dieron la mano. Luego hizo lo mismo con la chica que no conocía.

Entonces Teresa se lanzó hacia adelante y lo envolvió en un fuerte abrazo. Estaba sollozando y Thomas se dio cuenta de que él también lloraba. Al abrazarla con fuerza, le mojó el pelo con las lágrimas.

—Ya tienes que irte —dijo Aris.

Thomas lo miró. Esperó. Trató de disfrutar ese instante con Teresa. El último momento con la memoria completa. No volverían a estar así por mucho tiempo.

Teresa levantó la mirada hacia él.

—Va a salir bien. Todo va a salir bien.

—Lo sé —dijo Thomas. Sentía una tristeza que le dolía en todo el cuerpo.

Aris abrió una puerta y le hizo señas para que lo siguiera. Thomas obedeció no sin antes darse vuelta para mirar a Teresa por última vez, tratando de aparentar optimismo.

—Nos vemos mañana —le dijo.

Lo cual era cierto y le hacía daño.

El sueño se desvaneció y Thomas cayó en su propia pesadilla.

# 54

Susurros en la oscuridad.

Eso fue lo que escuchó Thomas cuando comenzó a recuperar la conciencia. Débiles pero ásperos, como papel de lija frotándole los tímpanos. No comprendía ni una palabra. Todo estaba tan negro que le tomó un segundo darse cuenta de que tenía los ojos abiertos.

Había algo frío y duro contra su rostro. El suelo. No se había movido desde que el gas lo había desmayado. Lo increíble era que ya no le dolía la cabeza. De hecho, no le dolía nada. En cambio, lo inundaba una sensación de euforia, que casi lo mareaba. Tal vez solo estaba feliz de estar vivo.

Colocó las manos debajo del cuerpo y empujó hasta quedar sentado. Mirar a su alrededor fue inútil: no había ni siquiera una luz tenue que cortara la oscuridad total. Se preguntó qué habría pasado con el destello verdoso de la puerta que Teresa le había cerrado en la cara.

Teresa.

El entusiasmo se apagó al recordar lo que ella le había hecho. Pero entonces…

No estaba muerto. A menos que el más allá no fuera más que una asquerosa habitación negra.

Descansó unos minutos para que su mente se aclarara y finalmente se puso de pie y comenzó a tantear a su alrededor. Había tres paredes frías de metal con agujeros salientes colocados a espacios regulares y otra lisa que parecía de plástico. Era indudable que estaba en la misma habitación pequeña.

Golpeó la puerta.

—¡Hey! ¿Hay alguien allí?

Sus pensamientos empezaron a dar vueltas: los sueños del pasado, que ya habían sido varios; tanta información que procesar, tantas preguntas. Todos aquellos recuerdos que habían regresado en el Laberinto, después de la Transformación, estaban volviéndose nítidos y consolidándose lentamente. Había formado parte de los planes de CRUEL. Teresa y él habían sido muy amigos, íntimos amigos. Todo eso parecía haber sido lo correcto. Hacer esas cosas por el bien superior.

El problema era que ya no estaba tan de acuerdo con lo que había pasado. Solo sentía rabia y vergüenza. ¿Cómo justificar lo que habían hecho? ¿Lo que CRUEL –y ellos– estaban haciendo? Aunque no se consideraba a sí mismo de esa manera, él y los demás eran solo niños. ¡Niños! Ya no le agradaba mucho lo que había averiguado de sí mismo. No sabía bien cuándo había hecho ese cambio decisivo, pero algo se había quebrado en su interior.

Y además estaba Teresa. ¿Cómo había podido quererla tanto?

Sus pensamientos se detuvieron; se oyó un crujido y luego un silbido.

La puerta comenzó a abrirse hacia afuera muy despacio. En la pálida luz de la mañana, Teresa estaba ahí, frente a él, con el rostro surcado de lágrimas. Apenas hubo espacio suficiente, ella lo abrazó y apretó la cara contra su cuello.

–Lo siento, Tom –exclamó. Las lágrimas le mojaron la piel–. Lo siento tanto. Dijeron que te matarían si no hacíamos exactamente lo que ellos decían. Por más horrible que fuera. ¡Perdóname, Tom!

Thomas no podía contestarle ni responder a su abrazo. Traición. El cartel en la puerta de Teresa, la conversación entre las personas en sus sueños. Las piezas comenzaban a ubicarse en su lugar. Por la información que él tenía, ella solo estaba tratando de engañarlo otra vez. La traición implicaba que él ya no podía confiar en ella y su corazón le dijo que no podía perdonarla.

En cierta forma, descubrió que, después de todo, Teresa había mantenido su promesa inicial. Había hecho todas esas cosas horrendas en contra de su voluntad. Lo que ella le había dicho en aquella choza en ruinas había resultado cierto. Pero también sabía que la relación entre ellos nunca más volvería a ser la misma.

Apartó a Teresa de su lado. La sinceridad de sus ojos azules no lograba atenuar su duda persistente.

—Bueno… quizás deberías contarme qué ocurrió.

—Yo te dije que tenías que confiar en mí —respondió—, te avisé que te iban a suceder cosas terribles. Pero todo lo malo fue solo una actuación.

Entonces sonrió, y estaba tan linda que Thomas deseó poder encontrar una manera de olvidar lo que ella había hecho.

—Sí, pero no parecía que sufrieras mucho mientras me pegabas con la lanza y me arrojabas a una cámara de gas —le gritó Thomas, sin poder esconder la desconfianza que arrasaba su corazón. Miró a Aris, que tenía una expresión tímida, como si se hubiera metido en una conversación privada.

—Lo siento —dijo el chico.

—¿Por qué no me dijiste que ya nos conocíamos de antes? —repuso Thomas—. ¿Cuándo…?

No sabía qué preguntar.

—Fue todo una farsa, Tom —dijo Teresa—. Tienes que creernos. Nos prometieron desde el principio que no morirías. Que esta habitación tenía su razón de ser y que luego se acabaría todo. Lo lamento tanto.

Thomas echó una mirada a la puerta entreabierta.

—Creo que necesito un poco de tiempo para procesar todo esto —agregó. Teresa quería que la perdonara para que de inmediato todo volviera a ser como antes. El instinto le dijo que debía dejar a un lado su amarga decepción, pero se le hacía muy difícil.

—¿Y qué sucedió allá adentro? —preguntó Teresa.

Thomas clavó los ojos en ella.

—¿Qué tal si hablas tú primero y después yo? Creo que me lo merezco.

Cuando ella trató de tomarle la mano, él la retiró fingiendo que le picaba el cuello. Al ver el destello de dolor en los ojos de Teresa, sintió una leve reivindicación.

–Mira –dijo ella–. Tienes razón. Mereces una explicación. Creo que está bien que te contemos todo ahora… aunque no sepamos demasiado el *porqué*.

Aris se aclaró la garganta como una forma de llamar la atención.

–Pero, hum, es mejor que lo hagamos mientras caminamos. O corremos. Nos quedan pocas horas. Hoy es el día.

Esas palabras sacaron por completo a Thomas de su estupor. Echó una mirada al reloj. Si Aris tenía razón y se encontraban al final de las dos semanas, faltaban solo cinco horas y media. Thomas había perdido la cuenta, ya que no sabía cuánto tiempo había permanecido dentro de la cámara de gas. Y nada de lo ocurrido sería relevante si no lograban llegar al refugio. Con un poco de suerte, Minho y los demás ya lo habrían encontrado.

–Muy bien. Olvidémonos un rato de todo esto –dijo Thomas y cambió de tema–. ¿Hay algo diferente allá afuera? Yo lo vi en medio de la oscuridad, pero…

–Lo sabemos –intervino Teresa–. No hay rastros de ninguna edificación. Nada. Se ve aún peor con la luz del día. Solo kilómetros y kilómetros de tierra yerma. No hay un árbol ni una colina, ni hablar de un *refugio*.

Thomas desvió la vista hacia Aris y luego volvió a mirar a Teresa.

–Y entonces, ¿qué hacemos? ¿Adónde vamos? –pensó en Minho y Newt, en los Habitantes, en Brenda y Jorge–. ¿Han visto a los otros?

Aris respondió.

–Todas las chicas de mi grupo se encuentran allá abajo y marchan hacia el norte, como estaba acordado. Deben estar a pocos kilómetros. Vimos a tus amigos en la base de la montaña, unos dos o tres kilómetros al oeste de aquí. No estoy totalmente seguro, pero me parece que estaban todos. Y se dirigían en la misma dirección que las chicas.

El alivio lo embargó. Sus amigos lo habían logrado. Con suerte, no faltaba ninguno.

–Tenemos que ponernos en acción –dijo Teresa–. Que afuera no haya algo distinto no significa nada. Quién sabe que está tramando CRUEL. Debemos hacer lo que nos dijeron. Vámonos.

Thomas había tenido un deseo fugaz de abandonar, de quedarse sentado y olvidarse de todo: que ocurriera lo que tenía que ocurrir. Pero la idea desapareció tan rápido como había surgido.

—Bueno, vamos. Pero más vale que me cuentes todo lo que sabes.

—Lo haré —respondió ella—. Chicos, ¿están en condiciones de correr una vez que dejemos atrás estos árboles muertos?

Aris asintió pero Thomas puso los ojos en blanco.

—*Por favor*. Estás hablando con un Corredor.

Ella levantó las cejas.

—Perfecto. Entonces veremos quién aguanta más.

Como toda respuesta, Thomas salió del pequeño claro y entró primero en el bosque fantasma, negándose a demorarse en la tormenta de recuerdos y emociones que intentaba deprimirlo.

Mientras transcurría la mañana, el cielo no se iluminó demasiado. Había muchas nubes negras y densas que hubieran impedido a Thomas saber la hora de no haber tenido su reloj.

Nubes. La última vez que las había visto…

Quizás esta tormenta no fuera tan mala. Quizá.

Una vez que atravesaron el espeso grupo de árboles muertos, ya no se detuvieron. Existía un sendero visible que descendía hacia el valle serpenteando como una cicatriz irregular por la ladera de la montaña. Thomas evaluó que les llevaría un par de horas llegar a la base, pues correr por las resbaladizas y empinadas pendientes parecía una buena manera de romperse un tobillo o una pierna. Y si eso sucedía, no lograrían llegar a tiempo.

Los tres se pusieron de acuerdo en que marcharían rápido pero con precaución, y apurarían el paso cuando se encontraran en terreno llano. Comenzaron el descenso: primero Aris, luego Thomas y por último Teresa. Las nubes negras flotaban sobre ellos y el viento soplaba aparentemente en todas las direcciones. Como Aris había dicho, Thomas alcanzó a divisar dos grupos diferentes abajo en el Desierto: sus amigos –los Habitantes– no muy lejos de la base de la montaña, y el Grupo B, unos dos o tres kilómetros más adelante. Una vez más, Thomas se sintió tranquilo y su paso se volvió más liviano. Después de la tercera curva, Teresa habló a sus espaldas.

–Supongo que debería empezar la historia desde donde la dejamos.

Thomas solamente sacudió la cabeza. No podía creer lo bien que se sentía físicamente: tenía el estómago milagrosamente lleno, el dolor por la paliza se había ido y el aire fresco y la brisa lo hacían sentir rebosante de vida. No tenía la menor idea de lo que había en ese gas que había inhalado, pero parecía cualquier cosa menos venenoso. De todas maneras, la desconfianza hacia Teresa todavía lo inquietaba y no quería mostrarse demasiado amable.

–Todo comenzó cuando tú y yo nos encontrábamos hablando por la noche, justo después del rescate del Laberinto. Yo estaba medio dormida y de pronto unas personas aparecieron en mi habitación con unos trajes muy raros y aterradores. Llevaban unos overoles holgados y lentes protectores.

–¿En serio? –preguntó Thomas por encima del hombro. Parecían iguales a las personas que él había visto después del disparo.

–Me asusté y traté de llamarte pero, de pronto, la comunicación se cortó. La telepatía, quiero decir. No sé cómo me di cuenta, pero desapareció de golpe. Desde ese momento, va y viene por momentos.

A continuación, le habló dentro de la mente.

*Ahora puedes oírme claramente, ¿verdad?*

*Sí. ¿Era cierto que hablabas con Aris mientras estábamos en el Laberinto?*

*Bueno...*

Teresa se interrumpió y, cuando Thomas se dio vuelta para mirarla, vio que tenía una expresión preocupada en el rostro.

*¿Qué pasa?*, le preguntó, volviendo su atención al camino antes de hacer algo tonto como tropezarse y rodar montaña abajo.

*Todavía no quiero tocar ese tema.*

–¿Tocar...? –se detuvo antes de decirlo en voz alta.

*¿Qué tema no quieres tocar?*

Teresa no respondió.

Thomas hizo un gran esfuerzo para gritar dentro de la cabeza de ella.

*¡¿Qué tema?!*

Ella permaneció en silencio unos segundos más antes de responder.

*Sí, él y yo hemos estado hablando desde que aparecí en el Área. Especialmente mientras estaba en coma.*

# 55

Thomas tuvo que usar toda su fuerza de voluntad para no detenerse y darse vuelta hacia ella.

*¿Qué? ¿Por qué no me hablaste de él cuando estábamos en el Laberinto?* Como si necesitara otra razón para detestarlos aún más.

—¿Por qué dejaron de hablar? —preguntó Aris de improviso—. ¿Qué están parloteando sobre mí en esas cabecitas tontas?

Era increíble; ese chico ya no resultaba siniestro en lo más mínimo. Era como si todo lo que había ocurrido en el bosque fantasma no hubiera sido más que un invento de la imaginación de Thomas.

Exhaló una profunda bocanada de aire que se había acumulado en sus pulmones.

—No puedo creerlo. Ustedes dos estuvieron... —hizo una pausa al descubrir que quizás no estaba tan sorprendido como pensaba. Había *visto* a Aris en los recuerdos fragmentarios de su sueño más reciente. Formaba parte de eso, fuera lo que fuese *eso*. Y por la forma en que se habían comportado entre ellos en esa breve evocación, parecían estar del mismo lado. O al menos, solían estarlo.

—Shuck —dijo Thomas finalmente—. No es nada, sigue hablando.

—Está bien —repuso Teresa—. Hay mucho que explicar, de modo que de aquí en adelante quédate callado y presta atención. ¿Oíste?

Las piernas de Thomas habían comenzado a dolerle por el ritmo constante sobre la pendiente.

—Bueno, pero... ¿cómo sabes cuándo estás hablando conmigo y cuándo estás hablando con él? ¿Cómo lo haces?

–No lo pienso. Es como si yo te preguntara cómo sabes cuándo le estás diciendo a tu pierna derecha que se mueva y cuándo a la izquierda. Simplemente… lo sé. Está escrito en mi mente de alguna manera extraña.

–Nosotros también lo hicimos, viejo –dijo Aris–. ¿Acaso no lo recuerdas?

–Claro que lo recuerdo –masculló Thomas, molesto y frustrado por muchos motivos. Sabía que, si pudiera recuperar toda la memoria, hasta el último recuerdo, todas las piezas se ubicarían en su lugar y él podría seguir adelante. No alcanzaba a comprender por qué CRUEL consideraba tan importante mantener sus memorias vacías. ¿Y por qué su mente había tenido esas fugas ocasionales en el último tiempo? ¿Era deliberado o accidental? ¿O sería quizás un efecto persistente de la Transformación?

Demasiadas preguntas. Demasiadas preguntas garlopas y ninguna respuesta.

–Está bien –concluyó–. Mantendré la boca y la mente cerradas. Continúa.

–Después podemos hablar acerca de Aris y de mí. Ni siquiera recuerdo de qué hablamos. Al despertar, perdí casi todo. Esos estados de coma seguramente fueron parte de las Variables, y tal vez pudimos comunicarnos solo para no volvernos locos. Lo que quiero decir es que nosotros *realmente* formamos parte del armado de todo esto, ¿está claro?

–¿El armado de todo? –preguntó Thomas–. No…

Teresa extendió el brazo y le dio una palmada en la espalda.

–¿No te ibas a quedar callado?

–Bueno –gruñó Thomas.

–Como estaba diciendo, unas personas vestidas con esos trajes terroríficos entraron en mi dormitorio y se cortó mi comunicación contigo por telepatía. Tenía miedo y no estaba del todo despierta. Por un lado, pensaba que se trataba solo de un mal sueño. Antes de que pudiera reaccionar, me taparon la boca con algo que olía horrible y me desmayé. Al despertar, estaba echada en una cama de una habitación diferente y un montón de personas aparecieron sentadas en sillas del otro lado de una extraña pared de vidrio. No podía verla hasta que la toqué. Parecía un campo de fuerza.

—Sí —dijo él—. Nosotros también tuvimos algo similar.

—Despúes ellos comenzaron a hablarme. Entonces fue cuando me contaron el plan de lo que Aris y yo teníamos que hacerte a ti. Y ellos esperaban que yo se lo transmitiera a él. Ya sabes, a través de la mente, aun cuando él estuviera ahora con tu grupo. Nuestro grupo. El Grupo A. Me sacaron de mi habitación y me llevaron con el Grupo B. Luego nos explicaron lo de la misión al refugio y que estábamos contagiadas de la Llamarada. Estábamos asustadas, confundidas, pero no teníamos alternativa. Anduvimos por unos túneles subterráneos hasta que llegamos a las montañas, evitando la ciudad por completo. Cuando tú y yo nos encontramos en esa pequeña edificación, y lo que pasó después cuando los sorprendimos en el valle con esas armas, todo eso estaba planeado.

Thomas pensó en los recuerdos parciales que había tenido en sus sueños. Algo le decía que antes de haber ido al Área y al Laberinto, él siempre había sabido que una situación como esa tendría que suceder. Tenía un millón de preguntas para hacerle a Teresa, pero decidió contenerse un rato más.

Siguieron el camino sinuoso mientras ella proseguía con el relato.

—Solo estoy segura de dos cuestiones. La primera es que ellos dijeron que, si yo hacía algo en contra de su plan, te matarían. Dijeron que "tenían otras opciones", aunque quién sabe qué significaba eso. La segunda es que el sentido de esto era que tú te sintieras completa y verdaderamente traicionado. El objetivo de todo lo que nosotros te hicimos era asegurarnos de que eso sucediera.

Otra vez, Thomas pensó en los recuerdos. Teresa y él habían utilizado la palabra *paradigmas* justo antes de que se separaran. ¿Qué querría decir?

—¿Y? —preguntó ella después de caminar un rato en silencio.

—¿Y… qué? —respondió.

—¿Qué piensas?

—¿Eso es todo? ¿Esa es tu exhaustiva explicación? ¿Se supone que ahora me tengo que sentir feliz y contento?

—Tom, no podía arriesgarme. Estaba convencida de que, si no les hacía caso, te matarían. De cualquier forma, lo que tenías que sentir al final era que yo te había traicionado por completo. Fue por eso que me esforcé tanto. Sin embargo, no tengo idea de por qué era tan importante.

De pronto, Thomas descubrió que esa información le había desencadenado otro dolor de cabeza.

—Bueno, no se puede negar que lo hiciste muy bien. ¿Y qué pasó en ese edificio, cuando me besaste? Y… ¿por qué Aris tenía que estar involucrado en todo esto?

Tomándolo del brazo, Teresa hizo que se detuviera para mirarla.

—Ellos tenían todo calculado. Por las Variables. No sé cómo encaja todo.

Thomas movió la cabeza lentamente.

—Para mí, todas esas estupideces no tienen ningún sentido. Y discúlpame por estar un poco fastidiado.

—¿Dio resultado?

—¿Qué?

—Por algún motivo, ellos querían que te sintieras traicionado y funcionó. ¿Verdad?

Thomas hizo una pausa y miró largamente sus ojos azules.

—Sí, tienes razón.

—Siento mucho lo que hice. Pero tú estás vivo y yo también. Y Aris.

—Sí —repitió. Ya no tenía ganas de hablar con ella.

—CRUEL consiguió lo que quería y yo también —Teresa echó una mirada a Aris, que había seguido caminando y en ese momento se hallaba abajo, en el nivel siguiente—. Aris, date vuelta y ponte de frente al valle.

—¿Qué? —exclamó con expresión confundida—. ¿Por qué?

—Hazlo y no preguntes —respondió Teresa. Ya no tenía ese tono de crueldad en la voz, lo había perdido desde la cámara de gas. Pero eso solo hacía que Thomas desconfiara aún más. ¿Qué estaría tramando ahora?

Aris suspiró y puso los ojos en blanco, pero hizo lo que ella le había pedido y les dio la espalda.

Teresa no vaciló. Echó los brazos alrededor del cuello de Thomas y lo atrajo hacia ella. Él no tenía la voluntad suficiente como para resistirse.

Se besaron; sin embargo, no hubo conmoción alguna en el interior de Thomas. No sintió nada.

# 56

El viento aumentó y comenzó a girar vertiginosamente, azotando todo lo que encontraba a su paso.

Los rugidos de los truenos en el cielo cada vez más oscuro le sirvieron de excusa a Thomas para apartarse de Teresa. Decidió esconder el rencor una vez más. El tiempo se estaba acabando y todavía les quedaba un largo camino.

Cumpliendo su mejor actuación, le sonrió.

—Creo que ya entendí: hiciste muchas cosas raras, pero te obligaron y ahora yo estoy vivo. Esa es la idea, ¿no?

—Sí, en líneas generales es más o menos así.

—Entonces voy a dejar de pensar en ello. Tenemos que alcanzar a los demás —concluyó. La mejor posibilidad de llegar al refugio era junto a Teresa y Aris, de modo que eso haría. Podría reflexionar sobre ella y lo que había hecho en otro momento.

—Si tú lo dices —dijo ella con una sonrisa forzada, como si presintiera que algo no estaba del todo bien. O tal vez no le agradaba la perspectiva de enfrentar a los Habitantes después de lo que había sucedido.

—Chicos, ¿ya terminaron? —gritó Aris, todavía mirando en la dirección opuesta.

—¡Sí! —le respondió Teresa—. Y no esperes que vuelva a besarte otra vez en la mejilla. Me parece que ahora me salió un hongo en los labios.

Al escuchar esas palabras, a Thomas casi le dieron náuseas. Se lanzó montaña abajo antes de que Teresa intentara tomarle la mano.

Les llevó una hora más llegar a la base de la montaña. Al ir acercándose, la cuesta se niveló un poco, lo cual les permitió aligerar el paso. Al rato, el camino sinuoso se terminó y pudieron correr los últimos kilómetros hacia el páramo llano y desolado que se extendía hasta el horizonte. A pesar de que el aire estaba caliente, el cielo encapotado y el viento lo hacían más soportable.

Thomas aún no podía distinguir bien a los Grupos A y B, que marchaban más adelante. Especialmente en ese momento, ya que había perdido la vista elevada y el polvo había enturbiado el aire. Sin embargo, tanto los chicos como las chicas seguían desplazándose hacia el norte con sus propios grupos. Aun desde la posición en que se hallaba, le pareció notar que marchaban inclinados debido a la fuerza del viento.

La tierra que volaba por el aire le hacía picar los ojos. Al limpiárselos constantemente, no hacía más que empeorar la situación y resecar la piel que los rodeaba. En el cielo, las nubes se volvían cada vez más densas y oscurecían el mundo a gran velocidad.

Después de un rápido descanso para comer y beber —las escasas provisiones disminuían de manera alarmante— los tres chicos se tomaron un momento para observar a los otros grupos.

—Están caminando —dijo Teresa, señalando hacia adelante con una mano y usando la otra para protegerse los ojos del viento—. ¿Por qué no corren?

—Porque todavía nos quedan más de tres horas para el plazo límite —respondió Aris mirando el reloj—. A menos que nuestros cálculos estén errados, el refugio debería estar a unos pocos kilómetros de este lado de las montañas. Pero no distingo nada.

Thomas odiaba tener que admitirlo, pero la esperanza de que la distancia fuera la culpable de que se estuvieran perdiendo algo ya se había desvanecido.

—Por la forma en que se están arrastrando, es obvio que ellos tampoco ven nada. No debe estar allí. No hay ningún lugar hacia donde correr que no sea más desierto.

Aris desvió la vista hacia el cielo gris y negro.

–Está horrible allá arriba. ¿Qué hacemos si se acerca otra de esas hermosas tormentas eléctricas?

–Si eso ocurre, estaremos mejor en las montañas –dijo Thomas. *¿Acaso no sería esa una manera perfecta de acabar con todo?*, pensó. Quedar achicharrados por unos rayos eléctricos mientras buscaban un refugio que, en realidad, nunca había estado allí.

–Démonos prisa para alcanzar a los demás –dijo Teresa–. Luego pensaremos qué hacer –se dio vuelta para mirar a los dos chicos y apoyó las manos en las caderas–. ¿Están listos?

–Sí –contestó Thomas. Estaba haciendo un intento desesperado por no hundirse en el pozo de pánico y desasosiego que amenazaba con tragárselo. Tenía que existir una respuesta a todo eso. Sí o sí.

Como única reacción, Aris se encogió de hombros.

–Entonces corramos –exclamó Teresa. Y antes de que Thomas pudiera contestar, ya había desaparecido, con Aris pisándole los talones.

Thomas respiró hondo. Por alguna razón, la situación le recordó la primera vez que había ido con Minho a correr al Laberinto, y eso aumentó su preocupación. Exhaló y salió volando detrás de los otros dos.

Después de unos veinte minutos de carrera, el viento lo obligaba a esforzarse el doble que en el Laberinto. Thomas le habló a Teresa dentro de la mente.

*Creo que últimamente he recobrado varios recuerdos. En los sueños.* Había querido contárselo, pero no delante de Aris. Más que nada, era una especie de prueba, para ver cómo reaccionaba ante lo que él había recordado. Y para buscar alguna clave que explicara sus verdaderas intenciones.

*¿En serio?*, respondió ella.

Pudo sentir su sorpresa. *Sí. Cosas raras, inconexas. Escenas de cuando era un niño pequeño. Y… tú también estabas allí. Tuve vistazos fugaces de cómo nos trataba CRUEL. Algunos eran del momento antes de partir hacia el Área.*

Ella hizo una pausa antes de responder, acaso temiendo hacer las preguntas que finalmente formuló. *¿Algo de eso nos resulta útil? ¿Lo recuerdas todavía?*

*La mayor parte. Pero no había mucho que fuera realmente significativo.*

*¿Qué viste?*

Thomas le contó cada uno de los pequeños segmentos de recuerdos —o sueños— que había experimentado durante las últimas dos semanas. Cuando vio a su mamá, cuando logró captar algunas conversaciones sobre cirugía, la vez que ellos dos espiaron a los miembros de CRUEL y escucharon cosas que no llegaron a comprender del todo. El sueño donde practicaban y revisaban la telepatía. Y, por último, cuando se despidieron antes de que él partiera hacia el Laberinto.

*¿Así que Aris estaba allí?*, preguntó Teresa, pero antes de que él contestara, continuó hablando. *Por supuesto, yo ya lo sabía. Que nosotros tres éramos parte de todo esto. Pero qué raro eso de que todos morían y lo de los reemplazos... ¿Qué crees que significa?*

*No lo sé*, respondió él. *Pero me parece que si pudiéramos tomarnos el tiempo de sentarnos y conversar acerca de todo eso, podríamos ayudarnos unos a otros para recuperar todos los recuerdos.*

*Yo creo lo mismo. Tom, lo siento muchísimo. Me doy cuenta de que te resulta muy difícil perdonarme.*

*¿A ti no te pasaría lo mismo?*

*Es que, en cierta forma, yo ya lo acepté. Sabía que salvarte valía la pena aunque implicara la posibilidad de perder lo que podríamos haber tenido tú y yo.*

Thomas no sabía cómo responder a eso.

Pero no habrían podido continuar hablando mucho más aun cuando hubiesen querido hacerlo. Entre el rugido del viento, el polvo y las rocas volando por el aire, las nubes que se agitaban y se volvían cada vez más negras y la distancia con los otros chicos que se acortaba...

Realmente no había tiempo.

Así que siguieron corriendo.

Un rato después, los dos grupos que iban delante de ellos se reunieron en la lejanía. Sin embargo, a Thomas le resultó más interesante el hecho de que no parecía ser algo casual en absoluto. Las chicas del Grupo B llegaron hasta un punto en que se detuvieron; luego Minho –ahora podía distinguirlo claramente y estaba feliz de verlo sano y salvo– y los Habitantes habían cambiado de dirección hacia el este para encontrarse con ellas.

A menos de un kilómetro de distancia, todos habían formado un círculo compacto alrededor de algo que Thomas no alcanzaba a distinguir.

*¿Qué está ocurriendo ahí adelante?*, preguntó Teresa en su mente.

*No sé*, respondió él.

Los tres apuraron el paso.

Solo les llevó unos pocos minutos atravesar la polvorienta y ventosa llanura para alcanzar a los Grupos A y B.

Cuando por fin llegaron, Minho ya se había alejado de la multitud y se encontraba frente a ellos. Tenía los brazos cruzados, la ropa sucia, el pelo grasiento y en su cara todavía había huellas de las quemaduras. A pesar de todo, sonreía. Thomas no podía creer lo bien que se sintió al contemplar otra vez esa sonrisa burlona.

–¡Qué holgazanes! ¡Ya era hora de que nos alcanzaran! –les gritó Minho.

Thomas se detuvo justo frente a él. Se agachó unos segundos para recuperar el aliento y luego se enderezó.

–Pensé que habían estado peleándose a brazo partido con esas chicas después de lo que nos hicieron. Al menos, a mí.

Minho miró hacia atrás, a los dos grupos, que ya se habían mezclado, y después volvió la mirada a Thomas.

–Bueno, antes que nada, ellas tenían armas más peligrosas que las nuestras, por no mencionar los arcos y las flechas. Además, una chica llamada Harriet nos explicó todo. Nosotros somos los que deberíamos estar asombrados de que todavía estés con ellos –le echó una mirada desagradable a Teresa y luego a Aris–. Nunca confié en ninguno de esos dos traidores mierteros.

Thomas trató de ocultar sus sentimientos contradictorios.

–Están de nuestro lado. Confía en mí.

De una manera retorcida y contradictoria, él realmente estaba comenzando a creerlo. Aunque lo hiciera sentir muy mal.

Minho se rio con amargura.

–Me imaginé que dirías algo así. Déjame adivinar: ¿es una larga historia?

–Sí, muy larga –contestó Thomas y después cambió de tema–. ¿Por qué se detuvieron aquí? ¿Qué están mirando todos?

Minho se apartó hacia un lado mientras extendía el brazo detrás de él.

–Échenle ustedes mismos una mirada –exclamó y enseguida les gritó a los dos grupos–. *¡Chicos, abran paso!*

Varios Habitantes y algunas chicas giraron las cabezas y luego se movieron despacio a un costado hasta que se abrió un sendero estrecho entre la muchedumbre. Thomas vio de inmediato que el objeto que atraía la atención de todos era una simple vara que asomaba del suelo árido. Del extremo colgaba una cinta anaranjada, que ondeaba con el viento. Había unas letras impresas en la delgada insignia.

Thomas y Teresa intercambiaron una mirada. Entonces él se adelantó para inspeccionar de cerca. Aun antes de llegar hasta la cinta, pudo leer las palabras que se hallaban impresas en ella, negras sobre anaranjado.

**EL REFUGIO**

# 57

Apesar del viento y del bullicio, el mundo se acalló alrededor de Thomas durante un minuto, como si hubiera colocado algodón en sus oídos. Cayó de rodillas y se estiró impasible para tocar la ondulante cinta naranja. ¿Ese era el refugio? ¿Ni un edificio o una choza, *algo*?

En un instante, y tan pronto como había desaparecido, el ruido retornó como una tromba y lo devolvió violentamente a la realidad. En especial, las ráfagas de viento y el sonido de la conversación.

Se dio vuelta hacia Minho y Teresa, que estaban uno al lado del otro, mientras Aris espiaba desde atrás por encima de sus hombros.

Thomas echó una mirada al reloj.

–Nos queda casi una hora. ¿De modo que nuestro refugio es una vara en la tierra?

La confusión enturbiaba su mente. No sabía bien qué decir ni qué pensar.

–Si lo piensas, no estuvo tan mal –dijo Minho–. Más de la mitad de nosotros logró llegar. Y del grupo de las niñas parecería que son todavía más.

Thomas se puso de pie tratando de controlar su ira.

–¿Acaso la Llamarada te volvió loco? Sí, llegamos aquí. Sanos y salvos. A una *vara*.

Minho se burló de él.

–Viejo, no nos habrían mandado hasta aquí si no existiera alguna razón. Llegamos en el tiempo convenido. Ahora solo tenemos que esperar hasta que el reloj dé la hora y algo ocurra.

–Eso es lo que me preocupa –dijo Thomas.

–Odio reconocerlo –agregó Teresa–, pero estoy de acuerdo con Thomas. Después de todo lo que nos hicieron, sería demasiado fácil encontrar un cartelito y que luego, como recompensa, ellos vinieran a buscarnos en un hermoso helicóptero. Va a ocurrir algo malo.

—Lo que tú digas, traidora —dijo Minho, exhibiendo en el rostro todo el odio que sentía por Teresa—. No quiero escuchar de ti una sola palabra más —y se alejó más enojado que nunca.

Thomas miró a Teresa, que estaba visiblemente desconcertada.

—No debería sorprenderte.

Ella simplemente levantó los hombros.

—Estoy harta de pedir disculpas. Hice lo que tenía que hacer.

Thomas no podía creer que hablara en serio.

—Como sea. Tengo que encontrar a Newt. Quiero…

Antes de que pudiera terminar la frase, Brenda surgió de la multitud y se quedó mirándolos a ambos. El viento hacía volar su largo pelo frenéticamente, forzándola a acomodarlo detrás de las orejas una y otra vez.

—Brenda —dijo él. Por alguna razón, se sintió culpable.

—Hola —repuso ella mientras se acercaba hasta quedar justo frente a él y a Teresa—. ¿Esta es la chica de la que me hablaste cuando tú y yo estábamos acurrucados en aquel camión?

—Sí —la palabra brotó de la boca de Thomas antes de que pudiera detenerla—. No. Digo… sí.

Teresa le extendió la mano a Brenda, quien se la estrechó.

—Soy Teresa.

—Encantada de conocerte —respondió Brenda—. Soy una Crank. Estoy enloqueciendo lentamente. Tengo ganas de arrancarme los dedos a mordiscones y matar gente. Thomas prometió salvarme.

Aunque era obvio que bromeaba, no esbozó ni una ligera sonrisa. Thomas tuvo que esconder una mueca.

—Muy gracioso, Brenda.

—Me alegra ver que todavía te queda algo de humor —dijo Teresa. Pero su expresión podría haber transformado agua en hielo.

Thomas controló el reloj. Faltaban cincuenta y cinco minutos.

—Yo, hum, tengo que hablar con Newt.

Se dio media vuelta y huyó antes de que alguna de las dos chicas abriera la boca. Deseaba estar lo más lejos posible de ambas.

Newt se encontraba sentado en el suelo con Sartén y Minho: los tres parecían estar esperando la llegada del fin del mundo.

El viento desgarrador se había vuelto húmedo y las nubes henchidas de lluvia, que se arremolinaban sobre sus cabezas, habían descendido considerablemente como una niebla negra dispuesta a tragarse la tierra. Haces de luz resplandecían aquí y allá como manchas violetas y anaranjadas recortadas sobre el cielo plomizo. En realidad, Thomas aún no había llegado a ver un relámpago, pero sabía que estaban en camino. La primer tormenta grande había comenzado de la misma manera.

—Hey, Tommy —dijo Newt al verlo aparecer. Thomas se sentó al lado de su amigo y se tomó las rodillas con los brazos. Dos simples palabras que no escondían nada. Era como si Thomas recién llegara de una caminata tranquila y relajada en vez de haber sido secuestrado y haber estado cerca de la muerte.

—Amigos, me alegro de que hayan podido llegar —dijo Thomas.

Sartén soltó su acostumbrada risotada tipo ladrido.

—Lo mismo digo. Aunque parece que tú la pasaste mejor. Me imagino que anduviste por ahí besándote y abrazándote con tu diosa del amor.

—No precisamente —dijo Thomas—. No fue muy divertido.

—Bueno, ¿y qué pasó? —inquirió Minho—. ¿Cómo puedes confiar en ella después de lo que te hizo?

Al principio, Thomas vaciló, pero sabía que tenía que explicarles todo. Y no existía mejor momento que ese. Respiró profundamente y comenzó a hablar. Les contó acerca del plan que CRUEL tenía para él, del campamento, de su charla con el Grupo B, de la cámara de gas. A pesar de que nada tenía sentido, se sintió un poco mejor después de compartirlo con sus amigos.

—¿Y perdonaste a esa bruja? —preguntó Minho cuando Thomas terminó—.
Yo no lo haría. Por mí, que esos garlopos de CRUEL hagan lo que quieran.
Tú también puedes hacer lo que tengas ganas. Pero no confío en ella ni
tampoco en Aris, y no me gusta ninguno de los dos.

Newt analizó un poco más la cuestión.

—¿Ellos hicieron todo eso, el plan y la actuación, solo para que te sintieras *traicionado*? No tiene sentido.

—Dímelo a mí —masculló Thomas—. Y no, no la perdoné. Pero por el
momento creo que estamos en el mismo barco. —Miró a su alrededor: la
mayoría de los chicos estaban sentados con la mirada clavada en la distancia. No conversaban ni había mucho intercambio entre los dos grupos.

—¿Y qué pasó con ustedes? ¿Cómo lograron llegar hasta aquí?

—Encontramos una grieta en las montañas —contestó Minho—. Tuvimos
que pelear con unos Cranks que acampaban en una cueva, pero más allá
de eso no tuvimos problemas. La comida y el agua ya casi se agotaron y
me duelen los pies. Y estoy seguro de que otro maldito rayo está por caer
y voy a quedar como un trozo de tocino de Sartén.

—Sí —dijo Thomas. Echó una mirada hacia las montañas y supuso que
debían estar a unos seis kilómetros de la base—. Tal vez deberíamos abandonar el tema del refugio y buscar un lugar donde protegernos de la
tormenta.

Sin embargo, mientras lo decía, sabía que esa no era una opción. Al
menos, no hasta que el tiempo se hubiera agotado.

—Ni hablar —contestó Newt—. No llegamos hasta aquí para regresar tan pronto. Esperemos que la condenada lluvia se demore un poco
más —levantó los ojos hacia las nubes casi negras e hizo una mueca de
desconfianza.

Los otros tres Habitantes se habían quedado en silencio. De todas maneras, el fuerte ulular del viento hacía muy difícil la conversación. Thomas
miró el reloj.

Treinta y cinco minutos. Era imposible que esa tormenta aguantara…

—¿Qué es eso? —aulló Minho incorporándose de un salto y señalando un punto por encima del hombro de Thomas.

Se puso de pie y se dio vuelta para mirar al tiempo que una alarma comenzaba a sonar en su interior. El terror en la cara de Minho había sido inconfundible.

A diez metros de donde se hallaban, una gran porción del terreno se estaba… abriendo. Un cuadrado perfecto —de unos cinco metros de ancho— giró sobre un eje diagonal mientras el lado donde estaba la tierra daba vuelta lentamente alejándose de ellos, y lo que yacía debajo se elevaba para reemplazarlo. El chirrido del acero que se retorcía perforó el aire, causando más estruendo que el viento. Enseguida, el cuadrado que rotaba había girado totalmente, y donde antes estaba el suelo del desierto, ahora había una sección de material negro, con un extraño objeto encima.

Era blanco y alargado con bordes redondeados. Thomas había visto antes algo exactamente igual. De hecho, no uno sino varios. Después de que escaparon del Laberinto y entraron en esa enorme cámara de donde provenían los Penitentes, vio varias cápsulas como esa, con aspecto de ataúdes. En ese momento no había tenido mucho tiempo para analizar qué eran, pero al verlas ahora, pensó que allí debían haber permanecido los Penitentes —¿o dormido?— cuando no estaban en el Laberinto cazando seres humanos.

Antes que nadie pudiera reaccionar, más secciones de terreno empezaron a rotar y a abrirse como gigantescas mandíbulas negras creando un gran círculo alrededor del grupo.

Eran decenas.

# 58

Mientras los cuadrados giraban lentamente sobre su eje, el chirrido del metal se volvió ensordecedor. Thomas se tapó los oídos con las manos para amortiguar el ruido. El resto del grupo hizo lo mismo. Distribuidas de manera uniforme y formando un círculo completo alrededor de la zona donde ellos se hallaban, las parcelas de suelo rotaron hasta desaparecer. Cuando finalmente se detuvieron con un fuerte estallido, cada una fue reemplazada por un gran cuadrado negro con uno de esos ataúdes blancos y abultados encima. Eran por lo menos treinta en total.

El chirrido del roce del metal contra el metal se apagó. Nadie habló. El viento soplaba con fuerza sobre el desierto, levantando ráfagas de polvo y tierra sobre las cápsulas redondeadas. Emitía un ruido metálico y rasposo. Era tan fuerte que se fundió en un sonido que le produjo a Thomas un cosquilleo en la columna vertebral; tuvo que entornar los ojos para que no se le llenaran de polvo. Desde que los objetos extraños y casi alienígenas habían hecho su aparición, nada más se había movido. Solo había ese chasquido persistente y el viento y el frío y el ardor en los ojos.

*¿Tom?*, le habló Teresa.

*Sí.*

*Los recuerdas, ¿verdad?*

*Sí.*

*¿Crees que adentro habrá Penitentes?*

Thomas se dio cuenta de que eso era exactamente lo que pensaba, pero también había terminado por aceptar que ya nunca más podría anticipar lo que iba a suceder. Reflexionó unos segundos antes de contestar.

*No lo sé. En realidad los Penitentes tenían cuerpos muy húmedos y este sería un medio muy hostil para ellos.* Decir algo así parecía una estupidez, pero estaba tratando de aferrarse a cualquier cosa.

*Quizás se supone que debemos… meternos adentro,* dijo ella después de una pausa. *Quizás sean el famoso refugio, o nos transportarán a algún lugar.*

Thomas detestaba la idea, pero pensó que ella podía tener razón. Apartó los ojos de las cápsulas y la buscó con la mirada. Teresa ya estaba caminando hacia él. Por suerte, se encontraba sola. En ese momento, no podía enfrentarlas a ella y a Brenda juntas.

—Hey —le dijo Thomas en voz alta, pero el viento pareció llevarse el sonido aun antes de que saliera de su boca. Casi sin recordar los cambios que habían experimentado, comenzó a estirar la mano para tomar la de ella, pero luego la retiró. Teresa no pareció haber captado el gesto y saludó a Minho y Newt con un codazo. Ellos se dieron vuelta hacia ella y Thomas se acercó más para conversar.

—¿Qué hacemos? —preguntó Minho, mientras le echaba a Teresa una mirada de irritación, como si no quisiera que ella interviniera en la toma de decisiones.

Newt respondió.

—Si esas cosas tienen a los malditos Penitentes dentro, es mejor que empecemos a prepararnos para pelear contra esos miserables garlopos.

—¿De qué están hablando, chicos?

Harriet y Sonia se acercaron al grupo. Era Harriet la que había hecho la pregunta. Y Brenda se hallaba detrás de ellas junto a Jorge.

—Ah, genial —refunfuñó Minho—. Las dos reinas del glorioso Grupo B.

Harriet hizo como si no lo hubiera escuchado.

—Supongo que todos ustedes también vieron esas cápsulas en la cámara de CRUEL. Debían ser los lugares donde los Penitentes cargaban sus baterías o algo así.

—Claro —dijo Newt—. Debían ser eso.

En el cielo, los truenos rugían y retumbaban, y los destellos de luz resplandecían con más fuerza. El viento rasgaba la ropa y el pelo de los chicos y el aire olía a humedad y polvo: una extraña combinación. Thomas volvió a revisar la hora.

—Nos quedan solo veinticinco minutos. Tenemos dos opciones: luchamos contra los Penitentes o nos introducimos en esos enormes ataúdes a la hora exacta. Tal vez sean…

Un silbido agudo cortó el aire. Parecía provenir de todas las direcciones y perforó los tímpanos de Thomas, quien se llevó de nuevo las manos a los costados de la cabeza. Ciertos movimientos alrededor de él llamaron su atención y observó atentamente lo que estaba ocurriendo en las cápsulas blancas.

En uno de los costados de cada una de ellas había aparecido una línea de luz azul, que se iba expandiendo a medida que las mitades superiores de los cajones se levantaban como si fueran tapas de ataúdes. No emitían ningún ruido, al menos nada que pudiera percibirse por encima del vendaval y de los truenos. Thomas notó que los Habitantes y el resto de la gente se iban acercando lentamente unos a otros. En su esfuerzo por alejarse lo más posible de las cápsulas, terminaron formando un conjunto de cuerpos enroscados en medio del círculo de los treinta cajones blancos y redondeados.

Las tapas continuaron elevándose hasta que se abrieron por completo y cayeron al suelo. Dentro de cada receptáculo había algo voluminoso. Thomas no podía distinguir bien el interior; sin embargo, desde donde se hallaba, no alcanzó a ver nada que se pareciera a las extrañas extremidades de los Penitentes. Nada se movió, pero él sabía que no debía bajar la guardia.

*¿Teresa?*, la llamó en la mente. No se atrevía a levantar la voz, aunque si no hablaba con alguien se volvería loco.

*¿Qué?*

*Alguien debería ir a echar un vistazo para ver qué hay dentro.* Lo dijo pero no quería ser el encargado de hacerlo.

*Vayamos juntos*, dijo ella tranquilamente.

El valor de Teresa lo sorprendió. *A veces se te ocurren las ideas más terribles*, respondió. Trató de usar un tono sarcástico, pues no estaba dispuesto a admitir la verdad que se escondía tras el comentario. Estaba aterrorizado.

—¡Thomas! —le gritó Minho. Arriba de ellos y en el horizonte, el viento salvaje había quedado ahogado por los truenos y los relámpagos que ya comenzaban su despliegue de estruendos y explosiones. La tormenta estaba a punto de descargar sobre ellos toda su furia.

—¿Qué? —le contestó.

—¡Tú, Newt y yo! ¡Vamos a investigar!

Cuando estaba a punto de arrancar, algo se deslizó hacia afuera de una de las cápsulas. Un grito de asombro colectivo brotó de aquellos que estaban más cerca de Thomas, que se dio vuelta para observar mejor. En el interior de todos los cajones había cosas que se movían y, al principio, no pudo comprender qué estaba viendo. Fueran lo que fuesen, era indudable que estaban saliendo de sus hogares alargados. Observó con atención la cápsula más cercana y forzó la vista para distinguir qué era exactamente lo que estaban a punto de enfrentar.

Un brazo deforme colgaba del borde y la mano se balanceaba a pocos centímetros del suelo. Tenía cuatro dedos desfigurados —muñones de piel amarillenta y nauseabunda—, todos de distinta longitud. Se sacudían e intentaban sujetar algo que no estaba allí, como si la criatura que había en el interior estuviera buscando dónde apoyarse para proyectarse hacia fuera. El brazo estaba cubierto de arrugas y bultos y había algo muy extraño justo donde estaba situado aquello que hacía las veces de codo: una protuberancia o una hinchazón totalmente redonda, de unos diez centímetros de diámetro, de color anaranjado brillante.

Parecía como si la criatura tuviera un foco pegado al brazo.

Continuó emergiendo. Una pierna saltó hacia afuera. El pie era una masa de piel con cuatro perillas a modo de dedos que se retorcían tanto como los de la mano. Y en la rodilla, había otra de esas increíbles esferas de luz anaranjada, que, aparentemente, brotaba de la piel.

—¿Qué es esa cosa? —gritó Minho por encima del bramido de la tormenta.

No hubo respuesta. Thomas estaba aturdido mirando al monstruo, fascinado y aterrorizado al mismo tiempo. Cuando finalmente logró despegar la vista, alcanzó a ver que otras criaturas similares emergían de las otras cápsulas a la misma velocidad. Después volvió a centrar su atención en la que se hallaba más cerca.

De alguna manera, había logrado asirse con el brazo y la pierna derechos como para empezar a empujar el cuerpo hacia afuera. Thomas observó con horror cómo esa cosa abominable saltaba y se retorcía hasta que se inclinó sobre el borde de la cápsula abierta y bajó con dificultad al suelo. Poseía una forma vagamente humana, aunque era por lo menos unos sesenta centímetros más alto que cualquiera de los chicos. Su cuerpo era grueso y arrugado; estaba cubierto de cicatrices como de viruela, y andaba desnudo. Lo más perturbador era que tenía muchas más de esas protuberancias de forma bulbosa –tal vez unas veinticuatro en total– desparramadas por su cuerpo, que esparcían destellos de una brillante luz anaranjada. Había varias en el pecho y en la espalda, una en cada codo y en cada rodilla, y otras que asomaban de un enorme bulto de… lo que tenía que ser la cabeza, a pesar de carecer de ojos, nariz, boca y orejas. Tampoco tenía pelo. Cuando la criatura aterrizó en el piso, el foco de la rodilla derecha estalló en una lluvia de chispas.

Balanceándose un poco hasta lograr mantener el equilibrio, se puso de pie y luego se dio vuelta para quedar frente a los humanos. Una rápida mirada alrededor reveló a Thomas que todas las cápsulas habían despachado a sus criaturas, que ahora se encontraban ubicadas en un círculo alrededor de los Habitantes y del Grupo B.

Al unísono, levantaron los brazos hacia el cielo. Después, unas hojas delgadas brotaron en los extremos de los dedos de sus manos y pies, y en los hombros. Los destellos del cielo se reflejaron en la superficie de las cuchillas filosas y plateadas. Aunque no había rastros de ningún tipo de boca, un gemido pavoroso y fantasmal emanó de sus cuerpos: era un sonido que Thomas podía sentir más que oír. Y debía ser fuerte, pues se escuchaba por encima del rugido de los truenos.

*Me parece que hubiera preferido a los Penitentes*, dijo Teresa dentro de su mente.

*Bueno, son tan parecidos que es obvio quién los creó*, respondió él, esforzándose por no perder la calma.

Minho giró velozmente para enfrentar a los chicos que rodeaban a Thomas, que se habían quedado boquiabiertos.

—¡Hay aproximadamente uno por cada uno de nosotros! ¡Agarren lo que tengan a mano que les sirva de arma!

Como si hubieran escuchado la exhortación de Minho, las criaturas luminosas comenzaron a desplazarse hacia adelante. Los primeros pasos eran torpes, pero fueron mejorando hasta volverse firmes, ágiles y fuertes. Cada segundo que pasaba, estaban más cerca.

# 59

Teresa le alcanzó a Thomas un cuchillo muy largo que parecía una espada. Él no podía imaginarse de dónde habría sacado ella semejantes armas, pues, además de la lanza, ahora empuñaba una daga corta.

Mientras los gigantes resplandecientes se aproximaban cada vez más, Minho y Harriet se dirigieron a sus respectivos grupos para organizar el ataque. Antes de que Thomas pudiera escuchar algo, sus gritos y órdenes ya habían sido apagados por el viento. Se atrevió a desviar la vista de los monstruos que se acercaban durante el tiempo suficiente como para contemplar el cielo. Estelas de luz atravesaban los negros nubarrones, que flotaban a pocos metros de altura. El olor áspero y picante de la electricidad impregnaba el aire.

Bajó la mirada y se concentró en la criatura más cercana. Minho y Harriet habían logrado que los grupos se colocaran en un círculo casi perfecto mirando hacia afuera. Teresa estaba a su lado, y él le habría hablado si tan solo se le hubiera ocurrido algo que decir. Estaba mudo.

Las últimas invenciones repugnantes de CRUEL se hallaban a menos de diez metros de distancia.

Por fin, Teresa le dio un codazo en las costillas y le señaló a uno de los monstruos. Era su forma de comunicarle que ya había elegido a su enemigo y asegurarse de que él lo supiera. Thomas hizo un movimiento afirmativo con la cabeza y apuntó hacia el que ya había decidido que sería el suyo.

Ocho metros.

De repente, se le ocurrió que era un error quedarse esperándolos y que debían desplegarse hacia afuera. Minho pareció haber llegado a la misma conclusión.

—¡Ahora! —aulló el líder, y su voz sonó como un ladrido débil y lejano por los ruidos de la tormenta—. ¡Al ataque!

En ese instante, un arsenal de pensamientos se arremolinó en la mente de Thomas. Preocupación por Teresa —a pesar de los cambios que habían sufrido— e inquietud por Brenda, que se encontraba no muy lejos de él en actitud valiente. Lamentaba lo poco que habían hablado desde que volvieron a estar juntos. Se imaginó lo que sentiría ella al haber hecho ese largo viaje, solo para terminar muriendo en manos de una despiadada creación del hombre. Pensó en los Penitentes, en el Laberinto, cuando Teresa, Chuck y él corrieron hacia el Acantilado y hacia la Fosa mientras los Habitantes peleaban y morían para que ellos pudieran ingresar el código y detener esa locura.

Recordó todo lo que habían tenido que sufrir para llegar hasta allí y enfrentar una vez más a un ejército biotecnológico enviado por CRUEL. Se preguntó qué significaba eso, si aún valía la pena intentar sobrevivir. La imagen de Chuck recibiendo la cuchillada que estaba destinada a él surgió en su cabeza. Y eso fue suficiente. Logró arrancarlo de esos nanosegundos de duda y miedo que lo habían paralizado. Gritando con todas sus fuerzas, enarboló con ambas manos su enorme cuchillo por encima de la cabeza y se arrojó hacia adelante en dirección a su monstruo.

A derecha e izquierda, los demás también se lanzaban al ataque, pero él los ignoró. Tenía que hacerlo, era imperioso que lo hiciera. Si no podía encargarse de su propia tarea, preocuparse por el resto de sus compañeros no serviría de nada.

Se fue aproximando. Cinco metros. Tres. Dos. La criatura se había detenido afirmando sus piernas en posición de lucha, con las manos extendidas y las cuchillas apuntando directamente a él. Las luces brillantes y anaranjadas palpitaban, se encendían y se apagaban una y otra vez, como si esa cosa horrorosa tuviera realmente un corazón en su interior. Era siniestro que el monstruo no poseyera un rostro, pero eso le sirvió a Thomas para pensar que se trataba solamente de una máquina. Nada más que una máquina fabricada por el hombre, que ansiaba verlo muerto.

Justo antes de alcanzar a la criatura, tomó una decisión. Se puso de rodillas y se arrastró sobre las piernas, mientras sacudía su espada formando un arco hacia atrás y alrededor de él; con ambas manos, estrelló la hoja contra la pierna izquierda del monstruo con un golpe firme y certero. El cuchillo se hundió un par de centímetros en la piel, pero luego chocó contra algo lo suficientemente duro como para mandarle un espasmo que le dejó los dos brazos temblando.

La criatura no se movió ni retrocedió, ni siquiera emitió sonido alguno, humano o inhumano. En cambio, se deslizó, estirando las cuchillas de las manos, hacia abajo, donde esperaba Thomas arrodillado con la espada incrustada en la carne del monstruo. Él liberó el arma de una sacudida y se arrojó hacia atrás en el momento en que esas hojas filosas rechinaron una contra otra justo en el lugar donde había estado su cabeza. Se cayó de espaldas y se alejó rápidamente de la criatura al tiempo que esta caminaba hacia adelante lanzándole patadas con los cuchillos de los pies, que casi dieron en el blanco.

Esa vez el monstruo profirió un rugido —un sonido prácticamente igual a los gemidos pavorosos de los Penitentes— y se desplomó en el suelo agitando con violencia las armas y tratando de ensartar a su contrincante. Al escuchar las hojas de metal escarbando la tierra, Thomas giró ágilmente y dio tres vueltas en el piso. Entonces decidió arriesgarse: se puso de pie de un salto y corrió varios metros antes de darse vuelta con la espada aferrada en sus manos. La criatura estaba incorporándose mientras daba manotazos al aire con sus muñones filosos.

Jadeando para recuperar el aire perdido, Thomas alcanzó a ver con su vista periférica a los demás enfrascados en su propia lucha. Con cuchillos en ambas manos, Minho arrojaba golpes y puñaladas a un monstruo, que retrocedía para huir del ataque. Newt se arrastraba por el suelo mientras su enemigo —obviamente herido— se trasladaba pesadamente hacia él. Teresa era la que se encontraba más cerca: saltaba, embestía y esquivaba a la criatura con el extremo de su lanza. ¿Por qué lo hacía? Su monstruo también parecía estar muy malherido.

Thomas volvió la atención a su batalla. Un destello borroso atravesó el aire, y se agachó sintiendo una leve brisa en el pelo que provenía del zarpazo del monstruo. Pegado al piso, dio una vuelta mientras lanzaba cuchilladas al aire, perseguido por la criatura, cuyos ataques resultaban cada vez más cercanos. Thomas apuntó a uno de los bultos anaranjados y le asestó varios golpes hasta que saltaron chispas. La luz murió instantáneamente. Sabiendo que su suerte se estaba agotando, se zambulló hacia el suelo, enroscó su cuerpo y volvió a rodar hasta que logró ponerse de pie a unos metros de distancia.

La criatura se había detenido —al menos durante el tiempo que le llevó a él escapar— pero enseguida continuó la persecución. Una idea surgió en la mente de Thomas y se fue volviendo más nítida cuando contempló la pelea de Teresa a sus espaldas. La criatura de ella se movía con embates lentos y espaciados. Ella apuntaba a los focos de luz, que explotaban con idéntico despliegue de fuegos artificiales. Había destrozado por lo menos las tres cuartas partes de esos extraños globos.

Las lamparitas. Todo lo que tenía que hacer era destruirlas. Era evidente que estaban conectadas de alguna manera a la fuerza vital de la criatura. ¿Podría ser tan fácil?

Un rápido vistazo al resto del campo de batalla le demostró que varios habían tenido la misma idea, pero la mayoría seguía intentando denodadamente cortar los miembros, los músculos y la piel del enemigo, ignorando los focos por completo. Ya había un par de chicos acostados en la tierra, cubiertos de heridas y sin vida. Un varón y una mujer.

Thomas cambió por completo su estrategia. En vez de arremeter en forma temeraria, se acercó de un salto y le asestó un golpe a una de las lamparitas ubicadas en el pecho del monstruo. En vez de dar en el blanco, rebanó la piel arrugada y amarillenta. La criatura atacó una vez más, pero él retrocedió justo en el momento en que las puntas de los cuchillos conseguían rasgarle la ropa. Entonces, con su espada, volvió a dar otra estocada a la misma lámpara. Esta vez no falló y el foco estalló soltando una ráfaga de chispas. La criatura se detuvo durante un segundo y luego retornó de inmediato a la modalidad de combate.

Thomas rodeó a su enemigo mientras se acercaba y retrocedía sin descanso, descargándole golpes y cuchilladas.

*Pum, pum, pum.*

Una de las hojas del monstruo le cortó el brazo dejando una larga línea roja. Thomas arremetía una y otra vez.

*Pum, pum, pum.* Volaban las chispas y la criatura temblaba y se retorcía con cada estallido.

A medida que las puñaladas eran más certeras, las pausas se hacían más prolongadas. Thomas sintió varios cortes y rasguños, pero nada de importancia. Continuó su tarea atacando las esferas anaranjadas.

*Pum, pum, pum.*

Cada pequeña victoria minaba la fuerza de la criatura, que gradualmente comenzó a disminuir su energía, aunque no cejaba en su intento de cortar a Thomas en rodajas. Un foco tras otro, cada uno más fácil que el anterior: el ataque de Thomas era implacable. Si tan solo pudiera liquidarla ahora mismo, hacerla morir. Así podría ir a ayudar a los demás. Acabar con esa cosa de una vez por…

Una luz enceguecedora brilló a sus espaldas. Después, un sonido como si explotara el mundo desgarró ese momento fugaz de entusiasmo y esperanza. Una corriente con una fuerza invisible lo derribó; Thomas cayó sobre su estómago, mientras la espada volaba lejos de él. La criatura también se desplomó y un olor a quemado llenó el aire. Thomas se puso de costado para mirar: distinguió un gigantesco hueco negro en el suelo, chamuscado y humeante. En el borde, había una pierna y un brazo con cuchillos de uno de los monstruos. No se veían rastros del resto del cuerpo.

Había caído un rayo justo detrás de él. Finalmente, la tormenta se había desatado.

En medio de sus reflexiones, levantó la vista y contempló gruesos fragmentos de fuego blanco que empezaban a desplomarse de las nubes negras.

# 60

La tormenta eléctrica estalló alrededor de Thomas con truenos ensordecedores y nubes de tierra que se abatían en todas direcciones. Se oían gritos. El chillido de una chica se interrumpió violentamente y, a continuación, sobrevino ese insoportable olor a quemado. Las descargas se calmaron tan pronto como habían empezado. Pero la luz seguía centelleando a través de las nubes cuando comenzó a llover a cántaros.

Durante esa primera andanada de relámpagos, Thomas no se movió. No había ninguna razón para pensar que estaría más seguro en otro lugar que en donde se encontraba. Sin embargo, después de las explosiones, se levantó deprisa para echar una mirada a lo que lo rodeaba y ver qué podía hacer o hacia dónde correr antes de que todo volviera a comenzar.

La criatura con la que había luchado había muerto: la mitad de su cuerpo estaba negra; la otra, había desaparecido. Teresa se encontraba encima de su enemigo. Descargó el extremo de su lanza sobre el último foco y las chispas se apagaron con un siseo. Minho estaba en el suelo, pero comenzaba a ponerse de pie lentamente. Newt jadeaba con fuerza. Sartén se dobló sobre el estómago y vomitó. Algunos estaban tirados sobre la tierra; otros –como Brenda y Jorge– todavía peleaban contra los monstruos. Los truenos retumbaban a su lado y los relámpagos desplegaban resplandores a través de la lluvia.

Thomas tenía que hacer algo. Teresa no se hallaba muy lejos, agachada a unos pocos pasos de la criatura muerta, con las manos en las rodillas.

*¡Tenemos que buscar un lugar donde protegernos!*, le dijo a ella dentro de su cabeza.

*¿Cuánto tiempo nos queda?*

Él entrecerró los ojos para ver la hora. *Diez minutos.*

*Deberíamos meternos en las cápsulas.* Ella señaló la más cercana, que permanecía abierta como si fuera una cáscara de huevo perfectamente cortada, con las mitades seguramente ya llenas de agua.

A él le gustó la idea. *¿Y qué hacemos si no podemos cerrarla?*

*¿Tienes un plan mejor?*

*No.* La tomó de la mano y echaron a correr.

*¡Tenemos que avisarles a los demás!,* dijo ella cuando se aproximaban a la cápsula.

*Se van a dar cuenta solos.* Sabía que no podían esperar. En cualquier momento podía caerles un rayo encima. Cuando lograran comunicarse con todos, ya estarían muertos. Tenía que confiar en que sus amigos lograrían salvarse por sí mismos. *Sabía* que podía confiar en ellos.

Llegaron a la cápsula en el momento en que varios rayos bajaban serpenteando del cielo y estallaban en forma virulenta donde ellos se hallaban. La lluvia y la tierra volaban por todas partes; a Thomas le zumbaban los oídos. Miró el interior de la mitad izquierda del receptáculo y no vio más que una pequeña piscina de agua sucia. Un olor nauseabundo emanaba de ella.

—¡Apúrate! —gritó mientras trepaba.

Teresa lo siguió. No necesitaban hablar para saber qué debían hacer a continuación. Se pusieron de rodillas y se inclinaron hacia adelante para sujetar el extremo más alejado de la otra mitad. Tenía un revestimiento de goma, que era fácil de agarrar. Thomas afirmó el torso en el borde de la cápsula y luego, con toda la fuerza que le quedaba, empujó hacia arriba. La otra parte se elevó y se dirigió hacia ellos.

En el momento en que Thomas se estaba acomodando para sentarse, Brenda y Jorge llegaron corriendo. Thomas sintió una corriente de alivio al verlos bien.

—¿Hay espacio para nosotros? —gritó Jorge, tratando de hablar por encima del ruido de la tormenta.

—¡Entren! —replicó Teresa como única respuesta.

Los dos se deslizaron por el borde y chapotearon dentro del gran receptáculo. Estaban un poco apretados, pero no muy incómodos. Thomas se trasladó hacia el extremo más lejano para dejarles lugar y mantuvo la tapa apenas abierta mientras la lluvia martillaba sobre la superficie exterior. Una vez que estuvieron instalados, Teresa y él agacharon las cabezas para cerrar totalmente la cápsula. Más allá de la vibración hueca que producía la lluvia, las explosiones lejanas de los relámpagos y los jadeos, estaba bastante silencioso. De todas maneras, Thomas seguía escuchando el mismo ruido en los oídos.

Solo deseaba que sus otros amigos hubieran llegado sin problemas a sus respectivas cápsulas.

—Gracias por dejarnos entrar, muchacho —dijo Jorge cuando todos ya habían recuperado el aliento.

—No es nada —respondió Thomas. En el interior del receptáculo la oscuridad era absoluta, pero notó que Brenda se encontraba justo a su lado; después estaba Jorge y Teresa en el otro extremo.

Brenda también habló.

—Pensé que podrían tener dudas acerca de llevarnos con ustedes. Habría sido una buena ocasión para deshacerse de nosotros.

—Por favor —masculló Thomas. Estaba demasiado cansado para preocuparse por cómo había sonado eso. Todos habían estado a punto de morir y era posible que la odisea aún no hubiera terminado.

—¿Entonces se supone que este es nuestro refugio? —preguntó Teresa.

Thomas consultó su reloj: faltaban siete minutos para la hora señalada.

—En este momento, espero que lo sea. Quizás en unos minutos estos miserables pedazos de tierra comiencen a dar vueltas y nos arrojen en una habitación bella y confortable, donde todos podamos vivir felices para siempre. O no.

*¡Crac!*

Thomas se sobresaltó: algo había golpeado la parte superior de la cápsula con un ruido que le taladró los tímpanos. Un pequeño orificio —apenas una fina hendidura de luz grisácea— se recortaba en el techo, donde se acumularon gotas de lluvia que comenzaron a caer.

—¡Tiene que haber sido un relámpago! —dijo Teresa.

Thomas se frotó los oídos: el zumbido era cada vez peor.

–Un par más de esos y estaremos de nuevo donde empezamos –su voz sonó apagada.

Otra mirada al reloj. Cinco minutos.

El agua goteaba en el charco; persistía el olor repugnante; el zumbido en los oídos de Thomas disminuyó.

–Esto no se parece mucho a lo que yo había imaginado, hermanito –dijo Jorge–. Pensé que, al llegar aquí, tú convencerías a los grandes jefes de que nos llevaran y nos dieran la cura. Nunca supuse que tendríamos que escondernos en una bañera apestosa esperando que nos electrocutaran.

–¿Cuánto falta? –preguntó Teresa.

–Tres minutos.

Afuera, la tormenta arreciaba; filamentos de luz se estrellaban contra el suelo y la lluvia no cesaba.

Otra explosión sacudió la cápsula y agrandó la rajadura del techo de tal manera que el agua comenzó a entrar a chorros y bañó a Brenda y a Jorge. Se escuchó un sonido sibilante y el vapor penetró también: las descargas eléctricas habían calentado el material del exterior.

–¡Pase lo que pase, no vamos a durar mucho más! –exclamó Brenda–. ¡Creo que es peor que nos quedemos aquí sentados esperando!

–¡Solo quedan dos minutos! –le gritó Thomas–. ¡Resiste un poco más!

Un sonido se originó afuera. Al principio era débil, apenas distinguible a través de los rugidos de la tormenta. Un zumbido. Grave y profundo. Luego aumentó el volumen haciendo vibrar el cuerpo de Thomas.

–¿Qué es eso? –preguntó Teresa.

–Ni idea –respondió–. Pero basándonos en el día que hemos tenido, estoy seguro de que no es nada bueno. Solo tenemos que aguantar poco más de un minuto.

El sonido se volvió más fuerte y profundo, y aplastó los truenos y la lluvia. Las paredes de la cápsula comenzaron a vibrar. Thomas escuchó unas ráfagas en el exterior y notó que el viento soplaba de una manera diferente. Más fuerte. Casi… artificial.

—Solo faltan treinta segundos —anunció, cambiando de idea repentinamente—. Tal vez ustedes tengan razón y nos estemos perdiendo algo importante. Creo que... tendríamos que mirar.

—¿Qué? —repuso Jorge.

—Hay que ver qué está produciendo ese ruido. Vamos. Ayúdenme a abrir esto.

—¿Y si cae un rayo grande y hermoso y me chamusca el trasero?

Thomas apoyó las palmas de las manos en el techo.

—¡Tenemos que arriesgarnos! ¡Empujen!

—Cuenta conmigo —dijo Teresa, y levantó los brazos para ayudar.

Brenda la imitó y enseguida Jorge se unió a ellos.

—Hasta la mitad —dijo Thomas—. ¿Listos?

Después de recibir varios gruñidos afirmativos, Thomas comenzó el conteo.

—¡Uno... dos... tres!

Todos empujaron hacia arriba y la fuerza de los cuatro resultó excesiva. La tapa se levantó, se dio vuelta y se desplomó en la tierra dejando la cápsula totalmente abierta. Presa del viento feroz, la lluvia venía volando en forma horizontal y los golpeó.

Thomas se apoyó en el borde de la cápsula y observó aquello que estaba suspendido en el aire a solo diez metros del suelo y descendía con rapidez. Era inmenso y redondo, tenía luces que titilaban y propulsores que despedían llamaradas azules. Era la misma nave que lo había salvado después del disparo. El Berg.

Thomas echó una mirada al reloj en el preciso momento en que marcaba el último segundo y volvió a levantar los ojos.

El vehículo tocó tierra con un tren de aterrizaje similar a una garra y una enorme escotilla situada en su panza metálica comenzó a abrirse.

# 61

Thomas supo que ya no podían perder más tiempo. No más preguntas, no más miedo, no más discusiones. Había que entrar en acción.

—¡Vamos! —exclamó, tomando a Brenda del brazo y saltando fuera de la cápsula. Se resbaló, perdió el equilibrio y cayó en el lodo con un golpe húmedo. Se puso de pie con dificultad mientras escupía una sustancia viscosa de la boca y se la quitaba de los ojos. La lluvia caía con fuerza, los truenos sonaban en todas direcciones y los relámpagos iluminaban el aire con destellos amenazadores.

Ayudados por Brenda, Jorge y Teresa ya habían logrado salir del cajón. Thomas miró hacia la nave —que estaría a unos quince metros de distancia— y vio que el hueco de la escotilla ya estaba totalmente abierto, como unas enormes fauces con una luz cálida en el interior. En las sombras, unas figuras borrosas empuñaban armas y esperaban. Era evidente que no tenían intenciones de salir a ayudar a nadie a llegar al refugio. El *verdadero* refugio.

—¡Corran! —gritó Thomas, que ya se había puesto en movimiento. Sostenía el cuchillo delante de él aferrándolo con firmeza en caso de que alguna de las criaturas todavía estuviera viva y buscara pelea.

Teresa y los otros se mantenían cerca de él.

La lluvia había ablandado el terreno y complicaba la adherencia. Thomas se resbaló dos veces y se cayó una. Teresa lo sujetó de la camisa y lo empujó hacia arriba hasta que logró levantarse y continuar la carrera. Los demás marchaban velozmente en pos de la seguridad de la nave. La oscuridad de la tormenta, la cortina de agua y los destellos brillantes de luz hacían difícil distinguir quién era quién. Pero no había tiempo para reflexiones.

Arrastrándose pesadamente desde el extremo derecho del vehículo, doce criaturas luminosas hicieron su aparición. Su intención era bloquear el acceso de Thomas y sus amigos a la escotilla. Las cuchillas estaban empapadas por la lluvia. Algunas tenían manchas color rojo. Al menos la mitad de los siniestros focos resplandecientes había explotado, por eso sus movimientos eran cada vez más entrecortados. Sin embargo, su aspecto seguía siendo igual de peligroso. Aun así, la gente que estaba en el Berg no hacía más que observar.

—¡Pasemos por entre ellos! —aulló Thomas. Minho, Newt y varios Habitantes más se sumaron a la embestida, así como Harriet y otras chicas del Grupo B. Todos parecieron comprender cuál era el plan, por mínimo que fuera: derrotar a esos pocos monstruos y largarse de allí.

Quizá por primera vez desde su llegada al Área unas semanas antes, Thomas no sintió miedo. No sabía si volvería a sentirlo alguna vez. No entendía la razón, pero algo había cambiado. Los relámpagos explotaban a su alrededor, alguien gritó, la tormenta caía con más fuerza. El viento barrió el desierto y cubrió a Thomas de rocas y de gotas de lluvia que dolían por igual. Las criaturas enarbolaban sus armas por el aire y emitían sus rugidos inquietantes mientras se preparaban para el combate. Blandiendo el cuchillo por encima de la cabeza, Thomas avanzó a toda velocidad.

Cuando se hallaba a un metro de la criatura del centro, saltó en el aire y pateó hacia adelante con las dos piernas juntas. Logró estrellar el pie en uno de los focos anaranjados que sobresalían del pecho del monstruo. La lamparita explotó con un chisporroteo y la criatura emitió un gemido repugnante al tiempo que caía de un golpe en el piso.

Thomas aterrizó en el lodo y rodó hacia el costado. Se incorporó de inmediato y comenzó a bailar alrededor de su enemigo destrozando los globos incandescentes.

*Pum, pum, pum.*

Esquivaba y se alejaba de los inútiles ataques de las hojas afiladas de la criatura. Contraatacaba, lanzaba cuchillazos. *Pum, pum, pum.* Solo quedaban tres focos, ya casi no se podía mover. En un arranque de confianza, Thomas se sentó a horcajadas sobre su adversario y asestó los despiadados golpes finales.

La última lamparita estalló y se apagó. El monstruo estaba muerto.

Thomas se puso de pie y miró a su alrededor para ver si alguien necesitaba ayuda. Teresa había liquidado a su criatura; Minho y Jorge también. A causa de su pierna enferma, Newt todavía seguía peleando con la colaboración de Brenda, y juntos estaban destruyendo los últimos focos de su enemigo.

Unos segundos después, habían acabado con él. Ningún monstruo se movía ni brillaba ninguna luz anaranjada. Todo había terminado.

Respirando con dificultad, Thomas levantó la vista hacia la entrada del Berg, que se encontraba a unos seis metros. En ese momento, los propulsores se encendieron y la nave empezó a elevarse del suelo.

—¡Se está yendo! —aulló Thomas con todas sus fuerzas, apuntando frenéticamente a su único medio de escape—. ¡Deprisa!

Apenas salió la palabra de su boca, Teresa ya lo había tomado del brazo y lo jalaba mientras se dirigía hacia el vehículo. Thomas trastabilló y de inmediato se enderezó y volvió a apoyar con fuerza los pies en el lodo. Oyó el rugido de los truenos a sus espaldas y vio un rayo de luz que surcaba el cielo. Otro grito. Todos sus compañeros corrían a los costados, adelante, atrás. Newt rengueaba con Minho a su lado, que lo vigilaba para asegurarse de que no cayera.

A un metro del suelo, el Berg daba vueltas mientras ascendía lentamente, listo para acelerar y salir huyendo de allí en cualquier momento. Tres chicas y un par de Habitantes fueron los primeros en alcanzarlo y sumergirse en la plataforma de la escotilla abierta. Pero seguía elevándose. Más gente llegó y trepó en su interior.

Después fue el turno de Thomas y Teresa. La puerta ya se encontraba a la altura del pecho. Él dio un salto y apoyó las manos sobre el metal, con los brazos estirados y el estómago apretado contra el grueso borde. Luego balanceó la pierna derecha, se afirmó y rodó todo el cuerpo sobre la puerta. La nave continuaba su ascenso mientras los chicos se montaban y extendían los brazos para subir a los demás. Teresa se hallaba a medio camino, buscando dónde sujetarse.

Thomas aferró su mano y la empujó hacia adentro. Mientras ella se desplomaba sobre él, compartieron una mirada fugaz de victoria. Luego se acercaron al borde de la escotilla para ver si alguien más necesitaba ayuda.

El Berg se hallaba ahora a casi dos metros del suelo y comenzaba a inclinarse. Aún había tres personas colgando de la puerta. Harriet y Newt se estaban encargando de una chica y Minho ayudaba a Aris. Brenda, en cambio, estaba aferrada solamente con las manos, tenía el cuerpo suspendido del borde y lanzaba patadas para lograr subir.

Thomas se acostó sobre el estómago y se deslizó hasta llegar a ella. Se estiró y tomó su brazo derecho. Teresa sujetó el otro. Como el metal de la escotilla estaba húmedo y resbaladizo, cuando Thomas tiró de Brenda, él mismo comenzó a deslizarse hacia afuera, pero luego se detuvo abruptamente. Un rápido vistazo hacia atrás le indicó que Jorge había afirmado su trasero y sus pies y los sostenía con fuerza a él y a Teresa.

Thomas volvió a mirar a Brenda y continuó jalando hacia arriba. Con la ayuda de Teresa, finalmente la chica logró llegar al borde y apoyar el estómago. A partir de allí, todo fue muy fácil. Mientras gateaba hacia adentro, Thomas echó otra mirada hacia el suelo, que se alejaba despacio. No había más que horrorosas criaturas, mojadas, sin vida, con huecos de carne flácida que alguna vez habían estado llenos de luz brillante. Vio algunos cuerpos inertes, no muchos, y ninguno era de alguien cercano a él.

Invadido por una inmensa serenidad, se alejó del borde. Habían llegado, al menos la mayoría de ellos. Habían conseguido superar Cranks y rayos y monstruos espantosos. Lo habían logrado. Chocó con Teresa, se dio vuelta hacia ella, la atrajo hacia él y la abrazó con fuerza, olvidándose durante un segundo de todo lo que había ocurrido. Lo habían logrado.

—¿Quiénes son estos dos?

Thomas se apartó de Teresa para ver quién había gritado. Un hombre de pelo corto y rojo apuntaba una pistola negra hacia Brenda y Jorge, que estaban sentados temblando, uno junto al otro, mojados y magullados.

—¡Que alguien me conteste! —volvió a gritar.

Sin pensarlo un segundo, Thomas empezó a hablar.

—Ellos nos ayudaron a atravesar la ciudad. Si no fuera por ellos, no estaríamos aquí.

El hombre giró bruscamente la cabeza hacia Thomas.

—¿Tú… *los recogiste* por el camino?

Thomas asintió, percibiendo que las cosas no estaban nada bien.

—Hicimos un trato con ellos. Les prometimos que también recibirían la cura. Además, somos menos de los que éramos cuando empezamos.

—No importa —dijo el hombre—. ¡No les dijimos que podían traer ciudadanos!

El Berg seguía elevándose hacia el cielo, pero la puerta no se había cerrado. El viento soplaba por el amplio hueco. Con un poco de turbulencia, cualquiera de ellos podría rodar hacia la muerte.

De todos modos, Thomas se puso de pie dispuesto a defender el pacto que había hecho.

—Bueno. ¡Ustedes nos dijeron que viniéramos hasta acá y nosotros hicimos lo que teníamos que hacer!

Su anfitrión armado hizo una pausa, como reflexionando sobre su razonamiento.

—A veces me olvido de la poca idea que tienen ustedes de lo que está sucediendo. Perfecto. Pueden quedarse con uno de los dos. El otro se va.

Thomas trató de disimular el sobresalto.

—¿Qué significa… que el otro se va?

El hombre oprimió algo en la pistola y luego acercó el extremo a la cabeza de Brenda.

—¡No tenemos tiempo para esto! Tienes cinco segundos para elegir cuál de los dos se queda. Si no lo haces, los dos morirán. Uno.

—¡Espere! —exclamó Thomas, mirando a Brenda y después a Jorge. Los dos estaban en silencio, con la vista clavada en el piso. Sus rostros estaban pálidos del miedo.

—Dos.

Thomas reprimió el pánico creciente y cerró los ojos. No era nada nuevo. No, ahora comprendía las cosas. Sabía lo que tenía que hacer.

—Tres.

No más miedo. No más sorpresas. No más preguntas. Solo había que tomar las cosas como venían. Seguirles el juego. Pasar las Pruebas.

—¡Cuatro! —la cara del hombre enrojeció—. ¡Elige ahora mismo o mueren ambos!

Thomas abrió los ojos y dio un paso hacia adelante. Después señaló a Brenda y pronunció la palabra más repugnante que alguna vez había salido de su boca.

—*Mátala.*

Debido al extraño dictamen de que solo uno podía quedarse, Thomas pensó que había entendido, pensó que sabía lo que iba a pasar. Que esa no era más que otra Variable y que eliminarían al que él no hubiera elegido. Pero estaba equivocado.

El hombre guardó el arma en la cintura, se estiró hacia abajo y, con las dos manos, tomó a Brenda de la camisa y la obligó a ponerse de pie. Sin decir una palabra, caminó hacia el hueco llevándola con él.

# 62

Brenda miró a Thomas con los ojos llenos de terror y el dolor reflejado en el rostro mientras el extraño la arrastraba por el suelo metálico del Berg. Hacia la escotilla y hacia una muerte segura.

Cuando estaban a mitad de camino, Thomas entró en acción.

Saltó hacia adelante y derribó al hombre asestándole un golpe en las rodillas. La pistola fue a dar al piso cerca de él. Brenda cayó cerca del borde, pero Teresa se encontraba ahí para atraparla y alejarla del peligroso filo de la puerta. Thomas apoyó el brazo izquierdo sobre la garganta de su contrincante y trató de agarrar el arma con la otra mano. Una vez que logró palparla con los dedos, la sujetó y la atrajo hacia él. Luego se alejó ágilmente y apuntó la pistola con las dos manos sobre el extraño, que estaba tumbado de espaldas.

—Nadie más va a morir —dijo Thomas, respirando con dificultad y sorprendido ante su actitud—. Si no logramos pasar sus estúpidas Pruebas, entonces fracasamos. Se acabaron los experimentos.

Mientras hablaba, se preguntó si lo que estaba ocurriendo estaría previsto de antemano. Pero incluso eso ya no importaba: lo que había dicho iba en serio. Todas esas muertes absurdas tenían que terminar.

El rostro del hombre se suavizó hasta insinuar una ligera sonrisa. Se incorporó y se deslizó hacia atrás hasta que chocó contra la pared. Mientras tanto, las bisagras de la gran puerta comenzaron a chirriar como si fueran un grupo de cerdos gruñendo. Nadie habló hasta que entró la última ráfaga de viento y la escotilla se cerró con un fuerte sonido metálico.

—Me llamo David —dijo el hombre, con voz fuerte en medio del zumbido de los motores y los propulsores de la nave—. Y no te preocupes, tienes razón. Ya se acabó todo.

Thomas sacudió la cabeza en forma burlona.

—Sí, claro. Ya escuchamos eso antes. Pero esta vez va en serio. Nunca más vamos a permitir que nos traten como ratas. Hasta aquí llegamos.

David se tomó un momento para observar la enorme bodega de la nave, tal vez para ver si los demás estaban de acuerdo con Thomas. Sin embargo, él no se atrevió a apartar la mirada. Tenía que mostrarse seguro de que todos lo apoyaban.

Después de unos segundos, David volvió a posar la vista en él y se levantó lentamente con la mano en alto en señal de conciliación. Una vez que estuvo de pie, metió las dos manos en los bolsillos.

—Lo que ustedes no entienden es que todo ha ido y continuará yendo de acuerdo con lo planeado. Pero tienen razón: las Pruebas se han completado. Los llevaremos a un sitio seguro de verdad. Se acabaron los experimentos, las trampas y las mentiras. No más simulacros.

Hizo una pausa.

—Solo puedo prometerles una cosa. Cuando se enteren del motivo por el cual los hicimos pasar por todo esto y por qué es tan importante que tantos hayan sobrevivido, van a entender. Les prometo que van a entender.

Minho lanzó un resoplido.

—Esa es la estupidez más grande que he escuchado en toda mi vida.

Thomas se sintió aliviado al comprobar que su amigo no había perdido la vehemencia.

—¿Y qué pasa con la cura? Nos la prometieron. Para nosotros y para los dos que nos ayudaron a llegar hasta aquí. ¿Cómo podemos creer lo que nos dicen?

—Por ahora, piensen lo que quieran —dijo David—. De aquí en adelante, las cosas van a cambiar y van a tener la cura como se les dijo. Tan pronto como regresemos al cuartel general. Por cierto, pueden quedarse con el arma. También les daremos más si quieren. Ya no tienen que pelear contra nada, ni hay Pruebas o exámenes que tengan que ignorar o rechazar. Cuando nuestro Berg aterrice, comprobarán que están sanos y salvos, y después podrán hacer lo que deseen. Lo único que les pediremos que hagan una vez más es escuchar. Solo eso. Estoy seguro de que, al menos, les intriga saber qué hay detrás de todo esto.

Thomas quería gritarle, pero sabía que no serviría de nada. En vez de eso le respondió con la voz más tranquila que pudo:

—Basta de juegos.

—Al primer síntoma de que está ocurriendo algo raro —agregó Minho—, empieza la lucha. Si eso implica que tenemos que morir, así será.

Esta vez, David esbozó una gran sonrisa.

—¿Saben algo? Eso es exactamente lo que predijimos que ustedes harían a esta altura de los acontecimientos —exclamó mientras señalaba con el brazo una pequeña puerta en la parte trasera de la bodega—. ¿Me acompañan?

En ese momento, fue Newt quien habló.

—¿Y cuál es el próximo tema en la maldita agenda?

—Solo pensé que querrían comer algo o darse un baño. O dormir —dijo, y comenzó a caminar entre los Habitantes y las chicas—. Es un viaje muy largo.

Thomas y los demás intercambiaron miradas durante unos segundos, pero al final lo siguieron. No tenían otra opción.

# 63

Durante las dos horas siguientes, Thomas hizo un gran esfuerzo para no pensar.

Había resistido y había dejado claro cuál era su posición. Pero luego toda esa tensión y ese coraje y esa victoria se habían ido desvaneciendo poco a poco mientras el grupo se entregaba a actividades más cotidianas: comida caliente, bebidas frías, atención médica, baños maravillosamente largos y ropa limpia.

En esas horas de calma, Thomas reconoció la posibilidad de que todo estuviera repitiéndose nuevamente. Que los estuvieran apaciguando para volver a conducirlos paulatinamente a otra conmoción como la que había ocurrido cuando despertaron en aquella residencia tras ser rescatados del Laberinto. Pero, realmente, ¿qué otra cosa podían hacer? David y el resto del personal no los amenazaban ni hacían nada que los alarmara.

Fresco y bien alimentado, Thomas terminó sentado en un diván que se extendía a lo largo de la estrecha parte central de la nave: un enorme recinto lleno de muebles distintos y descoloridos. Había estado evitando a Teresa, pero ella se acercó y se sentó a su lado. Todavía le resultaba difícil estar junto a ella y también hablarle, a ella o a cualquiera de los demás. Su mente era un torbellino.

Sin embargo, como no tenía otra alternativa, dejó a un lado toda su inquietud. No sabía manejar un Berg y, aun si pudiera tomar el control del vehículo, no sabría adónde dirigirse. Irían adonde CRUEL los llevara, escucharían lo que tenían que decirles y después decidirían qué hacer.

—¿En qué estás pensando? —le preguntó Teresa.

Thomas estaba contento de que le hubiera hablado en voz alta; no estaba seguro de querer comunicarse con ella por telepatía.

—En realidad, diría que estoy tratando de no pensar.

—Sí. Tal vez deberíamos disfrutar por un rato la paz y la tranquilidad.

Observó a Teresa. Estaba sentada junto a él como si nada hubiera cambiado entre ellos. Como si siguieran siendo grandes amigos. Y él ya no pudo tolerarlo más.

—Odio que actúes como si nada hubiera pasado.

Teresa bajó la mirada.

—Estoy intentando olvidar tanto como tú. No soy estúpida. Sé que ya no podemos estar como antes. De todos modos, yo no cambiaría nada. Era el plan y funcionó. No estás muerto y eso es suficiente para mí. Tal vez algún día me perdones.

En ese momento, Thomas casi la detestó por hablar en forma tan razonable.

—Bueno, ahora lo único que me preocupa es detener a esta gente. No es justo lo que nos han hecho. No me importa si yo participé activamente en esto. Está mal.

Teresa se estiró un poco para poder apoyar la cabeza en el brazo del diván.

—Vamos, Tom. Ellos nos habrán borrado la memoria, pero no nos extirparon el cerebro. Ambos formamos parte de esta odisea y cuando nos cuenten todo, cuando recordemos por qué nos expusimos a esto, haremos lo que nos digan.

Thomas pensó unos segundos y se dio cuenta de que estaba en total desacuerdo. Quizás en alguna época él había pensado así, pero ya no. De todos modos, lo que no estaba dispuesto a hacer era discutirlo con ella.

—Tal vez tengas razón —murmuró.

—¿Cuándo fue la última vez que dormimos? —preguntó Teresa—. Te juro que no puedo acordarme.

Otra vez actuaba como si todo estuviera bien.

–Yo sí. Al menos, en mi caso, tiene que ver con una cámara de gas y contigo golpeándome la cabeza con una lanza enorme.

Ella se acomodó en el asiento.

–Solo puedo pedirte perdón un millón de veces. Por lo menos, tú descansaste un poco. Cuando te fuiste, no dormí ni un segundo. Creo que hace dos días enteros que estoy despierta.

–Pobrecita –dijo Thomas bostezando. Estaba tan cansado que no pudo evitarlo.

–¿Mmmm?

Cuando él la miró, ella ya tenía los ojos cerrados y respiraba pausadamente. Se había quedado dormida. Echó un vistazo al resto de los Habitantes y al Grupo B. La mayoría de los chicos también estaban en estado de coma. Excepto Minho, que intentaba hablar con una chica muy bonita, cuyos ojos estaban cerrados. Pero lo que le resultó más raro y lo preocupó un poco fue no divisar a Brenda y a Jorge por ningún lado.

Fue entonces cuando descubrió que extrañaba muchísimo a Brenda, pero sus propios párpados comenzaron a caer y la fatiga y el cansancio se deslizaron sigilosamente. Mientras se hundía en el diván, pensó que más tarde tendría tiempo para buscarla. Finalmente, se rindió al sueño y se fue dejando caer en la dulce y oscura inconsciencia.

# 64

Se despertó, parpadeó, se frotó los ojos y no vio más que puro blanco. Ni formas, ni sombras, ni variaciones, nada. Solo blanco.

Lo atacó un destello de pánico hasta que comprendió que debía estar soñando. Era extraño, pero seguramente era un sueño. Podía sentir su cuerpo, los dedos sobre la piel, su respiración. Podía *oír* su respiración. Sin embargo, estaba rodeado por un vacío completo y uniforme.

*Tom.*

Una voz. La voz de ella. ¿Acaso podía hablarle mientras dormía? ¿Lo había hecho antes? Sí.

*Hola*, le respondió.

*¿Te encuentras… bien?* La oyó preocupada. No, la *sintió* preocupada.

*¿Qué? Sí, estoy bien. ¿Por qué?*

*Solo pensé que estarías un poco sorprendido.*

Lo atravesó una puñalada de confusión. *¿De qué estás hablando?*

*Estás a punto de entender más. Muy pronto.*

Por primera vez, Thomas se dio cuenta de que la voz era rara. Había algo en ella que no sonaba bien.

*¿Tom?*

No contestó. El miedo había penetrado cautelosamente en sus entrañas. Un miedo pavoroso, tóxico, siniestro.

*¿Tom?*

*¿Quién… eres?*, preguntó después de una pausa, esperando con terror la respuesta.

Pasaron unos segundos antes de que ella respondiera.

*Soy yo, Tom. Brenda. Las cosas se van a poner complicadas para ti.*

Thomas gritó antes de saber lo que estaba haciendo. Gritó y gritó y gritó hasta que por fin se despertó.

# 65

Se sentó. Estaba cubierto de sudor. Aun antes de que pudiera evaluar totalmente dónde se hallaba, antes de que la información viajara por sus nervios y a través de las funciones cognoscitivas de su cerebro, supo que las cosas estaban mal. Que otra vez lo habían despojado de todo.

Se encontraba solo en una habitación. Las paredes, el techo y el piso eran blancos. El suelo debajo de su cuerpo era esponjoso, duro y liso, pero tenía suficiente elasticidad como para resultar cómodo. Observó las paredes: eran acolchonadas, con grandes hendiduras con botones, separadas por un metro de distancia aproximadamente. Una luz brillante entraba por un rectángulo en el techo, que se hallaba demasiado alto como para que él pudiera alcanzarlo. El lugar olía a limpio, a jabón y amoníaco. Thomas se miró y comprobó que su ropa tampoco tenía color: una camisa, pantalones de algodón, calcetines.

A unos tres metros delante de él, había un escritorio de color café. Era lo único en toda la habitación que no era blanco. Viejo, maltratado y cubierto de rayones, tenía del otro lado una silla de madera colocada debajo de la tabla. Detrás se encontraba la puerta, acolchonada al igual que las paredes.

Thomas sintió una extraña calma. El instinto le decía que debería estar de pie pidiendo ayuda a gritos y golpeando la puerta. Pero sabía que no se abriría y que nadie lo escucharía.

Se encontraba en la Caja otra vez. Sabía muy bien que no debía haberse ilusionado.

*No voy a enloquecer*, se dijo a sí mismo. Tenía que ser otra fase de las Pruebas, y esta vez él pelearía para cambiar las cosas, para terminar con todo. Era increíble, pero el simple hecho de saber que tenía un plan, que debía hacer lo que fuera para encontrar la libertad, hizo que una paz asombrosa se instalara en él.

*¿Teresa?*, la llamó. A esa altura, sabía que ella y Aris eran su única posibilidad de comunicación con el exterior. *¿Aris, puedes escucharme? ¿Estás ahí?*

Nadie respondió. Ni Teresa ni Aris. Ni… Brenda.

Pero eso no había sido más que un sueño. Tenía que haberlo sido. Brenda no podía estar trabajando para CRUEL ni hablando dentro de su mente.

*¿Teresa?*, dijo nuevamente, haciendo un gran esfuerzo mental. *¿Aris?*

Nada.

Se puso de pie y se dirigió hacia el escritorio, pero cuando se hallaba a cincuenta centímetros, chocó contra una pared invisible. Una barrera, como aquella vez en la sala común de la residencia.

No permitió que el pánico se desatara. No dejó que el miedo lo devorara. Respiró profundamente, regresó al rincón de la habitación, se sentó y apoyó la espalda contra la pared. Cerró los ojos y se relajó.

Esperó. Se quedó dormido.

*¿Tom? ¡Tom!*

No sabía cuántas veces ella lo había llamado cuando por fin contestó. *¿Teresa?* Se despertó sobresaltado, miró a su alrededor y recordó la habitación blanca. *¿Dónde estás?*

*Después de que el Berg aterrizó, nos pusieron en otra residencia. Hemos estado aquí varios días sin hacer nada. Tom, ¿qué fue lo que te pasó?*

Teresa estaba preocupada, incluso asustada. De eso estaba seguro. En cuanto a él, se sentía más bien confundido. *¿Varios días? ¿Qué…?*

*Apenas descendió la nave, te separaron de nosotros. Insistieron en que era demasiado tarde, que la Llamarada estaba demasiado arraigada en ti. Dijeron que te habías vuelto loco y violento.*

Thomas trató de no perder la calma y de no pensar en que CRUEL podía borrar los recuerdos. *Teresa… no es más que otra parte de las Pruebas. Me encerraron en una habitación blanca. Pero… ¿has estado allí varios días? ¿Cuántos?*

*Tom, ya pasó casi una semana.*

Él no podía responder. Hubiera deseado fingir que no la escuchaba. El miedo que había estado reprimiendo comenzó a filtrarse lentamente en su pecho. ¿Podía confiar en ella? Ya le había mentido tanto… ¿Y cómo podía estar seguro de que realmente se trataba de ella? Ya era hora de cortar los lazos con Teresa.

*¿Tom?*, volvió a llamarlo. *¿Qué está pasando? Estoy muy desconcertada.*

Sintió una oleada de emoción, como un ardor en su interior que casi le hizo brotar lágrimas de los ojos. Alguna vez había considerado a Teresa su mejor amiga. Pero ya nunca más volvería a ser como antes. Ahora, cuando pensaba en ella, solamente sentía rabia.

*¡Tom! ¿Por qué no…?*

*Teresa, escúchame.*

*Eso es exactamente lo que estoy tratando de…*

*No, solo… escúchame. No digas nada, ¿está bien?*

Ella hizo una pausa. *Bueno.* Una voz débil y asustada dentro de su mente.

Thomas no pudo controlarse más. La ira latía en su interior. Por suerte, solo tenía que pensar las palabras, porque nunca hubiera sido capaz de pronunciarlas en voz alta.

*Teresa. Vete.*

*Tom…*

*No. No digas una palabra más. Solo… déjame en paz. Y puedes comunicarle a CRUEL que ya me harté de estos jueguitos. ¡Diles que ya estoy harto!*

Ella esperó unos segundos antes de contestar. *Está bien.* Otra pausa. *Está bien. Entonces no me queda más que decirte una cosa.*

Thomas suspiró. *Estoy ansioso por oírla.*

Teresa no habló enseguida, y él hubiera pensado que lo había dejado de no haber sido porque todavía podía sentir su presencia. Finalmente, ella volvió a hablar.

*¿Tom?*

*¿Qué?*

*CRUEL es bueno.*

Y después desapareció.

# EPÍLOGO

CRUEL, Memorándum, Fecha 232.2.13, Hora 9:13 p.m.
Para: Mis Colegas
De: Ministra Ava Paige
RE: LAS PRUEBAS DEL DESIERTO, GRUPOS A y B

Este no es momento de permitir que las emociones interfieran con la tarea que tenemos entre manos. Sí, algunos hechos fueron en una dirección que no previmos. No todo es ideal –algunas cosas han salido mal– pero hemos realizado un enorme progreso y reunimos muchos de los paradigmas necesarios. Tengo mucha esperanza.

Espero que todos podamos mantener una conducta profesional y tener presente cuál es nuestro propósito. La vida de muchas personas está en las manos de unos pocos. Por ese motivo, esta es una hora especialmente importante para estar atentos y no perder de vista el objetivo.

Los días por venir son fundamentales para este estudio y confío plenamente en que, cuando les devolvamos sus recuerdos, cada uno de los reclutados estará listo para lo que vamos a exigirles. Aún tenemos a los Candidatos que necesitamos. Encontraremos las piezas que faltan y las colocaremos en su lugar.

El futuro de la raza humana está por encima de todo. Cada muerte y cada sacrificio son esenciales para el resultado final. Se acerca el fin de este esfuerzo monumental y yo creo que el proceso dará resultado. Conseguiremos los paradigmas. Conseguiremos el plano y conseguiremos la cura.

Los Psicólogos están deliberando en este mismo instante. Cuando digan que ha llegado la hora, extraeremos el Neutralizador y les diremos a los reclutados restantes si son –o no– inmunes a la Llamarada.

Esto es todo por el momento.

**FIN DEL LIBRO DOS**

# Las mejores sagas están en V&R

## MAZE RUNNER

Correr o morir
Prueba de fuego
La cura mortal
Virus letal
Expedientes secretos

## FIRELIGHT

Chica de fuego
Vanish. Chica de niebla
Hidden. Chica de luz
Breathless. Chica de agua

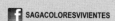 

## INSIGNIA

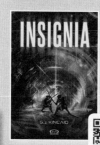

Insignia

## PARTIALS

La conexión
Fragmentos

## COLORES VIVIENTES

La grieta blanca

## FINDING LOVE

Sky

V&R
EDITORAS

www.vreditoras.com

¡Tu opinión es importante!
Escríbenos un e-mail a **miopinion@vreditoras.com**
con el título de este libro en el "Asunto".

Conócenos mejor en:
**www.vreditoras.com**

f facebook.com/sagamazerunner